水の中央に在り
木村蒹葭堂研究

水田紀久

JN158829

岩波書店

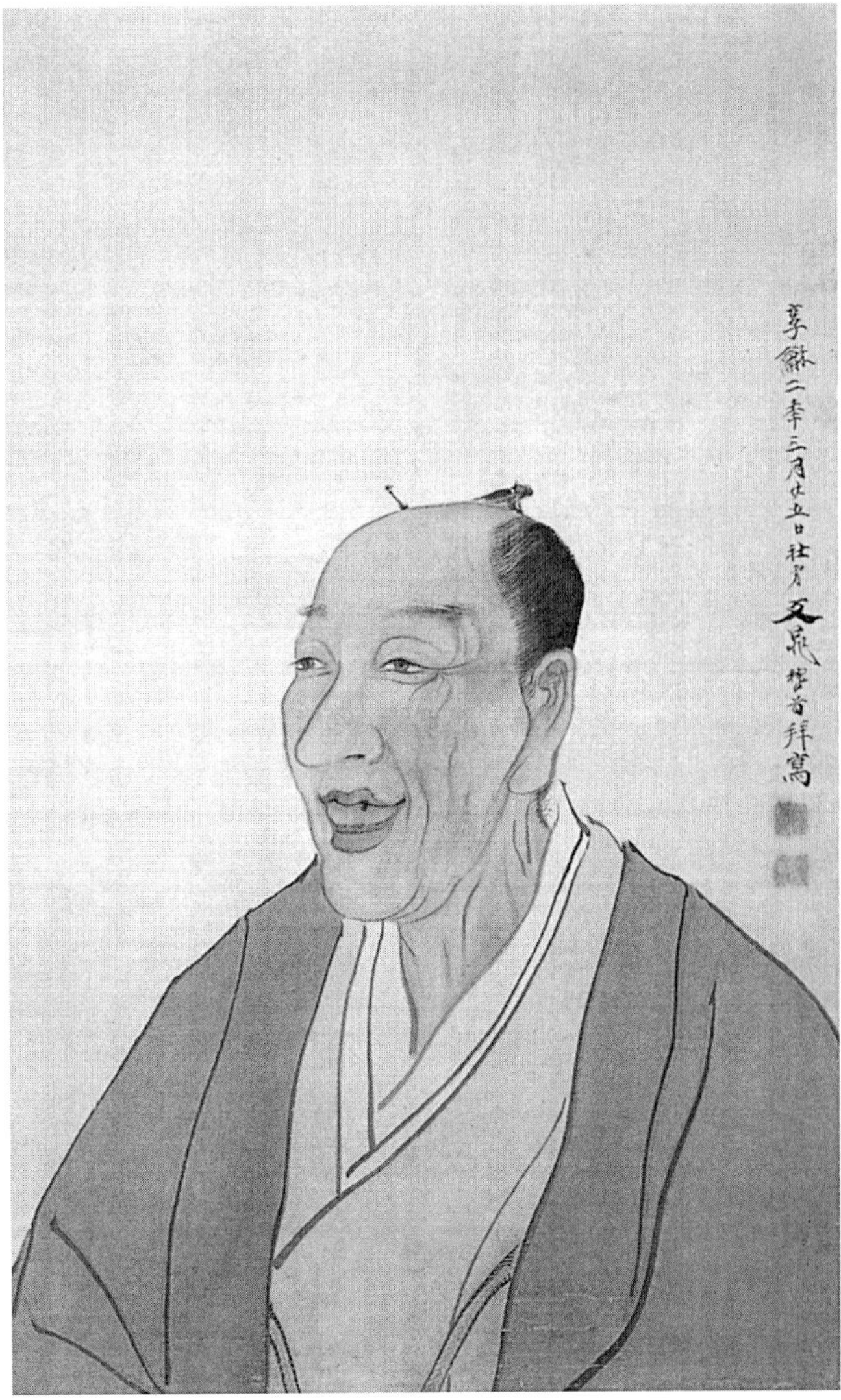

木村兼葭堂画像　谷文晁筆

序

幼少の頃から大阪に住むわたくしは、とりわけ蒹葭堂主人との「おつき合い」が永い。すでにその在世当時から桁外れた蒐集と博識、そして隔てない交遊ぶりで内外に知られた浪華の木村吉右衛門が、何時から『日記簿』という名の交遊名簿を筆まめにまとめ、ほぼ旬日ごとに人名の「蒐集」を開始したのか定かでないが、北大阪海老江の羽間文庫には、先代平三郎翁の悲願が実って、遠祖の天文学者間重富も登場する蒹葭堂の日記、二十四年間十八年分が手厚く保管されていた。

昭和四十二年から五年を費やして、わたくしは松泉堂中尾堅一郎氏の誘掖と羽間家の厚遇で、その全冊を披閲筆写する機会に恵まれた。いわば蒹葭堂主人の公私生活を、人脈を通して垣間見続けたのである。その間、野間般庵先生をはじめ諸先生の親身のお導きを忝うし、いよいよ翻刻複製に漕ぎつけた時は、神田鬯盦先生から題字と、かのピープスの日記を辛苦解読したジョン・スミスになぞらえた推薦文を頂いて、いたく感激した。カードの整理等に協力を惜しまれなかった学生諸君の好意も忘れられない。

その後十年、今度は南大阪天王寺の煎茶花月菴流家元田中家から、羽間文庫本に欠けている六年分のうち、二か年分の簿冊が発見された。しかもそれらは二世蒹葭堂から遺品として直接流祖鶴翁に譲られたうぶい原装の冊で、これも直ちに複製に取りかかり、おかげでわたくしは、堂主中晩年の通算二十年分を眼と手でたどり、意興のおもむくままに交友圏の再遊を愉しむことができた。享けがたき人界に生を享けての至福であろうか。順縁の仕合わせと申すべきか。

もっとも、現存日記簿冊は主人がまだ書堂を営む以前の少年期、堂を蒹葭と名付けた青年期、そして漸く本草博物万般に精通し、蒐集は積んで山を成し、夙く芥川竜之介が絶賛した駘蕩たる画風が確立し、かたがた作詩文結社蒹葭堂会から混沌詩社へと発展して行った壮年期のそれらではない。主人の前半生は今後とも努力を重ね、関連資料を博捜して長い空白を埋めて行かねばならない。これこそ晩近四代にわたって受け継がれ、いまや国際的にも拡がりつつある蒹葭堂顕彰の実践であり、わたくしの畢生の念願でもある。

このたび蒹葭堂歿後二百年を機に、これまでの日記解読体験を軸に、随時随所に発表して来た粗稿を冊にまとめ、蒹葭堂賛仰者なら誰しも想起する『毛詩』秦風・蒹葭の句を採って題することにした。それはあたかも、重要文化財の谷文晁筆肖像が見事主人の真を写し得ているとすれば、この一句こそは主人の存在を一言もて蔽い尽すに足る、との確信によるものである。

導言を賜わりたい恩師もすでにおわせぬまま、自ら序ともつかぬ一文を草し、巻頭に据える。

蒹葭蒼蒼　よしあしの　ふかきしげりよ
白露為霜　しらつゆは　しもとむすべり
所謂伊人　わがつねに　おもへるひとは
在水一方　はるかかの　きしのあなたに
遡洄従之　ゆくかはに　さからひとめば
道阻且長　はばまれつ　いたりもかたし
遡游従之　ゆくかはに　したがひとめば

宛在水中央　　さながらに　みづのまなかに

平成十四年一月二十五日

堂主より十歳生き延びた

水　田　紀　久

北摂吹田の秋芳室にて識す

目　次

題字　神田喜一郎
口絵　重要文化財　木村兼葭堂像(谷文晁筆)
大阪府教育委員会所蔵

水に寄せて
——洗い浚いのこころ、また浪華文運論——

阿

他郷から越して来た者の目には、その地の特色がひときわ際立って映る。西陲の地豊後日田を出て浪華繁盛の巷に移り住んだ詩人広瀬《ひろせ》旭荘《きょくそう》(一八〇七―六三)は、安政二年(一八五五)兄淡窓《たんそう》譲りの門人長三洲《ちょうさんしゅう》に筆記させた『九桂草堂《きゅうけいそうどう》随筆《ずいひつ》』で、「大阪、沙ヲ浚ユル事、年々月々ナリ」、「浪華ハ、無用ノ人ヲ多ク養フ風ニテ、唯乞児ノミニ非ズ」、「摂泉ノ地形、西ニ海ヲ受ケ、万貨西ヨリ至ル」(各、巻四)などと、当時の触目や印象を拾い述べたのち、「人云、天下ノ貨、七分ハ浪華ニアリ、浪華ノ貨、七分ハ舟中ニアリト」(巻六)と、この地の経済地理的特色を巧みにとらえた人の言を書き留めている。

米相場がこの地で立った近世浪華には、全国各藩の蔵屋敷が堂島川、土佐堀川畔に櫛比《しっぴ》し、大坂三郷に縦横に走り流れる堀割は、ここ全国的流通都市のライフラインであった。水は浪華のいのちであり、水のさがはその文化風土の醸成と浪華びとの気質形成に深くかかわっている。以下、水の都の市民であった近世浪華の学芸人たちを検証する。

＊

何時、何ういう人なのか、遺跡顕彰の篤志家「おぼこ事角倉種次郎」が建てた上本町誓願寺（中央区）門前の碑には、「文学士井原西鶴先生墓所」と彫ってあった。いまでは国家神道時代の社格「官幣大社」同様、「文学士」という上三字は削られている。たしかにそれは、明治十八、九年頃の輝かしい「文学士坪内雄蔵著」とは全く別の意味で、現代人の目には違和感を与えたであろう。

松寿軒井原西鶴（一六四二―九三）は詩人より小説家に転じ、鑓屋町（中央区）に住んだ。時と所こそ異なるが島崎藤村と軌跡を同じうし、晩年十年の自己脱皮的創作は夏目漱石に似る。西鶴は、己れに放たれた悪口をそのまま宣伝の自称に逆用する図太さを持ち、覇気満々、住吉社頭一昼夜の独吟では、生理的呼吸と詩的表出とが呼応するほど、天性の早口であった。談林俳諧で練りに練られた口拍子は、そのまま文体となった。

西鶴は人間通有の性欲と物欲とを核に、時間と階層とを軸に、封建下にあっても本来自由な世の人心を見据え、逞しく描き尽した。読者が渇望し、書肆が要請する人間全集を目指した。天和二年（一六八二）大坂で出版された浮世草子の第一作『好色一代男』は、二年後には江戸でも新版が売り出される。「人間喜劇」の作者や写実主義、自然主義の作家達が泰西に出たのは、一世紀以上も後であった。かつて菩提寺門前の標石にあった奇異な肩書は、墓表の「仙皓西鶴」と響き合う、大作家西鶴に対する最大級の評価の筈であった。

西鶴の眠る同じ墓域には、歿後三十年に創建されたこの地の学問所懐徳堂中井家の代々や、並河家の墓碑が三十基近くも林立し、門前の碑にはその旨も標示されている。中井家の本貫は播州竜野《たつの》であり、西鶴ももともとの浪華っ子との確証を欠く。先隣の紀州出という説はともかく、自署の「難波西鶴」には、現住浪華の地をわが創作の場とした、新天地宣揚の気概を感じる。

＊

巣林子近松門左衛門(一六五三―一七二四)はシェイクスピア(一五六四―一六一六)歿後三、四十年にして出世し、「日本の沙翁」の称誉をほしいままにしている。西鶴より十一歳、芭蕉よりは九歳の弟で、かれも浪華生れではなく、確かな産土の地越前福井(鯖江市)には、戦後この事実を明らめた研究家の手で建碑されている。近松も亦、その経歴や劇作活動を通して上方と関わり、とりわけ浪華とは縁故が深く、道頓堀戎橋南詰(中央区)の竹本座の座付作者を勤めた。歿する三か月前、自嘲と諦観をない交ぜた辞世歌文を謹直なわが肖像上に賛し、その生涯を締め括っている。近松の提携者竹本義太夫は、浪華の南郊天王寺村(天王寺区)の出であった。

歌舞伎の作者でもあった近松は、浄瑠璃では役者に代わる木偶に性根を入れるべく、文辞台詞に鏤骨の彫琢を重ねた。その現実感覚、写実精神は台本に結晶して、本格的な時代物の名作のみならず、二十数編のすぐれた世話物を生んだ。その初作『曾根崎心中』は西鶴歿後十年目、芭蕉歿後九年目の元禄十六年(一七〇三)に上演され、その上近松はかれらより二十歳も長寿であったから、その活躍も一世代降った享保期に及んでいる。

こうして生々しい現実に視野を拡げ、義理人情の迫間に息づく切ない人心を描ききった近松は、古浄瑠璃時代の演劇性を飛躍的に向上させ、押しも押されもせぬ近世演劇史の立役者となった。いまや、「沙翁はイギリスの近松」とまでの、世界の檜舞台への登場が期待される。近松もまた、人間のすべてを描こうとした小説家西鶴、自然と人生とを無碍に映発させ深化させた俳諧師芭蕉とともに、近世前期文壇の偉大な演出者であった。そう言えば、西鶴の俳諧の師西山宗因《にしやまそういん》(一六〇五―八二)は肥後八代の出で、主家改易後は京に住み、大坂天満宮連歌所の宗匠として浪華に下っている。旅人芭蕉は旅に病んで、枯野を馳けめぐるさまをこの浪華で夢み、その歿後二十余年、淀川堤に沿う東成郡毛馬(都島区)の蕪《あ》れた村で、与謝(谷口)蕪村(一七一六―八三)が呱々の声をあげている。

*

浮世草子の西鶴や浄瑠璃の近松たちは、文学史的に大きくジャンプしてそれぞれ一時期を画したが、この浪華大坂の自由な風気を人文の復興に活かした先達は、学術の分野でも存在した。国学の祖と仰がれる契沖空心《けいちゆうくうしん》(一六四〇―一七〇一)、仏教学の鳳潭僧濬《ほうたんそうしゆん》(一六五七―一七三八)がまず屈指され、これら学問研究に大きく役立った一切経の刊行者鉄眼道光《てつげんどうこう》(一六三〇―八二)や、大部な百科辞書編集刊行の寺島良安《てらしまりようあん》(一六五四―一七三二?)等も、またその大事業遂行の活力と場を、経済都市浪華に求めた。

真言僧契沖阿闍梨の祖は江州の出で、父は摂州尼崎藩に仕え、かれもその地で生れた。高野山への再度の参学は当然ながら、止住した今里妙法寺(東成区)、生玉曼陀羅院(天王寺区)、そして晩年の高津円珠庵(天王寺区)はともに当地浪華に在り、寄寓の地もまた周辺の摂河泉が多かった。徳川光圀の援助で、元禄三年(一六九〇)文献学的方法で『万葉代匠記』を改稿完成したが、その幅広い資料への目配りは、空海を宗祖とする真言宗是、密教教義に見られる人間情慾の全的肯定と無関係ではない。『弘法大師行状絵詞』の標題にも「俗典鑽仰」があるが、即身成仏を信じ、常に大日三部経や理趣経を読誦し、大日如来中心の曼陀羅的宇宙観に立つ陀羅尼宗の行者契沖が、かく人間主義的世界観を懐くのは、至極当然であろう。そしてその研鑽の場は、この浪華こそふさわしい。

華厳教学復興のため、著述に講説に八面六臂の大活躍を演じた鳳潭の郷里は、摂州難波村のほか同豊島郡池田村その他諸説があるが、「榑桑浪華　僧濬鳳潭」とか、京都大華厳寺に移ってからも「大日本京兆　頭陀浪華子」と名乗っているから、浪華を郷貫と語っているに等しい。これより先、仏徒として与楽抜苦の衆生救済活動と雁行させつつ、一念発起、黄檗版大蔵経の上木を完遂した鉄眼は肥後益城郡の人であるが、資金面ではこの地を中心とした勧進であった。鳳潭は若年の頃、父に無断でこの鉄眼に参じ、鎖国下に在りながら長崎より唐天竺までも、求法の渡航を企てたとの逸話が伝わる。

『和漢三才図会』百五巻を正徳三年(一七一三)頃大坂の本屋から出版した寺島良安は、法橋で高津(中央区か)に杏林堂を構えた、和気家の医系につらなる浪華の医家というほか、伝記も詳らかでないが、当地の生れと遠近よりの来坂者とを問わず、ここ浪華を人文復興の基地に選んだ先人は多い。西鶴に先がけ、色道世界の集大成を志した藤本箕山《ふじもときざん》(一六二六―一七〇四)は京人であるが、中歳三十年間浪華に下り、全国的規模で悪所(くるわ)を精査した。活力に満ち溢《あふ》れた自由な開明都市水都大坂は、このように個性豊かなさまざまな人間を受け入れ、各自フリースタイルで得意の遊泳をなさしめ、かつ抜群のレコードを樹立させた先進文化境域であった。

*

近世前期文壇の掉尾を飾った近松の活躍に替わり、浪華には思想学術の分野で一人の鬼才が現れ、彗星のように世を去った。富永仲基《とみながなかもと》(一七一五―四六)である。父たちの建てた初期懐徳堂で学び、商人の子らしい冷めた目で、夙慧はやくも志学の頃中国思想発達史論を試み、ために師の三宅石庵《みやけせきあん》の不興を買ったと伝える。経学のみならず炯眼よく仏教思想を究め、而立《じりつ》後かねて述作の『出定後語《しゅつじょうごご》』『翁《おきな》の文《ふみ》』の二著を相ついで公刊し、「加上《かじょう》」説で三教の体系を成立史的に跡付けた。それは互いに凌ぎ合う人ごころに発達法則を求めた所論で、近代の研究結果とも大筋で見事合致する卓説であった。かれは言語の諸相や民族性の差異にも注目し、それぞれ一言で総括した。仲基顕彰の先鞭をつけた内藤湖南や、それに続いた武内義雄、石濱純太郎等は仲基に示唆を受け、己れの研究法に活かして学界を領導する成果を挙げた。

仲基はこの自信作を、釈迦牟尼降誕の地までも伝えたいとまで、自序で壮語している。かの鳳潭若年の悲願にも相通じる、浪華びとの心意気である。仲基が鉄眼の刊経事業に協力し、校合を手伝ったとの言い伝えは資料の裏付けこそ無いが、かれの仏典との宿縁は、鉄眼の黄檗版一切経が深く関っている。生母の実家は黄檗寺院を一建立した大和立野の豪家であった。鉄眼の遺業は大乗非仏説を世界に先がけて主張した仲基によって、皮肉にも伝統的宗乗の否定と思想史研究法の発見という、思いがけない後世へのプレゼントに生かされた。仲基は先輩儒者や仏家を踏み台に大きくジャンプした、十八世紀前半の旗手であった。

仲基と並世の人で、仲基の著述を読み、批判とともにその主張にある種の共感を示した慈雲飲光《じうんおんこう》（一七一八―一八〇四）も、天寿と信仰こそ相異なるが、仲基の生家と程近い大坂中之島（北区）高松藩蔵屋敷で生まれた。摂州田辺（東住吉区）法楽寺で得度、河内高井田村（東大阪市）の長栄寺を復興し、正法律を唱えた。慈雲尊者の名声を後世に伝えるのは梵語研究で、明和三年（一七六六）頃ほぼ完成した『梵学津梁《ぼんがくしんりよう》』一千巻は、当時わが国に伝わる梵字の学習資料を集成分類した大著で、いまも自筆稿本が河内葛城山（河南町）高貴寺に保存されている。その真言種子博捜網羅の意気は、渾樸な筆跡とともに浪華びと百不知童子慈雲の面目と言えようか。

*

富永仲基の父たち五人が船場尼崎町（中央区）に建てた学問所懐徳堂は、京堀川伊藤氏の古義学、江戸萱場町荻生氏の古文辞学以後のわが経学界の趨勢として、必然的に振子を朱子学に戻し、地域性に適った「中庸」を重んじる学風に定着して行った。四代学主中井竹山《なかいちくざん》(一七三〇—一八〇四)や、その弟履軒《りけん》(一七三二—一八一七)に学んだ山片蟠桃《やまがたばんとう》(一七四八—一八二一)は、浪華の豪商升屋の番頭であったが、激務のかたわら、最晩年にいたるまでその合理的思考を形而下に徹底させ、十八年を費やして『夢ノ代《しろ》』を完成させた。蟠桃はこの畢生の著述で堂々と無神論、唯物論を開陳し、壮大な宇宙観に立つ地動説を展開した。三百八十部に及ぶ引用書も師友先学の所説も、すべてこの開明的百科全書に収斂されている。自分の死後は、「地獄なし極楽もなし我もなしたゞ有ものは人と万物」だけであり、およそ世の中には、「神仏化物もなし世の中に奇妙ふしぎのことは猶なし」というのがかれの信念で、本書の巻末には、この二首の辞世が据えられている。

蟠桃より早く、懐徳堂の門をくぐったと思われる浪華生れの読本《よみほん》作家に上田秋成(一七三四—一八〇九)がいる。数奇な出生の秋成は、還暦以後居を京に移し、さらに多様な文体で執筆活動を続けたが、中歳創作の場は浪華北郊(北区・淀川区・東淀川区)であった。かれは測り知れない魂の真実と美しさを描こうと、霊界との垣根を取り払って現実に繰り込み、先行作を換骨奪胎して自在に人物像を造形し、従来の気質物の文芸的深化を試みた。明和五年(一七六八)に序が成り、安永五年(一七七六)大坂・京都の二書肆より発刊の『雨月物語』は、自序の謙辞とはうらはらな野心作で、永く読みつがれている。

それにしても、徹底した現実的合理主義で、外面的事実のみの容認に依怙地なまで拘った思想家の同窓から、浪漫的神秘主義で内面的真実の美を究めようとした作家が出ているあたり、中期浪華の文化的奥行が垣間見える。秋成にとって、なまなかの分別智などはむしろ唾棄すべき贋物と映じたに違いない。この時期以降、江戸にあっては読本のジャンルのみならず、漸く成熟した多様な庶民文芸が開花する。中には上方へも伝播して、枳橘易土の様相を呈したものもあるが、京坂の文運は漢詩文の方面が注目される。

＊

仲基、秋成、蟠桃がそれぞれ順逆両縁で関りを持った懐徳堂の中井竹山は、経学とならび文雅に志ある才人で、この地の作詩文結社混沌社《こんとんしゃ》に足繁く出入した。盟主片山北海《かたやまほっかい》（一七二三―九〇）は越後の出身で浪華に下帷講説し、京の江村北海、江戸の入江北海とともに三都の三北海として知られた。この時期、三都はじめ詩社が多く結ばれたが、混沌社は宝暦末より明和・安永・天明・寛政に及ぶ、大坂ならではの自由で超階級的結社で、その活動の様子は若年西国安芸より移住参加した頼春水《しゅんすい》（一七四六―一八一六）の回想随筆『在津紀事《ざいしんきじ》』につぶさである。中でも玉江橋北畔（福島区）に御風楼を構えた医家葛子《かっし》琴《きん》（一七三九―八四）は衆目の認める天成の詩人で、清新な作風はひろく謳えられた。

混沌社に参じた一人で、京より浪華に移った曾之唯（一七三八―九七）は篆刻の名手でもあった。印聖と目される甲州出身の在洛篆刻家高芙蓉（一七二二―八四）の高弟で、その「影子」と呼ばれるまで蒼古な印風は酷似していた。師芙蓉の印学研究集成の素志を継いで『印籍考』『印語纂』を編み、いまに重宝する『漢篆千字文』を同門葛子琴とともに校閲増補した。『印籍考』は薄冊だが、当時中国にも無いユニークな和漢印譜の品評書である。

葛子琴も芙蓉門古体派の名手で、その詩に通じる爽麗婉約な印風であった。古体派篆刻は江戸や伊勢その他にも伝わるが、浪華の地でもっとも栄えた。あの懐徳堂関係の彫り物を一手に引き受けた前川虚舟も芙蓉門で、官印を面白くアレンジした印譜『稽古印史』を出版した。本譜には頼春水が安永七年（一七七八）に序を、また尾藤二洲等が跋を添えている。虚舟は嘱印の刻料を取り決めたプロ篆刻家の祖でもある。懐徳堂用印をはじめ竹山・履軒兄弟の私印も、虚舟はもとより古体派の奏刀に成る類が多い。虚舟の住所は佃村（西淀川区）であった。

混沌社盟友で梅花社篠崎三島《しのざきさんとう》（一七三七―一八一三）は伊予出身の紙商より儒者に転じ、嗣子小竹《しょうちく》（一七八一―一八五二)の実父は豊後から浪華に出て医を開業していた。小竹は詩書ともに巧みで、四か月早く同じ浪華で生まれた頼山陽(一七八〇―一八三二)とも親しかった。小竹門で北浜(中央区)の富豪肥前屋呉《ご》北渚《ほくしょ》(一七九八―一八六三)は慶長年間渡来した遠祖の血筋は争えず、書と篆刻の技量は日本人離れしていた。書は師と古法帖に学び、印は前川虚舟門で、この地とも有縁の豊後竹田田能村竹田、豊後日田広瀬淡窓・旭荘兄弟その他数多くの詩文集の序跋版下を筆耕し、雅人文墨家よりの嘱印を手がけている。その声望がしのばれよう。北渚ほどの腕前であれば、優に本場のお座敷に出せる。携え渡ろうと国辱にはならない。

＊

混沌社結成の素地となった蒹葭堂《けんかどう》会の主宰者木村《きむら》巽斎《そんさい》(一七三六―一八〇二)は、大坂夏の陣で戦死した後藤又兵衛基次の血を引く生粋の浪華っ子である。北堀江(西区)に代々醸造業を営み、本草博物の学が本領で、かれの晩年来坂した大田《おおた》南畝《なんぽ》(一七四九―一八二三)もたびたび質問に訪れ、残された各自筆問答録には『詩経』蒹葭の詩に因んで『遡遊従之』と題されている。蒹葭とは浪華の名産、芦のことである。

蒹葭堂は文人の常として詩書画篆刻ともにすぐれ、その並外れた蒐集癖は昂じて、堂内には文物万般のコレクションで山を成した。有名な『蒹葭堂日記』も日記とはそれこそ「名ばかり」で、実は来訪者名と当方よりの訪問者名の丹念な蒐集簿であった。かれは訪客を心底歓待し、愛蔵の奇書珍品をも吝しみなく展示した。堂主のこの開放的姿勢をただ形の上からサロンや図書館になぞらえる向きがあるが、かれは社交の愉楽や社会風教への寄与などより、町人学者らしいギブアンドテイクで、諸国の物産や情報の入手が目的の、交歓――交換の好機を得たいのがその本意であった。百費を節して標本や資料費に充て、考索を事とした堂主の実像がほの見える。蒹葭堂の蒐集品は典籍、地図、金石博物標本のいずれをとっても超一流の内容で、後世の専門家を益するものも数多い。この人物交流の万華鏡とも言える日記を材料に、研究家は交遊の実態や文運の動向を調べ、作家は虚々実々、興味津々、迫真のストーリーを創作するであろう。世紀の改まる明平成十三年(二〇〇一)は蒹葭歿後二百年忌辰に相当する。

『蒹葭堂日記』に登場する「上田東作」「上田余斎」は、すなわち秋成である。秋成は大の煎茶党で、『清風瑣言』や『茶瘕酔言』の専著もある。蒹葭堂も同嗜同好で、秋成の草した蒹葭堂伝「あしかびのこと葉」はこの茶友同士の喫茶清談で筆が起こされる。蒹葭堂の愛蔵する売茶翁高遊外(一六七五—一七六三)、池大雅(一七二三—七六)、秋成遺愛の茶具は、堂二世より当地の煎茶家花月菴田中鶴翁(一七八二—一八四八)に譲られ、代々承け伝えていまに恙無い。『蒹葭堂日記』のうちうぶい装釘の二年分も、同様の伝来事情で花月菴流家元田中家(天王寺区)の架蔵である。

鶴翁ももともと酒造家で水質に心を潜め、京の小川可進(一七八六—一八五五)とともに煎茶趣味の流儀化を先駆けた。百方手を尽して中国より西湖の水を取り寄せ、甕口に工夫を凝らして淀川上流に沈めたが、天保三年(一八三二)には江戸に下り、綾瀬川で茶会を催した。詩人大窪詩仏《おおくぼしぶつ》(一七六七—一八三七)らを迎え岸辺の合歓木《ねむのき》の枝で飾り棚を工夫し、川に因んで綾瀬棚と呼んだ。いま汚染の甚しい綾瀬川のそのかみの、浪華の煎茶家の曾遊を、そして東都文人との交遊を記念する好み棚である。

＊

蒹葭堂が歿して四か月後、享和二年(一八〇二)五月に、堂主の晩年しばしば出入して蔵書閲覧の便宜を得た蘿月庵尾崎雅嘉《おざきまさよし》(一七五五—一八二七)が、三十年来渉猟し続けた典籍のうち、和書二三六〇部の解題書『群書一覧』を大坂の本屋から刊行した。国書解題の嚆矢で、その簡明な内容は素玄両人からひろく迎えられ、のちのちまで書肆名単記や相合連記で版行を重ね、摺刷は明治に及んだ。その好評ぶりがうかがえよう。その後別人の手で編まれた続編や一連の関係書ともども、現代も洋装本で復刊されるほどの需要が見られる。本書に序した奥田元継や揮毫者森川竹窓も蒹葭堂の常連で、日記でもよく雅嘉と来合わせ、顔を会わせている。

雅嘉は、孔子が老聃の学徳を敬い用いたといわれる「博古知今」(『孔子家語』観周)の四字をそのまま家号とし、博古知今堂と号した。『群書類従』の編者、東都の温故堂塙保己一(一七四六―一八二一)の向うを張った、その堂号である。難波村(浪速区)の住人雅嘉の職業は不明ながら、己れをひそかに周の図書室の管理人老子に比した雅嘉は、典籍の司掌こそわが天職と心得ていたに相違ない。本書の凡例には、「漢土の書の部を嗣刻せんのこゝろざしある」旨が述べられていて、漢籍解題も進捗を思わせるが、遂に公刊を見なかったのは惜しまれる。雅嘉の名は、一般に通俗的好著『百人一首一夕話《ひとよがたり》』の著者として知られるが、その真摯な啓蒙精神は労編『群書一覧』にも一貫している。

雅嘉が塙保己一を敬慕していたことは、本書巻六の巻末、すなわち本書の最後に収めた「群書類従目録」の按語に明白である。「按ずるに本邦《ハウ》古来書典《テン》の大部《ブ》なるものハ滋野貞主《シゲノ、サダヌシ》の秘府《フ》略千巻のミ、……今塙《ハナワ》氏集むる所の書すでに一千二百七十余部に及べり、彼天長より後千歳の今に至て此盛挙《セイキョ》あること、その功亦偉《オホイ》ならずや……」。この目録は寛政九年(一七九七)頃出版もされているが、本書所収形とほんのわずか相違する。雅嘉がどのような経緯でこの目録を収めたにせよ、その堂号を「温故知新」(『論語』為政)より採った江戸の塙検校に篤い景仰の念を懐いていたことは確かで、かの「博古知今堂」の家号もこの「温故堂」を意識したと思われ、『群書一覧』の命名も亦、保己一編の浩瀚な大叢書名を念頭に置いた謙称ではなかったか。

＊

近世後期に興隆した学術の一つに金石学がある。すでに上方でも、京都の藤貞幹(一七三二―九七)が趣味的な二著『好古小録』『好古日録』を上梓し、やや後れて大坂の医家小山田靖斎(一七五五―一八二六)が『証古金石集』を編み、河内の医家三浦蘭坂《みうららんばん》(一七六五―一八四三)が木活字で『川内摭古小識』などを公刊しているが、東都の考証家たちの学風は清朝考証学を範とした実証樸学の風をそなえていた。文献を駆使し実事求是を目指した狩谷棭斎(一七七五―一八三五)が、本邦金石学の金字塔『古京遺文』を脱稿したのは文政元年(一八一八)であった。棭斎の法名は、その書院名と書屋名とをそのまま続けた「常関院実事求是居士」である。

このような気運のもと、摂州池田(池田市)の酒造家山川正宣(一七九〇―一八六三)は薬師寺仏足石歌の注釈を志し、文政九年(一八二六)にはじめて『仏足石和歌集解』を上梓した。賀茂季鷹門で和歌を詠み、契沖の著述を精写した正宣は、また『金石秀彙』と題するわが金石名品の和文解説書を編んでいる。かれは嘉永二年(一八四九)成稿の『宗像神社阿弥陀経碑考』で、「近世江戸人の、畿内等の事をしるせるものに、甚しき杜撰もあれば、今余亦、百里以外の旧蹟を暗推して、臆説をなすこと、甚恐なきにあらず」と断っているが、そこには研究に対する慎重謙抑な姿勢の奥に、江戸人への対抗意識がちらついている。「加上」を説いた富永仲基ではないが、学ぶと創るとを問わず、所詮それは生の証として人間通有の心情であろう。

わが国の公私古印の集大成を発願し、営々努力それを達成した長谷川延年《はせがわえんねん》(一八〇三―八七)は一時搢紳家に仕えたが、大坂松江町、徳井町(中央区)に住み、晩年は河内八尾(八尾市)に移った。延年の学系は明らかでないが、その印風は前川虚舟の影響を色濃く受けている。延年は手広く印影や実印を採集し、精妙無比な模刻による裒大な『博愛堂集古印譜』を完成した。万葉がなの自叙は安政四年（一八五七）秋、その冬には山川正宣が和文の跋を贈っている。去る昭和五十九、六十の両年にわたり、国文学研究資料館で単色簡易版が作られ、他にも復刊本が出ているが、わが国古印の分類印譜として今日でもこの書を超えるものはない。

前川虚舟の印風を承けた延年は、虚舟同様、方寸大の印材に数百字を刻《ほ》る曲芸的な細字刻法と大胆な石鼓派とも言える遊戯刀法とを併せ有っていた。倦まずたゆまず日々鉄筆を揮い、年々歳々編み続けた『韜光斎篆刻印譜』は積み重ねて五十冊に余る。過眼の書籍は筆まめに抄出を怠らず、考古、典籍、目録の学に精しく、また若い頃から道教思想に心酔した延年は、会心の運刀で善書を上梓施本している。その特異な信仰と不断の精進が、悲願成就のいさおしに繋がった。すでに世紀が改まってから世に出た延年は、こうして浪華の幕末を懸命に生き抜いた後、維新からなお二十年はこの世の人であった。

吽

二世紀半にわたる近世大坂の文運をたどる中で、わたくしが登場人物の出自をできる限り書き上げたのは、遠近からの来坂者をここ浪華が水のさが同様、こだわりなく吸収し同化して止まなかった事実を確かめたかったからである。その間、水のさがに染め上げられた浪華っ子たちはみんな水を得た魚であった。わたくしは幾たび総合集大成とか悉皆網羅に類する語を用いたか。それは洗い浚い徹底して一滴も漏らさぬ、総なめの水のさがであった。浪華びとは従来の型や枠にとらわれず、自ら澄んだ眼で見究め、本音を吐いて千古不易の立言を成した。それは澱みを潔く流し去り、濁りをも自浄する水のさがであった。かく動いて止まぬ水のさがを、知者は楽しみ聖賢も嘆き称えた。そして、ほかならぬ文化の形姿もまた水のさがに相通じる。たえず低きに流れ、互いに交流して止まぬ文運の動向はまことに水のさがそっくりである。逆流、停滞、涸渇はゆめ風上ならぬ水上にも置けぬ、ゆゆしき人文の否定である。

わたくしは中学時代に印象深かった物理の実験器具連通管を、六十年後のいま想い出した。単純なU字形のもあれば、底部が連なり通じた異なる形態の管が数本立ち並んでいるのもあった。いずれの管口から水を流し込んでも、下底部から他の異形の管すべてに行きわたり、徐々に嵩が揚っておのおの水準は同じレベルに平均して保たれる。水は低きに就き、方円の器に随うが、ただ流れ去るのでなく、連通管内では互いに水準を保ち続ける。ここで管ごとの形態の相異は、文化の違いに当たろうか。かの、水準が不安定な毛細管などは文化的個性に乏しいと言えよう。

明治二十九年(一八九六)、大阪朝日新聞に三十四回にわたって連載された「関西文運論」で、記者黒頭尊者こと内藤湖南は、論じ来り論じ去って、「儒学は享保以後、国学は宝暦以後、庶民文学は明和安永以後に至り……、文物尽く東に徙り」云々と断じた。以来、この文運東漸論はわが近世文化の動向を鮮明にとらえた卓論とされる。いま、主体的な創造である人類文化を、比喩にもせよ自然現象の物性と同一視することには慎重でなければならないが、文化の地域的特質も相互に底部で連続し交流が続く限り、ジャンル間の盛衰消長こそあれ、総体的な文化水準は保たれており、その地域的特質の相異を、軽率に文化水準の高下差異と取り違えることは、十分慎まなければならない。文化的連通も水準を保証し、一方的落差をあらしめない。人文もまた、そのような水のさがを本有するのではないだろうか。

区別が差別に繫がった時、人は往々にして目を曇らせ、事実認識を誤る。それはただ一国異域間の問題に限らず、多様な異民族、異文化相互の関わりについても必須の問いかけでなければならない。それにつけ、かの富永仲基の唱えた「加上」の方向としての「くせ」論、民族性に由来する文化的個性の相違を、改めて想い起すことである。

名におふも　おはぬもいづれ　なにはなる
　みなれしひとの　とはのいさをし
水引ける　我が田のさなへ　いつのまに
　かをりほたりつ　みのりたのしも

木村蒹葭堂

木村蒹葭堂《きむらけんかどう》は、谷文晁《たにぶんちょう》筆の肖像さながらの、悠揚迫らぬ寛闊無比の人がらをもって、交遊録『蒹葭堂日記』が示すような、実に多種多様な来訪客の応接に寧日なき有名文化人であった。名は孔恭、字は世粛、巽斎《そんさい》また遜斎《そんさい》と称した。木村氏。大坂北堀江の人。元文元年（一七三六）に生まれた。後藤又兵衛基次七世の孫に当たる。酒造を業とし、坪井屋吉右衛門を名乗った。ある年、庭中の井戸より出た芦根を名物浪華の芦とよろこび、室を蒹葭堂と名付け、全国の文人にその記を依嘱した。伝記資料は増山雪斎《ましやませっさい》撰の墓碑銘のほか、暁鐘成《あかつきのかねなり》編『蒹葭堂雑録《けんかどうざつろく》』所掲の自伝「巽斎翁遺筆」があり、原物筆蹟の確証により、内容は信じてよい。あるいは諸家に「蒹葭堂記」依頼の際、参考に供すべくまとめたものかも知れない。上田秋成の「あしかびのこと葉」は、これに拠って書かれている。

蒹葭堂は十一歳の延享三年（一七四六）頃、親族児玉氏に連れられ、在坂の片山北海を訪ね、名を鵠《こう》、字を千里《せんり》と名付けられた。一旦上洛の北海は、その後、浪華立売堀《いたちぼり》で開塾、蒹葭堂は十八、九歳よりその許で句読を受けた。幼少より病弱であった蒹葭堂に、草木の栽培をすすめたのは、父重周であった。谷文晁の描いた薬園の図がのこっている。また親族の薬屋より物産学のことを聞き、稲生若水・松岡玄達の名を知ったが、十二、三歳の頃、父の上洛に従い、はじめて玄達門の津島桂庵に会った。宝暦元年（一七五一）十六歳の春、再び母と上洛、桂庵に入門、以後しばしば質疑を重ねた。天明五年（一七八五）五十歳の折、改めて京の小野蘭山に入門、いよいよ斯学の研鑽につとめた。『浪華《なにわ》郷友録《きょうゆうろく》』安永四年版では、蒹葭堂は聞人《ぶんじん》・画家・作印家として、また寛政二年版には聞人・物産家・画家にその名を見出す。

自伝の第二に挙げているのは、その画業である。蒹葭堂ははじめ狩野派の大岡春卜につき、春卜模の『芥子園画伝』や延享三年（一七四六）春卜刊の彩色絵本『明朝紫硯』を習い、唐画に志した。やがて、父の友人宅に訪れる柳里恭から粉本を得、また十二歳の頃、長崎の南蘋流画家、黄檗僧鶴亭より花鳥を学んだが、本領とする文人画を、池大雅に就いた。書は、古法帖よりの修得はもとよりながら、骨法を大雅より承けている。蒹葭堂は、はやく宝暦八年（一七五八）より自宅で詩会を持ち、明和二年（一七六五）、混沌詩社結成後はその一員として、壮歳より文雅の交わりを結んだ。盟主片山北海は蒹葭堂の名付け親でもあったが、既望の月並詩会では、巽斎・孔恭として、個性豊かな老若雅友と唱酬《しょうしゅう》これつとめた。一時の盛を誇った混沌社の様子は、頼春水の『在津紀事』に詳しい。

さて、自伝はその真骨頂をなす広汎な蒐集に触れ、百費を省き百方手を尽して集めた珍籍、書画、地図、標本類は棟に充ちた。コレクトマニヤ蒹葭堂の名は、早くから来舶人たちを通じ、中国や朝鮮にも知られていた。宝暦十四年（明和元年（一七六四））朝鮮通信使と那波魯堂《なわろどう》との筆談が、それを証拠立てる。この年、蒹葭堂二十九歳であった。海彼にまで知れ渡ったそのコレクションは、幼少よりもっとも力を注いだ本草学・物産学のたまもので、みずから「奇ヲ愛スルニ非ズ、専ラ考索ノ用トス」とことわっている通り、単に好事に耽り博識を誇るためではなかった。蜀山人《しょくさんじん》大田南畝は、蒹葭堂との学芸問答録『遡遊従之』の序文で、その人がらを「謙虚退然、博学方無し。最も地理に精しく、能く物産を弁ず。其の風韵蕭灑、啻《ただ》に一好事家にあらず」と称讃している。事実、蒹葭堂の編集になる『禽譜』『奇貝図譜』『植物図譜』は、いまも専門家に貴重視されている。

蒹葭堂は、二十数部の家刻版を上梓したが、これらいわゆる蒹葭堂版は、その底本が吟味され、『尚書大伝』『匡謬正俗』のごときは、清乾隆年間、盧見曾の善美を尽した雅雨堂十種本に拠っている。その蔵する書画・法帖・地誌・

地図類も、今日珍とするに足るもので、『唐土名勝図会』の企画は、未完ながらの畢生蒐集の中国地誌類を集成しようとこころみたものであった。『天工開物』『神農本経』『名山勝概図』『章草千字文』『江湖歴覧杜騙新書』等々、蒹葭堂蔵書によって和刻された漢籍は、数多い。また、その旧蔵写本、漆工書『髹飾録』は台湾や中国本土でも翻刻、影印されている。これら蔵書は、歿後五百両で幕府に買い上げられたが、幅広い蒐集品は、四世蒹葭堂時代まで保管されていたらしく、暁鐘成編、松川半山画『蒹葭堂雑録』にまとめ刻されている。

蒹葭堂は酒をたしなまず、文人趣味の煎茶を好んだ。家庭の蒹葭堂は、宝暦六年(一七五六)二十一歳の時、森氏の女しめを娶った。媒酌は細合半斎であった。明和二年(一七六五)山中氏を妾としたが、妻妾仲睦まじく、妻の生んだ二女も、よく妾になついた。この妻は口数多く、妾は無口の性とて、僧雪舫は流行のオランダ趣味より、彼女らにシャベッテル、ダマッテルとあだ名した。蒹葭堂は支配人の過失により、寛政二年(一七九〇)五十五歳の十月より五年二月まで、伊勢川尻村に隠退したが、これは長島侯の増山雪斎の庇護によるものであった。蒹葭堂の忌日は享和二年(一八〇二)一月二十五日、享年六十七である。天王寺区餌差町の大応寺に土葬された。墓碑銘は増山雪斎の撰ならびに書である。遜斎蒹葭堂の謙抑な人がらは、繁忙な日常に処してよく社交につとめ、また旺盛な知識を燃やして、博捜よく蒐集の実をあげた。その並外れた器量と気宇の雄大さとは、町人学者の一異才として、長く語りつがれるであろう。

忙裡偸閑の人

一

かりにいま、一定の語群を選択肢として、その中から「数寄」とかかわり深い語をえらばせるならば、さしあたり「閑人」などは、解答群の内容いかんによらず、的中率のもっとも高い語となるにちがいない。出題者の意図と、期待通りのこの結果を待つまでもなく、両者はたしかに親縁性が濃い。芸道論などにも、よく並べて取り上げられる。わたくしはまた、「芸術は閑暇の所産なり」と教わったことがある。事実この命題を、なるほどそうかと思い当たったことが、これまで幾たびかあった。芸術が自己表現であるかぎり、作者は自分以上でも以下でもなく、ましてや自分以外の誰でもない。本来の自己にたち帰ったとき、はじめて本物の芸術は創られるはずである。とすると、一見色あせたこの語も、やはり芸術開眼のキーワードとして、キラリ光るものを失ってはいない。かくいう「閑暇」こそは、手持ち無沙汰で無聊をかこつ体の、弛緩した惰性感覚とは全く異質の、いともきびしい創造精神を属性としている。

ではその美の母胎という、相対的な時空を越えた閑暇には、一体どうして到達できるのか。古人はいみじくも、「忙中閑有り」とか「忙裡閑を偸《ぬす》む」といい切っている。どうやらこの閑暇は、繁忙多端な日常最中《さなか》に、即身体得できる三昧境のようである。そして、この多忙さを放下し、煩雑さから解放されてみごと絶対境に参入した精神的成功者こそ、「すき心」の持ち主ではないだろうか。すき心は理窟ではない。一途な「まめ心」である。ところが、まめ心は一向に多忙をいとわない。かくて、すき人は忙に居て忙を忘れ、いかなる才子・器用人や努力家をも凌いで、上手の座を得るにいたる。「好きこそ物の上手なれ」。「下手の横好き」も、いつかは上手をつき抜けて、名人にも達しよう。近世中期、宝暦・明和・安永・天明・寛政の交、年代でいえば十八世紀の後半、浪華にその人ありと知られたすき人蒹葭堂木村巽斎は、さしあたり忙・閑・芸三者の奇しき関係を、躬をもって明かしてくれた典型的人物であろう。

二

すき人蒹葭堂。倉卒に声をあげれば、俗には喧嘩好きと受け取られかねない室名だが、これがまず雅俗テストの第一関門ともなる。蒹葭、それらは対して荻と蘆、熟してそのいずれをも意味し、ことにまだ穂の出ぬそれを指すらしい。『説文』の段注には「未だ秀《の》びざるものは、則ち蒹と曰ふ」とある。また、ひめよしの呼び名も見える。『新古今集』の「難波江の蘆の若葉」こそ、まさしく蒹葭であろう。かれもまた、浪華北堀江の邸内で井戸掘りの際、出て来た古蘆の根を、名にし負う浪華の蘆とこよなく欣び、早速その堂に扁したという。けれどもその命名は、このような偶然の即興即事にのみ由来するのではない。それは『毛詩』秦風の蒹葭にまでさかのぼる。元来この詩篇は、すでに周の地を得ながら、周礼を用いかねた秦の襄公を諷刺した作といわれるが、これより、先哲古人を思い懐う心、「蒹葭秋水の情」に通じさせたにちがいない。菅甘谷の「蒹葭堂記」などは、ちゃんとそのことに言い及んでいる。まことに蒹葭堂とは、主人のつつましやかな心を寓した室名である。それは孔恭と名のり、世粛とあざ名し、また井戸に因む易伝より巽(=遜)斎と号したかれの名字号に一貫するもので、いずれも文雅にして謙抑なひびきをやどす。おおよそ、その人ががしのばれよう。ゆめ、喧嘩好きなどと誤ってはなるまい。醸造を世業とし、屋号は坪井屋、通称吉右衛門また多(太)吉郎である。

木村蒹葭堂は元文元年(一七三六)丙辰十一月二十八日に生まれ、享和二年(一八〇二)壬戌正月二十五日、かぞえ年六十七歳で世を去った。現代風にいえば、六十五歳と二か月足らずである。伝記資料の一つは、菩提寺小橋《おばせ》寺町(天王寺区餌差町)浄土宗鎮西派棲巌山天性院大応寺の墓碑銘で、歿後三か月目に成った。撰並びに書の伊勢長島藩主増山雪斎はかれの雅友で、そのパトロンでもあった。家業を管理人まかせの坪井屋の旦那蒹葭堂が、過醸の冤罪で所払いに遭った時、五十五歳の寛政二年九月より五十八歳の五年二月まで足かけ四年間、その所領伊勢川尻村にかれを呼び寄せた。碑文によると、蒹葭堂は質直誠実な人がらで、博学多通、ことに物産に詳しく、書画を玩び画山水を得意とした。浪華によぎる客は雅俗となくこの堂を訪れ、千客万来の四、五十年間、さらに疲倦の色を見せなかった。まれにみる多芸で、その徹底した中華趣味は、あちらより渡来の黄檗僧大成《だいじょう》禅師も一目置いたほどである。また地図をあつめ、到らずして実地に遊んだかの記憶ぶりだった云々。

妻と妾と女子が一人、みな和楽の家庭だったとは、いささか紋切り型だが、頼春水の在坂回想録『在津紀事』に、蒹葭堂が客をもてなす時、妻妾はその側に侍して蒐集品の出納に任じ、長崎遊歴にも彼女らを携えたと伝えるのと、矛盾はない。もっとも、篠崎小竹の頭書には、一時は妻が嫉いて何度か家出したが、そのたびに、妬心が消えたらまたもどっておいでと、本気でとり合わぬ亭主に毒気を抜かれ、遂に偕《とも》に老いたとあり、当然ながら、多少の波風は立ったらしい。その妻森氏示《しめ》女は大変なおしゃべりで妾山中氏はおとなしく、僧雪舫は当時はやりのオランダ風に、妻をシャベッテル、妾をダマッテルとあだ名したという。

蒹葭堂の祖は後藤又兵衛、すなわち後藤基次である。基次は大坂夏の陣に河内道明寺で討死し、子の吉右衛門基房は医者となり、名を玄哲と改め近衛公の医官となった。その子五助芳雅の玄孫がわが蒹葭堂世粛である。その氏は、父重周が浪華木村重直の家を継いだためである。木村の家系はさらに不明だが、木村といい重の譲り字といい、かの勇士長門守重成の血筋とすれば、かたや後藤又兵衛六世の孫がその家を継いだのだから、話はおもしろくなる。いま、その家系を図にすると、

後藤又兵衛基次—吉右衛門基房（玄哲）┬玄篤
　　　　　　　　　　　　　　　　　　└五助芳雅—七郎兵衛芳矩—延助芳昌┄吉右衛門重周—吉右衛門孔恭（蒹葭堂世粛）

木村重成……？……木村重直┄吉右衛門重周

となる。ただし、弱冠にして戦死した若桜の長門守重成に、ましてその妻、真野豊後守頼包の女（『事実文編』巻十九、享年十八）との間に実子があったとは、稗史の知識をもってして、まず考えられない。万々一、蒹葭堂の父重周が継いだ木村氏がその一党であったとしても、直系の血縁ではもちろんなかろう。ともあれ蒹葭堂は、まさしく後藤又兵衛七世の孫である。通例、碑銘は家伝の基礎資料に拠るもので、あながち無稽の説ではない。この方は十分信用できる。かくて撰者の伊勢人増山雪斎は、碑文末尾の銘を、俗諺「難波の蘆は伊勢の浜荻」にちなみ、「邦言二州本是同花」の一句で結んでいる。

三

伝記資料その二は、蒹葭堂みずからしたためた一枚の自伝である。もともとこれは、知友誰彼に寄題の詩文を依頼する際の自己紹介文らしいが、今度は子孫にのこす意図から、私生活にわたるくだりが加えられている。片かな交り

四十一行、人名には割注がある。はやく安政六年(一八五九、蒹葭歿後五十七年)、暁晴翁が四世吉右衛門から借りて、「巽斎翁遺筆」と題し『蒹葭堂雑録』のはじめに収めた。明治十六年(一八八三)初冬、大阪博物場での遺物会に現物が出陳され、「蒹葭堂先生遺書」として、石版刷りで参会者にも配られた。筆跡は、筆癖・語癖より見て自筆に間違いない。ついてみるに、幼時かれは、病弱ゆえ父親から植物栽培を、また親戚の薬屋から本草物産学のあることを教えられ、やがて稲生若水や松岡玄達の名を知った。十二、三歳の頃、父に従って上洛、松岡門人の津島桂庵に会い、父の死後、十六歳で母に随って再び京に上り、その門に入った。同門戸田旭山・坂上藍水・直海元周とも文通、また、小野蘭山・斎藤彦哲にも指導を仰いだ。当時の人物誌を見ても、蒹葭堂の本領は画と本草物産のようである。かずある蒐集も、すべて「考索」のためという。半ばは本音であろう。この語は、ひょっとすると座右の書『和漢三才図会略』の林信篤序あたりから得たかと思われるが、かれの大好きなことばで、この自伝中、三か所も使用し、物名に関し松浦静山《まつらせいざん》に宛てた返信(中野三敏氏示教)にも、二度用いてあった。蒹葭堂コンコーダンスのうち、きわめて頻度の高い語である。

名物学についで、かれは画事をあげる。浪華の狩野派大岡春卜は『芥子園画伝』にならい、明人の画を模して彩色本『明朝紫硯』を上梓した。これはカッパ刷りの早いものだが、六歳頃より、かれはこの春卜の絵本で唐画を学んだ。一方、父の友人宅に客居の柳沢淇園からも、粉本で間接に手ほどきを受けた。十二歳、長崎より浪華に来遊の黄檗僧鶴亭につき、南蘋流の花鳥画を学んだ。やがて淇園に伴われ上洛、池大雅に山水を学び、忘年の交りを結ぶことになる。はじめ蒹葭堂、親戚児玉氏に連れられてその師片山北海を訪れ、名を鵠、あざ名を千里とつけてもらったが、のち、句読を立売堀《いたちぼり》住の北海に受け、その紹介で大典禅師や、そのほか伊藤錦里・清田儋叟・江村北海・芥川陽(養)軒・竜草廬・山脇・香川・後藤等々、京洛の名家とひろく交游を持った。

蒹葭堂は「余、嗜好ノ事、専ラ奇書ニアリ」と、はっきり言い切る。百費を省いて購った書画碑帖・地図・草木金石魚介鳥獣標本・古銭古器・唐山器具・蛮方異産、「ミナ考索ノ用トス、他ノ艶飾ノ比ニアラズ」ともことわっている。あわせて茶を好み、商売物の酒はたしなまず、売茶翁の茶具を伝える旨、のべている。翁遺愛の茶具は、二世蒹葭堂木村石居が図録にして出した。抹茶も「好テ喫ス」。ただ、「彼ノ茶礼ノ暇ナシ」とは、なかなか手きびしい。詩文は弱冠より壮歳までさかんに唱酬を重ねたが、元来速吟のたちでなく、つい礼を欠くことがあったりして、自分でもこころよからず、社交の具としての作詩文は廃し、ただ偶成即興の句をたのしむにすぎぬ。とは言え、宝暦から明和にかけて、堂で催された蒹葭堂会が、やがて片山北海を盟主とする浪華文苑の大集団混沌詩社へと、発展していったのである。その辺の消息は、野間般庵師の「蒹葭堂会始末」(大谷篤蔵氏編『近世大阪芸文叢談』所収)に詳しい。

このあと、かれは家族のことに触れ、妻妾と二人の娘、うち長は夭し次は長ずとしている。茶友上田秋成は、この自伝をもとに「あしかびのこと葉」を草し、別に漢字を併記した稿を、父親蒹葭堂の請うままに、女の学習の参考に贈った。秋成の識した安永三年は、長女ヤス満六歳が痘で身まかったのとおなじ年で、あるいは稽古始め用だったのかもしれない。明和八年生まれの次女スヱには、年ごろの寛政初年より養子を心がけ、伊勢退隠前後に縁あって迎えたが、義父との折合いが悪く、京都小石家究理堂文庫の整理に当たった多治比郁夫氏は、養子の不実を憤った小石元俊宛蒹葭堂六十四歳時の書簡を紹介されている(『日本美術工芸』四五七号)。なお、歿後の相続人、蒹葭堂二世木村石居はもとよりこれと別人である。自家螟蛉に腐心した跡は、寛政七年三月九日付け、岸和田宮内九左衛門宛書簡(永野仁氏調査)でもうかがえる。

四

書物はもともと商品ではない。書痴たるもの、できれば営利打算と関係なく、心ゆくまで刻書にすきをこらしたい。蒹葭堂も、わが意にかなった書物二十余部の自家出版を志している。いわゆる蒹葭堂版である。まだ二十六歳の宝暦十一年(一七六一)に出した大典禅師の詩集『昨非集』が嚆矢で、いずれも内容と底本が、よく吟味されている。経書について見れば、『尚書大伝』『匡謬正俗』『鄭氏周易』は善美をつくした盧見曾の雅雨堂蔵書十種本に拠り、『毛詩指説』は宋元学術の集大成通志堂経解中に唐人の遺著を見出し、いち早く複刻したもので、ともに一見識に出でた出版といえる。上梓のあかつきには、遠近となく知音に贈ることを忘れなかった(明和六年十二月二十七日付け、土佐谷丹内宛書簡、高知市甲藤勇氏蔵、昭和五十二年度日本近世文学会春季大会で田中善信氏発表、同氏「蒹葭堂と土佐」『近世文芸 研究と評論』第十三号所収)。『沈氏《しんし》画《が》塵《しゅ》』『弇山《えんざん》園記』『白麓蔵書鄭成功伝』などは、実際にかれが校注をほどこしている。その著で寛政七年刊の『一角纂考』はさきに出した大槻玄沢著『六物新志』に続貂したものである。また『遡遊従之』は、亡くなる直前まで、主として物産に関し蜀山人大田南畝の問いに答えたもので、質問者をして、「博学無レ方、最精二地理一、能弁二物産一、其風韵蕭灑、不二啻一好事家一」と嘆ぜさせた。植物・禽・貝などの自筆の譜や、蒹葭堂版ではないが、歿後初集のみ刊行の『唐土名勝図会』などとともに、裒大なかれの蒐集の成果で、いまに専門家の間で珍重されている。篆刻を高芙蓉に学んだかれは、宝暦十四年、朝鮮通信使の名を福原承明と刻し、『東華名公印譜』を編んで土産に贈り、友好の証とした。印書では、『甘氏印正』の和刻も行なっている。

堂の蔵書を底本として書肆より和刻された唐本は、『天工開物』『神農本経』『名山勝概図』『章草千字文』『茶史』

等々数多く、それぞれ評価も高い。中には、中国でも失われたと思われる貴重な写本もあった。蒹葭堂旧蔵本は、歿後五百両で幕府に買い上げられた。その折の記録を「蒹葭堂献本始末」という。また、四世吉右衛門の頃まで散佚をまぬがれた幅広い蒐集品は、暁晴翁と松川半山の手で、『蒹葭堂雑録』に図入りで紹介された。このように、蒹葭堂主人の好事多趣味は、一見野放途ななかにちゃんと統御され、放縦なまでの遠心的志向は、やがて時あって、「考索」という求心的方向に収斂された。決して玩物喪志、多岐亡羊ではなく、すき心の手綱は利いていたのである。すき人蒹葭堂の精神構造は、このような力学でとらえられよう。そこには声高な自説の主張こそ隠微だが、いまに資料的価値を失わぬ典雅な編著や刻書が、世を益している。

五

寛政五年(一七九三)二月、流謫より帰郷した蒹葭堂は、もと居た北堀江より東北にあたる備後町にまず落ち着き、すぐ呉服町に移ったが、そこは間口奥行ともに数間《けん》の、ほんの手狭な仮住いであった。けれども、失意のかれが胸裡住まうところは、常に広闊閑雅な別天地であった。寛政八年、来訪の谷文晁は蒹葭堂の意中をつぶさに聴取、ただちに筆を執って、その図を写し了えた。文晁はその折の経緯を、浪華経学界の耆宿で斯界の名門奥田尚斎に語り、この理想図に題する賛文の代作を請うた。尚斎作、わが名義の礎稿を節し図上に賛した文晁は、のちこれらを清書して、蒹葭堂に贈った。主人はさらに、程赤城ら来舶清人両三名に題賛を嘱したが、文晁の妙筆は、不遇をかこつ意興索然たる堂主のこころを、いかほどか慰めたことであろう。それはいつに、あるじのすき心のなせるわざでもあった。大阪大学懐徳堂文庫の西村天囚《にしむらてんしゅう》旧蔵『拙古堂文集』に、尚斎作の礎稿が収録されていることを、これも多治比氏が指摘された(『混沌』第四号)。文晁はまた、何度かの堂訪問中、主人の肖像をも画稿にスケッチした。享和二年(一八〇二)一月末、蒹葭簣を易《か》えて三日、遺族より肖像制作の依頼を受けた文晁は、ただちにこれをとり出して壁にはり、朝夕われとわが迫真の技に見入ったが、ついに半年以上もかけて入神の画像を完成、歿後二か月の命日にさかのぼって年記を識した。これが有名な大阪府教育委員会所蔵の重要文化財蒹葭堂像で、もと大阪博物場にあり、追遠の忌祭にはかならず正面に掲げられたが、その閑雅にして悠揚迫らぬ人がらを彷彿させる名品である。『国華』八〇五号および九七三号に、吉沢忠氏のくわしい解説が見える。

伊勢長島領の川尻村から帰っても、蒹葭堂の日常はあいかわらずの忙しさであった。表向き、町内や公儀との交渉こそなくなったが、冠婚葬祭や近所づき合いのほか、文人雅客の応対、饗応、物産奇品の商搉《しょうかく》、雅会、訪問客への答礼など、以前にもまして繁忙で、ほとんど寧日なき有様であった。かれは訪問者のさし出す名札や備忘の紙片を、おおよそ旬日ごとに整理して罫紙に浄書した。一日一行にかぎり、一行をさらに朝昼夜と目分量で上中下に三分し、氏名を記入する。また、答礼などこちらが外出して相手を訪問した時や旅行の場合は、朱書で区別した。日により月により、また時々の事情で繁閑かならずしも一定せぬなかで、多客の日は漢籍の割注のように双行、またまれには三行にもわたり、文字通り蠅頭大の細字で書き込まれていった。その筆癖は一見嫋々として、しかもどこか骨っぽく、楷・草あわせ記し、古法帖ゆずりの異体字を混じている。あきらかに、和様とは異なる、唐山趣味の祖にふさわしい文字ではあった。

人名のみの、しかも略称・通称のみの、この『蒹葭堂日記』五冊は、安永八年(一七七九)筆者四十四歳から、亡くなる十五日前の享和二年一月十日までの「交遊人名蒐集簿」である。いかにこの類の記録が習慣化していた当時とはいえ、なみはずれた筆まめでなければ、いつしかきっと筆を折ったにちがいない。それはひとえに、筆者蒹葭堂のすき心のなせるわざであり、生涯忙中閑をもとめた大風流のドキューマンであった。これをひもとく者は、おのがじし、登場人物の裏に、筆者を核とするさまざまな人脈図を想い描くであろうが、その配線を間違えぬ勘と技倆の習得は、一生仕事である。さらに、その行間に蒹葭堂主人の生活のリズムが読みとれたとき、日記は卒業といえる。また、本書の伝来をかえりみれば、それこそ数奇な運命は一口に語り尽せぬが、さいわい書霊にみちびかれ守られて、いま二十四年中十八年分がそろっている。ともあれ、近世後期文運のこよなき記録として、この日記を筆者ゆかりの浪華の地に伝えるべく、一方ならぬお骨折りの羽間文庫主人平三郎翁は、本書の複刻本完成墓前奉告祭挙行後半月目の昭和四十七年五月十三日、七十七歳で、これまで顕彰にこれつとめられた多くの先賢や本書を護持し来った先覚の待つ西方安楽国へと、旅立たれた。

合掌

付記一　羽間文庫本『蒹葭堂日記』が複刻されて丁度十年目の昭和五十七年春、煎茶花月菴流家元田中香坡氏宅より、寛政十一・十二年日記簿二冊が発見され、現在では二十年分の自筆日記簿を繙くことができる。この花月菴蔵本は流祖鶴翁生誕二百年記念展の準備中に見出されたもので、おなじく水田が解説を付し、中尾松泉堂書店内蒹葭堂日記刊行会より複製された。

付記二　蒹葭堂版、蔵書の行方、蒹葭堂の家族に関する次の論考を参看されたい。

多治比郁夫「蒹葭堂版」『杏雨』創刊号　平成十年四月

有坂道子「木村蒹葭堂没後の献本始末」『大阪の歴史』第五十四号　平成十一年十二月

有坂道子「木村蒹葭堂の家族と履歴について」『混沌』第十九号　平成七年十二月

追記　奈良市小嶋太門氏より中尾堅一郎氏宛速達での垂教によると、蒹葭堂の父吉右衛門重周の実家後藤氏は俵藤太秀郷の同族で、六世の祖は後藤又兵衛基次。その子基芳、法橋玄哲は近衛公の侍医となり、のち伊予川之江に帰住、寛文元年十二月二十八日卒。以下、増山雪斎撰墓碑銘と一致するが、基芳のみは墓碑銘に基房とある。「芳」字は以後代々の通字となっているから、或は「芳」と「房」との字体の類似による墓碑銘の誤りまたは改名か、とも思われる。

聞人蒹葭堂

一　春山図

関東大震災の翌大正十三年初夏の一日を、三十二歳の芥川竜之介は、胃酸の充満する重い胃袋を気にしながら、二年ぶりに京都博物館を訪れ、陳列品を観てまわった。が、その日はとりわけ身体の調子が悪く、「胃囊を押し浸した酸はあらゆる享楽を不可能にしてゐた」。そのうえ、列品には大した傑作もなく、ことに太字の掛物などは、「殆ど我々胃病患者に自殺の誘惑を与へる為、筆を揮つたものとしか思はれなかつた」。足を南画の陳列室に向けても、結果は同じだった。極度に神経を苛立《いらだ》たせ、まるで「殉教者のやうに」歩を進めていた竜之介の目の前に、「奇蹟よりも卒然と現れたのは小さい紙本の山水である」。その駘蕩《たいとう》たる出来映えを、かれはこう述べている。

「僕はこの山水を眺めた時、忽ち厚い硝子越しに脈々たる春風の伝はるのを感じ、更に又胃囊に漲つた酸の大潮のやうに干上るのを感じた。木村巽斎《そんさい》、通称は太吉(郎、また吉右衛門)、堂を蒹葭《けんか》と呼んだ大阪町人は実にこの山水の素人作者である」と。

以下、適宜、感想や批評を交えつつ、『蒹葭堂雑録《けんかどうざつろく》』所収の「蒹葭堂自伝」に沿って、「春山図」の作者を概観した芥川は、その小品を「僻見」四「木村巽斎」と題し、雑誌『女性改造』三巻八・九号に掲げたが、それから三年後、かれはみずから致死量の薬を仰いで命を断った。それにしても、この江戸っ子最後の文人が、しばし心身の憂苦より解放されたのは、浪華文人描くところの山水画に心ひかれ、その逸趣のとりこになるひとときを持ったからであり、単行本には未収のこの短文(岩波版全集第六巻、筑摩版全集第五巻所収)も、そう思えば、むげに看過《みす》ごしがたい。

これまで、たとえば『難波丸綱目《なにわまるこうもく》』のような地誌に網羅されていた浪華の人物の中から、学芸人のみを選んで、訪問者のために『浪華郷友録《なにわきょうゆうろく》』がはじめて出版されたのは、安永四年(一七七五)で、蒹葭堂四十歳の時にあたる。その頃すでに、かれは押しも押されもせぬ有名人で、この安永四年版には「聞人《ぶんじん》」(名の聞こえた人の意)、「画家」「作印家」の三か所に載り、さらに十五年後の寛政二年(一七九〇)版には「聞人」「物産家」「画家」と、その幅広い教養は、ひろく世の認めるところとなっていた。芥川が引いている「蒹葭堂自伝」は、この『浪華郷友録』がはじめて成った年より一、二年も前に、最初の稿は脱していたであろうこと、安永三年上田秋成(一七三四―一八〇九)作の「あしかびのこと葉」が、それに拠って草されていることで知られる。秋成と蒹葭堂は煎茶趣味を通じ、また唐山文物の愛玩において、たがいに気のおけぬ朋友同士であった。蒹葭堂はおのれの書斎に寄せる詩文をひろく交遊諸家に請い、多々ますます弁ずる生来の蒐集癖は、昂じる一方であった。このたびは自己の生い立ちをみずからしたため、秋成に示してそれを基に一筆をわずらわせ、もって娘の手習いのテキストに充てようとの心積りだった。

蒹葭堂は、まず幼少蒲柳《ほりゅう》の質とて、父親のはからいで本草・物産の学に入って行ったことから筆を起こし、画事、学問、書画金石・骨董・地図・物産蒐集に言及、それらが決して一時の好事艶飾のためでなく、目的は一に「考索ノ用」にあったことを強調する。また勝負、音曲には興薄く、百事を省いて名物多識の学を宗とし、詩文さえも社交本位の唱酬《しょうしゅう》は避けるようになった、と記す。気に入った養子を探すのに手を焼いたかれは、その後、家族に関する数行と、生涯節倹につとめた旨をもこの自伝に書き加え、家のために遺そうとした。表装された蒹葭自筆の自伝は、堂の二世三世時代にも機会あるごとに識者に筆写されたが、暁鐘成《あかつきのかねなり》(一七九三―一八六〇)の手で板本『蒹葭堂雑録』に収められるにいたって、ひろく世にひろまった。原軸は維新後もつがなく、明治十六年冬、大阪博物場で催された蒹葭堂遺物会にはたしかに出陳され、石版刷りの精巧な模刻《もこく》が参会者に配られている。また明治二十二年には、小中村《こなかむら》義象《よしたか》が「如蘭社話」巻十二に紹介し、社友はじめ人々の知るところとなった。物識りの芥川がこの自伝に眼をとめぬはずはない。蒹葭堂を論ずるには、こよなき資料といえる。

二　建橐七世

けれども、蒹葭堂の伝状は別にある。かれの庇護者であった伊勢長島領主増山雪斎《ましやませっさい》(一七五四―一八一九)の撰んだ墓碑銘が、それである。文は自伝とことなり、まずかれの出自家系に詳しい。その七世の祖は後藤又兵衛基次という。一方、木村姓は父吉右衛門重周が木村家を継いだためとあるが、この方も、何だか長門守重成の一党めいている。

蒹葭とは『詩経』秦風にも見える姫葦《ひめよし》で、それはまた古物語や謡曲を引くまでもなく、枕詞なみに浪華に冠せられるこの地の名物である。代々酒醸を業としたが、かれ一日、北堀江の邸内に井戸を掘ったところ、古芦の根が出てきたので、これこそ浪華の芦よと喜び、早速堂号とした。その血統も、元和偃武とともにこの地に住し、橐《ゆぶくろ》に鍵してより七世、生粋の浪華っ子であった。堂号は古人朋友を思う「蒹葭秋水の情」に通じるが、また幼時物産学の手ほどきを受けた親族先輩への謝意をこめた、「蒹葭玉樹に倚《よ》る」という恭謙の情をも兼ね、その名孔恭、あざ名の世粛、『周易』「井」の象伝《たん》に因む雅号の巽斎《そんさい》・遜斎《そんさい》ともあい応ずる。

由来、大坂は瀬戸内の奥に位置し、茅渟《ちぬ》の海は澪標《みおつくし》に導かれた無数の船が出入りした。輻湊《ふくそう》自在なるは轂《こしき》のなせるわざ、と老子は説いたが、ここ浪華の地には、開かれた一種独特な気風がみなぎっていた。山林ならぬ江上に自由存すである。それに幕藩体制下でも、天領には歴代藩政の渋滞から来る締めつけがなく、千年王城の地京洛や大将軍膝下の江戸ほどの重苦しさや厳しさもない。間口は広く奥行も明るい。米をはじめ諸国の物産が集散し、相場が立ち、いやが上に活気が溢《あふ》れる。流動変化の妙がある。知者は水を愛する。「轂」浪華は、もう虚無や空虚ではない。一切有である。櫛比《しっぴ》する町家、両替商、蔵屋敷、そして蔵役人さえもう大坂ペースで、この地の機構に完全に繰り込まれてしまっている。それでよいではないか。とにかく物を持っていることは強い。金銭が光っている。即物的思考、そして行動がまかり通る。智恵才覚で堂々家財を増やすことが、最高の美徳と認められている土地がらである。

投機も投資も、それはそれで真剣であるが、その忙しさゆえに、大坂は他地域にない近代的先取性があった。借金が目的の接待ならば、町人でも武士より上座に坐らせられる。それは、士農工商も所詮相対的であるなによりの証であった。少なくとも絶対でないことを、肌で感じていた。面子《めんつ》は重んじたが、喰わねど高楊枝を強《し》いることはなかった。無理に背伸びしないのである。人間の本音本姿を見すえた法家のなにがしは、いみじくも言い放った。「倉廩《そうりん》実つれば則ち礼節を知り、衣食足れば則ち栄辱を知る」と。客をたぶらかし暴利を貪ることは、商人の風上にも置けぬが、元値を割ってまで恰好をつける愚は、断じて採らない。時に損して得とるかけひきはあっても、汚く儲けてきれいに使う、のを潔しとした。浪費を省き、爪に火点してでも始末するかわり、自利とともに利他をもねがうこの地の進歩性は足が地についていた。「市民」は近隣諸地方の特性をおもむろに吸収して、堅実で無理のない処世観をうち樹て、実践した。おのがじし実力相応に評価され、かつ報応を期待できた。そこに商う者の生き甲斐が見出される。自由・寛容・合理・節度・連帯……。だから金持ち喧嘩せずである。蒹葭堂主を浅薄軽率に音通もてとらえると、とんでもないことになる。青眼もて日々主人が待った無数の来訪者は、いずれも堂のうわさを耳にして、遠近よりわざわざ足を向けた人びとであり、また他郷より出でて、この住みよい浪華に寓する文雅の人たちであった。

三　混沌風雅

蒹葭堂句読の師は、越後新潟出身の片山北海《かたやまほっかい》(一七二三—九〇)である。自伝によると、はじめ十一歳、親戚に連れられて北海のもとを訪れ、名を鵠《こう》、あざ名を千里《せんり》と命名されたという。十八、九歳の頃、再び立売堀《いたちぼり》の北海を訪れ、四書六経《りくけい》史漢文選《もんぜん》等の句読を授けられた。北海命名の初名字は後年改めているが、北海を盟主とするこの地の作詩文結社、混沌詩社《こんとんししゃ》は、それよりさき蒹葭堂で開かれた定例詩会が機縁となり、それが発展結成されたものである。社友には儒者はもとより、医者あり薬屋あり、紙屋あり金物屋あり、かれのように醸造業あり、また大坂城守護の騎士や諸藩の邸吏あり、各階層にわたる老若の同好者は、毎月十六日、一堂に会して雅会が持たれた。のちには、さらに二十六日に乙会と称して、初心者向け練習会も開かれるようになった。結社当初よりのメンバーとして、唱酬これつとめた蒹葭堂も、自伝によると、晩年ややその社交的煩忙さに倦んで来たようであるが、明和初年から安永、天明をへて寛政、享和から化政期にいたる半世紀の盛を誇った混沌社は、むしろ結社以前から、蒹葭堂のへだてない人がらと、労をいとわぬ周旋に支えられた面が少なくなかった。懐徳堂の中井《なかい》竹山《ちくざん》(一七三〇—一八〇四)も門人大畠赤水の縁で混沌社に加わり、縦横に才華を発揮している。その家集にも名付けた「奠陰《てんいん》」は、淀川の南なるわが浪華を意味すること、いうまでもない。

頼山陽の父春水《しゅんすい》(一七四六—一八一六)が若年、浪華に遊んで混沌社に参じ、詞宗たちに眼のあたり接した想いを、後年記させた在坂回想録『在津紀事《ざいしんきじ》』から、往時の盛をしのぶ数条を引こう。( )内の付記は、篠崎《しのざき》小竹《しょうちく》(一七八一—一八五一)の頭書を示す。

混沌詩社、毎月既望、諸子会集、分レ題探レ韻、各賦詩成、取二几上一紙一書レ之、不二別立一レ稿、蓋腹稿已熟也、故無レ有二臨書躊躇一、無レ有二故紙狼藉一、

北海作二詩文一、雖二長篇大作一、未二嘗立一レ稿、腹稿不レ熟、則不レ下レ筆、混沌一社、人無二巧拙一皆傚レ之、

詩社会集、相師友請レ益、互定二推敲一、皆暗誦挙レ之、亦北海家法、

混沌社、鳥宗成世章、田章子明、合離麗王、篠応道安道、左鳳子岳、清履玄道、福尚脩承明、富維章有明、萱来章君誉、木孔恭世粛、岡元鳳公翼、葛張子琴、隠岐秀明子遠、平九齢寿王、西村直孟清、河子竜伯潜、岡田豹君章、井坂広正雲卿、小山儀伯鳳、皆浪華人、余以二羈旅一周二旋其間一、鳥翁齢垂二耳順一、北海子明次レ之、其余皆不レ下二三四十一、余時二十許、小山儀少レ余二歳、玄道有明早死、少レ所二唱酬一、

世粛好事著レ名、雅多二芸能一、凡書画篆刻、及諸機巧、莫レ不レ染レ指、人最推二其画及物産之学一、余則欽三其読レ書善得二要領一、凡舶来異籍、其新旧同異、増損出入之類、歴歴暗記、随レ問響応、

世粛堂号二蒹葭一、其扁字堂記寄題詩、請二諸四方一、為二数十巻一、客至出視、使二人厭勧一、今不レ知二何在一、

（珍書皆蔵二官庫一、他珍物皆散、独寄題詩巻在レ家）

世粛対レ客、妻妾不レ去二其側一、皆解レ事者、書帙器玩、頤指取レ弁、其遊二長崎一、亦携二妻妾一、

（世粛置レ妾、其妻妬求レ去、世粛不レ留曰、汝妬心消、而後復来、妻去而復来、如レ此者数、遂偕老焉、妾先没、妻則寿八十余、数年前乃没、妻性躁、妾性静、僧雪舫喚以二蘭名一、妻曰二シャベッテル一、妾曰二ダマッテル一）

（世粛娶レ妻、合麗王為レ媒）

世粛数修二其居宅一、益狭隘、世粛常言、文徴明停雲館、名著、客来問二何在一、徴明云、吾館自二図書上一来、是可レ傚也、因嘗作二蒹葭堂図一、規模宏闊、皆属二仮設一、

世粛蔵二顕微鏡一、油屋某集二工人一摹造レ之、精妙倍二原製一、履軒不二猥出一、聞二是事一、乃携二虚舟一、詣二油屋一観レ之、為作二之記一、油屋容貌動作、彷彿世粛一、人目称二狗蒹葭一、蓋如二馬蓼野葡萄一之謂也、履軒記亦佳文也、
(油屋吉右衛門、其家散亡)
(履軒鏡記、余嘗観二之其宅一、今不レ知二何在一)

四　懐徳樹善

『浪華郷友録』をはじめ多くの当地人物誌は、まず巻頭儒者の部に懐徳書院の学主を掲げる。八代将軍吉宗治世の享保九年(一七二四)創建、翌々十一年官許の懐徳堂は、この地の富裕な町人五名が発起した、かれらの子弟のための学問所であった。学舎は尼崎町一丁目北側、いまの大阪市東区(現、中央区)今橋四丁目、日本生命ビルのところにあった。ここは設立にたずさわった五同志の一人、道明寺屋吉左衛門(富永芳春《とみながほうしゅん》、一六八四―一七三九)の隠宅の地で、いまもビルの壁面に、大正七年に建てた懐徳堂再建の記念碑がはめ込んである。撰文は『懐徳堂考』の著者で、再建に尽力した西村天囚《にしむらてんしゅう》、書は中井天生(木菟麻呂《つぐまろ》)である。

そもそも五同志たちが、商いもっぱらの浪華の地に学校を設けた意図は、奈辺にあったのであろうか。当地の依って立つのは商売である。ならば当面、読み書き算盤だけで事足りよう。商いと学問、それは実用的な意味ですぐに結びつくものではなく、また結びつけるべきものでもない。無用の用とか損して得とるとか、また現代流の教育投資とか反対給付などという同次元の考えは、おそらく学校創設の動機としては稀薄であったろう。それよりも、創始者たちの熱意の根底にあったのは、富の蓄積に伴う余裕から生じた人間的向上への欲求、高尚なものへのあくなき冀求《ききゅう》で

はなかったか。それは人心の自然であり、為政者たる武士階級のそれとも異質のものであるはずがない。かれらが本腰を入れたのは、立場こそ違え、人としての生きざまと学問との根源的かかわりに気付いたからにちがいない。商いもまた、「信なくば立たず」、人格の練磨なしには繁昌しないことに想い到っての挙であった。だからこそ、かれらは武士と教養のレベルを等しうするとの自負をもって、商人としての修業を目指し、商人として生きることに徹していた。初代学主三宅石庵《みやけせきあん》(万年、一六六五―一七三〇)が享保十一年十月に、堂の玄関に掲げた壁書第一条の、

学問は忠孝を尽し職業を勤むる等之上に有レ之事にて候、講釈も唯右之趣を説すゝむる義第一に候へば、書物不レ持人も聴聞くるしかるまじく候事、

但し不レ叶用事出来候はゞ、講釈半にも退出可レ有レ之候、

なる一文の主旨を、商学二元論に立って商売優先などと解するのは皮相の見というほかない。実学の語の使用は、慎重でありたい。

こうして懐徳堂の講筵《こうえん》は、はじめ浪華多松堂《たしょうどう》に講じ、大水後、含翠堂《がんすいどう》のある平野《ひらの》に退隠中の三宅石庵を迎えて開かれたが、かれは創設後わずか六年で亡くなり、その高弟で堂の設立に力あった有徳の中井甃庵《しゅうあん》(一六九三―一七五八)が二代学主に就いた。甃庵は播州竜野《たつの》の人であるが、祖父の代より来坂、この地に定住し石庵に師事した。堂風は朱陸折衷の石庵のそれを承けておおらかで、時に陽明学や古義学も講ぜられるという具合であったが、次第に堂風も確立し、博洽《はっこう》の通儒五井蘭洲《ごいらんしゅう》(一六九七―一七六二)の多年にわたる助教の功著しく、中井竹山の時代には、朱子学を宗とする学風は一段と顕著になった。蘭洲の「非伊篇《ひいへん》」は伊藤家古義学を批する書、『非物篇《ひぶつへん》』は物茂卿荻生徂徠を非とする著述で、あとをうけた竹山の『非徴《ひちょう》』も、徂徠の主著『論語徴《ろんごちょう》』批判をこころみた大著である。伊物二氏を経ての朱子学の遵守は、擁護の論調も鋭く、それなりに立論の深化が見られたが、そこにはたしかに、浪華教学の府で講

説されるがゆえの色合いも、加味されていたはずである。何としても懐徳堂は浪華文教の中心であり、多少の盛衰はあったが、明治二年、一旦閉校するまで百四十六年間、ともかくも関西における公認学術センターの位置を占めていた。

この懐徳堂から、二人の特異な人物が出た。一人は五同志醤油醸造漬物商、道明寺屋吉左衛門富永芳春の三男、三郎兵衛仲基《なかもと》号謙斎《けんさい》(一七一五—四六)であり、いま一人は両替商升屋平右衛門山片《やまがた》氏の別家、小右衛門芳秀号蟠桃《ばんとう》(一七四八—一八二一)である。富永仲基は若年、三宅石庵の講席に侍したが、十五、六歳の頃はやくも、先秦諸子の思想がすべて先唱者を凌《しの》ごうとする後説者の立論心理から形造られてゆくことを論じ、師の不興をこうむったと伝えられる。かれはさらに、このような思想発展の史的把握を、仏教やわが神道にまで及ぼして「加上《かじょう》」説を唱え、始祖の絶対的権威をすべて相対化してしまった。孔子も朱子もわが仁斎も徂徠も、みな例外ではなかった。また、ことばの意味の種種相を考え、さらに文化人類学的発想で、印度・中国・日本民族の異なる文化的傾向にも着目した。希有の天才仲基は、こうしてわずか三十二歳で彗星のように世を去った。『出定後語《しゅつじょうごご》』『翁の文《おきなのふみ》』の二著を遺し、幻の試論『説蔽《せつへい》』はまだ見つかっていない。

山片蟠桃は播州印南《いなみ》郡神爪《かづめ》の出で、丁稚の頃より主家の計らいで中山竹山・履軒《りけん》(一七三二—一八一七)兄弟に師事し、升屋の番頭として山片重賢・重芳の二代に仕え、よくその重責を果たしながら、徹底した合理主義に立って該博な百科事典的知識を大著『夢ノ代《しろ》』に整序し、積極的に地動説を支持、また無鬼論を唱えた。それらは仏教的須弥《しゅみ》観の脱却であり、怪力乱神を語らぬ儒教的現実主義の帰結であるが、いみじくもまた、科学的合理主義の先駆とも位置付けられる。が、師の履軒にすでに『越俎弄筆』や「顕微鏡記」のあることを思うと、いかにもその必然性が肯《うけが》われる。かの仲基が十八世紀前半、はやくも思想史研究の方法論を樹立したように、十八世紀後半には、おなじく懐徳堂に学んだ蟠桃が科学的思考の先取りをして、ともに開来の功を担うことになった。透徹した演繹精神による遠心型思考家仲基と、飽くなき帰納精神による求心型思考家蟠桃は、軸において、ひとしくこの浪華の開明的風気に醸成された合理精神を共有していたのである。

五　東西契合

明和六年(一七六九)五月、大坂城大番頭《がしら》佐倉侯堀田出羽守正邦は、淀川畔網島《あみじま》の勝地に一席を設け、師事する中井竹山を招いて清遊をほしいままにした。

あたかも時宜し所好し人も良しと、平素雅交を重ねていた木村蒹葭堂は、これまで蒐集これ努めた法帖、洋画、それに骨董の類を持参し、当座の興を添えた。蒹葭堂の蒐集癖は、すでに而立《じりつ》以前の宝暦末年、朝鮮通信使と那波魯堂《なわろどう》(一七二六―八九)の筆談でも話題になったほどであった。竹山はこの時のことを、次のように賦している。

　己丑仲夏、陪二大鎮紀公一遊二於羅洲一、時有二木孔恭者一、携二漢帖蛮画諸宝玩一、以供二清間一、公又賚二筆墨藤紙一、
　坐間顧レ僕曰、先生応レ有二佳作一乎、乃率爾賦レ此、大書以呈、

　　鎮台乗レ暇日　文旆出二城闉一　緑樹羅洲口　紅亭奐水潯
　　華筵列二奇玩一　盛饌割二香鮮一　授レ簡趨二陪次一　輙レ称二佳句新一

時に正邦三十六歳、竹山四十歳、そして蒹葭三十四歳であった。

蒹葭堂はこの機をのがさず、竹山にわが堂の記を依頼したのでもあろう、翌「明和庚寅春正月、中井積善撰」の「蒹葭堂記」には、

有㆓木村世粛氏㆒、従㆓其先世㆒、隠㆓於醸酤㆒、能鉅㆓其資㆒、至㆓於世粛氏㆒、始以㆓業暇㆒、力㆓于学㆒、多貯㆑書、凡古籍善本、異曲僻編、莫㆑不㆓購致㆒、以蔵㆓恵車㆒、而晛㆓鄴架㆒、旁至㆓字画之品㆒、洎㆓外舶所㆑輸佳翫之等㆒、煒燁充牣、躬坐㆓乎闤闠之内㆒、翛然自適、与㆓世之囂塵紛華㆒、道阻而右、乃命㆓其堂㆒曰㆓蒹葭㆒、

と、その二《に》酉《ゆう》五《ご》車《しゃ》の富を称えている。また、蒹葭歿後、その描いた幽致愛すべき小幅巻の跋にも、

予之識㆓世粛㆒、亡慮四十年、其少也耽㆓物産之学㆒、因愛㆓好墳籍㆒、広購㆓四庫異編㆒、旁逮㆓書画法帖、華夷器物㆒、極力蒐輯、四方雅尚之士、途出㆓府下㆒者、莫㆑不㆓一顧㆒、声号遠布㆓海之内外㆒、可㆑謂㆓一代之奇人㆒矣、今也則亡、惜夫、

と、知己の歎を発し、その死を痛惜しているのである。

明和九年四月、二条城大番頭の堀田正邦東帰に際し、竹山は陪してともに江戸に赴いた。ところが、正邦はこの歳歿して、折角出府した竹山も、意を青雲に絶つの歎一人であった。下江途次の吟什「東征稿」は、在江三か月後の帰坂紀行「西上記」とともに、中西氏拙修斎叢書に収められ、南宮大湫《なんぐうたいしゅう》(一七二八—七八)序、渋井太室《しぶいたいしつ》(一七二〇—八八、佐倉侯儒官)跋、細井平洲《ほそいへいしゅう》(一七二八—一八〇一)評を付して、木活字本で上梓された。弟の幽人履軒は、もとよりこの時兄と行を共にしたわけではなかったが、兄の途中吟をもとに画筆を揮い、居ながらの旅を愉しんだ。竹山は履軒描くところの道中風景に、依りどころとなった自作の句を賛し、兄弟合作の『東征帖』がここに完成した。詩文経世にまさる才気煥発の竹山居士が、経学古韻に思いを潜めた履軒幽人の戯墨に題した、壎篪《けんち》相和す墨画帖である。

享和元年三月(一八〇一)よりまる一か年、五十三歳の南畝《なんぽ》大田直次郎(一七四九—一八二三)は銅座役人として大坂に出張した。これより銅の異名蜀山居士《しょくさんこじ》に因んで蜀山人と号するようになったこと、人の知るところであるが、浪華滞留中、公務の余暇、かれは十数回も蒹葭堂を訪れ、主として物産について問い質した。三十年も前からその名を聞い

ていたものの、単なる好事家とのみ多寡をくくっていたのとはこと違い、本草博物をはじめ万般にわたる発問に、直ちに響応する学識の持ち主であることを、はじめて知った南畝は、蒹葭堂主人のことを、「謙虚退然、博学無レ方、最精二地理一、能弁二物産一、其風韵蕭灑、不二啻一好事家一」(『遡遊従之』序)と称えるにやぶさかでなかった。主人は南畝最後の訪問後、十日余り経った享和二年一月二十五日、六十七歳を一期に世を去った。

主人死去の知らせは、三日後に遺族より肖像画揮洒《きさい》依頼状とともに、江戸の谷文晁《たにぶんちょう》（一七六三―一八四〇）宛発送せられた。訃報を圭復した文晁四十歳は、早速篋底《きょうてい》より生前写生した素描をとり出し、壁に掲げて明け暮れ見入ったが、かえって草々の間に写し取った作意のない画稿の方が真に迫り、これに優る会心の肖像画脱稿は容易ではなかった(「画稿識語」)。名高い文晁筆「蒹葭堂像」は、このような苦心の末に成ったものである。おなじ年の夏五月九日、巳《み》の刻に江戸を出立した滝沢馬琴（一七六七―一八四八）三十六歳は、秋七月二十四日夜、戌《いぬ》の刻に京より大坂道頓堀に着岸した。それより八月五日夜、再び上京するまでの十日あまり浪華に滞在し、つぶさにこの地を見てまわったが、「大坂は今人物なし、蒹葭堂一人のみ、是もこの春古人となりぬ」(『壬戌羇旅漫録』巻之下)と、芦が散る浪華の秋の落莫たるを歎じている。

大正末期、胃酸過多に苦しみ抜いて、極度に心身衰弱の我鬼澄江堂主人を煙景模糊の間、幽径はるかな別天地にしばしいざなった巽斎蒹葭堂主人は、とっくの昔、下世の際において、同じ浪華っ子からだけでなく、すでに蜀山、文晁、馬琴というちゃきちゃきの江戸っ子OBたちからも、敬慕追懐の真情を捧げられていたのである。南無蒹葭堂巽斎孔恭世粛居士。

羽間文庫蔵『蒹葭堂日記』攷

序――あしのやのにぎわい

押し照る浪華は北の堀江に、浜の真砂ならぬ奇しの貝を吹き寄せ、漢のやまとの珍しき書を蒐めて、唐土までもその人ありと知られた蒹葭堂木村巽斎は、通称坪井屋吉右衛門と名乗る酒造りであったとの本事からして、なんで所詮りが抜け切れよう。

邸の内に掘った井戸から、たまたま現れた一片の芦の古根を、これこそ津の国浪華の芦よと、堂に扁した蒹葭の文字は、響きともども俗耳にこそは入らずとも、詩の秦風にそよぐと知れば、風流有徳のその人がらと、二酉五車の富とを慕う遠近よりの来訪者はひきも切らず、町内付合いや商用だけでも結構忙しいのに、堂の内は儒家・医家・僧侶をはじめ、詩人・書家・画家・印人から天文家・地理学者・博物家・本草家・蘭学者にいたる学芸万般の人士で、連日千客万来の賑わいよう。稀には同臭の搢紳、封侯や異国の人の姿さえ見かけるほどで、その交遊の広さは紅毛人にまで及ぶ有様であった。

これら来訪者やこちらより出向いた訪問者名は、一々氏名通称が、時に生国・藩名や所用までも、取次人の手によって有り合わせの紙片に記され、日毎に書き貯められる習慣のようであったが、後日それらを、随時主人みずからの手で整理しつつ、一日一行宛て、丹念にまとめあげた十八年分の交友記録が、このたび活字翻刻ならびに原寸大に複製された羽間文庫蔵『蒹葭堂日記』五冊である。

試みに本書をひもとかんか、年号にして明和・安永・天明・寛政・享和の五代二十余年にわたる浪華学芸壇の動向が如実に窺われ、ひいては当代文化交流の一大縮図を観るの感を深うする。文字通り風流好事の名に背かぬ蒹葭堂主は、浪華の商人坪井屋吉右衛門であるとともに、天下の聞人木村巽斎でもあった。その文庫が、実のところ当代文化人たちの半ば公共図書館であり、かたがたサロンの役をも果たしていたのは当然のこと。さて、その来訪者名簿たる日記の価値が奈辺にあるかは、もはや贅言を要しまい。

一　書　誌

大阪市福島区海老江の羽間文庫に蔵する『蒹葭堂日記』五冊十八年分は、現在判明する部分のすべてで、蒹葭堂四十四歳の安永八年より六十七歳で亡くなる享和二年、それも息を引き取る十五日前の正月十日まで、自身の筆で整理記入されたものである。ここにその全巻を複製、ならびに翻字公刊するにあたり、はじめにまず書誌一般を解説し、ついで各冊固有の問題に及ぼうと思う。

イ　体　裁

半紙本、袋綴じ五冊。縦約二十五・八糎×横約十七・七糎。厚さ、巻一、二、三は約一・五糎、巻四、約二・〇糎、巻五、約二・三糎。複製撮影を機に、各葉に改めて入紙し、表紙は折込みより必要分を展げ、修理改装。担当、近藤頌美堂。修理以前のサイズ、縦約二十四・七糎×横約十六・八糎。もと、二重箱に納める。

外箱、桐材溜塗り。被せ蓋。縦三十四・〇糎×横二十四・五糎×高さ十七・九糎。蓋は和紙で被い、題簽に似せて殿村茂済《しげまさ》風に「蒹葭堂日記　五冊」と墨書。筆者は現所蔵者。緑色真田紐付き。

内箱、桐材。落し蓋。縦三十一・一糎×横二十一・四糎×高さ十七・〇糎。もと唐木材。補修。蓋表に「蒹葭堂日誌　五冊」と行書で二段に横書きの貼紙、裏には「蒹葭堂日記　松雲堂　五冊　門外不出」と行書縦書き貼紙がある。

ロ　表　紙

藍色蠟箋、花菱模様。題簽、左肩に貼付。胡粉刷花菱野老模様。縦十五・八糎×横四・〇糎。「蒹葭堂日記　一」などと墨書。筆者は旧蔵者殿村茂済。

ハ　用　箋

巻一、巻二、巻三、巻四および巻五の寛政六、八両年分は、黒罫、半葉十四行、小口に〇印入りの罫紙。一行、縦十八糎×幅約一糎。

巻五の寛政十年分は、紺罫、半葉十五行、小口に＝印入りの罫紙。一行、縦十九・六糎×幅約〇・九糎。

巻五の寛政十三、享和二両年分は、黒罫、半葉十五行、小口に＝印入りの罫紙。サイズは寛政十年分と同じ。

用箋は冊によってわずかに異なるが、その大部分は黒罫、半葉十四行、小口に〇印のある罫紙であり、これは各頁十四行ずつであるから、月の前半十五日分を表側一頁に記すに際し、一日一行の原則よりして、一行の不足をきたす。そこでまず第一行目の右側に筆で罫を入れ、もう一行増やしてある。小の月、二十九日のばあいは、これだけの加筆でこと足りるわけである。大の月は裏側最後の行の左側に、同様墨書して、さらに一行加え設けている。

このような手数は、巻五の後半三か年には不要である。先述の通り、寛政十、十三、享和二の各年に充てた用箋は半葉十五行、つまり一枚三十行の罫紙で、大の月でも丁度間に合い、小の月には、むしろ裏側の最終一行が余白として残ってしまう。なお、寛政十年の用箋は罫の色が紺で刷られている。これら用箋は、すでに以前装釘の際、のちに合わされた寛政十三年の部分以外は、いずれも入紙裏打ちがなされ、また上下断截のため、中には若干文字にかかっている個所もあった。このたび改装修理するにあたり、綴じ込みに近い部分も読み易いように、冊全体を展げるよう工夫した。

二　筆癖

蒹葭堂の字は、師匠大雅堂張りの潤雅方正な楷書を主とした判り易いものが多いが、漢字（楷・行）、かなとも、一定の筆癖があって、特色をなしている。けれども、蒹葭堂慣用の異体字がはたしてかれ独特のものか、当時通行のものかについては、一字一字、慎重に検討しなければならない。

冊（丹）　後（俊）　健（健）　呂（呂）　倉（倉）　宮（宮）　師（師）　慶（慶）

帰（帰）　泰（泰）　皆（皆）　藤（藤）　邸（邸）　雑（雑）　鳳（鳳）

などは、いわば蒹葭堂の誤記であり、誤り憶えたまま、習い性となったものと思われる。

内（内）　物（初）　前（前）　廿（廿）　宿（宿）　役（役）　近（近）　過（過）　酒（酒）

なども、なかば蒹葭堂の個人的な筆癖を混えた字体と呼び得るであろう。これらに対し、

吊（弔）　壽（寿）　隠（隠）　角（角）　達（達）　雄（雄）　塩（塩）

などは、もはや一般に通行する俗字か略字のたぐいであり、蒹葭堂個人の筆癖という概念とは、別の範疇に属すると

思う。また、

ㄑ し(也) やし(申候)

のような、符牒化された慣用字体も、しばしば使われている。

ホ　朱　記

安永末年から晩年まで、二十年余りのうちにも、蒹葭堂は上洛、東下、伊勢滞留時の浪華行など、何度か居住地を離れて旅行している。その間のことは、巻三、天明七年二月の上洛以後は朱書をもって他と区別しているので、一見して旅行中と判る。ただし、享和元年は一寸した外出記事も一々朱書している。

二　成　立

イ　名札の整理

日がな一日、来客はた訪客に明け暮れた蒹葭堂が、あとあと日記簿整理のために、備忘紙片にその名を書き留めさせておいたことは、当時の実例——たとえばやや時代が下るが、広瀬旭荘など——に徴しても、あり得ることであったが、その名刺がわりのメモと思われる紙片が、幸いごくわずかながら、『蒹葭堂日記』に挿入また貼付されている。それは大小不揃いの、ほんの有り合わせを利用したと思われるもので、用済みの後は当然処理されたのであろうが、ここにわずかに残された原名札紙というのは、次の三種である。

(1) 天明五年一月十八日の記事の資料と思われるもの。縦十五・九糎×横二十一・四糎。

乙巳正月十八日宮城門人
高須因斎案内ニて来訪
百騎衆

（この三行、蒹葭堂の加筆。）

筒井権左衛門様
三橋藤右衛門様
小佐手 佐 助様
沢　半十郎様
太門 平兵衛様
坂部 伝十郎様
坂部 熊三郎様
小佐手佐十郎様
同　惣吉様

参考に、当日の日記記事を掲げ、両者を対照させておこう。

十八日 宮城玄忠門人 高須因斎 案内ニて 城内百騎衆 筒井権左衛門 三橋藤右衛門 小佐手佐介 沢半十郎 大門平兵衛等十人来訪

大坂城内百騎衆を案内して来た高須因斎の師匠名は、むしろ氏名まで正確に詳記しているが、百騎衆の氏名は四名省略し、また佐助を佐介と記すなど、大まかな整理方法である。全員を列挙しなかったのは、スペースの制約からであろう。双行に割書きしても、まだ九名全部は書き切れなかったのである。この紙片がたまたま挿入されているのも、あるいは省略した氏名全部を存する意図からかも知れない。

(2) 寛政十年十月に挿入のもの。これには日付が入っていない。あるいは何日の来訪者か、忘れられた「迷い子」の札ではなかろうか。縦十三・一糎×横五・一糎。

越后新潟

佐野和七

廿日

(3) 享和元年四月一日の上欄に貼付のもの。これも日付は入っていないが、その日の上欄に貼り付けてあるので、日がはっきりする。縦八・四糎×横二・八糎。

瓦丁ナニハハシ

海部屋

伝右衛門

アハチ町ナニハハシ

伊勢ヤ源兵衛イトコ

来訪者氏名、郷貫、宿所等がしたためられた名札紙は、必ずしも毎日日記簿に整理されたとは限らない。日記簿には、しばしば日を、従って欄を誤って記入しかけ、中途で気付いて、貼紙したり胡粉で塗抹訂正した例を見かける。

また、前後日を錯記したり、原名札紙が紛れて見当たらず、その部分を空けてあるばあいなども生じ、これらはすべて、後日整理の慣習がもたらした事故である。たとえば、天明六年八月には、五日に記すべき記事を一日早い四日の欄にまとめかけ、反対に十六、十八両日の記事は、それぞれ一日後の十七日および十九日の欄に書き込みかけて、いずれも紙を貼りつけている。天明七年十一月十八日の記事を十七日の欄に誤写して貼紙しているのも、おなじ整理形態に由来する。もし、その日のことはその日に整理記入することが、日課として実行されていたなら、このような誤りは起こるはずがない。

蒹葭堂が一体、何日分くらいをまとめて整理したかは、もとより正確にはわからない。記事そのものの輻湊度と、その日の繁閑度とにより、必ずしも一定していなかったであろう。最晩年の享和二年一月が、十日の記事を最後に跡絶えているところより見て、あるいは十日おきくらいを、一応のめどとしていたのかも知れない。一週七曜をサイクルとした現代生活とちがい、当時は旬日を周期とする生活であった。六の日とか八の日などという定期日の呼称が、十日単位のその頃の生活慣習を正直に物語っていよう。この日記簿も、おそらく数日または十数日ずつ、まとめて記入されて行ったのであろう。もっとも、旅行中は帰宅後一括整理したものと思われ、中には名札等の資料を欠いて空白のまま残されたり、留守中の記事のみで埋められている個所も見当たる。

簿冊に記入するに際しては、一日に一行を割り振り、天地までも埋めることは常であっても、二行にわたることはつとめて避けた。寛政八年五月二十八日のごときは、欄内だけで十五名記入されているが、はじめ書きかけて詰める必要を感じ、一度その上に白紙を貼り、改めて書きつけて行くうち、再び余白不足の危惧が生じ、又しても白紙貼付の上、三度目の清書とあいなった。人数の多寡を問わず、内容の精疎繁閑にかかわらず、一日一行の原則は、一、二の例外を除いて、よく守られている。例外というのは天明五年三月二十九日で、丁末不用意に双行に詰め忘れ、結果的に二行にわたったため、ここだけはさらにもう一行罫を引いて、三十日の欄を整えている。三月は大の月だからである。

ロ　記載例

いま、寛政五年十一月二十六日の記事を掲げて、その読み方を示そう。

廿六日 尼五来 逢 他出 樋口源左衛門旅宿ニ行 昼帰ル又東ニ行――戸田東三郎ニ行石町柴田玄徳旅宿 行十時ニ行下河辺亀屋作兵衛ニ行帰ル――留主ニ村上ヤ十一ヤ 足立俊吾来不遇 夜 報恩講 坪長坪作葛八来

この日は、まず尼崎屋五兵衛の来訪を受け、面会した。それより外出し、樋口源左衛門の旅宿を訪ね、昼、一旦帰宅後、再び東町奉行所に行き、その後、戸田東三郎・柴田玄徳旅宿・十時(梅厓)・下河辺(宗純)・亀屋作兵衛をそれぞれ訪問し、帰宅した。その留守中、村上屋・十一屋(五郎兵衛＝間長涯)・足立俊吾の来訪を受けたが、会えなかった。夜は報恩講を営み、坪井屋長吉・坪井屋作(右衛門)・葛籠屋八兵衛が参りに来た、というほどの意味であろう。

双行に割書きし、詰め込んである記述も、ちょっとその順序に迷う。同年十二月十五日の記事によって、その一斑を述べると、次のような順になろうか。

十五日 早出佃ヤ冨八樋口篠崎松本阿邸 鵜殿金ヤ長右衛門片山山瀬浅野ヤ 藤田帰リ 亀阿ニ行 帰ル 平野ヤ伝五郎広屋弥三郎 森川元旦藤井来訪

過去数日乃至十数日の来訪者名簿をまとめるのであるから、資料となる名札紙をたよりに、その日一日のことを回想することになる。日記とは言っても人名簿であるから、整理する段階に入っても記事文章化の必要はなく、会った順に人名を列挙すればよいわけである。ただ、わずかながら、人名を主にしつつも、背後の行動を関連的に記述する部分があり、その表現も、名札紙の氏名を単に転記するだけではなく、多少とも整理時点での表記意識に規制されたものとなる。たとえば、天明六年二月三日は、はじめ

早朝出テ二柳菴江上熊之亟……

と記入しはじめたが、上より紙を貼付し、

昼前出テ本町二柳菴銅座江上

と、双行に書き改めている。これは改稿によって多少詳しく記載された例である。また、寛政三年十一月七日の頭部欄外記事は、はじめ、一か月前の十月七日の頭欄に、誤り記されたものの訂正記事で、内容が理解しやすくなっている。左に両形を対照掲出しよう。

(十月七日頭注) 二条御姫御通
追分見物
→
(十一月七日頭注) 二条御姫様追分
御通り見物ニ行

一般に頭欄には、当日留守中の来訪者名を「――不遇」「留主ニ――来訪」などと記すほか、その日はじめて蒹葭堂を訪れた客の名を、「――始来」と本文より抽出再掲し、生国・身分や宿所などを付注したり、また時に所用や奇物名・行事・事件・天候その他関係者の動静など特記事項をも注している。

ハ　通称・略称

氏名・屋号等を書き入れて行く際、初対面や遠来の客に関しては、鄭重に氏名・在所などをも忘れないが、常連や

知悉の相手となると、日頃の呼称をそのままに、あるいはそれをさらに略した形で記載している。また同一人物でも、時には通称で、時には号で記録しているものもあり、また二十数年の間に、前後その呼称を改めた者もないではない。

十一屋五郎兵衛　十一屋五　間五郎兵衛
中井善太　中井竹山
上田東作　上田余斎
前川清三郎　前川一右衛門

などは、もっともわかり良い例である。
また、氏名を記すのに、現代ほど正確度を意識せず、随時、音通による宛字を用いるのが、当時の一般で

曾谷忠介　曾谷仲介
稲毛官(右衛門)　稲毛勘
大田直次郎　大田直二郎

と、さまで頓着なしに宛字している。さらに改名のばあいは、「戒先高桑蘭皐事」などと注し、時には頭欄等に「蘭皐高井田比丘ノ弟子トナリ戒律ヲシ鼠衣ニて来」(天明八年十月十一日)と付記している。「佐野一郎思恭事也」(寛政六年十一月十八日)なども同様である。
詳しくは索引が何より雄弁にその実態を物語っているが、ここに、医学史研究家中野操博士の一文を、参考までに引かせて頂くことにする。

しかし日記から、百名に近い医者を拾い出すのはなみたいていの苦労ではなかった。日記には、もっともなじみ深い名や号があげてあるとは限らなかったからだ。たとえば上田秋成は安永・天明から寛政二年までは東作であり、それ以後は余斎で出ている。ま

た橘南蹊は天明二年には東市、寛政年間には石見介で出ている。荻野元凱は荻野左ヱ門大尉などとあるので始めのうち見おとしていたが、実はこれが元凱であった。また北山桃庵は安永年間は北山昌蔵(昌三、庄蔵)であり、天明以後は桃庵(東庵)になっている。しかもこの桃庵の例に見るように、彼は平気で他人の名に当て字を用いまた略名を用いた。藤井鴻平を洪平、幸平とし、堅田絨蔵を絨造、十蔵とし、三井元孺を玄珠、橋本宗吉を惣吉など枚挙に遑がない。また藤井鴻平に藤井鴻、藤鴻、親しかった油屋吉右ヱ門(本名服部永錫)に油屋吉、油吉、服部吉、服吉など同一人にいくつもの略名を与えて記した場合も多く、ずいぶん頭の廻転をすばしこくする必要があった。

(「蒹葭堂日記」について」『古典と古書　前田書店目録』昭和四十三年十一月　所収)

ところで、来訪者は必ずしも蒹葭堂にとって知悉の人とは限らない。道交を重ねるにつれて、いずれ知己の間柄となる人も、まだ交わりの深まらぬうちは、不用意にその名前を誤り記すことも、一再ならずあった。また旧知の人名も、数ある名札紙の整理に伴う魯魚焉馬の誤りは免れるべくもなかった。天明四年二月二十九日、五月十四日には海量をいずれも海景と書し、前者はのちに量と訂正されているが、後者はついに誤記のまま放置されている。その多忙さも、推して知るべしであろう。

三　巻々の解説

『蒹葭堂日記』の全冊に共通する一般的問題の瞥見を終えたので、次に各冊を個別的に解説する。惜しいことに、現存の日記簿は内容的に年次が完全でなく、前後二十四年のうち、計六年分を欠く十八年分が五冊に綴じ分けられたもので、しかもそのうち二か年分は、一旦分かれたのち、再び合わされるという複雑な伝来経路を辿っている。すなわち、天明元年・寛政四年・七年・九年・十一年・十二年の計六年分は現存本に無く、一方、かつて分離していた天明九年分が巻四のはじめに、寛政十三年分が巻五の中に、それぞれ綴じ合わされており、以下、巻々の解説でそのことにも言い及ぶであろう。

巻一

表紙、題簽や用箋、記載方法、字体等は、すべてさきに述べた通りである。所収内容は安永八年・同九年、そして天明元年分が欠けて同二年と、三か年分で一冊をなす。表裏両表紙を除き、遊紙・各年表紙・本文ともで四十一丁。見返しに、松雲堂鹿田余霞の筆蹟と覚しく「本紙三十九葉」と墨書。見返し・遊紙に、「鹿田文庫」の朱文双郭長方印(四・五糎×一・一糎)とあらたに「羽間文庫」の朱文単郭長方印(北川朱泥鋳、鉄印、四・三糎×一・四糎)が適宜捺されており、また、本文一丁表、安永八年正月二日欄の下部に「月」「橋」の朱文下駄印(各字単郭方形、一・四糎)が捺されている。「月橋」印記は、巻二・三の「静逸」印、巻四・五の「信天翁」印と考え合わせて、山中信天翁の蔵書印と推測される。明治九年鈐印の信天翁蔵印譜『信天窩百印賞』(京都小笹燕安居蔵)には、まだこの印影は収録されていないが、信天翁は明治十年以後、嵐山渡月橋畔の対嵐山房に寓していたので、「月橋」の別号を用いたのであろう。小笹燕斎翁の垂教によると、信天翁の所持品にもこれとおなじ印記があるという。この推測にあやまりはなかろう。信天翁はほかに『蒹葭堂雑誌』『東華名公印譜』等をも蔵していたことが、昭和二十五年十月、大阪美術倶楽部における蒹葭堂百五十年忌の展観目録でわかる(昭和二十五年十二月発行『日本美術工芸』一四六号、昭和三十二年五月発行『大阪史談』復刊二号に転載)。
『安永八己亥年日記簿』の表紙裏に、二世蒹葭堂木村石居が、登場人物十五名の対照表を書き記し貼り付けている。本巻が、中一年とんでいるのは惜しいが、安永末年より天明初年にいたる諸家の動向は躍如としており、蒹葭堂もすでに不惑を越えること数年、堂の什物はいよいよ充実してきていたに相違ない。年齢にして四十四、五、七歳の三か年分が、すなわち本巻にあたる。安永八年九月三日より二十六日までの上洛中は、とりわけ面会者が多く、ほとんど京洛の文人を尽し、ことに後半は連日双行でしたためられ、記事輻湊裡の動静は在坂時と趣きを異にして、すこぶる注目に値する。

巻二

本巻もまた、書誌的特徴や見返し、遊紙の印記は巻一におなじい。内容は巻一につづき天明三・四・五の三か年分を収め、欠脱はない。四十二丁。見返しに「本紙四拾葉」と墨書。蒹葭堂四十八歳より五十歳までの記事である。本文一丁表右下、すなわち天明三年正月一・二両日の欄にわたって、「静逸」の白文方形印記(二・一糎方)がある。山中信天翁旧蔵の一冊であったことが知られる。蒹葭堂終生のパトロンで、その退隠時の庇護はもとより、歿後は碑銘の撰ならびに書をあわせ行なっている伊勢長島藩主増山河内守正賢(雪斎)とは天明四年閏正月・二月に、また、おなじく文雅の交わりを結んだ肥前平戸藩主松浦壱岐守清(静山)との交游は天明五年十月に、それぞれ見えている。

天明四年八月五日より十月朔日までは江戸下向期間とて、記事は留守中の事に限られ、簡略である。東下中は、五日頭欄に「東遊記行有」とあるように、別に紀行がしたためられたようである。おそらく、増山雪斎に陪従して下向したと思われる。これについては、後に触れる。

巻　三

本巻は巻二につづく天明六・七・八の三か年分を収め、書誌的特徴および蔵書印記も、巻二と同一である。四十二丁。見返しに「本紙四拾葉」と墨書。山中信天翁の「静逸」印は本文一丁表右下、天明六年正月二・三日の両欄に跨っている。冊の天地の断截では、たとえば天明六年十一月一日の下部が、欄外文字にかかっている。蒹葭堂五十一歳より五十三歳までの記録で、その間相変わらず、浪華の蒹葭堂常連はもとより、京洛の儒・医・画家・文人や遠国より上坂の人々が、連日にぎにぎしく蒹葭堂を訪れている。

天明七年二月二十六日より三月二十四日までは、伊勢旅行中の記事が朱書され、長島では君侯増山雪斎に謁し、松坂に本居俊庵(宣長)を訪れている。宣長は蒹葭堂に長ずること、六歳であった。帰途には、例によって本草学の師小野蘭山はじめ、京洛の人士と会っている。

巻　四

本巻は天明九年より寛政五年までの五年間、うち寛政四年分を欠く四か年の記録を収める。六十丁。見返しに「本紙《(ケシ)》共四拾葉 十四葉」と墨書。蒹葭堂五十四歳より五十八歳までにあたる。この冊の成り立ちは、他巻よりやや複雑である。まず、鹿田文庫および現所蔵者羽間文庫蔵印は他巻同様であるが、巻頭天明九年簿の元表紙の上には、おそらく旧蔵者森枳園《きえん》の手によって、「蒹葭堂世粛天明九年日記」と書題簽の表紙が添えられている。その元表紙には、次の所蔵者大槻如電の「大槻氏印」という朱文印記(縦三・六糎×横三・五糎)が、また初丁、天明九年正月二・三・四の三日に跨っては、枳園の「森氏」朱方印記(二・〇糎)がある。もともと巻四の冊は、はじめ寛政二・三・五の三年分であったと思われる。寛政二年元旦欄の下部に「信天翁」の白文方印記(一・二糎)があり、また、たまたま撮影のため袋綴じを展げるべく、綴じ糸を解いた際、この寛政二年の綴じ込み部分より「四ノ一」「四ノ二」と一連番号が始まり、寛政五年の末まで欠番がなかったのが、その何よりの証左である。現在巻頭に綴じ合わされている『天明九己酉日記』簿も、おそらく他の冊がそうであったように、はじめは二世木村蒹葭堂の所蔵と思われるが、森枳園を経て、明治三十五年七月四日、当時の所蔵者大槻如電より合本を願い、他の大部分が揃っている大阪の古書肆鹿田松雲堂のもとに送られて来た。当主松雲堂二代鹿田古丼《こたん》は、この簿冊の裏表紙見返しに

三十五年七月四日
東京大槻如電翁より
到来

と貼紙している。それから十三年たった大正三年五月九日、合本の宿願を松雲堂三代余霞との間に果たした如電は、次のような識語をおなじく裏表紙見返しに書きつけ、この簿冊伝来の由縁を識している。

本冊係森枳園遺書転帰吾手在明治二十年
其後聞浪華松雲堂蔵全冊約挙以完之実
三十五年七月也宿諾十又三年堂主人既逝焉距
十星霜負季路季布者甚多謝と
大正三年五月九日　大槻如電［大槻］

『天明九己酉日記』簿が『蒹葭堂日記』巻四の巻頭に綴じ込まれたのは、それから間もなくであろう。見返しの墨書が鹿田余霞の筆蹟と推せられる所以である。伝来の因縁に関しては、「五　伝来と研究」で改めて触れることにな

ろう。

寛政二年春、蒹葭堂は支配人過醸の容疑に連なり、町内年寄役召し上げのうえ、謹慎の咎を受ける身となった。終始蒹葭堂に同情を寄せていた伊勢長島藩主増山雪斎は、その領内川尻村に蒹葭堂を立ち退かせることにした。寛政二年九月二十五日、中井竹山・江田世恭らに暇を告げ、また梅松院における片山北海の葬儀に列した蒹葭堂は、翌二十六日午後、船で京に向かった。京では大雅堂二世青木夙夜や小野蘭山・藤貞幹ら在洛の文人と会い、十月九日夜初更、川尻村に到着した。それより寛政五年二月十一日、名古屋・京を経て帰坂するまで、丸二年余の川尻村滞留となる。川尻村での生活は、訪問者もあるにはあったが、浪華での日々とはうってかわり、従って記事も比較的疎らである。その間、寛政三年九月二十日より十一月二十一日まで大坂に帰省している。記事は故郷浪華における動静であるが、川尻村移住中の蒹葭堂にとっては、いわば「旅行中」である。よって、この期間は却って朱書されており、本冊での朱書三か所のうち、この帰坂部分が最も長期にわたっている。寛政三年日記の末に、二世蒹葭堂は次のような識語を記している。これら日記簿冊の珍重ぶりがしのばれよう。

此日紀薄(ママ)者家翁勢州川尻村寓居ノ時之日紀也亦書中
朱書ヽ大坂逗留中之紀事也委敷事誠ニ如見也依是記
後世是ヲ見物翁ノ叮嚀ナル事可知者也

石居記

巻　五

『蒹葭堂日記』の最終冊である本巻は、寛政六・八・十・十三(享和元)年および歿する十五日前の享和二年一月十日までの分が収録されている。七十一丁。見返しに「本紙六拾七葉」と墨書。蒹葭五十九歳より六十七歳までに相当する。鹿田文庫、羽間文庫印記は各冊おなじである。本冊は寛政七・九・十一・十二の四か年分を欠き、また寛政十三年日記は、のちに合綴されたこと、綴じ込みの一連番号によっても知られる。すなわち、寛政十年日記終丁の綴じ込みには「五ノ四十」とあり、享和二年日記表紙の綴じ込みには「五ノ四一」と記されているゆえ、おそらく殿村茂済や山中信天翁の所蔵時には、この部分が欠年のまま続いていたことがわかる。寛政六年一月一・二日の両欄に跨って、巻四寛政二年元日欄のとおなじ「信天翁」の白文印記が捺されている。

天地の断截は各巻とも行なわれているが、本巻寛政六年用箋は、ことに不用意のうちに断ち切られたらしく、頭部は一再ならず文字にかかっている。三月の上洛、九月中・下旬および閏十一月より十二月初旬にかけての和歌山行は、朱書されている。寛政八年、すでに耳順を越えた蒹葭堂は、その気の弱りが微妙に記事の上にもうかがわれ、たとえば八月十八日・二十一日のごとき、「久々来」とその来訪をなつかしがり、九月三十日頭欄には「海量師五歳ふり来」と、五年振りの旧友の訪問をよろこんでいる。簡略な記事の裡にも、その心情が反映していることは、興味深い。

寛政十・十三(享和元)・享和二の三年分は、用箋が毎半葉十五行で小口に〓線が入っているが、そのうち寛政十年分のだけは、罫の色が紺で刷られている。寛政十三年日記の表紙には、おそらく二世蒹葭堂より本冊を譲られた旧蔵者が「文政十二丑年十月蒹葭堂より拝受」と識している。この筆者が誰であるか、まだ確かめ得ないが、殿村茂済とは別人のようである。五冊の『蒹葭堂日記』をおのれの好みにまかせて蠟箋表紙に仕立て、かつ花弁模様の箋に書題簽した茂済ではあったが、少なくとも寛政十三年日記簿とは無縁だったと思われる。後年、巻五のこの部分に合綴されるについて、入紙・断截等の手を加えなかったので、この簿冊だけが、巻五の冊全体からやや不揃いでとび出している恰好であった。それはまた、蒹葭堂が整理記入時の簿冊の面影を、比較的忠実にとどめていたとも言えるであろう。このたびの修理で、この部分にも一様に入紙された。

享和二年は一月十日までが記入済みで、あと一か年分の残り、すなわち用箋十一枚は未記入のまま空白である。また、蒹葭堂が歿したのは一月二十五日であるから、おなじ月の中でもあと十五日分の来客名札は、遂に整理されないままだったと思われる。

ま と め

以上、縷述したところを表にまとめると、次のようになる。

巻　一

安永八年　44歳　初丁に「月橋」の朱印。　用箋、黒罫、半葉14行、小口に〇、表は墨書で一行増し。裏は大の月のみ墨書で一行増し。全巻おなじ。

安永九年　45歳

(天明元年　欠)

天明二年　47歳

巻　二

天明三年　48歳　初丁に「静逸」の白印。　用箋、全巻巻一におなじ。

天明四年　49歳

天明五年　50歳

巻　三

天明六年　51歳　初丁に「静逸」の白印。　用箋、全巻巻一・二におなじ。

天明七年　52歳

天明八年　53歳

巻　四

天明九年（寛政元年）　54歳　元表紙の上に外表紙を付し、　用箋、全巻巻一・二・三におなじ。
森枳園自筆題簽か。
元表紙に「大槻氏印」、初丁に「森氏」の朱印。
裏表紙に鹿田古井付箋（明治三十五年七月四日）
同　大槻如電識語（大正三年五月九日）
森枳園旧蔵。明治二十年、大槻如電に帰す。
明治三十五年七月四日、合本を約し鹿田古井に送られ、
大正三年五月九日、正式に鹿田余霞に譲渡。

寛政二年　55歳　初丁に「信天翁」の白印。　綴じ込み通し番号、この年より始まる。

寛政三年　56歳　末丁に二世蒹葭堂木村石居の識語。

（寛政四年　欠）

寛政五年　58歳

巻　五

寛政六年　59歳　初丁に「信天翁」の白印。　用箋、黒罫、半葉14行、小口に〇(巻一・二・三におなじ)。

(寛政七年　欠)

寛政八年　61歳　用箋、右におなじ。

(寛政九年　欠)

寛政十年　63歳　用箋、紺罫、半葉15行、小口に＝。

(寛政十一年　欠)

(寛政十二年　欠)

寛政十三年(享和元年)　66歳　表紙に旧蔵者の識語。(文政十二年十月二世蒹葭堂より旧蔵者に譲渡)　用箋、右におなじ。黒罫。

後年、合綴。

享和二年　67歳　用箋、右におなじ。黒罫。

四　異日同日抄

はじめに

来客名、他出訪問先の登録を主とし、記事を省略した『蒹葭堂日記』は、その限りではまさに客観的事実の記録であるが、たとえば、近世末浪華に関係深い広瀬旭荘の『日間瑣事備忘』などとは、かなり対蹠的である。旭荘の日記もまた、玄関番の書生が記録し貯めた訪客名札を材料に綴られたのであるが、日々の生活内容を細大漏らさず克明に記すのみならず、真情を飾らず吐露し、ために文章暢達、儒者の教養と詩人の才筆とが融け合った日次記事であるのに対し、『蒹葭堂日記』は一日一行厳守、人名主、所用従で丹念に整理筆録はするが、文章はほとんど皆無という、いわば大蒐集家・町人学者の幅広い交友名簿である。一人の幽霊も出て来ない点では双方共通するが、略名溢れるばかりで、しかも説明的前後記事は皆無に近い『蒹葭堂日記』の方が、ある意味では前者より格段に難解で、よほど当時の学芸壇に通じている者でないと、「人の流れ」「文化の動き」を紙背から読みとることは、むずかしい。これも結構利用法の一つであるが、せいぜい自分本位の特定人物の消極的検索に資するというのが、おちである。蒹葭堂の意図とは別に、皮肉にもこの日記によって、逆に読者がテストされるようなことになりかねない。両日記の質は、かなり異なるのである。

まこと、人さまざまの暮らしがあれば、暮らしに見合う日記が生まれる。いのちのかぎりこころがあれば、こころにふさう日記が生まれる。たとえ同月同日でも、人それぞれの生活記録は、あるいは平行し、時に交錯する。互いに無縁の日記が平行するのは言わずもがな、有縁同志でも、逆縁とあらばなかなか噛み合わない。歯痒いまでに「一方的」である。密度・次元の異なる甲乙二種の記録に登場するAという同一人物は、かりに同月同日同時でも、表情あい隔たり、時に全く別人めくことさえ稀でない。記録が、単なる事務的なリストアップでないゆえんである。かと思うと、役者さえ替わらなければ、時移り所は異なっても、どこかおなじ体臭がかぐわうことも、しばしばある。いま、『蒹葭堂日記』との間にアイデンティフィケイションが認められる資料若干を拉し来たり、両者比較対照のうえ、その前後関係、表裏関係等を把捉し、もって『蒹葭堂日記』の奥行きの測定、特色の解明を試みんとする。そのてだて、よしやあしや。

イ　巽日抄　その一

現存『蒹葭堂日記』がはじまる安永八年には、すでに蒹葭堂は不惑を越えること四歳、その尚古趣味も漸く佳境に入っていたことであろう。ただ蒹葭堂は、これら蒐集品を観んことを冀う者に対して、嗇《やぶさ》かではなかった。自らの趣味と研究のため、営々苦心して集めた什物ではあるが、よく同好同学の士を遇するの道を心得ていた。時にたとえ、鬼面人を驚かすていの、罪のない素振りはあったにしても、その雅量は世に見かける玩物喪志者流の頑なさと、全く異なるものであったと言えよう。角田九華の『続近世叢語』巻之三には、次のようなエピソードを伝えている。

諸名公会二懐徳書院一、木村巽斎語次謂曰、僕虚名之藉レ世、四方之士、経二過此地一者、必見二臨顧一、日甚二一日一、自顧甚慙、頼春水憎二其夸詡一、進曰、他邦之士、訪二足下一者、非下以二足下一為上レ有二道徳一也、非レ為レ有二学識一也、但以二家多レ蓄二古器名物一、故好レ奇者来集爾、由レ是観レ之、声聞之高、実而非レ虚矣、何庸傷、巽斎有二慙色一。

巽斎とは、いうまでもなく蒹葭堂の号である。その蒐集品は定評があったのであろう。

蒹葭堂はまた、時に身分を忘れて、同臭の者にその珍を誇ったものらしい。パトロン伊勢長島藩主増山雪斎とともに、文雅の交わりを結んだ肥前平戸藩主松浦静山は、その著『甲子夜話』巻四十において

浪華に木村吉右衛門と称する賈人あり名孔恭。蒹葭堂と号す。多識博覧、旧年より其名を聞く。一歳旅次に過て、同気相求の習、互に好古の癖を以て、是より厚く接遇せしなり。又は蒹葭堂を訪て、其所貯の物を見るに、書画草木石玉鳥魚に至迄、和漢の品物皆あり。其上は、古人の真蹟古器珍奇品異聚積す。彼堂を訪はざる時は、旅次に孔恭自ら数物を携来て、予に示す。因て古碑の打搨古書真蹟等、彼に依て得しもの多し。皆我楽歳堂に蔵む。又庚戌寛政二の書牘に云ふ、蔵書既に二万巻と。その富知るべし。

と、述べている。『蒹葭堂日記』巻二、天明五年十月の条に

廿三日 早朝出て 平戸邸ニ行 八ッ時 帰宅

廿四日 松浦壱岐守 岡野平兵衛 野友右衛門 長村内蔵介 長右衛門 ……

廿五日 早朝 平戸邸行 君侯上船 ……

と見え、巻三、天明六年四月の条に

四日……平戸邸行 八ツ時帰ル （頭欄、平戸侯着邸）

五日雨………平戸侯 家老滝川弥一右衛門 奉行滝川権左衛門 酒出ス 長左衛門附来ル

六日………松浦壱岐守様来駕 葉山万次郎菅沼量平 奥嶋茂助 ……

七日………昼出て平戸邸へ行 帰り 住吉御礼へ行 ……

九日……昼出 …………平戸邸 夜帰 ………

とあり、あるいはまた、巻四、寛政五年三月には

六日……………平戸邸………

十日 昼前 平戸侯着邸 八ツ時迄 御噺 帰宅 ………

十一日 平戸侯邸行雨 皆川ニ逢

十二日平戸邸ニ行 岡口玄也部屋 休息 雨 昼後御上船 御暇乞 帰る ……

十四日雨 平戸邸へ行岡口玄也 宮本園田和平行帰 雨晴 ……

とあるのなどとも係わる、おもしろい話である。

ところで、蒹葭堂が愛玩の什物を自ら携え、貴顕のもとにも出向いたことは、この静山の記述通りであったらしく、

すでに明和六年、蒹葭堂三十四歳の五月、大坂城大番頭堀田出羽守正邦が網島に清遊の際も、その架蔵する書画を携え示した事実がある。当日陪席した中井竹山の五律（『奠陰集』巻二所収）は、その時の模様を如実に伝えている。

己丑仲夏陪大鎮紀公遊於羅洲時有木孔恭者携漢帖蛮画諸宝玩以供清間公又賚筆墨藤紙坐間顧僕曰先生応有佳作乎乃率爾賦此大書以呈

鎮台乗暇日、文旆出城闉、緑樹羅洲口、紅亭奠水潯、華筵列奇玩、盛饌割香鮮、授簡趨陪次、慙称佳句新、

大鎮紀公とは大番頭堀田正邦、木孔恭は蒹葭堂の修名である。正邦、時に三十六歳、竹山四十歳であった。宝塚市中山寺、村主《すぐり》恵快師御所蔵の中井竹山自筆書幅では、「奠水潯」が「奠水濆」に、「割香鮮」が「割芳鱗」とあり、詞書は左注形式で「右謹呈大鎮紀公　己丑仲夏陪　公……」以下、小異がある。「漢帖・蛮画・諸宝玩ヲ携へ、以テ清間ニ供ス」。壮年の蒹葭堂が目に見えるようではないか。

ロ　異日抄　その二

もしやウラがとれるかも？　と検索した時に限って、目当ての当該関連記事だけが欠けているばあいが往々あるが、京都伏見の中野氏友山文庫に蔵する蒹葭堂愛用竹製灯架の自筆箱書は、まさしくその意味で、現存『蒹葭堂日記』の穴を埋めるに足る一内容を具えている。

元周公謹癸辛雑識及明郎仁宝七修類稿載竹灯檠事花鏡又有竹灯架余欲詳其製久矣安永丁酉冬价某人質諸長崎在館唐商翌戊戌春唐商某以館内所存故竹灯架見遺余始見其製与隋史遺文及康熙帝耕織図所載図式全同不堪忻幸因倣其様制数枚以贈親友々々雅賞之

余制及数百枚吁雖粗瑣以其便用到処見悦物之遇合如是余故以唐商
所遺蔵之筐笥以存口実云尓　辛丑二月　木孔恭識　世粛

文中にある「安永丁酉」は安永六年、「戊戌」は同七年、そして「辛丑」は天明元年、選りにも選って、いずれも『蒹葭堂日記』現存部に失われている年代である。戯れに、現存部の空白を縫って作文したかと疑いたくなるような記事さばきである。『蒹葭堂日記』天明七年五月二十日の頭欄外に「斑竹架江戸へ積申候」と見えるのは、おそらくこの竹灯架とはまた別の調度品であろうが、この箱書も蒹葭堂の文人生活と唐山趣味とが端的に窺われて、凝り性の面目が躍如としており、珍玩おくあたわざる遺品の一つと言えよう。なお、箱の落し蓋には、次のような後の所持者の識語が書きつけられている。

蒹葭堂旧家物
安政五戊午仲冬於市廛見
木世粛所蔵之竹灯架予亦不
堪珍賞購得以為坐右之玩
物然此物之用於世粛則可也於
予則人或謂効顰之婦乎故
自今代花瓶以為其用観者
請勿笑焉
戊午 季冬　古錐生題

ハ　同日抄　その一

蒹葭堂の尚古癖が膏肓に入れば、なおのこと、堂内外での文人交遊裡に、これら典籍書画等の蒐集品が介在していたことは、容易に推測される。『蒹葭堂日記』中にも、たまに書画軸名や薬物奇石名等が記されてはいるが、いま、その実態を窺うに足る一同時資料を対照的に掲出してみよう。東京玉川の静嘉堂文庫に蔵する水戸藩儒高野陸沈亭(名は世竜、字は子竜、昌碩と称す)の『西游雑志』第二・第四には、寛政五・六年の候、蒹葭堂を訪れた記事が載っている。これは、丁度『蒹葭堂日記』の存巻分(巻四・五)に当たるので、対照に便である。時に蒹葭五十八・五十九歳、陸沈亭三十四・三十五歳にかけてであった。以下、おなじ日ごとに両記録を併記し、また、関連する両者を引用してみよう。

○寛政五年三月九日

『西游雑志』第二

九日晴、晨餐後、高津生玉ノ神及ヒ天王寺等ヲ巡覧シ、茶臼山前ヲ過リ、西面シテ長街ヲ過リ、道頓堀ニ至リ竹田機関ヲ見ル。日既ニ夕ナラントス。帰路平野町第一街小西長左衛門ヲ訪ヒ、孫兵衛ナル者逢ヒ、帰路木村太吉郎ヲ堺筋ノ備後町第三街ニ訪フ。此日卜居ナリトテ紛雑不啻。他日ヲ期シテ旅宿ニ帰ル。

『蒹葭堂日記』巻四

九日 呉服町引移 川嶋俊吾 来　江戸堀二丁目 彭城祐次郎 来　水戸 高野昌碩 始来金比羅参詣中候 夜 引移

(頭欄　人見幾二郎来)

昌碩は陸沈亭の通称である。初の訪問と言うのに、選りにも選って陸沈亭は、丁度蒹葭堂が備後町三丁目から呉服町へ転宅する日の夕方、訪れたのであった。

○寛政五年三月二十八日

『西游雑志』第二

廿八日晴、佐谷生及藤田ヲ訪フ。席上、丹鉛続録全部二巻ヲ見ル。午後、蒹葭堂ヲ淀屋橋筋呉服町南入処ニ訪フ。席上、漢部陽令曹全碑 八分書・唐顔真卿多宝仏塔碑 全碑古搨本・重修文宣王廟記 行書・唐故容州都督兼御史中亟本管経略使元君表墓碑銘 顔真卿書・楊升菴外集其他蘭書地理書等ヲ見ル。日暮、中井善太ヲ尼崎ノ学校ニ訪フ。松月亭題詠ノ詩ヲ嘱ス。旅亭ニ帰リ、就寝。

『蒹葭堂日記』巻四

廿八日 四日市 皆都政都　土井源兵衛　松本周介　水戸高野昌碩 讃岐ヨリ帰来　田芳洲 夜皆都着

陸沈亭は金毘羅参詣の帰途、この日やっと呉服町の蒹葭堂新居を訪い、顔真卿の拓本や漢籍・蘭書等を披閲、その後、懐徳堂の中井竹山を訪ねている。水戸の学者が顔法に心を寄せているのも、注目される。

○寛政五年四月二日

『西游雑志』第二

二日晴、朝淡輪元朔ヲ訪ヒ、小石元俊ニ行ク。端生ト同ク佐谷生ヲ訪ヒ、藤田仲達ニ行キ、談ス。吉田文圭同遊、宋黎居士簡易方七冊ヲ見ル。申牌、蒹葭堂ヲ訪フ。淳熙秘閣続帖・輿地全図・耕織図・伊多利亜剣・鸚鵡杯・万国介品等ヲ見ル。晡時、平野町第一街小西長左衛門ヲ訪ヒ、孫兵衛ト談ス。初更、旅宿ニ帰ル。

『蒹葭堂日記』巻四

二日中文進来　政都南行　京僑居　永井春亭高野昌碩　加州端貞元　京吉田文珪　始来　浜田希庵来

数日後、陸沈亭はみたび蒹葭堂を訪れ、さきに見残した什物を覧た。この日は、蒹葭堂がはじめての端貞元と吉田文圭の両名を伴っての訪問であった。

○寛政五年十一月

『蒹葭堂日記』巻四

十四日…………端貞元油吉…………来

十六日…………加州端貞元……

十七日　早朝端貞元　旅宿ニ行……

『西游雑志』巻二

十九日冬至、此夜、台洲園宴集。分韻得四支。

名苑冬暄雪未滋。高堂礼数有幽期。金炉忽報微陽至。

玉漏纔添弱線遅。遥霄酔裡陪筵処。不覚梅辺月上枝。

会集徒弟凡七十人余。四鼓退散。

此日、端貞元浪華ヨリ帰ル。蒹葭堂ヨリ伝言。本草色葉抄八巻、弘安七年大簇十日惟宗貞俊撰、弘安五年七月十四日始抄之、同七年終功、同六月十八日権侍医貞俊在判。此書、勢州久居侯蔵、蒹葭堂借リ得テ写了。藤田仲達、墨画二幀及南都墨一顆ヲ贈ル。

在洛の陸沈亭は、荻野元凱(時に五十七歳)の台洲園における冬至燕席に連なるなど、交歓なお寧日なき有様であったが、十一月十九日、浪華より帰洛した端貞元より、蒹葭堂の言伝てとともに本草色葉抄写本を受け取った。原本弘安抄本本草色葉抄の稀覯性は、その奥書をも抄した陸沈亭自ら、よく心得てのことであったにちがいないが、この写本はまた、蒹葭堂があるいは伊勢川尻村に在りし日、久居侯藤堂氏より借り写したものかも知れず、そうであれば、滞勢中の蒹葭好書を窺う好資料である。日記には、あいにく符合記事は見当たらないが、寛政三年二月十六・十七・十八の三日間は「曝書」とあるから、いずれ古書堆積裡の生活であったろう。

浪華より帰洛し、蒹葭堂の伝言を陸沈亭に伝えた端貞元は加賀の人で、寛政五年四月二日、陸沈亭にいざなわれてはじめて蒹葭堂を訪れ、以後数度訪問している。かの天明八年の京都大火中、たまたま序を乞うため荻野元凱に書画帖を預け、その焼失を免れた春荘端文仲や、その息、端伊八(寛政二年三月二十三日蒹葭堂を訪問)とは別人である。端文仲に関しては、寛政十二年刊の『春荘賞韻』に、左の二文が収録されている。蒹葭堂と荻野元凱のものである。

題二春荘帖一　　木孔恭

今春京師回禄之後、端叟寓《スルコト》二余家《ニ》一数月焉。一日携二嚮《キニ》所《ノ》レ集春荘書画帖《ヲ》一、謂《テ》レ余《ニ》曰、隆寓《スルコト》二京師《ニ》一廿有余年、所《ノ》レ蔵書画器玩、一夕蕩焰、無二復子遺一矣。独此帖《ノ》在二荻子元庫中《ニ》一、幸免《ル》二灰燼《ヲ》一。而《テ》残生《ノ》愛玩唯存《ス》二此《ノ》物《ヲ》一云。於戯名家之遺墨、多《ク》見二此《ノ》中《ニ》一。抑々端叟雅好之厚《キ》、或者《ハ》天有《ル》レ所レ助歟。不レ勝二感悰一、信《セテ》レ筆為《スト》二跋《ヲ》其《ノ》後《ニ》一云。天明戊申夏四月、浪速木孔恭識

応《ス》二文仲《ノ》需《ニ》一
台州凱
茲春之火、端生《モ》亦延焼、書画玩好悉為二灰燼《ト》一。此《ノ》帖所二以独存《スル》一者《ハ》、乃《チ》以《テ》下請二題詞《ヲ》於余一、冐《テ》而不レ果、在《ルヲ》中余《カ》庫裡《ニ》上、幸《ニ》得《タリ》レ免《ルルコトヲ》矣。蓋《シ》雖レ因二余《カ》性懶《ニ》一乎。実《ニ》鬼神《ノ》所二呵護《ノ》一邪。端以《テ》比下斬蛇剣《ノ》飛二武庫一者上不レ誣也。今紀二免レ火《ヲ》之由《ヲ》一以《テ》帰《スト》レ之《ヲ》云。斯巻《ノ》今経《テ》二一焼劫《ヲ》一、巍然猶得二尓家《ニ》留《ルコトヲ》一。方《ニ》知長《ク》有《ルコトヲ》二鬼神護一。珍重《シテ》終身供《セヨ》二臥遊《ニ》一。戊申孟夏初二日、淀水夜航剪レ燭而録《ス》。

ちなみに、『蒹葭堂日記』巻三、天明八年一月三十日頭欄には「明六ツ時ヨリ京師出火ノヨシ」、二月朔日頭欄には「京師火鎮ル夜半比ト云」、二月十三日「端順介」、同日頭欄には「端順介在留」、そして二月二十二日には「端順介発行、十三日ヨリ十日也」と、記事照応している。元凱の縁で同姓異人に言及した。

○寛政六年三月

『西游雑志』第四

十日、辰牌、浄聖院来ル。今日、皇后行啓ヲ拝観ス。橋本肥州桟敷ニ至ル。皆川文蔵・藤叔蔵・木村太吉郎・蒔田喜六・佐野少進・山田伊豆・兼子某・浄聖院及僧長春・主人経亮等也。此日老若群詣、猶朔日ニ百倍セリ。行列別録アリ。申牌退散。蒔田翁来訪。此夜大久・北庄等来ル。

……………

十七日、仙叔来ル。午後、林良貞・蒹葭堂来訪ハル。未牌岡崎ニ蘆庵ヲ辞ス。便道、浄聖院ヲ聖護院内ニ訪フ。孔明全集・古今記海等ヲ見ル。仙叔同行。晡時、台州園ニ往ク。蒹葭堂・林良貞・鳥羽万七同席。床上、沈石田山水画大幅。次間、王弇州書七律小幅、雅翫物産数品ヲ見ル。半夜、退散。

十八日、蒹葭堂ヲ室町ノ宿所ニ訪フ。不在。蘭山翁ヲ辞ス。晡後、諸君贈言アリ。今日、上使松平隠州侯、京著。柳枝軒及大久・台州園ヲ訪フ。茂三居ニ小酌ス。

『蒹葭堂日記』巻五

十日御所御入内拝見 藤叔蔵 佐野少進 大原歓次 蒔田喜六 水戸高野昌碩逢申候 八ツ時ヨリ慈雲庵ニ行 夜 畑民部来 又橋本肥後守へ行

三月一日、光格天皇中宮欣子《よしこ》内親王の入内が決定し、十日には儀式の一般参賀が許されたのであろう。折から上洛中の蒹葭堂も陸沈亭も、皆川淇園・藤貞幹・蒔田暢斎らと橋本経亮の桟敷に集まり、中宮の行啓を拝観したのである。十七日にも、両者は荻野元凱のもとで同席し、書画物産を観た。翌十八日は、陸沈亭の方から蒹葭堂を室町の宿所に訪ねたが、留守であった。蒹葭堂が何所へ出向いていたかは、十七・十八両日とも『蒹葭堂日記』が空白で、不明である。この月、六日以後、上洛のため朱書が続いたが、十三日から二十七日までは資料紛失のためか、日付のみ記入されているだけである。

二　同日抄　その二

一　木村蒹葭堂自筆　片山北海六十賀　難波梅花歌　七言古詩　横幅一軸　羽間文庫蔵

君不見、難波梅花擬上寿、千歳流芳
雅藻富、瞻彼梅花傲雪霜、能魁百英
一枝秀、清標仙臞白玉姿、豈比桃李競
綺靡、

北海先生鴻儒誉、下帷難波生徒滋、
六十覧揆迎時彦、争捧紅紙溢美祠、沉
瀣為漿麟為脯、拍肩拊髀長遊嬉、吾
聞
先生旧是越後生、避寒移暄道仍栄、
江南天暖地養性、永期寿域登崢
嶸、難波之梅萑葦限、偏襲期文
薫々来、今時看弄梅似雪、換得往年
雪如梅、吾亦勢海逐臭者、緬揖
高風窃抃催、忙祓千里山河阻、無内
九如侑霞杯、欲擬王仁慙庸劣、焊兮
藤花今古開

木孔恭拜具 巽斎

右難波梅花歌呈賀
北海片先生六十初度

この蒹葭自筆、片山北海六十賀、七言古詩「難波梅花歌」一軸（紙本縦一〇一・五糎×横六十三・六糎、詩箋縦三十一・五糎×横五十一・九糎）は、これまで蒹葭堂の百回忌・百二十五回忌の両度にわたって出陳されたことが、それぞれの展観目録でわかる。すなわち、明治三十四年春、大阪市東区（現、中央区）安土町四丁目の書籍商事務所における百回忌追薦の記録『蒹葭堂誌』（明治三十四年七月発行）には、「第二席　遺墨遺物展観」の中に、

浪華梅哥　賀片山北海六十寿　岡本氏蔵

とあり、また、大正十五年十一月下旬の長堀橋高島屋における百二十五回忌の「蒹葭堂遺墨遺品展覧会出品目録」に、

76巽斎自筆横幅　大道太助氏

と見えるのが、この「難波梅花歌」であることは、同『図録』所掲の写真によって判明する。羽間文庫の所蔵となったのは、『蒹葭堂日記』入手以後とのことである。この七言古詩が、浪華混沌詩社を宰した片山北海の六十賀のために用意されたものであることは、いうまでもない。落款印は源伯民清水頑翁の刻である。天明三年二月十四日、北海六十寿宴は生玉西照庵で催された。この日の『蒹葭堂日記』は、

十四日　油吉芥川同伴西照庵片山寿会行　晩帰　（頭欄　田中此母来不遇）

と記されており、蒹葭堂は、かの犬蒹葭と渾名された服部永錫・芥川陽軒（?）と連れ立って、賀宴に赴いたのであろう。盛会裡に宴果てて夜帰宅したが、留守中、訪問客があったことも頭欄でわかる。賀詩「難波梅花歌」は、北海下帷の浪華にちなむこの花にことよせ、日本漢学伝来の誉れを担う博士王仁を詠み込むなど、当日に相応しい賀寿の作であった。

二　増山雪斎自筆　送木世粛帰浪華　五言古詩　竪幅一軸　羽間文庫蔵

〔灑落〕

甲辰季秋木世粛帰浪華　携手遊東武　秋風雅興多　不知秋色老
悵々夕陽過　摂城与武城　来往故人情　吹破秋風夢　醒驚一雁声
相思遊子意　作賦亦陶然　応指富山雪　丹青為我伝　蒹葭江上月
千里帯清光　已見微青色　前期又莫忘　双鳬向求海　何事独南飛
月中催霎雨　濛々霑我衣　　愚山滕正賢〔正賢〕〔愚山〕

蒹葭堂と同気相求めた貴顕封侯のうち、伊勢長島藩主増山河内守正賢(雪斎)はとりわけ眷顧篤く、蒹葭堂が過醸に連坐して一時退隠の際には、その領内川尻村に庇護を被り、歿して後は、雪斎みずからその墓碑銘を撰し、あわせて書するほどの間がらであった。天明四年八月、蒹葭堂は当時大番頭として大坂城勤番を了えた雪斎に陪して東下、十月には蒹葭堂ひとり帰坂したが、江戸に留まった雪斎が蒹葭堂の西帰を送った五言古詩、すなわち竪軸(紙本縦一九七・〇糎×横四十一・五糎、料紙縦一四一・二糎×横二十九・四糎)である。本軸は桑名市の画商を経て、羽間文庫に帰した。

かつて高梨光司氏は、片山北海の送別詩より、蒹葭堂の東下は雪斎の駕に陪従同行したものであろうとの推定まで立てられながら、うっかり『蒹葭堂日記』巻二、天明四年八・九両月の部分を見落され、『蒹葭堂小伝』補正記事でも、なおその正確な年月は不明とせられたのであった。その後、氏は「蒹葭堂の江戸行に就て」と題し、森銑三翁示教の上野図書館蔵『艾峰手簡』巻三所収立原翠軒宛て吉田篁墩書翰をもとに、天明四年九月十四日、篁墩の鉄砲洲蒹葭堂旅宿来訪記事を発表され(『上方』三十二号)、また相見香雨氏は「蒹葭堂と立原翠軒 蒹葭堂江戸下向のこと其他」と題し、天明四年八・九月の下向についても詳しく触れられるところがあった(『上方』一四六号、蒹葭堂号)。これらの好論を待つまでもなく、『蒹葭堂日記』には天明四年八月五日の条に、はっきり「東行発足雨天」とあり、さらに頭欄に

「東遊記行有」と注記されている。また十月朔日の欄には、「明六ツ時帰宅」と、その帰坂が明記されているのである。この二か月間の『蒹葭堂日記』は、帰坂後整理された留守宅の動静記事であって、江戸における蒹葭堂自身のそれは、頭欄にも記してあるように、別に「東遊記行」なる一文があったらしいが、いま伝わらない。

雪斎の、この蒹葭堂餞別の詩は、あるいは天明四年九月十三日、江戸雪斎邸における送別宴での作ではなかろうか。相見氏は、立原翠軒自筆『聞見漫筆』中から、左の一節を紹介されている。

天明甲辰……九月十三日増山河内守殿ニテ蒹葭堂餞別ノ宴ヲ開ク来会ノ人々

稲垣若狭守 長門守嫡　　朽木隠岐守 伊与守嫡

千葉茂右衛門　　国山五郎兵衛 杵築儒官

首藤半十郎 西条儒官　　内田叔明 渡辺又蔵兄

東　江　　汝　嶺

伊藤長秋 立川柳川　　宋　紫　石

渡辺又蔵　　吉川七五郎

橋　本　某 長崎ノ人　　浜村六(マヽ)蔵

増山ハ大番頭ニテ大坂在番帰ノトキ坪井生同道ニテ江戸ニ至ラレシナリ 以上板倉

書家沢田東江(53歳)や門人柴田汝嶺(29歳)、それに篆刻家初世浜村蔵六(50歳)も一座しているのが、注目される。そして、当日の主催者、壮年の風流貴公子増山雪斎(31歳)が西帰する主客の蒹葭堂(49歳)に餞した詩が、すなわちこの五言古詩であったと推測される。

三　頼春水宛て勢州三重郡川尻村往来地図　淡彩一舗　東京、頼惟勤氏蔵

蒹葭堂は、支配人宮崎屋次右衛門の過醸容疑に坐して、寛政二年九月二十六日浪華を発ち、同五年二月十一日帰坂するまでの二年余り、伊勢川尻村に隠棲したが、その頃諸友に宛て、書状の扱い先を記した川尻村の淡彩一枚刷り地図を配布したらしい。東京頼惟勤教授御所蔵の「勢州三重郡川尻村往来地図」一舗（縦約三十四糎×横約二十四・五糎、図郭約二十一・九糎×約三十一・四糎）には、左欄外下方に「川尻村書状荷物等受取所四日市南町黒川彦左衛門」と刷り込まれ、裏面上端には頼春水自筆で「大坂蒹葭堂暫時勢州長嶋領川尻村住居之図」と、注記されている。図は、方角と町村名は□または○で囲んであり、岩絵具様なもので三色に淡く着色されている。彩色の部分は、次の通りである。

朱……石薬師・四日市間より川尻村に至る道筋。

緑……山の部分。少々はみ出して彩色。

青……東部、伊勢海および大江川・内辺川・鈴鹿川その他支流河川。

所蔵者は、春水・山陽の直系の後裔で、おそらくこの地図も蒹葭堂より春水宛、継好の便にもと、届けられたものであろう。送られたのは、確実な資料も目下のところ見当たらぬ由であるが、大略寛政二・三年の交であったろうかと、推測される。片々たる一枚刷りながら、かの高野陸沈亭『西游雑志』所見、本草色葉抄書写の記事などとともに、滞勢中の蒹葭堂の生活を垣間見る思いがする。

ホ　同日抄　その三

『蒹葭堂日記』を繙くと、有名無名の別なく、初対面の来訪者は、その旨頭欄に注するのが通則であった。谷文晁

のばあいも、例外ではない。以下、その初出より順を追うて、文晁谷文五郎の名を拾ってみよう。

谷文晁始来(寛政八年七月)　廿五日　…………江戸 谷文五郎 弟子喜多栄之介 森川同伴来……夜 丸山元豊来同伴 森川浜田ニ行 文晁話ス

谷氏同伴舟遊　森川催也　廿七日 丹波助七 森川 松井愛石 曾谷忠助 藤鴻平……

廿八日 ……昼過 谷文五郎 終日談話 篠崎長兵衛……　……

(八月)　二日 丹助…………丸山元豊 谷文五郎 ……浦上玉堂丸山 同伴平 森川来 夜ニ入

六日 谷文五郎 来ル 安積求馬来 中食出ス／鄭逾山水巻持参也 森川同伴三井元孺雅会行 玉堂文晁等出会四ツ過帰

廿二日 ……谷文五郎 森川同伴 出立迎申候 松本周介 喜多栄之介……　……

廿四日 ……谷文五郎 喜多栄ノ介 同伴暇乞来

谷文晁紀州帰来　(十月)　三日 ………海量上人中食饗 小西太 森川 安積求馬……祖仙…… 谷文晁 武元周平……

四日 早朝森川へ行 谷文晁発足 同伴心斎橋迄送り帰る 升平 来ル 北山桃庵……　……

文晁が弟子の喜多武清をつれ、森川竹窓に伴われて蒹葭堂を初めて訪れたのは、寛政八年秋七月二十五日、文晁三十四歳の折であった。それより旬日余、蒹葭堂の歓待振りがそぞろ覗えるが、この間、文晁は後述蒹葭堂の風景と、当年周甲の主人とを画帖に描き写したのであった。文晁は滞坂中、森川竹窓の世話になっていたようである。

それよりして七年、享和二年一月二十五日、蒹葭歿するや、遺族は江戸の文晁に急ぎその死を知らせるとともに、当世肖像画の第一人者文晁に、先人の肖像揮毫を依嘱した。三日後、蒹葭下世の悲報に接した文晁は、とりあえず先年写生した蒹葭の肖像をとり出し、遺族の嘱に応えるべく、その臨模を試みた。けれども、在世中咫尺の間に写した写生像ほどの迫真力は、容易に具わらなかった、と述懐している。東京柏林社書店の『古書目録』第五十八号(昭和四十六年三月)巻頭写真30番に載る「谷文晁画稿及過眼図」は、まさにこの来坂時のスケッチブックに相違なく、所収「蒹葭堂木村遜斎像」に題して、左の識語が読み取れる。

此肖像蒹葭堂先生之影也昔年余客遊浪華数謁先生窃所対写矣今茲壬戌正月廿八日其家人致書告先生之訃且乞肖像余驚愕不知所厝遽捜篋匣得嚮所写影亟作藁本貼之壁間拝親朝夕而未能脱藁嗟一日遂其人則失精神不如彷彿此小影也古人所謂画藁草々不経意処却有真致亦不諭言也遂記此以示其家人云秋九月二日社弟文晁識(満文花押)

この「蒹葭堂木村遜斎像」こそ、いま大阪府教育委員会に蔵する有名な「蒹葭堂肖像」の藍本なのであった。おなじく画帖所収「蒹葭堂図」に題された文字は、カタログの網の目写真とてほとんど読みが届かぬが、文末にはまがう方なく、「丙辰八月写於浪華蒹葭堂中　文晁」と見えている。この画帖に関しては、なお詳細な研究がのぞまれるが、いまはこの貴重な資料出現の予報的報告にとどめる。

五　伝来と研究

羽間文庫に蔵する『蒹葭堂日記』五冊が、当の著者蒹葭堂と日夜往来した天文家間長涯(重富、十一屋五郎兵衛)ゆかりの羽間家に収蔵されるに至る伝来経路、および従来の『蒹葭堂日記』に関する研究について、概観しておきたい。

イ　蒹葭歿後

日記の整理筆録者木村蒹葭堂が歿し、その厖大な蔵書が二世蒹葭堂より幕府に譲渡されてのちも、堂の什物は相当数保管されていたらしく、ことに書籍以外の器物や私的な蔵品は、そのまま堂内に留められていたことと思われる。『蒹葭堂日記』もまた、長年月にわたる初代蒹葭堂の自筆記録として、二代堂主の珍重するところであった。簿冊は、はじめ一年ごとに別々に綴じられていたと想像され、これらは折に触れて出入りする堂由縁の文人たちの、懇望の種ともなったにちがいない。寛政三年日記簿の二世識語や、天明九年・寛政十三年各簿冊のひとりあるきは、このような理由によるものと推測される。『寛政十三辛酉年日記簿』が蒹葭堂を離れたのは、表紙右傍の受領者識語によると、歿後二十八年を経た文政十二年十月であるから、文化十年蒹葭堂十三回忌の頃はもとより、おなじく墓所大応寺で二十五回忌が営まれた文政八年頃までは、まだ日記簿冊も、完全に堂より流出してしまってはいなかったことがわかる。

『蒹葭堂日記』が、木村家から逐次流出して行った一般的形態は、巻五所収『寛政十三辛酉年日記簿』表紙の「文政十二丑年十月蒹葭堂より拝受」という旧蔵者識語によって、ある程度推測できるが、現存本五冊の主軸をなす大部分は六代米屋平右衛門殿村茂済好みの装釘で、題簽も茂済の筆になり、その愛蔵品であったことは確かである。茂済は草垣内と号し、村田春門門下の歌人でもあった。家業は番頭にまかせ、今宮村に隠棲（『浪華擷芳譜』下・鹿田古丼「思ゐ出の記」、稿本慶応義塾大学付属図書館幸田文庫蔵、『日本古書通信』三〇六号以下三回に連載、(1)・(中)）、風流三昧の生活を送ったといわれる。その筆になる題簽は、『浪華擷芳譜』下に収める筆蹟と筆癖は全く同一で、いかにもその蔵であったことが肯われる。

伝えるところによれば、茂済は陶工青木木米のパトロンで、京島原に勤めに出ていた木米の娘は、請け出されて茂済の妾になった由である。木米は蒹葭堂と交渉があり、その鋳銭より製陶に転じたのも、蒹葭堂で覧た新渡の馬俊良『竜威秘書』所収朱琰の『陶説』が、機縁となったといわれる(高梨光司『蒹葭堂小伝』)。その木米ゆかりの浪華の名家殿村茂済が、二世蒹葭堂より先代の自筆日記を譲られるということは、十分考えられる。蒹葭堂歿後、その蔵書は金五百両で幕府に買い上げられたが、余を二世蒹葭堂石居が親近の者に譲渡するというようなことも、ごく自然な推定として予想できる。蒹葭堂の遺物は、蔵書買い上げ後もかなり遺されていたらしく、幕末嘉永年間酢商を営んだ三世蒹葭堂のもとにも、なお伝えられていた旨、鹿田古丼の「思ゐ出の記」に見え(『日本古書通信』三〇六号)、また安政六年刊暁鐘成編『蒹葭堂雑録』は、四世蒹葭堂秘蔵品に基づいて編まれたという。

ロ　明治期

殿村茂済が明治三年七月七日、七十八歳で歿したとき、山中信天翁は五十一歳にあたるが、はたして『蒹葭堂日記』が、茂済歿後直ちに殿村家を離れたかどうか、よくわからない。信天翁が「月橋」印を捺しているところを見ると、渡月橋畔に対嵐山房を営んだ明治十年以後所持していたことがわかる。信天翁は、ほかに『蒹葭堂雑誌』『東華名公印譜』などをも蔵していたが(「蒹葭堂百五十年忌展観目録」、昭和二十五年十二月発行『日本美術工芸』一四六号・昭和三十二年五月発行『大阪史談』復刊二号所載)、少なくともこの『蒹葭堂日記』は、茂済歿後やや時を経て、信天翁の蔵となったのではなかろうか。そして、この日記が鹿田松雲堂に移った年次も、正確にはわからない。信天翁が六十四歳で歿したのは明治十八年五月二十二日であるから、いずれ、それ以後のことであろうと推測されるだけである。

ハ　『天明九己酉日記』簿の行方

現在、巻四巻頭に合綴の『天明九己酉日記』は、旧蔵者大槻如電の識語によると、初丁の印記通り、もと福山藩医で蔵書家森枳園(立之)の遺愛品であった。枳園の子約之の夫人陽が、大槻磐渓の次女で如電・文彦兄弟の姉にあたるという関係から、枳園の歿後、その遺書は数百金で大槻兄弟に引き取られた。内容はすこぶる多岐にわたり、数も車二台に満載するほどであったというが(川瀬一馬博士「森立之・約之父子」、昭和十三年八月、安田文庫発行『椎園』第三輯・『日本書誌学之研究』所収)、この日記簿も、そのうちの一冊だったのであろう。外表紙書題簽「蒹葭堂世粛天明九年日記」の文字は、おそらく枳園の自筆と思われる。枳園はほかにも刊本『蒹葭堂記』を蔵しており、いま西宮市辰馬悦蔵氏に帰している(昭和三十一年十一月二十五日、大阪史談会第八回書斎訪問に出陳。目録、昭和三十二年五月発行、『大阪史談』復刊二号所収)。枳園が七十九歳で歿したのは、信天翁よりも半年おくれたおなじく明治十八年の十二月六日で、この『天明九己酉日記』が如電の手に帰したのは、それから二年後の明治二十年であったことが、識語からわかる。あるいは、信天翁旧蔵の『蒹葭堂日記』が鹿田松雲堂に入ったのと、相前後していたのかも知れない。明治二十年、如電四十二歳であった。

姉の舅の遺愛書を入手した如電は、元表紙右下に「大槻氏印」の朱文印記を捺した。『新撰洋学年表』の編者である如電が、蒹葭堂に興味を持っていたのは当然で、事実、蜀山人蒹葭堂学芸問答録『遡遊従之』写本なども手に入れているが、祖父大槻玄沢とも交遊があった蒹葭堂の自筆日記を、これも族縁で入手できたことは、とりわけよろこばしいことであったにちがいない。

さて、蒹葭堂『天明九己酉日記』を入手した大槻如電は、また鹿田松雲堂のもっとも古い顧客の一人でもあった。

如電と二世松雲堂主人鹿田古丼との交渉は、早く明治十一年冬に遡るという(鹿田松雲堂『古典聚目』百号)。明治三十四年春、古丼の肝煎りで修せられた蒹葭堂百回忌には、松雲堂秘蔵の殿村茂済・山中信天翁旧蔵『蒹葭堂日記』が出陳されたが(『蒹葭堂誌』)、その時おなじく『遡遊従之』を出陳した如電は、松雲堂に蒹葭堂の日記の大部分が蔵されていることに深く思いを致し、それより一年後の明治三十五年七月四日、この松雲堂蔵本との合本を願って、ついに森枳園遺愛の架蔵本『天明九己酉日記』簿を、大阪の鹿田古丼宛送り届けたのである。この簿冊は如電に愛されること十五年で、その手もとを離れ、西のかた浪華をさして「里帰り」したのであった。合本予定の参考品を送られた鹿田古丼は、万一他の商品と紛れぬ用心のため、その裏表紙見返しに、如電よりの預り品なる旨の心覚えを付箋しておいたが、それから三年後の明治三十八年八月十三日、六十歳で世を去った。如電より送られて来た『天明九己酉日記』簿冊は、おそらくそのまま、松雲堂に留めおかれていたことと思われる。

松雲堂二世古丼歿して約十年後、当初合本を目指して如電が現物を松雲堂に届けてより十三年後、大正三年五月、如電は改めて先代古丼との約を、代替りした松雲堂三世余霞との間に果たし、ここにはじめて『天明九己酉日記』簿は、正式に如電の手を離れ、巻四巻頭に綴じ合わされることになった。如電はみずから筆を執って、裏表紙見返しにその間の経緯を、文字通り三下り半に識している。また、その年代は不明であるが、「鹿田文庫」の蔵書印よりおそらく鹿田二代架蔵の間に、『寛政十三辛酉年日記簿』もその年代に当たる巻五の中に合綴され、ここにはじめて『蒹葭堂日記』は、今日ある形にまで整えられた。

二　合本以後

『蒹葭堂日記』が一部単独で——そのうち『天明九己酉日記』は一旦森枳園・大槻如電を経、また『寛政十三辛酉年日記簿』は某人の手を経て、再び他の大部分の簿冊、すなわち殿村茂済・山中信天翁・松雲堂鹿田古丼・余霞伝来の五冊中に合本されたことは、大略右の次第である。そこでつぎに、松雲堂秘蔵書としての『蒹葭堂日記』が、それ以後いかなる展転をたどったかについて、略説しよう。

鹿田松雲堂がこの五冊をいかに珍重したかは、内箱裏に貼紙して、

蒹葭堂日記　松雲堂 五冊 門外不出

と、特にことわったことによってもわかる。もちろん、松雲堂の常客で古丼・余霞の二代と忘年の交わりを結んだ人たちは、当然その間、本日記を閲覧する機会を持ったことであろう。現に大阪今橋の今中宏氏は、水落露石の蔵印(長方形双郭朱文「聴蛙亭蔵」および行徳玉江刻朱文「聴蛙亭」竹根印)のある巻一写本一冊を所蔵されている。これは、あるいは松雲堂と昵懇だった露石が、所蔵者から直接原本臨書による副本の作製を許されたものではないか、とも想像される。そのほか、西村貞氏旧蔵ペン書き・青写真・写真取り合わせ本が、いま大阪阿倍野の中野操博士に譲られているが、これなども鹿田時代の写本ではなかろうか。もっとも、これは後に触れる「蒹葭堂日記を読む会」用のものであったかも知れない。また、その頃故執行作弥博士は、全巻より医人関係記事を抜萃され、四冊に仕立てられている。

古丼・余霞・文一郎と、代々静七の名を襲う松雲堂三代に亘って、蒹葭堂の顕彰も一度ならず行なわれた。はやく明治三十四年春の百回忌は、古丼の肝煎りで東区安土町四丁目の書籍商事務所で催されたが、門外不出の『蒹葭堂日記』もこの日は出陳され、当日の会記『蒹葭堂誌』には、

蒹葭堂日記　殿村茂済題簽 山中信天翁旧蔵　六冊　松雲堂蔵

自安永八年至享和二年　十五ケ年

と見えている。安永八年より享和二年まで十五ケ年とあるのは、天明九年と寛政十三年の両簿冊のほか、いま一年分を欠く計算になるが、中間の欠年分やわずか十日しか記載のない最晩年の享和二年分などより、うっかり誤算したとも考えられる。また六冊とあるのも、平均三か年分を合綴、一冊仕立てと算えると、あるいは五冊の誤りではなかろうか。右の両簿冊合綴以前であれば、なおのこと五冊の可能性が強い。それとも、すでにその時、『寛政十三辛酉年日記簿』一冊が、別に添っていたのでもあろうか。とすると、ますます年数計算の方は合わなくなる。ともあれ、この百回忌は全く松雲堂二世古井の骨折りによるものであるが、かの大槻如電が、大阪の鹿田松雲堂に大部分の『蒹葭堂日記』が珍蔵されている旨知ったのも、あるいはこの百年忌展観によってであったかも知れない。少なくとも、この百年忌展観がきっかけとなって、如電は、一冊だけ離れている架蔵『天明九己酉日記』のため、松雲堂蔵本との合本を決意し、一年有余の後、三十五年七月にいたり、ついに森枳園伝来のこの簿冊をはるばる松雲堂宛送り届けたのである。

蒹葭堂百二十回忌は、大正十年一月三十日、東区豊後町の懐徳堂で修奠され、遺著遺墨展覧会も催されたらしいが(昭和十八年一月、大応寺における百四十三回忌展観の際、その時の一枚刷目録を四代目松雲堂主が出品)、日記の出品有無については、いまのところ未確認である。大正十三年二月、蒹葭堂は従五位追贈の恩典に浴した。大正十五年十一月二十三日より二十九日まで、長堀橋の高島屋でこの年結成の蒹葭堂会が催した百二十五年忌には、「出品目録」や『出品図録』のほか、高梨光司氏の労作『蒹葭堂小伝』も成稿上梓を見るなど、蒹葭堂研究にはもっとも豊かな実りを得たのであるが、どうしたことか、日記の原本は陳べられなかったようで、目録にはただ、

170 蒹葭堂自筆日記写　一冊　　水落庄兵衛氏

と、故露石旧蔵本出品の事実が見えるだけである。露石はすでに大正八年四月十日、四十八歳で歿し、七回忌を一年前に修し了えている。出品者は令息京二氏であった。

ホ　蒹葭堂研究会

松雲堂四世鹿田文一郎氏の代に引き継がれた二重箱入り『蒹葭堂日記』五冊は、太平洋戦争酣わの昭和十八年一月二十四日、その墓所大応寺における蒹葭堂百四十三年忌に出品された。この追遠法要は蒹葭堂研究会主催、大阪史談会・上方郷土研究会・橋本曇斎会の後援という形で行なわれたが、中心となった推進者は、日記所蔵者の文一郎氏(四代目静七)であった。すなわち、氏はその前年より、この『蒹葭堂日記』を読む会の結成を故高梨光司・浪岡具雄・南木芳太郎の諸氏や後藤捷一翁らと計り、名称も蒹葭堂研究会と定めるなど、父祖の心意気を承け継いで、精力的に会発足の準備を進めてこられたのである。いま『蒹葭堂日記』の現所蔵者羽間平三郎翁のお手許に保管されている当時の資料を、ここに掲載しておこう。

一　昭和十七年十一月十一日付、蒹葭堂日記を読む会案内状　　　封書一通

「蒹葭堂日記を読む会」

来る十一月十六日(月)午後六時(夕食後)より

場所　　大阪市東区唐物町一ノ四(本町橋西詰南へ二丁)

染料会館にて

今回高梨光司、浪岡具雄其他の諸氏の御慫慂

により、家蔵蒹葭堂日記自筆本を読み、浪速文化史の一面の資料として御研究願ふことゝ相成候。ついては浪岡様の御推挙も有之、当日御出席の上御指導願上度存候。当夜は十数氏御会合下さる事に相成候。此段御案内申上候。

大阪市住吉区帝塚山中三丁目四十七番地
鹿　田　静　七
電話住吉二八六〇番 （ゴム印）

羽間平三郎様

○表書

市内西淀川区海老江中三丁目

羽間平三郎様

○裏書

本文と同一のゴム印

○消印　二銭切手（乃木大将肖像）と三銭切手（宇治川発電所風景）の上に、円形印（住吉、17・11・12、前8―12）

二　昭和十八年一月十五日付、蒹葭堂百四十三年忌法要・講演・遺品展案内状　葉書一通
（ただし封筒入りか）

拝啓　徳川時代の大阪を代表する一大文化人木村
蒹葭堂歿後本年は百四十二年に相当致し候につき
郷土先賢追慕の趣旨に於て其命日たる正月二十五
日の前一日をトし左記の通り法要相営み引続き講
演展観等開催仕候間何卒御来臨被下度此段御案内
申上候　　　　　　　　　　　　　敬　具

日時　昭和十八年一月廿四日　午後一時
（時間励行　晴雨不論）
場所　大阪市東区小橋寺町　大応寺（市電東雲町南
入どんどろ大師前上る東側、門前に在標石）
講演　文化人としての蒹葭堂　　高梨光司氏
展観　蒹葭堂著書並関係品
昭和十八年一月十五日
大阪市北区堂島浜通一ノ七〇　オーム社内
主催　蒹　葭　堂　研　究　会
後援　大　阪　史　談　会

上方郷土研究会
橋本曇斎会
世話人
後藤捷一
鹿田静七
高梨光司
浪岡具雄
南木芳太郎

○裏面、羽間平三郎翁メモ
この案内状があつて数日
浪岡氏ハ風邪から急
性肺炎を患ひ急
逝された
表記蒹葭堂の法要
の翌日ハ翁の遺骨
を以て告別式が営まれ
た式場ハ翁が最も骨を
折られた橋本曇斎翁の
墓所念仏寺であ

った。

三　昭和十八年一月十六日付、蒹葭堂百四十三年忌法要・講演・遺品展案内状　封書一通

（タイプ印刷二葉封入）

拝啓　新春之御慶申述候各位益々御多祥之段奉賀上候

陳者旧臘染料会館にて「蒹葭堂日記を読む会」の初会合致候処御多用中御参集被下厚く御礼申上候

当日の御協議により本年度より隔月に一回宛「日記を読む」研究会を開催致す事に相成り、今月は第一回分として安永八年（翁四十四歳の時）分の複写を作成すること丶相成候処浪岡様、須田様等の御助言により電気速写による完全なる原寸大の写真複写を完成仕候これは研究上、非常に都合よく出来上り候　部数は三十部を限り申候につき御知友の中にて郷土研究に御熱心の方々御紹介下され候はゞ御加入願上度存候

ついては本年は蒹葭翁歿後百四十三年、又大正十三年二月に御贈位（従五位）の恩典に浴されてより満二十年目に相当致候　翁の日記を閲するものは生前その交友する人士の頗る多数なる事に驚かざるもの無之かと存候も翁の歿後子孫の所在も判然せずまこと淋しき限り

に存候　浪華文化の先賢を追慕する吾等として今回「日記を読む会」の開催を期として一日翁の墓域の所在小橋寺町大応寺に於て心ばかりの法要を修し、翁の冥福を祈り度存候　幸ひ大阪史談会上方郷土研究会及橋本曇斎会よりは御後援の御快諾を受け候につき来る一月二十四日午後一時(翁の忌日は享和二年一月廿五日)より右寺院にて法要及講演並に翁の遺品、手沢本、文献類を展観致し、翁を偲ぶ会合を催すことゝ相成候　何卒微意御賛同の上は多数御参詣下され度此段御案内申上候

尚右蒹葭堂日記今月分は当日会場にて配布(但し研究会員に限る)申上べく候間当日費用として金五円也御持参被下度候(実費の残額は当日の法事の諸費の一部に充当の予定に御座候)

右御報告旁々御依頼申上候

因に只今迄の研究会員連名は次の方々に候(順序不同)

浪岡具雄氏　高梨光司氏
高安六郎氏　後藤捷一氏
西村　貞氏　南木芳太郎氏
紙谷重良氏　羽間平三郎氏
森　繁夫氏　鷲谷　武氏

藤里好古氏　須田元一郎氏
鹿田静七　以上十三名

右報告

昭和十八年一月十六日

鹿田静七

羽間平三郎様

追白

一、蒹葭翁の遺墨、手稿本、文献等御所蔵の方は当日何卒御出品被下度候　只今展観目録編輯中につき御出品目録は小生（鹿田）迄御報知被下度候

一、「蒹葭堂日記を読む会」は爾今「蒹葭堂研究会」と呼称仕候

一、蒹葭堂研究会の事務所は北区堂島浜通一ノ七〇オーム社方に置き候

一、蒹葭堂忌の世話係りは左記五名担当仕候

浪岡氏、高梨氏、南木氏、後藤氏、鹿田

○表書

○裏書（印刷封筒）

市内西淀川区海老江中三丁目
羽　間　平三郎　様

大阪市住吉区帝塚山中三丁目四十七番地
鹿田松雲堂帝塚山店
古典書肆　鹿　田　静　七
電　話　住　吉　二　八　六〇　番
振替口座大阪一二二四二七五番

昭和18年1月16日

○消印　五銭切手（東郷元帥肖像）の上に、円形印（住吉、18・1・16、前0―4）

この蒹葭堂研究会発足にあたっての世話人十三名中に、日記の現所蔵者羽間文庫主人平三郎翁の名を見出すことは、同家が蒹葭堂と親交のあった十一屋五郎兵衛、すなわち間長涯（重富）の一族である事実を思うとき、今更ながら因縁の深きを観ずるのである。その頃、翁は連日帝塚山の鹿田家を訪れ、『蒹葭堂日記』より間重富の関係記事を、四百字詰め原稿用紙二百枚余りに抄録、研究に備えられたが、この厖然たる冊子は『蒹葭堂木村巽斎と十一屋間重富』と題され、いまも翁の座右に在る。

この蒹葭堂百四十三年忌の記録は、当時、諸家の研究論文や研究文献抄・展観目録・写真等と併せて『上方』蒹葭堂号（第一四六号、昭和十八年三月発行）に収載され、その後、『大阪史談』復刊二号（昭和三十二年五月発行）にも「蒹葭堂研究会楽屋話と蒹葭堂日記」と題し、会結成のお膳立てに関する後藤翁の貴重な一文が掲げられている。また、戦局とみに苛烈の度を加えつつあったその頃、会員の方々の、蠅頭大の細字が充満する日記の解読に払われた御苦心のほどは、おなじく『大阪史談』復刊二号所載、野間光辰先生の「「蒹葭堂日記を読む会」の想ひ出」によって、ありありと窺うことができる。それはしかし、巻一のわずか最初の一年分の解読をもって了った、痛ましい中絶の記録であった。この会で配られた巻頭の『安永八己亥年日記簿』謄写版刷りテキスト奥付には、「昭和拾八年四月壱日印刷」

と記されているが、それは翻字を担当された野間先生が、原稿を鹿田文一郎氏に手渡された二月七日(前掲、野間先生御稿)より、約二か月後であった。そして四月九日第一回、六月十九日第二回の会合がともに染料会館で持たれ(同)、おそらく「電気速写」青写真と謄写版刷りテキストとを対照しながら、この安永八年分のみ辛うじて読了されたのであろうと思われる。これらテキストの冊子は、この会に関係された方々の手沢本が若干保存されており、当羽間文庫にも一部ずつ備わっている。

へ　戦　後

『蒹葭堂日記』が羽間文庫に収まるまでの経緯は、戦後の混乱期を背景にかなり複雑であり、その展転の軌跡は、時に数奇と呼ぶことさえ許されるであろう。けれどもいま、興味本位の穿鑿から、これら末梢的問題にかかずらうことは慎みたい。昭和二十二年十二月十三日、鹿田文一郎氏の死去によって、この日記の第二の流転が始まる。すでにその生前、金策の抵当とかで南区西賑町の全国書房社長田中秀吉氏の手許に移った『蒹葭堂日記』は、幸い金庫に保管されていて、劫火より免れた。

昭和二十五年十月二十五日、東区北浜(今橋)の大阪美術倶楽部(旧鴻池邸)における蒹葭堂百五十年忌(坂田脩軒主催、梁江堂杉本要氏・松泉堂中尾熊太郎氏ら協力)の頃は、急速な経済変動の時期で、展観目録にも一切所蔵者名が記されていないが(昭和二十五年十二月発行、『日本美術工芸』一四六号。『大阪史談』復刊二号に転載)、当日出陳された『蒹葭堂日記』は、まだ田中秀吉氏の所蔵であった由である。その後、宝塚の書店三隅貞吉氏を経て神戸の池長孟氏に移り、大阪武田氏杏雨書屋に話があったが、決着を見ず、また一時、天理図書館にももたらされたそうであるが、折から真柱故中山正善氏が外遊中で、決裁が下されなかったとか仄聞する。

間もなく『蒹葭堂日記』は、鹿田松雲堂の別家伊賀上野の沖森直三郎氏のもとに入った。これは、主家鹿田文庫ゆかりの『蒹葭堂日記』が流転逆境にあるのを見かねて、おなじく松雲堂の別家沖森氏が、その「不遇」を救われたのである。沖森氏は伊賀の郷土資料の蒐集をもって聞こえるが、伊賀物でもない本書が十年余りも当地に「仮寓」したのは、右の由縁によるのである。次に『大阪史談』復刊二号(昭和三十二年五月発行)所載、後藤捷一翁の回顧談「蒹葭堂研究会楽屋話と蒹葭堂日記」の一節を抄録しておこう。鹿田家を出た事情は、やや不分明な点がのこるが、大略の経過は次の通りである。

……戦争の激化は遂に(研究会)中止のやむなきに至り、鹿田君また吉原製油に席を置いたが、偶々その工場が東淀川駅近くにあつた関係上、時々来訪せられ、その時の話では全国書房が研究会の加註した日記を出版の希望があるので、これは是非実現させたいと語り、万一のことを思つて全国書房の金庫へ保護預けしてあるとも附加えて話した。

その後二十年三月大阪が大空襲を蒙つた直後に、私は鹿田君の見舞を受けたが、生憎その折は書物を疎開すべく車に積み、戸締りをして出発直前だつたので上つても貰えず、四五丁歩き乍ら話したが、日記が無事であつたことを報じ、預けてよかつたと喜んでいられた。その後日記に就ては鹿田君と話合う機会を得ず、そのうち病臥せられやがて訃音に接した、(ママ)私は弔問した遺族の方に日記のことをお尋ねしたが何も御存じなかつたので、後日令息章太郎君に松泉堂故中尾熊太郎君(水田注、堅一郎氏の父君)と同道で、全国書房へ日記返却方の交渉に行くことを勧告した、(ママ)処が全国書房の回答は鹿田君の生前、譲渡を受けたもので預つたものではないという、(ママ)私はその正否を知らないし、鹿田君からも聞くことが出来ない。日記は実に右の如き経路を経て鹿田家を放れていつたのである、(ママ)その後日記に就ていろいろの噂を耳にしたが、現在は鹿田家の別家、上野市の沖森直三郎君の手に収つているというのも何かの因縁であろう。

沖森氏はその貴重性に鑑み、門外不出を原則とし、全巻筆写も許されなかったが、披閲を希望する者に対しては、自由に繙読の便を与えられた。近世学芸に関心ある諸家は、それぞれ研究に必要な記事閲覧のため、あるいは照合証定のため沖森家を訪れ、卒爾の間に蝿頭の文字を過眼抜萃し、そのものする論考に引用した。中には中野操博士の「木村蒹葭堂をめぐる医家たち」一―七（昭和三十四年八月―三十九年十二月発行、『医譚』復刊二十―三十号）のような、『蒹葭堂日記』活用の典型と称するに足る実証的好論文も生まれたが、多くのばあい、匆忙裡の抄出のため、とかく誤読のまま引用されがちであった。

ト　帰　郷

戦後十五年、また、その解読研究が企てられてより、かれこれ二十年近くの歳月が移り去った。昭和三十六年五月三十日、大阪古典会六十周年記念の古典籍展観が今橋の大阪美術倶楽部で催された。おなじく鹿田松雲堂の別家、中尾松泉堂の当主堅一郎氏は、特に沖森氏に大阪ゆかりの『蒹葭堂日記』の出陳を懇請し、その快諾を得た。本書の陳列によって、この催しはまさに錦上花を添えたわけであるが、これが直接の機縁となって、同年六月八日、『蒹葭堂日記』は沖森書店を離れ、遠祖間長涯（重富）このかた重なる因縁のある、当地大阪海老江の羽間文庫に収まったのである。

久しく他郷流離の『蒹葭堂日記』も、ついにその故郷に「安住の地」を得た。思えば不幸な戦争のため、『蒹葭堂日記』の研究は、一旦その緒についたばかりで途絶えていた。かつて、静嘉堂文庫丸山季夫氏の編輯になる詳細な蒹葭堂年譜を烏有に帰せしめたこの戦火は、『蒹葭堂日記』の研究をも、一世代遅延させてしまった。けれども、幸い祝融の災いだけは免れ、今また引く手あまたのところ、当大阪の地より流出することから守り得た。『蒹葭堂日記』にとっても当地大阪にとっても、これほど慶ばしいことがあろうか。それは、永年の一研究者の立場から、ついに所蔵者の座に就かれた羽間文庫主人平三郎翁のみの喜びでは、なかったのである。

羽間翁は、新獲『蒹葭堂日記』を文庫の貴重書の一として、大切に取り扱われたが、徒に秘蔵一点張りではなく、市立博物館や横山蕗人(三郎)翁の主宰される「船場の会」等の大阪関係資料展観には、数度出陳され、博物館に限り写真撮影も許可されるなど、積極的にその活用の便を計って来られた。また、研究のため当文庫を訪れる篤学者に対しては、快くその閲覧希望に応じられた。このたび、同書の原寸大複製ならびに翻刻事業を董するにあたり、おなじ大阪に寓するわたくしとしても、翁をはじめ先覚者の悲願を具現すべき責任を感ぜずには、おられない。

昭和乙酉、劫火戢《おさ》まるの日、『蒹葭堂日記』の公刊計画はすでに兆しつつあった。鹿田文一郎氏は田中親美翁に釈文を依頼して出版したい意向であったとのことであるし(野間光辰先生御稿)、また全国書房も、蒹葭堂研究会の加註した日記を出版の希望だった由である(後藤捷一翁御稿)。後藤翁もまた、昭和三十一年十月五日付けの懐旧談を結ぶにあたり、「今も日記を翻字検討し加註したい気持は十年前と少しも変らず、わが大阪史談会の事業として先輩各位の御協力を得、実現したいものと念じている」と記しておられる。

今回の複製翻刻は、これら前輩の宿志を承け継ぎ、『蒹葭堂日記』の本格的研究への礎石を定めたものと言えよう。向後、各分野の研究家は、それぞれの角度から縦横にこの複製・翻刻本を活用し、その需要は飛躍的に増大するにちがいない。そう願えれば、関係者一同の幸甚これに過ぎるものはない。各方面の存分の御利用を、切に冀うものである。

あとがき

わたくしが中尾堅一郎氏より羽間文庫主人の複製翻刻計画の協力かたを嘱されて、はや五星霜を経た。意を決して中尾氏と同文庫を訪れ、「文庫来訪録」に署したのは昭和四十二年三月二十六日であった。爾来、文庫主平三郎翁御夫妻をはじめ、同家の優遇に甘え、荏苒日を曠《むな》しうしたが、まず倍半紙大用箋に写し取って副本を作製し、そのコピーをもとに人名カードを採集し、その後、コピーはそのまま翻刻の活字印刷原稿に充当するという方法をとった。カードの採集と整理は、大阪府立桜塚高校出身で現在神戸大学文学部国文学専攻生峰内和子嬢の協力を得た。峰内嬢は学友諸君をいざない、一同、寸暇を惜しんで献身的な協力を示された。深い感謝とともに、その氏名を記しておこう。

上　田　泰　君（大阪市立大学法学部）　　柴　田　淳　子　嬢（関西大学社会学部）
細　谷　順　一　君（　同　経済学部）　　妹　尾　啓　子　嬢（関西学院大学文学部）
太　田　幸　嬢（神戸大学文学部）　　高　木　康　子　嬢（大谷大学文学部）
奥　道　加代子　嬢（　同　）
松　本　知　子　嬢（　同　）
峰　内　和　子　嬢（　同　）
吉　本　由美子　嬢（　同　）

活版印刷をお願いした四国高松の牟礼印刷所は、大谷篤蔵教授の御紹介である。教授は先輩荻野清教授の遺稿集上梓を通じ、当印刷所の良心と積極的意欲を推称されたのである。現代活版印刷の常識をはるかに超えた翻刻本の校正には、野間光辰先生をはじめ、大谷篤蔵先生、そしてこのたびご来阪の中村幸彦先生に一方ならぬご援助を賜わった。

一方、複製は紙質を検討した結果、手漉き因州紙を用いることに決め、また原本の袋綴じを解いて、原寸大撮影を敢行することに踏み切った。写真撮影は、『近世文芸叢刊』以来昵懇の松井康一氏が日本時事新聞社印刷部三木威氏を紹介して下さった。三木氏の父君義雄氏は往年のオリンピック選手で、松井氏とは陸上競技のOBとして親しい間柄であった。今年二月二十七・二十八の両日、羽間翁は自ら日記原本を「かしわ」に挟んで携え、綴じ糸をはずし、一丁ずつ開いて全巻撮影を完了した。

寛大な羽間翁は、わたくしの無計画ぶりや不手際を不問に付されたのみか、微力のわたくしに全幅の信頼を寄せられ、終始渝《かわ》るところがなかった。しかも、事業の推進には常に先頭に立たれ、昨年若葉の頃には、京都祇園清井町の別邸に神田鬯盦(喜一郎)・中田有盧(勇次郎)・野間般庵(光辰)・大谷三竿(篤蔵)の諸先生を招かれ、令弟森田勝治氏を交え、日記公刊についても諮られるところがあった。以後今日まで、終始野間先生の懇切な御指導の下に、この計画は進められて来たのである。翁はまた、今年二月初旬、極寒をも厭わずわたくしども関係者を誘うて、わざわざ因州青谷の紙漉き現場まで、複製本の用紙検討に出向かれるというご熱心さであった。両の手を真赤にして、楮にとろろ葵を混ぜた液を萱の簀で漉く婦人は、いずれも三十年来この仕事一筋に打ち込んできた人たちであった。また、残雪の中を大因州製紙協業組合塩義郎氏宅で、柳宗悦筆「ドコトテ御手ノ真中ナル」の軸を見、事務所では、当地出身の妙好人因幡の源左のことば「そろそろにゃわかるわいのう」と染めた壁掛けを仰ぎ見たことも、一同の忘れがたい想い出であった。手漉き紙の和気と気品は、このような、一途な信仰に支えられた生活感覚の所産であったことが、いまさらのように思い知らされたのである。

こうして、来し方を振り返れば、所蔵者羽間翁の御理解、協賛諸先生の御指導、中尾氏・松井氏らの御支援、塩氏・三木氏・牟礼氏・峰内嬢らの御協力なくして、本書の今日の形を見ることは出来なかったであろう。ここに恩頼のかずかずを唱え、感謝と万事不行届きのお詫びに代えたいと思う。　合　掌

昭和四十五 庚戌 年三月二日

旧一月二十五日、木村蒹葭堂百七十年忌辰にしるす（のち、一部補記）

付記一　頼春水宛に送られたと思われる「勢州三重郡川尻村往来地図」は、平戸侯松浦静山の許にも贈られていた。松浦素氏蔵「平戸藩楽歳堂蔵書」本『甲子夜話』巻四十に収載され、平凡社東洋文庫321同書3（中村幸彦・中野三敏校訂、昭和五十二年十二月）に、その縮影が掲げられている。著者松浦静山は、

浪華《なには》に木村吉右衛門と称する賈人《こじん》あり〔名孔恭〕。蒹葭堂と号す。多識博覧、旧年より其名を聞く。一歳、旅次に遇《あひ》て同気相求の習ひ、互《たがひ》に好古の癖《へき》を以て、是より厚く接遇せしなり。又は蒹葭堂を訪《とひ》て其所貯の物を見るに、書画、草木、石玉、鳥魚に至迄《いたるまで》、和漢の品物皆あり。其上は古人の真蹟、古器、珍奇、品異聚積す。彼堂を訪はざる時は、旅次に孔恭自ら数物を携《たづさへ》来て予に示す。因て古碑の打搨、古書、真蹟等、彼に依て得しもの多し。皆我《わが》楽歳堂に蔵《をさ》む。又庚戌〔寛政二〕の書牘《しょとく》に云ふ。蔵書既に二万巻と。その富知るべし。然《しかる》に同年のことなるに、酒造のことに坐せられて、浪華を去り勢州に徙《うつ》る。其とき予に贈りし書通並《ならびに》図記をここに録す。この蒹葭堂のことは海内不レ識なし。……

と記したうえ、この図を掲出し、「勢州長嶋領川尻村へ引越申候趣意」をも、併せ引用している。但し、平戸侯に贈られた図は、板刻の図上に文字が筆書されているように見える。春水宛の同じ図には、文字を後刷りしたのであろうか。

付記二　羽間文庫蔵『蒹葭堂日記』は平成十一年十一月三十日大阪市立博物館に移り、現在その後身、大阪歴史博物館の所蔵であるが、終始愛護に尽瘁された旧蔵者名を留めて羽間文庫本と呼び、その欠脱二か年分の冊、花月菴本と一具の典籍と扱うのが至当であろう。

花月菴蔵『蒹葭堂日記』攷

一

縦令、血肉を分けた仲でも、めいめいがことなるさだめをもつことは、常なき世の常とて、物と人とまま見聞きする事実である。近世浪華の市井人坪井屋吉右衛門多吉郎、雅名蒹葭堂木村巽斎の面会人名簿『蒹葭堂日記』もまた、護持それぞれに宜しきを得て、さいわいいまに恙無い一筆の年次簿冊でありながら、これまで知る人ぞ知る羽間文庫本と、今回新出の花月菴本とでは、伝来経路、またその保管形態が、何から何までおよそ好対照といえる。

去る昭和四十七年四月、複刻された大阪海老江羽間文庫本は、筆者四十四歳の安永八年（一七七九）より六十七歳で亡くなる享和二年（一八〇二）まで二十四年間、うちとびとびに六年分が失われた十八年分の簿冊であるが、元来一年一冊の仮綴簿を数冊ずつ計五冊に合綴のうえ、袋綴じには間紙を入れ、蠟箋外表紙を装い、二重箱に納めるという珍重ぶりである。それももともと殿村茂済・山中信天翁・澄川篁坡等珍襲の十七年分に、一旦離れていた森枳園・大槻如電伝来の天明九年日記簿を、明治三十五年松雲堂鹿田古丼《こたん》のもとで合わせられ、田中秀吉・沖森直三郎翁等の愛護を経て、転伝、中尾松泉堂の世話で羽間文庫主人先代平三郎翁の架蔵に帰し、現所蔵者に到っていることを思えば、その間重ねられた善意の改装も、いかにもと頷けるのである。

ところが、複刻本完成後丁度十年目にして、この羽間文庫本には欠けていた六年分の日記簿のうち、二年分二冊が、まさに原装のまま、おなじく当地大阪は天王寺上本町の煎茶花月菴流家元田中香坡氏宅から見出された。昭和五十七年春まだ浅い頃のことであった。最古の煎茶道流儀として、名実ともに売茶翁三伝の由緒を誇る花月菴流では、あたかも香坡氏の六世家元継承披露を五月末にひかえ、諸般の準備に寧日なき有様であったが、これと並行して、その年秋に予定されていた流祖花月菴鶴翁(一七八二―一八四八)生誕二百年記念展の出陳品目の吟味が進められていた。三月初旬のある日、先代青坡未亡人富子氏、令嬢山本孝子夫人等は、邸内の収蔵庫で山なす書画軸物箱に埋もれ、埃にひた汚れながら出納作業中、たまたま薄い仮綴じの簿冊二冊を見出し、直ちにわたくしに鑑定を命じられた。

一見、わたくしはそれらが蒹葭堂の自筆である旨、確答した。そして表紙左肩に打付書の年記より、この二冊二年分が羽間文庫本に欠落したままの六年分のうち二か年分に相当することを申し添えた。承れば、先代家元青坡氏(一九〇七―七九)は蒹葭堂の日記が花月菴にもある旨、語っておられた由である。ただ、これら小冊子は他の蒹葭堂筆書画の中で、比較的目立たぬ存在として今日にいたったのであった。先代にして、もし羽間文庫本複刻の挙を事前にご存じならば、必ずや花月菴伝来本との合刻を、よろこんで申し出られたことであろう。

花月菴本蒹葭堂日記『寛政十一己未年日記簿』『寛政十二庚申年日記簿』二冊は、おそらく蒹葭堂歿後、その遺品整理に当たった二世蒹葭堂木村石居から、親しく花月菴鶴翁が譲られたものであろう。蒹葭堂日記が、歿後故人の形見として、有縁の手に頒《わけ》られたと思われるふしは、本書に続く羽間文庫本享和元年日記簿表紙に、受領者の手で「文政十二丑年十月蒹葭堂ゟ拝受」と識されている事実からも察せられる。花月菴本もまた二世石居や、おなじく遺品の整理に手をかした八木巽処あたりの配慮もあり、先人遺愛の品々を外ならぬ流祖鶴翁に贈られたものと思われる。石居・巽処・鶴翁等が当地の煎茶人として、その頃よく知られていたことは、『続浪華郷友録』『浪華金襴集』(文政六年序跋)、『新刻浪華人物志』(文政七年)をはじめ、多くの人物誌や番付類に仲良く登載されていることで明らかなうえ、かれら三人がお互いごく親しい間がらとも見做されていたらしいことは、滑稽本『浪花襍誌街廼噂』(平亭銀鶏作、天保六年)巻頭、歌川貞広の口画によってもうかがえる。煎茶花月菴流の宗家に、蒹葭堂自筆日記簿がこうして伝来していることは、他のかずかずの売茶、蒹葭由縁の尤品襲珍とともに、決して故なきことではない。それにしても、今回の発見は、奇しくも蒹葭堂逝世後まる百八十年目、複刻完成後十年目であり、またそれは花月菴流流祖鶴翁生誕二百年にして、香坡氏が六世家元を継承した嘉年に当たる。仏天の加護、諸霊寵厚の賜物としか申しようがない。珠還剣合を心より慶びたい。

二

本書の名称は、通行の「蒹葭堂日記」でいっこう構わないが、表紙左肩に記された具名《フルネーム》は「元号・年数・干支(また干支、干にフリガナを付したものあり)年日記簿」である。ただし、天明三・四・五・六・七・八・九、寛政二・三の九か年の簿冊には「年」字が省かれている。このたびの花月菴本は、どちらも「元号年数干支年日記簿」式で、干支等にフリガナはない。仮綴じ。入紙等は一切ない。寛政十一年日記簿は縦二十四・五糎、横十七糎。寛政十二年日記簿は縦二十四・二糎、横十六・八糎である。

用箋は、寛政十一年日記簿は羽間文庫本十八か年分の末三か年を除く十五年分と同一で、黒罫、半葉十四行、小口に〇印入りの罫紙を用いる。一行、縦十八糎、幅約一糎。したがって、一日一行充て、月の前半を表に記す必要上、第一行目の右側に筆でさらに一行罫を記入し、もともとの半葉十四行に一行加えて、十五行に仕立てている。小二十九日の月は表裏計二十九行、これでこと足りる。大三十日の月は裏面最終行左側にも、同様一行の罫を記入追加して、表裏とも十五行ずつに揃えていること、羽間文庫本と同様である。寛政十二年日記簿は羽間文庫本の末三年分と同一で、半葉十五行、一行縦十九・六糎、幅約九粍。そこで、用箋のみに関して言えば、安永八年より寛政八年までと、今回の寛政十一年とが同一で、寛政十年と今回の十二年、そして最後の寛政十三(享和元)、享和二両年分が同一ということになる。ただ、寛政十年のみは紺罫に刷られている。なお、寛政十二年簿冊には追加付箋が三か所と、人名札が一枚貼られている。

羽間文庫本と花月菴本との大きな違いは、もともと毎年ほぼ同じ仮綴装であった筈の簿冊の、その後における扱い様の相違である。何といってもドラマティックな伝来史を担う羽間文庫本が、蠟牋紙の外表紙、殿村茂済筆の題簽、毎丁間紙挿入、蔵書印捺押、二重箱入りと保存保管万端ものものしいのにひきかえ、花月菴本は蒹葭堂主人が座右机辺に具え、来訪者の名札を数日ごとまとめ記入していた時のままの仮綴じである。いな、その仮綴じさえも、年ごとのまとめとして行なわれたとも思える。両のどに当ててある紅色薬袋紙も、表裏にわたって大部分貼り付いたままだし、さらにのどの隅に通してあった紙縒りの一部までが、まだ名残を留めている。蔵書印などは一切鈐《お》してない。百八十余年のタイムカプセルをいま開けたばかりのような、うぶい形を保っている。紙縒り綴じの箇所や薬袋紙のサイズ、そして上下両のどの紙縒り通しの位置などは両冊で異なるが、その仮綴じ仕立てという形式の点では、二冊とも原装が全く崩れていない。このたび、それにふさわしい渋引き紙帙があつらえられたが、この複製本も、書誌その他一切、原本に準じている。

この花月菴本は寛政十一年、同十二年の二か年分の簿冊であるが、寛政十二年は閏年とて四月に閏月があり、したがって平年の簿冊より一葉多い。表裏両仮表紙ともで寛政十一年日記簿は十四葉、十二年日記簿は十五葉であるが、いずれにせよ片々たる小冊にかわりはない。ことに紙縒りで仮綴じのまま、題簽が左肩に打付書の両冊は、これらの素顔を奥深く包み込んで手厚く部厚く装われた、あの羽間文庫本とはいかにも対照的で、勤倹を旨とした蒹葭堂主人の日常を、改めて見直したい気持になる。終始、文章表現を峻拒しているこの日記簿から、来客やこちらからの訪問の所用が奈辺にあったかを察することは、特殊な場合を除いて、ほとんど不可能に近いが、時に注する「店迄」「見世迄」「勝手迄」と「居間迄」とでは、用件の質が異なるという印象を受ける。また、昼飯(中飯)、夕飯をもてなした時も別に注しているが、これはどうやら遠来の客歓待の心積りをあらわしたもののようである。もっとも蒹葭堂は、自分もそのメンバーであった混沌詩社の常連たちをも、よく饗応したらしく、葛子琴は蒹葭堂に贈った五言長律で、「数使我曹醺」と結んでいるほどであるが、とりわけ珍客には馳走を振舞ったと思われる。

整理はその日ごとに行なったのではなく、数日ないし時には旬日近くまとめてされたらしい形跡がある。朱書すべきをうっかり墨書して朱で訂したり(12・7・1)、朱訂を忘れたり(12・7・5)、一日早く整理しすぎて（　　）を施し、左に寄せたり(12・7・9)、一日早く欄を誤って記入後、胡粉で消したり(12・10・22)、いろいろである。この欄ではすでに十六日を十七日と、日付を一日早く記し誤って、字の上から訂正している。一日一行は朝昼晩と大凡三段に分けて記入する方法も、終始一貫している。同一人物を、

大西斉三　大西才三　大西斉蔵

浜口宗二　浜口宗次　浜口惣二

などと幾通りにも記したり、同音訓《よみ》異字、類似字形、音訓による宛字の目立つのも、毎度のことである。ただし、人物の改名は、

多屋六郎太夫改メ道幹11・3・27　柴田内黒坂天民改元長登リ宿ス11・4・19

肥前ヤ宇兵衛子岩崎良軒ト改来11・5・1　岩崎良軒肥前屋源三郎ノ事11・5・15、11・5・24、11・6・2

富永宗助始来父宗助要右衛門ト改ムヨシ11・9・13　梶田痴斎堺住旧名池田屋長右衛門ノ事11・9・15

(油徳手代)又兵衛旧名文助事小包頼ミ申候11・12・4　庄三郎事俊蔵12・3・8

甲田重右衛門改名但馬久兵衛来ル12・10・17　伊達太右衛門源三郎改12・12・9

のように、その都度注記している。また、旅宿先や紹介者等も、人物名に必須の付記条項と考えていたようである。けれども、現在わたくしども一般の眼には、それらとは別に、知名人の名がたびたび見出せるのが、何より興深い。上田余斎(秋成)・大須賀周蔵(栗杖亭鬼卵)・大伴大江丸(旧国)・岡田米山人・尾崎俊蔵(雅嘉)・菊池五山・鴻池伊助(草間直方)・司馬江漢・三好正慶・最上徳内等は、その一斑である。

三

ここで、花月菴本二か年分の簿冊を通覧し、便宜、つぎの五項目に沿い、随意抄出して、いささか主人の生活に迫ってみようと思う。

A　年中行事　B　会合　C　日常所用　D　本草物産　E　書画典籍道具類

A　年中行事

1　売初　加忠売初行　11・1・8

2　戎参　11・1・9

3　蠟燭掛始　11・1・10

4	売初	淡弥売初ニ行	11・1・13
5	暑見舞		11・7・11
6	煤払	家内煤ハライ	11・9・26
7	報恩講		11・9・29
8	庚申参り	庚辛参り	11・11・5
9	藩邸廻り歳暮	早朝備前邸平戸邸阿波邸肥後邸中津邸津軽邸佐伯邸	11・12・17
10	初売	店初売	12・1・8
11	売初	淡弥売初ニ行	12・1・12
12	売初	加忠売初へ行	12・1・13
13	開帳	シメ開帳参詣	12・3・14
14	天王寺開帳		12・4・3
15	藩邸廻り暑見舞	薩邸阿波邸中津邸平戸邸肥後邸	12・6・2
16	家内掃除		12・6・15
17	報恩講		12・11・6
18	煤掃		12・12・19

寛政期、浪華の中分商家での、通年慣習の一端がこれでうかがえよう。年間を通じ、煤払いは二度行なったのであろうか。煤掃は十二月十三日とばかり覚えていたが、夏秋のころ、まず夏越しの祓いよろしく、上半期の汚れを払ったのかも知れない。それは、近年まで行事化していた真夏の大掃除を想い起こさせる。

B　会合

1	異物会	銭五竹内識了三人同伴異物会見物	11・2・15
2	茶会	銭五 茶会行カケ伊良子へ行	11・2・26
3	今喜会		11・3・16
4	桜宮茶会		11・4・11
5	舞会	家内舞会行大専寺	11・4・15
6	邦福寺普茶		11・4・25
7	懐徳堂宴	森川来同伴 懐徳堂寿筵	11・5・16
		学問所へ礼に行森川へ行帰る	11・5・17
8	蒹葭堂雅会	七ツ時 白雲師 柏堂 痴仙 遜所 梅崖 粲堂 蘭渓来会	11・7・19
9	〃	白雲 痴仙 粲堂 巽所 柏堂 来訪	11・7・23
10	書画印会	書画印会ニ行ク	11・8・13
11	大仙寺雅物会七ツ時	北久太郎町亀弥同伴大仙寺会見物帰宅	11・9・19
12	〃	大仙寺張瑞図見ル 白雲師亀弥 同伴大仙寺行 晩帰	11・10・26
13	布平小会	布平小会行	11・11・11
14	曾谷追善会	曾林蔵店迄亀弥銭五郎 同伴曾谷追善会 夜帰ル	11・11・16
15	逮夜	夜 吉左ヱ門逮夜 葛八 加と忠 正楽寺新ホチ	11・11・19

16　茶会　茶会　かと忠へ行銭五郎 亀弥 布平　同伴寒山寺行大会　11・11・25

17　茶会　阿部竺翁茶会行　11・11・27

18　節会　七ツ時　葛九節会行　ヱイマチ 夜半帰ル 同伴　12・1・21

19　普賢院六十賀会　昼後淡弥 亀弥　同伴　下寺 町　大蓮寺　普賢院六十 賀会行帰宅　12・2・24

20　茶会　昼後　加と忠茶会 四ツ過帰宅　12・3・12

加と忠御礼ニ行　12・3・17

21　小会　七ツ時　銭五郎布嘉 亀弥 加忠　小会　12・3・21

22　雅会　夜　浜田希庵盛饌持参 森川淡弥招ク雅会也　12・3・26

23　大雅追善会　寒山寺大雅追善会　12・4・13

24　小田主膳書画会　昼　近久 座敷　小田書画会行　12・4・21

25　茶会　荒物ヤ嘉兵衛座敷 茶会客　12・4・26

26　茶会　昼後天王寺 一心寺　茶会　12・4・28

27　布佐三年忌追善会　布佐三年忌 天王寺邦福寺追善会行　12・ウ4・16

28　泉仁法事　家内泉仁 法事行　12・8・12

29　銭五郎茶会　銭五郎茶会　加忠亀弥 同伴 布嘉　四ツ前帰　12・8・21

30　銀山寺茶会　銀山寺茶会行　12・9・17

31　雅物会　昼　森川 八木 釧三人来 同伴 寺雅物会　行　12・9・19

32　今津屋法事　12・9・29

33　松本周介法事（江戸堀松本五十日法事行）　12・9・29
34　葛八法事　12・10・12
35　源正寺敷花会　12・10・15
36　亀屋茶会　此夜亀屋茶会（加忠行 銭五郎布嘉）　亀弥会　12・11・18
37　茶会　12・12・3
38　茶会　12・12・4

Bについては、コメントすべきことが多い。7は、おそらく渫翁中井竹山の古稀頌寿宴と思われる。享保十五年(一七三〇)五月十三日生まれの竹山は、この年寛政十一年(一七九九)の当月当日が七十覧揆にあたる。賀宴の翌日、蒹葭堂は招宴の礼に赴いている。8、9は、堂で画会を催したものか。七月十九日は夕方七つ時より七名の者が集まったが、平日ならば森川曹吾と記載のところを柏堂、八木兵太とあるべきところを遜所と、いずれも画名雅号で登場する。二十三日も同様である。14は、寛政九年十月二十日六十歳で歿した曾谷学川の三回忌であろうか。もっとも多いのは茶会で、二か年を通じて十数回も参加している。これらが煎抹いずれか、17などは明らかに後者であろう。蒹葭堂は「余平生茶ヲ好ム、酒ヲ用イズ、烹茶ハ京師ノ売茶翁親友タリ、故ニ其烹法ヲ用ユ、老翁ノ茶具余ガ家ニアリ、末茶モ好デ喫ス、彼ノ茶礼ノ暇ナシ」(遺筆)と述べ、煎茶に傾いてはいたが、両者とも喫することは好んだ旨記している。

ここに一通の蒹葭堂書翰がある。野間般庵先生御入手のもので、四月二十七日付け丸屋久兵衛宛、木村多吉郎と署する。

尺書啓呈仕候、快晴ニ相成申候、
弥御安寧被成御坐候由、珍重ニ

奉存候、昨日之茶会は雨天之故
延引仕候、天気ニ被存候故、明廿八日
相催し可申由ニ御坐候、何卒御閑隙ニ御坐候ハヽ
御出席可被下候、正午ゟニ御坐候、一心寺
遠方故、四過ゟ出掛ヶ可申候、御近所
布屋平兵衛殿方へ相集、御同伴可仕と
奉存候、若御出て被下候ハヽ、少ゝ御廻りニても
四ツ時頃布平殿へ向ニ御出て被下候て
宜敷御坐候、併御用之節は正午過
直ニ一心寺方丈へ御出可被下候、右
御頼申度、如此御坐候、頓首

四月廿七日　　木村多吉郎

丸屋久兵衛様　吾下

昨四月二十六日、荒物屋嘉兵衛座敷での茶会は雨天で延期となり、翌二十八日正午より茶臼山一心寺で催されることになったから、布屋平兵衛宅で待ち合わせて、一緒に打ち連れ参加しよう云々との誘い状である。まさしく26茶会の案内である。蒹葭堂六十五歳、寛政十二年四月二十七日の裁書と決めてよい。ただし、翌二十八日の欄では、茶会記事に相客の連記がなく、かたがた二十七日夜、丸久の来訪が記されているところより、丸屋久兵衛は二十七日の中に、蒹葭堂より翌日の一心寺茶会の案内状を落手したものの、生憎その日は都合悪しく、不参をことわるため、前夜

のうちに堂を訪れ、折角の誘いを受けられぬ旨をわびたものと推せられる。日々の略記事と人名の羅列ばかりでも、一通の翰を挿し挟むと、日記簿はこのように読みが可能であり、逆にまた日記簿の記事から、この書翰をかく位置付けることもできるのである。本日記簿活用の一好例であろう。

C 日常所用

1 布平病気見舞 11・2・22

2 牡丹見物 早朝森川同伴尼七牡丹見物行 11・4・4

3 箕面滝 家内箕面滝ニ行 11・4・8

4 筱崎三島弔問 筱崎長兵衛吊慰 11・4・15

5 届物 本町一丁目讃岐ヤ清兵衛宿京和泉ヤ作兵衛柴山元方殿届物持参 11・7・3

6 唐芝居見物 ふさまき（ママ）同伴唐芝居見物 11・8・16

7 掛物見物 小西安へ掛物見行 11・8・18

8 萩見物 ふさ志め 萩見ニ行 11・8・22

9 銭五郎忌中見舞 銭五郎へ忌中見舞ニ行 11・9・10

10 ヲロシヤ装束見物 堺大寺 ヲロシヤ装束見物ニ行 夜帰ル 11・9・24

11 漂着人面会 此夜茨木ヤ安右衛門へ行同伴津軽邸佐藤運左衛門殿ニ行漂着人ニ逢申候

茨木屋へ行同伴 津軽屋敷行 11・10・19

12 〃 津軽邸 佐藤運衛門ニ行漂着儀兵衛定吉ニ逢申候 11・10・21

13	写物	安田十吉写物	11・10・21
14	写物	白川安田十吉写物ニ来ル	11・10・22
15	小包	又兵衛旧名文助事小包頼ミ申候 油徳手代又兵衛来	11・12・4
16	皇太子降誕	廿二日八ツ時京師中宮皇太子降誕	12・1・22
17	写物	杉 雅楽写物来	12・2・13
18	南遊	昼後 南遊清水庚申堂竜泉寺休足	12・3・11
19	桃花見物	雨 ヱイマチ同伴鴨野御屋敷桃花見物行 晩帰ル	12・3・13
20	支払い	思順軒壱歩渡ス	12・3・14
21	清水六兵衛訃	清水六物故	12・3・24
22	盛饌	夜 浜田希庵盛饌持参森川淡弥招ク雅会也	12・3・26
23	写物	土州浜口宗次写物ノ事来	12・4・15
24	支払い	大西使へ二歩渡ス	12・4・25
25	出版所用か	旭江吉文字ヤ市右衛門同伴	12・4・30
26	弔問	山中善太夫悔	12・ウ4・3
27	北遊	晩 栄町同伴加忠北遊	12・ウ4・3
28	舟遊	昼後 亀弥銭五郎等 舟遊ニ行夜帰	12・ウ4・13
29	小口書	木村立玄小口書ニ来	12・6・3
30	難波新地納涼	難波新地納涼行	12・7・9

31	仲元ノ礼包銀	包銀アリ森主水仲元ノ礼ニ来	12・7・13
32	真島林圭訃	八ツ時林圭故	12・7・27
33	真島林圭忌中見舞	真島忌中見舞	12・8・2
34	見廻		12・8・6
35	〃		12・8・9
36	〃		12・8・12
37	松本周介喪	松本周介喪アリ	12・8・12
38	彫刀ヵケ	濃州大島八郎右衛門彫刀持参ヵケ	12・8・19
39	真島林圭忌明	真島恭庵才二忌明礼	12・9・18
40	見廻		12・9・25
41	写物	六蔵始　寺島六蔵	12・10・26
42	〃	寺島六蔵写物ニ来	12・10・27
43	〃	寺島六蔵写物	12・10・28
44	〃	六蔵写物	12・10・29
45	〃	寺島六蔵	12・11・1
46	〃	六蔵来　寺島六蔵写物来宿	12・11・2
47	〃	六蔵	12・11・4
48	〃	六蔵	12・11・5

49	〃	六蔵泊リ有	12・11・6
50	〃	六蔵終　寺島六蔵写物終	12・11・7
51	見廻	上田見廻	12・11・14
52	見廻		12・11・16
53	大江丸江戸土産話	江戸登話 大江丸夕飯出ス	12・12・1

4は、篠崎三島の妻荒川氏ヤナがこの月十三日に四十八歳で歿しているので、その弔問であろう。16は、光格天皇の典侍、東京極院藤原婧子《ただこ》が第四皇子恵仁《あやひと》親王を出産された記事である。すなわち百二十代継紹の仁孝天皇の御降誕である。ただし、天皇のお生まれは寛政十二年二月二十一日で、これを一月二十二日とするのは、あるいは伝聞等による誤記であろうか。頭欄の京の出来事の記入では、21も問題がある。もともと頭欄には、初対面の人名や当日の主要記事などを標記するのであるが、時に後刻伝え聞いたニュースなどを補記することもある。陶工清水六兵衛の死は、一般に寛政十一年歿、六十二歳とされる。『増訂続平安名家墓所一覧』などは「寛政十年三月廿四日六十二」と記し、さらに一年早く亡くなったようになっている。いま祥月命日とも一致し、死去年度にずれのあることを、どのように解すべきか。あとでもたらされた情報の聞き違い、または記入欄のとり違えとも考えられるが、もしこの頭欄の記入が正確であれば、清水六兵衛の歿年に関し、一説を付加することになろう。

41—50は、寺島六蔵が写物に連日来訪し、時に宿泊して仕事を続けた記録である。そう言えば、所用は記されていないが、上田余斎が十一年四月四日・十二年三月二十日、四月九日と来訪し、そのあと四月十六日に来訪、十八日・二十日はこちらより訪れ、二十二日・二十四日は余斎からやって来ているのは、これも写物か何かの用件だったにちがいない。以後も余斎は八月二十三日・九月十二日・十月二十三日・十一月九日と、月に一度は顔を見せている。八月二十四日は朱書だから、蒹葭堂の方からの訪問である。前日の二十三日、余斎の前に島屋藤右衛門なる者が訪れているが、屋号が気にかかる。そして翌二十四日には、余斎の宿で布吉に逢い、夜、森川竹窓の許を訪れたところ、そこで再び余斎に逢っている。この頃、余斎は眼病の治療に来坂、谷川良順兄弟より金毘羅流横針術の加療を受けていたはずである。51 十一月十四日の上田見廻も朱書で、あるいは余斎の宿を見舞ったのかも知れない。53 十二年師走朔日、大江丸の来訪に亭主は夕飯を振舞い、江戸の話に耳傾けた。かれとは七月十二日以来のことで、おそらく客は深更まで、東下の旅『あがたの三月よつき』(七月二十日—十一月二十五日)の尽きぬ土産話を、あるじに語って聞かせたにちがいない。この頃、北や南へ繰り出したり、舟遊び、納涼等のことも見え、家族たちの遊山記事もある。かと思えば支払い記事などもあって、いかにも商家の旦那衆の日乗であることを思わせる。

さて、蒹葭堂は、百費を省き標本や書籍の収儲に心掛けたとみずから述べ、かつその収蔵品は奇を愛するにあらず、専ら考索の用とする旨を強調しているが(遺筆)、いま、これらをリストアップしてみよう。

D 本草物産

1 木骼 斎藤方策木骼ノ事申来ル 11・1・27

2 干鮎 芸州家中小畠次郎来訪 干鮎持参 11・9・22

3 ホツス介図 11・9・30

4 好石 皡と斎舜民好石家ノ由来ル 11・11・8

5 鉄鋼珊瑚 京人ノヨシ 山下幸蔵鉄鋼珊瑚ノ事申来 12・2・14

6 弁柄 薩州中島十次弁柄ノ尋也 12・4・5

7　異物　為川辰吉案内ニテ 銅座役人安岡剛三郎 異物　12・4・5
8　芭消ニ似タルキ　土州諸木村堀内市之進 芭消ニ似タルキ持参　12・4・24
9　百合　長崎新大工町河副武 佐来母公百合届モノ有 朽木様ニ行　12・6・27
10　アンラ果　伏六 アンラ果ノ事　12・8・20
11　貝見物　会津元〆原覚之丞 貝見物来 布 案内　12・8・25
12　玉見物　昼時 銭五郎八木来同伴布嘉ニ行同伴 河内屋吉右衛門殿玉見物行ク　12・9・27
13　竜骨　早朝出小西吉右衛門ニ行 小太同伴竜骨ヲ見ル　12・10・8
14　萱緒　宇治五十槻 長谷川猪三郎ノ萱緒　12・10・27
15　好石　下野都賀郡栃木町 善野伊兵衛好石人 木内書状ニて来　12・11・11

1は、蘭方医斎藤方策のもたらした木骼に関する情報で、文化年間、各務文献《かがみぶんけん》製作の木製人骨模型に先立つものであるだけに、詳細が知りたい。15の紹介者は、いうまでもなく木内石亭であろう。

E　書画典籍道具類

1　大福茶碗　大福茶碗持参　11・3・24
2　元信
3　相阿弥　白井因ノ家来 元信 相阿弥 持　11・6・27
4　嘱画　木谷要蔵画ヲ乞来ル　11・8・24

5　張瑞図　大仙寺張瑞図見ル　11・10・26

6　雪岩書　平の町小太取次　酢屋清十郎　雪岩書持参　11・11・26

7　聖像　船大工町鍋島ウラ尼崎ヤ杢兵衛柏原権七郎出入ノヨシ聖像持参　尼崎ヤ杢兵衛聖像　持参　11・12・3

8　古筆　心斎橋筋カヤ山本平右衛門古筆持参也　12・1・6

9　天神祭日千枚書　愛石一日千枚書　天満　12・2・25

10　文徴明山水　文徴明山水　庄三郎事俊蔵　12・3・8

11　枕籠　細合斎　枕籠贈　12・3・9

12　嘱画　江戸石田泰輔来画ヲ乞　12・3・13

13　周山画　河州久田心斎　周山画持参　12・4・17

14　西河集　京下立売小川東ヘ入丁雄二郎西河集借度ト申来ル　12・6・27

15　趙子昂書鑑定　過書町心斎橋藤田遊節宿　ナタ辻浄心ト云禅門子昂ノ書鑑定仍来　絹地竪物　12・7・22

16　皿　豊後岡家中梅津半兵衛　皿ノ事　12・7・24

17　小字人物　守山小字人物　持参　12・8・2

18　古画　但馬生野平のヤ伝兵衛古画持参　12・8・12

19　嘱画　井上専菴 正覚寺 同伴 画乞　12・8・18
20　徂徠　浅野屋子息 徂来二行持参　12・8・20
21　趙子昂　大和屋六々菴子昂 掛物見　12・9・24
22　達生篇　文礼 ツクタヤ トナリノ人 達生篇ノ事　12・10・13
23　水天帖　西条飽沢六郎 ／水天帖ヲ贈ル 始来　12・11・11
24　空海道風魚養ノ書
　　紀州田辺小川屋八郎右衛門 ／空海道風魚養ノ書持参　12・11・15
25　六景巻　池坊左橘右衛門来 六景巻持参　12・11・27
26　鈴　思順軒鈴持参　12・12・23

この項でもまた、主人に画を乞うもの、蔵書借用を申し込むもの、鑑定の依頼、名品の持ち込みと、堂をめぐる文雅の交わりは、いかにも多彩である。主客として、忙中閑のひとときを愉しんだことであろう。

四

蒹葭堂の日常を説くに、それはいかにも俗耳に入りやすく、かつ主人の雅量や襟度礼賛の意図からではあろうが、世の公開図書館に擬する向きがある。わたくしにも、一時そのような揚言があった。けれども、それがただ主人の社交形態を外観だけでとらえた安易な比喩であり、上っ調子な浮言にすぎぬことは、次の二点を考え合わせただけで、思い半ばにすぎよう。

第一に主人巽斎自身、世人の啓蒙教化を図るがごとき、社会教育的意図をもって所蔵品の公開に及んだのでは、全くない。営々として蒐めた珍品を、同臭の者に誇示できればよかったのである。来訪者からおのれの五車の富を羨ましがられれば、満ち足りたのである。主人の心裡には我欲が脈打っている。それは図書館のような公共的奉仕活動とはかなり異質と言うべく、たとい結果的にいかに世を益しようと、社会奉仕と同列に論ずべきではない。賞賛に値するのは、蒐集品をいたずらに私せず、他の眼福の糧にも役立て、われひとともに欣んだ点にある。集めて愉しみ、見せて楽しんだ蒹葭堂主人は、やはり福人ではあった。そしてこの社会還元の面では、たしかに図書館活動になぞらえることも許されよう。

第二に、だがこれはそれにもまして、図書館活動と決定的に相違する。いうまでもなく、主人蒹葭堂は根っからのマニアである。多々益々弁ずるその蒐集の営みが、かれ自身の口からは「考索」のためという至極もっともな題目として、弁疏ならぬ半ば本音となって出るには出るが(遺筆)、蒹葭何者ぞとならば、畢竟その正体は蒐集狂であり、生涯悟れぬ煩悩熾盛の徒である。その蒐集玩弄癖、探索欲は限りある個人の力をもってしては、到底充足に限りがあろう。資金は百事を節すれば、まだしも捻出可能である。一層乏しくもどかしいのは、蒐集の機縁であり便宜である。千手観音ならぬ一商賈であれば、猫の手を借りてもその縁故を招き寄せたいのが本心であろう。そのような主人にとって、遐邇遠近よりの来訪者、相寄り相集う同好者こそ、文字通り渡りに舟であった。かれらは主人の喜ぶ地方の物産を手土産に門を叩き、主人の自慢話は覚悟のうえで、珍蔵書画や蒐集品目睹の念願が叶えられ、今度はまた主人より方物探索の請託を受けて帰国する。それはギブアンドテイクそのものであり、相互需給関係にある商道と何ら択ぶところはない。酒醸家坪井屋吉右衛門の真面目、蒹葭堂主人木村巽斎の真骨頂がここに在る。

思えば、蒹葭堂日記は生涯かけての掛け値なしの事実記録、交遊人名「蒐集」簿であった。訪問先名と日々の来訪者名とを朱墨別筆で書き分け、一々の事がらは多く省略に従いながら、下世直前まで交遊人名の登録に手を休めなかった蒹葭堂は、あきんどよろしく、いかにもまめに人を愛し、これら有縁の人名蒐集を通じ、死ぬまでおのれの恣慾を肥やすという人間くさい所業に徹していたと言えようか。蒹葭堂日記こそは、その何よりの証であろう。

おわりに、この複製計画に寄せられた原本所蔵者はじめ花月菴流社中の並々ならぬ御理解を、幾重にも鳴謝するとともに、さきの複刻の折御指導頂いた先生方がいよいよ御健勝で、このたびもいろいろとお導きを賜わり、複製関係者がまたいずれも十年の知己ばかりであることは、私としてこれにまさる喜びはない。ここに併せ識して、謝辞に代える。

付記　昭和五十八年十二月二十三日午後十一時二十二分、松井康一翁が享年八十四歳で天国に召された。翁は両度の複製事業に、文字通り親身のお世話を下さった。金剛颪しに小雪の舞う聖誕節当日が野辺送りであった。謹んで御冥福を祈り上げる。

昭和五十九年四月十日午後零時十五分、恩師神田喜一郎先生が享年八十六歳で浄土に還帰せられた。先生には羽間文庫本複刻の際、特に題簽の御揮毫を賜わったのみか、種々御懇篤な導言を忝うした。霊光永えに不滅とは申せ、本書の完成を御高覧頂けなかった憾み、また尽きせぬものがある。　合掌九拝

追記　序でも触れたように、『蒹葭堂日記』が何時から記載されはじめたかは明確でない。しかし、わたくしは現存本で最も早い安永八年日記簿をもって、その始筆であろうと推測する。理由は、それらの筆致がいかにも謹直生硬で、朱書や頭書内容に関する後年の記載慣習がまだ確立していない点と、この前年の安永七年、四十三歳の夏、念願の長崎見物が叶い、帰坂後に母を亡うなど、不惑も半ばに近付く堂主にとって、生涯の一つの節目を実感する頃でもあったと思われるからである。

千客万来

大阪福島海老江の羽間文庫に蔵する自筆記録『蒹葭堂日記』は、なにしろ二十四年間の訪客名簿だけに、のべ数万のカードには、『森銑三著作集』第四巻所収の人物も随分含まれている。ただ、いつ幾日に誰が来た、でなく、誰の紹介で訪れ、誰々と出会ったか、をよく見究めたい。趙陶斎が日記に初出するのは、安永八年二月十八日、蒹葭堂堺行の折である。「堺行 益田次兵衛志水文次郎布屋次兵衛草加与々軒陶斎」。天明三年四月七日には、「昼後陶斎七十賀福屋」と見える。また翌八日には「朝より吹六へ陶斎礼ニ行申候」とある。このほか蒹葭堂が堺へ行った折は、必ず益田次兵衛と陶斎とを訪ねている(天明四・四・十四、同六・二・十二)。次兵衛、字は孟文、睢軒と号した。通称具足屋。長崎に遊び、書画を善くした。深く陶斎を慕い、櫛屋町浜の別荘を提供し、陶斎を堺に迎えた人である。陶斎はここに枸杞を植え、枸杞園と称した。これらのことは、森さんの麗筆につきる。陶斎が大坂に出て来た折、身を寄せる「丸久」は、おそらく深見久兵衛であろう。陶斎とおなじく中国人の血統を受けており、頼春水の『在津紀事』にも見える浪華の名家である。

永田観鵞は、天明三年三月十日初夜の頃、六如上人とともに秋野坊に伴われて訪れている。「夜秋野坊 六如上人永俊平同伴来」とあり、頭欄に「初夜時六如上人来」と、その初対面を注する。秋野坊は『六如菴詩鈔』初編巻六に「癸卯春与観鵞道人遊浪速留寓天王寺野維遠」とある、その人であろうか。十三日には、「早朝より出て大屋四郎兵衛 出田寺夜帰ル 秋の坊六如上人永原俊平出会」と見えるから、蒹葭堂の方から秋野坊を訪れ、逗留中の両人に会ったのであろう。留守中、海量上人が堂を訪れている。永田を永原と誤り、俊も復のように見える。蒹葭の筆癖は十日の記載も、さらに天明四年閏正月十八日のばあいも同じである。高安蘆屋は高安庄次郎（正次郎・正二郎）・高庄二郎などと十回現れるほか、高安新次郎・高安禎次（程治）・高安徳二など同姓の名が見え、高安・高安門人などの記載もある。蘆屋に会った日には、よく喬清斎と同伴し、また定恵院・清寿院などを訪れている。

青木木米は、寛政八年一月十一日の条に「青木八十八 印刻ノ人古門前木屋佐兵衛ノ子也」とあり、頭欄に「青木八十八 鳳沖紹介来」と注されている。木米三十歳の時である。「印刻ノ人」という傍書からしても、まだ陶工として名を成すにいたっていなかったのであろうか。蒹葭堂で覧た『陶説』が機縁で製陶に転じた、との説とも考え合わされよう。釧雲泉は、久代・釧文・久代文平・クシロ文平・釧文平といろいろに書かれているが、寛政三年三月二十二日訪問以来、四十五回登場する。かれがはじめて蒹葭堂を訪れたのは、蒹葭堂が過醸のかどで、伊勢長島侯増山雪斎の庇護のもと、川尻村に退隠中であった。「肥前島原ノ人江戸住 久代文平 十時氏状ニテ始来備中ニ下リ候由」とあり、頭欄には「久代文平岱就字仲孚号魯堂」と注されている。十時梅厓の紹介状を携えて来たことがわかる。

田能村竹田は、享和元年六月四日、鍋屋雅介同伴ではじめて堂を訪れた。蒹葭歿する半年前の六十六歳、竹田は二十五歳で、江戸に下る途中であった。この日、蒹葭堂は早朝より、折から来坂中の「太田直次郎」（大田南畝）らを訪ね、帰宅した。そこへ、前日に一度来訪した豊後日田の鍋屋雅介が、「岡家中田能村行蔵」らを伴って再びやって来た。これで、木崎好尚翁の「竹田日譜」の日付がはっきりする。竹田はこの時、人がすすめる天王寺参詣をおいて、先ず呉服町の蒹葭堂を訪れたのであった（『山中人饒舌』下）。竹田は明の仇英筆「聖朝日済図」を示され、その臨模をもとに、後年同題の作を遺している。ただ竹田は、「明年西帰。再ビ到レバ、則世粛已ニ没シテ、浮屠モ亦焚滅ス矣」で、ついに蒹葭とは一期一会のえにしだったのである。

一人では到底手に負えない日記整理の仕事に、骨身惜しまず協力してくれた学生さんも、この春、多くは世に出た。

京都で教職に就いた太田さんとは、週一度の上洛の日、寺町の竹苞楼で落ち合い、麩屋町の晦庵へまわることにしている。ここの名物「芳香炉」を食べに、どこやらくんだりから新幹線でやって来るとかいうなにがしより、ぼくらの方がずっと豪華やでと、このコースにあい興じながら、祇園祭り近い夕暮れの街を流した。その日、文学史のテストに結社名と所属作家、機関誌名あれこれを出題したかの女は、生徒の不勉強をしきりに歎いた。わたくしが、作家グループの集団的理解の必要さを力説したとき、このうら若い先生は、しかし毅然として、「でも、それとかかわり合う個性の注視は、もっと大切なのではないでしょうか」と言い放った。それは、『蒹葭堂日記』のもろもろの群像をいかにとらえるか、という課題につながり、雲煙のごとき資料群を渉ってこられた森さんから、わたくしたちが学ばなければならない重要なポイントでもあるようだ。

朱墨套印

享和元年(一八〇一)六月四日、二十五歳の田能村竹田は唐橋君山に随伴東上の途次浪華を過り、人のすすめる四天王寺参詣をさしおいて、日田鍋屋雅介(森仁里)の案内で先ず呉服町(現、大阪市中央区伏見町)の蒹葭堂を訪れた。ところが、この年暮の十二月四日夜の落雷で四天王寺は堂塔ともに焼失し、翌二年一月二十五日には蒹葭堂主人もまた六十七歳で世を去ったので、蒹竹相見は文字通り一期一会の縁となった。ただ、四十一歳という年齢差にかかわらず、熱烈な蒹葭堂ファンだった竹田は、「若天仮二年斯人一、使三予従二游門下一、以得二指授一、憲也不才、猶或髣二髴古人之万一一矣、噫」とまで、その下世を惜しんでいる(『山中人饒舌』下)。

竹田が蒹葭堂をはじめて訪れた日、主人は早朝より大田直次郎(南畝)の宿舎に赴いている。南畝はこの二日前、六月二日馬田昌調(柳浪)とともにはじめて堂を訪れたばかりであった。銅座役人として浪華に出張中の南畝は、米屋町(現、中央区南本町)の馬田昌調の隣家に宿っていた。四日早朝の、主人の南畝訪問はいわばその答礼をかねていたと思われる。そして、それはまた問答録『遡遊従之』の成立にもかかわることであったかも知れない。とにかく、竹田の蒹葭堂来訪時にはさいわい主人の帰宅後とて、首尾よく面会はかなえられた。その前日、鍋屋雅介が堂を訪れているので、あるいはこの日「岡家中田能村行蔵」を引き合わせる相談はできていたとも推測される。

この七年前、寛政六年(一七九四)九月十六日、四十七歳の菅茶山は京より帰郷の途中浪華に遊び、おなじく蒹葭堂を訪れた。『蒹葭堂日記』当該日上欄には「備中《(マヽ)》菅太仲来訪」と見えている。これに関し、富士川英郎氏の大著『菅

茶山』を読みつぐと、上巻63章に、

九月十六日に茶山は木村蒹葭堂を訪ねた。『蒹葭堂日記』のこの日の項に「備中菅太仲《ママ》来訪」とあるので、そのことが知られるが、私がさきに茶山が京都から大坂へ下ったのは遅くても九月十六日以前であったと言った根拠も、ここにあるのである。木村蒹葭堂（一七三六―一八〇二）は、周知の通り、江戸中期の博学者であり、大蒐集家であったが、元文元年に大坂に生まれ、幼名小太郎、はじめの名は鵠、のちに孔恭と言った。字は世粛、巽斎、遜斎、蒹葭堂などと号した。大坂の北堀江で造酒業を営んでいたが、物産の学に通じ、多芸多能であったうえに、奇書珍籍や書画骨董の類をおびただしく蒐集していたことでも、当時、ひろくその名を知られていた。蒹葭堂はまた、混沌社の社友でもあったので、頼春水とは早く識りあっていたが、茶山とはこの日が初対面であったかもしれない。

と、蒹葭堂の要を得た紹介ののち、この日両者が初対面であったかいなかはともかく、いかにも当日、蒹茶両人の対面が実現したととれるような内容が述べられている。

けれども、『蒹葭堂日記』の当該記事が、その前後十数日の間、墨と朱との二色でしたためられている事実を看過ごしては、事実認識に決定的な錯誤を犯しかねない。堂主はこの年九月十五日より二十六日まで前後十二日間紀州旅行に出ていて、呉服町の堂に不在であった。そのことは頭欄記事を落ち着いて読めば、すぐに了解されよう。十五日から二十六日まで、頭欄には墨で毎日数名ずつ計二十七名の名が記され、その最後には「以上十二日分留主ノ内」とわざわざコメントされている。そして、その十六日に来訪したうちの一人が菅茶山だった。したがって、前日浪華を発って信達に泊り、この日夕刻には和歌山に着いた堂主との対面など、到底あり得なかった。はたして茶山が、往年の混沌会月例の日と知って、この日その門を敲いたかどうか、それは忖度の限りでないが。

蒹葭堂紀州行の日々については、明確に朱書に切り替えられている。和歌山では野呂介石や桑山玉洲らと交遊を重ね、その案内で名所廻りも愉しんだことが判るが、それらの記載は完全に朱一色である。朱書は本日記における旅中の記載法として、堂主自ら工夫し実施した方法であった。先年、日記の複製翻刻に際し、原本通りこの二色刷り印行の方針を立てたところ、それはやや凝り過ぎと言わんばかりの、嘲笑気味の批判がなくはなかった。けれども、いまにしてみれば、よくぞこの色の刷り分けを徹底させておいたことと思う。これが単色《モノクロ》では、堂主の実際の行動をとり誤る危険は倍増する。忠実な二色刷りにしてなお倉卒の誤読を見れば、思い半ばに過ぎよう。

蒹葭堂自伝

木村蒹葭堂の伝記で、ことにその幅広い学芸の師承関係や、私生活にわたる事がらまでがよく知られているのは、墓碑銘とは別に自伝が残っていて、それが「巽斎翁遺筆」として、初世鐘成暁晴翁によって『蒹葭堂雑録』に収められたおかげである。もちろん、増山雪斎撰の墓碑銘もよくその人を伝えているが、この自伝は一層記述が具体的で、伝記資料として欠くべからざる内容を備えている。それだけに、本当にその原物は、編者鐘成の説明通り、子孫の秘蔵する蒹葭堂遺墨であったという裏付けが望まれるのである。

ところが、明治十六年十月、鹿田松雲堂らの世話で、蒹葭堂の遺品が東区内本町（現、中央区本町橋二番）の公立大阪博物場で展観された際、これと全く同じ内容のものが出陳されたらしく、その模刻が石版一枚摺りで参会者に配られた。縦三十四・二、横四十五・三センチで、包み紙には表に「蒹葭堂先生遺書」、裏には「此蒹葭堂先生遺書、後昆木村吉右衛門所蔵也、明治十六年、会先生遺物於大阪博物場、模写上石板、頒同好之士、所以表欣慕也」と刷られている。はたして、片仮名混り四十一行の文面には、蒹葭堂の筆癖がもろに現れていて、原本はまさしく蒹葭自筆と見てさしつかえない。おそらく、『蒹葭堂雑録』の編まれた安政年間には、それが四世蒹葭堂の手もとにあり、編集をゆだねられた鐘成は、まっ先にこれを採り上げたと思われる。

本書所収の「巽斎翁遺筆」と、この石版一枚摺り「蒹葭堂先生遺書」とを較べると、てにをはや送り仮名を脱したところが二、三あるほか、「奇ヲ受スルニ非ス」（愛）、「交誼ニ親疎アリ陣アルヲ覚フ」（障）、「妄山中氏ヨリ妻ノ微質ヲ助ケ」(ク)、「世上名本分士農工商アリ」(各)のような、魯魚焉馬の誤りは免れない。また、交遊の先輩の一人として挙げた「芥川湯軒」は、「芥川陽軒」の誤読である。蒹葭堂はその筆癖から、自分では「陽」のつもりで、実は誰にも「湯」に見える字を書いてしまっているのである。

この自伝を筆写して「蒹葭堂自記伝」と題し、浪華の医家二世賀川秀哲は『南陽叢書』の巻十一に収めているが、本文は「巽斎翁遺筆」の誤りも見られず、版本雑録よりの転写ではなさそうである。秀哲は嘉永・安政頃の物産会に、四世蒹葭堂と一緒に何度か出品しており、同好の常連として面識もあったはずで、おそらくその所蔵する自筆原本を、直接借覧したものと思われる。

蒹葭堂がみずからを伝したのは、いつ頃であろうか。妻森氏がもうけた娘ヤスが安永三年六歳でなくなり、三つ違いの妹スヱはつつがなく生長した旨見えているから、いまの形のものは、安永三年よりかなり後の脱稿であることは明らかである。また、小野蘭山従学が「近キコロ」とあるが、蘭山に正式に入門の誓盟状をさし出したのは、天明四年四十九歳の三月であるから、これも一つの手がかりであろう。あるいは、安永三年より十年も後れての執筆ではなかろうか。

蒹葭堂は自伝の中で、物産学の記述に使った「考索」という言葉を三たびくり返して、その厖大な蒐集の目的を弁じている。蒹葭堂収儲の富は内外に聞こえていたが、当人はそれが道楽のように視られていることに、甚だ不本意であったらしく、これらのコレクションが、一に研究に役立てるためのものであることを力説している。「考索」の語は、蒹葭堂座右の書と思われる『和漢三才図会略』の林鳳岡序にも用いられており、すでに宝暦十三年、二十八歳の春、自らを律するために認《したた》めた「草堂規条」にも、二度用いている(野間光辰「蒹葭堂会始末」『近世芸苑譜』所収。大谷篤蔵編『近世大阪芸文叢談』初出)。

さて、蒹葭堂がこの自伝を書いた目的は、何であったろうか。ここに思い合わされるのは、上田秋成の蒹葭堂伝「あしかびのこと葉」である。これは作者が、本人の口から親しく聞いたという自伝的内容を、かれ一流の擬古文で綴ったもので、安永三年二月の年記があるが、全体の組織から措辞、用語にいたるまで、すべて蒹葭堂自伝ときわめて密につながっている。「考索」という語も、そのまま何ら解きほごすことなく、やはり三度使ってある。どうも秋成は、蒹葭堂の書いたままを下敷きにしたようである。

生来蒐集好きの蒹葭堂は、しきりに先輩知友から、堂に寄せる詩文を需めたが、その際かれは、前もって執筆の諸家に、いくばくかの参考資料を届けたはずである。丁度、墓碑銘の依頼に故人の行状を添えるように、この自伝も、もともとそのような用途に供されたのではないか。もっとも、いま伝わる形には、安永三年をかなり隔たる頃の手が加わっているが、礎稿は同年二月までにまとめられ、「あしかびのこと葉」の材料になったらしい。

その後、これに家庭記事などをはさんで浄書したのは、わが家に留めて、子孫に示すつもりだったのかも知れない。とにかく、自伝遺墨は後裔に持ち伝えられ、やがて『蒹葭堂雑録』に収められて、ひろく世に知られるようになったのである。それにしても、この「巽斎翁遺筆」の信頼度をささえているのは、いまのところ、一枚の石版摺りである。肝心の自筆一軸は、いったいどうなったのであろうか。

蒹葭堂自伝と上田秋成作「あしかびのこと葉」

一

木村蒹葭堂の伝記資料としては、まず伊勢長島侯増山河内守正賢号雪斎撰の墓碑銘が挙げられ、刻碑は小橋《おばせ》寺町、いま大阪市天王寺区餌差町浄土宗鎮西派棲巌山天性院大応寺境内に、少しの欠け損じはあるが現存する。これは蒹葭歿後、その雅友でパトロンでもあった増山雪斎の手に成ったもので、故人の人柄や家系を伝えて余すところがないが、この墓碑銘にまさるともおとらぬいま一つの根本資料として、生前自ら認《したた》めた小伝が伝わっている。両者はそれぞれ特色があるが、本人の学芸師承や交游関係では、自伝の方がむしろ墓碑銘より詳審である。本編は、晴翁初代暁鐘成が時の蒹葭堂主人、四代目吉右衛門の依頼で遺品を整理し、『蒹葭堂雑録』に収録した際、巻一冒頭、森徹山筆蒹葭堂肖像のすぐあとに、「今尚家に自筆の遺書あり、こゝに写して其伝を詳にす」とて、「巽斎翁遺筆」(目録、巽斎翁自記)と題し、その全文を掲出したので、ひろく知られるにいたった。本文引用のあとには、「右ハ一幅《いっぷく》の裱褙《へうぐ》となし、家に秘蔵する処なり」と添書されている。四代目吉右衛門とは蒹葭堂主人の世代か、通称のそれか明らかでない。後者とすれば、初世蒹葭堂巽斎孔恭の実父、重周が初代吉右衛門で、巽斎は二代目に当たり、養子の二世蒹葭堂石居が三代目吉右衛門、したがって四代目はその子、つまり巽斎の孫に相当する。

『蒹葭堂雑録』が編まれたのは、編者の序によると安政三年辰の水無月頃で、刊行は同六年であるから、いずれ蒹葭歿後半世紀以上も経ており、その間、その原物を二世蒹葭堂石居(三代吉右衛門)や、さらにその嗣子から借覧筆写されたものが、幾分か巷間にも伝えられた。管見の一、二を挙げると、まず福岡市中野三敏氏の入手された『巽斎小伝』(写本一冊、鷹見安三郎氏旧蔵)所収「巽斎小伝」がそれで、本文の後に次の識語がある。

故蒹葭先生所自筆事跡、先生易簀之後、嗣君得之於篋底也、頃日示之鴻池某、々為表装之而曰、先生事跡実尽于此、謹蔵之、莫敢出閫外、余聞此言、適有感焉、夫操古今高士之事跡、多不可審、何則以地異代隔、伝聞為証耳、今如此記、則　先生所自筆、誠不可失也、因為就而特摹之、且告　嗣君曰、以後有請観之者、出余所摹、乃　先生多記者襲蔵之、鴻氏之言不可忽也

時　丙寅(文化三年(朱))夏六月廿六日誌于蒹葭堂　　友人米山人田国□□

天保六年乙未閏七月十二日　　楓所写

これによると、遺編の尊重を石居に進言した鴻池氏は、あるいは故人の妾の縁者であったかも知れない。妻森氏示《しめ》女の十年不産をうれえ、明和二年迎えた一妾は山中氏の出であったからである。こうして、蒹葭堂が亡くなって五年後に、はやくも岡田米山人が表装成ったこの自伝一軸を矚目し、副本を作ったことがわかる。米山人は蒹葭堂の生前から堂に出入りし、二世とも親しかった。文化三年、米山人六十三歳であった。この幅は、そのまま次の四代目木村吉右衛門に伝えられ、『蒹葭堂雑録』に収められた際、前掲の添書が付されることになったのである。なお、天保六年閏七月十二日にこの副本を転写した「楓所」は、おそらく旧蔵者の祖で蘭学者の鷹見泉石であろう。かの渡辺崋山筆の肖像の主泉石は古河藩士で、別号を楓所、可琴軒、泰西堂などといい、天保五年には藩主土井利位《としつら》に従い、大坂に赴いてこの地の人士と交わった。天保六年は泉石五十一歳にあたる。

暁晴翁とおなじく、四代目木村吉右衛門と親しかった二代目賀川秀哲は、やはり原文を所蔵者から借り写し、「蒹

葭堂自記伝」と題して、その編んだ『南陽叢書』の巻十一に収めている。賀川家は本邦産科の名家で、古来の胎児上首下臀説を否定し、世界に先んじて正常胎位を発見主唱した鼻祖玄悦以来、京・浪華の両地に栄え、浪華賀川家初世有章は玄悦の嫡孫であった。改めて京の賀川家より入婿、浪華賀川家四世を継いだ玄悦の玄孫は、敬慕する養家の祖父、同家二世で初世有章門人、南陽館賀川南竜の通称を襲い、二代目秀哲を名乗った。そして、奕世の蒐集品、ことに養父蕃斎秀益の愛玩品を中心に叢書を編み、その名称には栄誉ある療館名を冠して、父祖以来の家名顕彰につとめたものと思われる。

「蒹葭堂自記伝」も、あるいは養父の秀益時代に写し採っておいたものかも知れないが、秀哲と蒹葭堂当主とは、嘉永・安政頃の物産会に何度か一緒に出品しており、いわば同好の常連で、たぶん面識もあったはずである。本編の借覧収録は、ともに二代目秀哲と考えてよいであろう。本編が『蒹葭堂雑録』よりの転写でないことは、刊本の誤刻部分が誤っていないことからも類推され、あるいは賀川国手の本編借覧抄出も、暁晴翁が蒹葭堂当主の依頼で遺品を整理した時期より、多少先んじていたかも知れない。ただ『南陽叢書』収録と『蒹葭堂雑録』刊行との先後は、さだかでない。『南陽叢書』九十巻は、いま宮内庁書陵部に蔵されている。本書については、わたくしも別に触れたことがある(「宝暦九年三都遊里直段付」『混沌』第三号、昭和五十一年)。

二

このように蒹葭歿後、知人の忠告で表具に仕立てられた本編は、依頼に応じて時に作者の故友、また堂主の知己に示され、写し採られて徐々に流布し、その間転々書写も重ねられ、編著に収められもしたが、安政六年、ついに全文が梓に上され、一挙に世にひろまった。これまで蒹葭堂を伝するにあたり、ことに広汎な学芸万般の師承関係が詳らかに説かれて来たのは、ひとえに、精審なこの自伝が具わっていたことによる。本編が増山雪斎撰の墓碑銘とともに、蒹葭堂伝記資料の双璧たること、言うを俟たない。その自筆自伝表装一軸は、明治十六年十月十五日から一か月余り大阪博物場で催された蒹葭堂遺物会に出陳せられ、模刻石版刷り一枚物(三十四・二×四十五・三糎、罫内二十六・二×三十一・七糎)が参会者に配られた。その一枚刷りこそは、原物の所在が不明となったいまでは、その俤をうかがうに足る唯一の複製で、はなはだ貴重である。

この遺物会への出陳勧誘には、あらかじめ主催者によって次の挨拶状が用意された。

蒹葭堂遺物会広告

蒹葭堂翁博洽淹通、最精物産之学、凡自金石草木禽獣魚介昆虫之属、至経伝史子異編奇策法書図画、莫不博捜購求、其難獲者、往々臨写摹造、以蔵家、至其詩文書画篆刻煎茶之具、亦皆然、翁晩年値難厄、家道漸衰、遺愛之物、流離散逸、亦将久而湮滅、豈可不歎惜乎、今也物産之学大開、人知其為洪益、則翁之遺物、雖断角砕石之微、獲之為拱璧、況曠古希世之珍、其或蔵同好之家、尚存旧観於今日者有之矣、然則雖既散之物、猶不散也、今幸藉諸君之力、開遺物会、以示公衆、則其必有観感興起者、是亦可以慰翁之遺霊也、伏願同好諸君貸蔵弆、以資此会、会設於大阪博物場、自本年十月十五日至卅一日

出品取次所　　　　　　同志幹事

東京　田沢静雲堂　　　寺西易堂

西京　島川清雅堂　　　後藤祥雲堂

　　　雨森酔墨堂　　　倉沢奎雲堂

北村文石堂　　　　鹿田松雲堂

遺墨及遺物出品之諸君、直ニ博物場ヘ逓送アルモ妨ケ無キ也

先賢の追慕顕彰にとりわけ志の篤かった古書肆鹿田松雲堂らの肝煎りで、当初、十月十五日月曜より三十一日まで半月間の予定で開かれた蒹葭堂遺物会は、期間中二十一日(日)には先春園、二十五日(木)には嘉納三影が煎茶会を催すなど、有志の協賛もあって好評裡に捗り、遠近よりの追加出品も絶えず、会期を翌十一月二十日まで日延べされるという盛況ぶりであった。十月二十一日の朝日新聞雑報欄には、

去十五日より来る三十一日までとて開かれたる当博物場の蒹葭堂遺物会に因みて、今二十一日、同場に於て古書画展観及び煎茶会を催ほす有志者あり。会主は内平野町の先春園、又来る二十五日も同場にて同様の催ほしあり。会主は嘉納三影なりと(ルビ省略、句読点追加、送りがな・かなづかいはそのまま)。

とあり、二十四日には、

博物場なる蒹葭堂遺物会は、来三十一日限り閉会なる筈なりしかども、隆昌予想の外に出で、遺物の猶追々集るにぞ、閉会の日を来月中旬まで延期せんとの協議中なりといふ。

と、予想外の盛会ぶりを伝えた。そして、月替りの十一月六日号には「蒹葭堂遺物陳列ハ来廿日まで延会」に決した旨、報じている。遺物会の企画は大成功で、会期は予定の倍以上延ばされたのである。

三

この遺物会に出品された自筆自伝一軸は、誰の所蔵であったか。当日配布の石版刷りの包み袋には、表に「蒹葭堂

先生遺書」、裏に、

此蒹葭堂先生遺書、後昆木村吉右衛門所蔵也、明治十六年、会先生遺物於大阪博物場、模写上石板、頒同好之士、所以表欣慕也

と薄墨で刷られている。この説明を文字通り読むと、蒹葭堂の「後昆」たる「木村吉右衛門」が本軸の所蔵者ということになるが、果たして明治十六年十月当時、かれがたしかに本軸を所持していたのか、それともかつての襲蔵品だったことを意味するのか、もう一つはっきりしない。所蔵者の住所も無記載である。明治三十七年十二月六日、六十五歳で歿した岡本撫山の『浪華人物誌』巻三諸家部には、

巽斎の後裔今駿河静岡に住し、木村吉右衛門と称し造酒を業とす。其所蔵巽斎親筆の遺書の写を得て全文を載す。前に記す所と重複するものあれども、巽斎一生の経歴概見すべし。

として、やはり同じ「蒹葭堂遺書の写」の全文を収録してある。この記事によると、維新後も蒹葭堂の名跡を継ぐ人物が静岡に住し、初世と同業で、この原本一軸も、あるいはその出陳とも受け取れる。配布用の石版刷りも準備された程だから、駆け込みの追加出品ではなかったであろう。

しかし、遺物会のじつの主催者であり、岡本撫山とも交游のあった松雲堂主人古井《こ》鹿田《たん》静七が、いつの頃か東上の途次、駿河を探索した折には、百方手を尽したが、ついに求め得られなかった。明治三十四年七月二十日発行の蒹葭堂百回忌追薦記念目録『蒹葭堂誌』の跋には、「その子孫の所在やいかに、曾てそが駿河の静岡にありつるよしを聞きて、東上のなべに尋ね求めしかど、何の手がゝりもなくて空しく止みにしぞ遺憾なりし」と述べ、同様の記事がその「思ゐ出の記」にも見えている(『日本古書通信』第三〇八号、昭和四十四年十二月)。かつ、この自筆自伝一軸は、百回忌展観には陳べられていない。この十八年間に、はや原物の所在は判らなくなっていたと見える。よくぞ、遺物会を

機に、石版刷り副本を作っておいたものである。その包み袋の「後昆木村吉右衛門」云々も、あるいはただ旧蔵者を伝えた由来書きにすぎなかったのかも知れない。そう思って見ると、この包み袋説明文の筆致は、過去形に読める。先掲のように、遺物会の出品取次所は三都にわたっており、あるいは本軸も、すでに旧蔵者から離れて、古美術商人何某の手に渡っていて、実際はそこからの出品ではなかったか。「後昆木村吉右衛門」がもし出陳時の所蔵者ということであれば、その居住地名くらいは書き添えてもあったろうというものである。

四

ひるがえって、この一枚の石版刷りに目を移そう。その印面を凝視すると、四十一行、一字一画、いずれもまことによく筆者の筆癖が刷り出され、当日陳列披露された原本は、まがうかたなく作者蒹葭堂みずからの水茎の迹だったことをうかがわせるに十分である。いま、用字・用語の顕著な例証二、三を挙げよう。

「年」字の第四画を「ト」としたのが十例ある。従って正字より一画多い。正常画数の「年」字は三例のみ。

「雄」字の偏を「右」と書く。

「藤」字の十四画以下を「水」と書かず「小」と書く。

「俊」字の偏を「イ」と書く。

これらはいずれも、自筆『蒹葭堂日記』などにも通ずる筆者個人の筆癖ではあるが、その由って来るところは、堂ごと自慢の蒐集清玩品、法帖類にも遡れることがしばしばで、以前わたくしは『日記』の解説で、この点を疎略に扱って、あづまなるさる前輩国語学者から厳しく戒められたことであった。

蒹葭堂の用語で特徴的なのは、「考索」の語である。

書ヲ通シ考索ヲ事トス

奇ヲ愛スルニ非ス、専ラ考索ノ用トス

ミナ考索ノ用トス、他ノ艶飾ノ比ニアラス

と、一枚の中に三例も見つかる。蒹葭堂はつねづね、道楽三昧の蒐集狂でもあるかのように世間から見られることが、なにより不本意だったようで、山なす蒐集品もすべておのれの研究資料に活かすためのものであると、しきりに弁疏している。中野三敏氏示教の五月十六日付け、松浦静山侯宛書翰(松浦資料博物館蔵)にも、「小生此義数年考索仕候」としたためている。蒹葭堂座右の書であったと思われる寺島良安編『和漢三才図会略』の正徳三年藤原信篤(林鳳岡)序に、「託《テ》レ物《ニ》以附レ意《ヲ》、颺《テ》レ言《ヲ》以切《ニシ》レ事《ヲ》、闕《テ》レ疑《ヲ》而伝《フ》二其信《ヲ》一、斥《ケテ》レ似《タルヲ》而采《ル》二其真《ヲ》一、考索《ノ》之労、思弁《ノ》之志、可《シ》二以嘉奨《ス》一焉」とあり、あるいはこの辺から出ているかとも思われる。

五

蒹葭堂は、いったいどのような目的で、何時この自伝をしたためたのであろうか。先に縷述したように、原物の表装の一軸は、その子孫に伝えられて来た。事実、その本文末尾には、後裔を意識してか、

世上各本分士農工商アリトイヘトモ、余微質多病ニシテコレニ堪ヘス、故ニ父母ノ遺業ニテ頗ル文字ヲ知ル、実ニ昇平ノ一楽ナルヘシ、然トモ世上游惰放蕩ノ徒、文字ニ托シ一種ノ無頼漢多シ、余カ愧ル所ナリ、因テ閑居ストイヘトモ、名物ノ学ヲ精研シ、不朽ノ微志アルノミ

余、家君ノ余資ニ因テ、毎歳受用スル所三十金ニ過ス、其他親友ノ相憐ヲ得カ為ニ、少文雅ニ耽ル事ヲ得タリ、百事倹省ニアラスンハ、豈ニ今日ノ業ヲ成ンヤ、世人余カ実ヲ知ラス、豪家ノ徒ニ比ス、余カ本意ニアラス

と、分際相応の素志を披瀝し、あわせておのれの実態を人の知らざるを慍《うら》む口吻を漏らしている。養子には人一倍心を痛めた蒹葭堂である（寛政二年五月七日付け下郷学海・伝芳宛十時梅厓書翰、寛政十一年二月十日付け小石元俊宛蒹葭書翰、多治比郁夫「木村蒹葭堂《画家の手紙10》」『日本美術工芸』四五七号、昭和五十一年十月、寛政七年三月九日付け宮内九左衛門宛蒹葭書翰、永野仁氏調査）。この一編も、あるいは自家螟蛉への遺書ではなかったか。すくなくとも、この結末部からは、そのような意図が汲み取れそうである。

自伝の執筆年代もはっきりしない。全編一時の作かどうかはしばらく措き、ひとまずいまの形について考えれば、本草学に関する条に、

宝暦四年甲戌津島氏客中ニ卒ス

近キコロ平安蘭山小野希博字以文ニ従テ、益名物ノ事ヲ究ム、斎藤彦哲モ親ク交ル事得タリ

とあり、家族に関する条に、

宝暦六年丙子、余廿一歳森氏ヲ娶ル、生質微弱ニシテ余カ多病ヲ給スルニ堪ヘス、況十年ヲ歴トイヘトモ一子ヲ産セス、故ニ家母甚コレヲ愁、明和二年乙酉家人ニ命シ、一妾山中氏ノ女ヲ娶リ給仕セシム、妻森氏ト和好ニテ妒忌ノ事ナシ、山中氏モ侍婢トナリ、敢テ当タノ事ニ非ス、三年ヲ歴テ妻森氏、明和五年戊子冬一女子ヲ産ス幼名ヤス安永三年甲午六歳痘夭、又明和八年辛卯一女子ヲ産ス幼名スヱ無恙生長ス

とあるのが、手がかりとなる。早くともヤスの夭折した安永三年以後であることが、まず明らかである。つぎに、この長女ヤスと三つ違いで、明和八年生まれの二女スヱが「無恙生長ス」とあるから、安永三年よりかなり後年である

と考えられる。更に、「近キコロ」小野蘭山に従学したとあるので、かれが蘭山に入門誓盟状(高梨光司著『兼葭堂小伝』巻頭写真)を提出したのが「天明甲辰三月」、つまり四十九歳の天明四年であったことと考え合わせると、少なくともこの自伝を書き上げたのは、安永三年より十年以上も後のことと思われ、養嗣子問題や過醸の冤罪による伊勢退隠で、心労の絶えぬ寛政期に入ってからの執筆かとの想像が、ますます本当に思えて来る。

六

上田秋成の草した「あしかびのこと葉」は、上述の兼葭堂の自伝と深いかかわりを持つと推せられる。「あしかびのこと葉」は茶友の秋成が、一日、堂を訪れて茶菓のもてなしを受け、いとまあるままにあるじ兼葭堂の学芸歴などを質したところ、その口から語られた自伝的内容を一文にまとめたという趣向で、秋成一流の擬古文で綴られている。末に「安永三の年きさらぎそれの日」のデイトがある。蒐集癖をもって鳴る堂主が、おのれの書斎に寄せる詩文を数多く知人に依頼したことは、頼春水の在坂回想記『在津紀事』に「世粛、堂号兼葭、其扁字、堂記、寄題詩、請諸四方、為数十巻、客至出視、使人厭勸、今不知何在」とあるのを見ても、当時からよく知られていたらしく、あるじみずから、数度にわたって私家版で発刊もこころみている。趙陶斎撰書の堂記(一帖　明和六年三月)、諸侯や林大学頭らの堂詩(一冊　岳九疑書明和七年冬)、そして堂記を集めた『兼葭堂贈編文巻』などがそれで、この「あしかびのこと葉」は後者の巻軸に収められている。

この冊には、ほかに秋成の師加藤宇万伎の「押照浪速なる兼葭堂のこと葉」(明和九年七月)、建部綾足の「兼葭堂袁称閉作歌《ケンカドウヲタヽヘヨメルウタ》」(長歌・反歌)が入っており、秋成の肝煎りでか、その師匠筋にも寄文を請うたことがわかる。おなじ『蒹葭堂贈編文巻』にも、宇万伎・綾足・秋成の和文三編のみのものと、さらにその前に菅甘谷・岡白駒・片山北海の漢文、堂記・堂銘幷序を合刻したものとがあり、いかに蒹葭堂が、自室に寄せる諸家の詩文蒐集に熱心であったかがわかる。詳細は野間光辰「寄題蒹葭堂詩文」(『大阪府立図書館紀要』第九号、昭和四十八年三月)、水田紀久「蒹葭堂題咏」(『文芸論叢』第二号、大谷大学文芸研究会発行、昭和四十九年三月)にゆずる。

「あしかびのこと葉」は、こうしていわゆる蒹葭堂版『蒹葭堂贈編文巻』に収められたほか、さきに引いた明治三十四年百回忌追薦記念目録『蒹葭堂誌』(鹿田静七編輯発行)に翻刻された。この小冊子には漢和両文所収の『蒹葭堂贈編文巻』がそのまま翻刻されているので、当然秋成の一文も含まれており、翻字にあたっての十余の誤刻と、人名注の省略が惜しまれはするものの、全容の一瞥には便利である。「あしかびのこと葉」は、もとより写本でも伝わっている。昭和四十七年四月二十九日、菩提寺大応寺における蒹葭堂遺墨遺品展観(蒹葭堂日記複刻完成奉告墓前祭で併催)に出陳された伊賀上野沖森直三郎氏蔵、小津桂窓自筆本のごとき、わたくしの知る一例である。

七

蒹葭堂版に収められた「あしかびのこと葉」の原本とも言うべき草稿本が、大阪府立中之島図書館に蔵されている。本書も、昭和四十七年四月二十九日の蒹葭堂遺墨遺品展に、『遡遊従之』『満文考』『蒹葭堂書目』『和蘭新定地球図』とともに府立図書館より出品され、ひろく知られるにいたった。昭和四十五年七月三十日付け受入れ、墨付十九丁の写本一冊で、筆蹟は自筆と思われ、貴重書(甲和976)に扱われている。表紙左肩に「阿志乃也能記 二翁原本」と題し、右下に葛子琴刻「蒹葭堂蔵書印」の長方朱印が鈐されている。右肩に「曾号四　阿志のや能記二翁原本」と貼紙がある。二翁とは上田秋成と伴蒿蹊を指し、前半十三丁がこの秋成の草稿、後半四丁は蒿蹊の「浪速蒹葭堂主小伝幷家蔵物品上進記」（秋成の「阿志乃也能記」を引用、蒿蹊の息資規自筆、「文化改元甲子年仲穐　男直樹伴資規書」と識す。昭和四十六年三月二十日大阪府立図書館発行、大阪資料叢刊第一『遡遊従之』解題に翻刻）でおそらく二世蒹葭堂の手で合綴、命名されたものであろう。「原本」とはそれぞれ二翁より贈られた現物の謂である。表紙題書には「阿志乃也能記」とあるが、この「原本」、つまり秋成自筆と思しき本紙は無題で、本文も用字・用語・振文字・頭書にいたるまで、『蒹葭堂贈編文巻』所収の「あしかびのこと葉」とは小異がある。野間般庵師は、「秋成自らこれを「草案」と称してゐるところよりすれば、『贈編』に収めた一篇はその後の推敲を経たものであったかも知れない」（『寄題蒹葭堂詩文』）と説かれる。

この「原本」には、末に「安永三の年きさらぎそれの日　上田秋成しるす」と年記をしたため、奥に用紙を改めて、

こは草案なるを。これをもそへて
まゐらすへく聞え給ふまゝに贈れる。
且傍に真名をうゑ。仮名をも
　そへなせしは。うつくしみたまふ
　うなゐ君の舌ならはしに
もとてなむ。こももとめ給ふまに〳〵
　　かいしるしてまゐらすを。あな
かしこ。かな戸の外なるまなこに
　　見せしむることなかれと
　　　　云　（読点朱）

と記している。蒹葭堂は、わが子のよみかきのテキストにと、この「草案」までも清書本に添えてさし出すよう、作者秋成に所望したらしい。秋成は要所、かながきに漢字を添え、また漢字にふりがなして、その依頼目的に応えている。蒹葭堂の「うつくしみたまふうなゐ君」とは、たまたま成稿と同じ安永三年に疱瘡で亡くなった長女ヤスだったかも知れない。数え年七歳だが、蒹葭自ら自伝で、「妻森氏、明和五年戊子冬一女子ヲ産ス 幼名ヤス安永三年甲午六歳痘夭、又明和八年辛卯一女子ヲ産ス 幼名スヱ無恙生長ス」と、結果的に満年齢でかぞえており、事実明和五年冬生まれの長女ヤスは、安永三年春には、まだ満六歳そこそこで、両親もそのような認識から、あるいはその六月六日、学び初めを期してよりより整えた読み書きお手本の一つだったと想像することも、あながち不可能ではない。いずれにせよ、「あしかびのこと葉」草案・清書ともにその成立年時は安永三年二月で、秋成四十一歳、被贈者蒹葭堂三十九歳であった。

八

「蒹葭堂自伝」とこの「あしかびのこと葉」とのただならぬ類似を、夙く指摘されたのは高梨光司氏である。蒹葭歿後百二十五年祭に寄せてまとめられた『蒹葭堂小伝』(大正十五年発行)で、氏は、

秋成の筆に成る『あしかびのことば』は彼一流の才筆に依り、中世の文体に倣つて書いたもので、流麗典雅、蒹葭堂の伝記資料として、尊重すべきであるのみならず、一篇の文学としても、立派な価値がある。これと相前後して成つたと考へられる蒹葭堂自記の『巽斎翁遺筆』が、その措辞・結構共に『あしかびのことば』に頗る類似するは、面白いことゝ思ふ。

と述べ、両者「頗る類似する」ことに興味を示された。高梨氏は秋成の一文を主に、自伝を「これと相前後して成つ

たと考へられる」とされながら、その前後関係については明言をさけておられる。さきに見来ったかぎりでは、「あしかびのこと葉」は安永三年二月成立と明記され、自伝はそれより十年以上、あるいはさらにそれ以上後の成立かと推せられるので、その前後関係、少なくとも自筆自伝が成った時点でのそれに、疑いをはさむ余地はない。あとは、逐一相互類似の事実をふまえつつ、関連の有無、内容の比較検討というメインイヴェントを待つのみである。

自筆自伝、総て十段、全て一人称「余」をもって始まる。うち家族関係と生活信条を述べる二段は、段頭やや異なるが、かえってそれが後の加筆追補個所であることを思わせもする。内容は自己の学芸万般の師承、趣味嗜好、家族構成、生活信条、そして経済的基盤を述べ、世評必ずしも的中せず、奢侈贅沢、虚飾驕慢を厳に慎んで、ひたすら本草名物学の「考索」に意を用いたと、その素懐を陳べている。一方、「あしかびのこと葉」は、はじめ作者秋成の蒹葭堂訪問の記事あり、茶は文献によく見える「竜井」、菓子も手ずから造った唐風というもてなしにはじまる。この冒頭部などは自伝と相違するが、以下、諸学芸の師承関係を叙べること、その順序や辞句の用い方まで、大綱においては自伝と同じく、珍籍奇物の蒐集も「考索」のたよりにせんがためとの説も、また自伝と完全に符合する。

家《イヘ》は貧《マツ》しけれども、書《フミ》どもあまた積《ツミ》たくはへて、考索《カウザク》に便《タヨリ》したり
さるを切磋《セッサ》の友《トモ》として、猶考索《ナホカウサク》のおもひやむ時もあらすなん
それさへ考《カウ》ざくに便《タヨリ》あらばとて也

と、その頻度数まで一致している。いま、自伝と「あしかびのこと葉」との当該文段を対照させ、大同小異、両者対応の意味を考えてみよう。対応段落ごとにABCDを〇または〔　〕で囲んで標示し、語には番号を付してその対比を示したが、対応の認められない段落は、「自」または「あ」で示して、自伝のばあいは全文を掲げ、「あしかびのこと葉」は分量の関係から梗概を略記するにとどめた。

〔あ〕 上田秋成が木村蒹葭堂を訪れると、あるじはいつものようにいそいそと歓待にこれつとめ、唐茶と手製の中国風菓子をふるまわれ、秋成にとってそれは初物であった。一事が万事、堂収蔵の山なす書籍や標本は、まことに珍とするに足るものばかり、しかもあるじの、これら文物に精細なることおどろくばかりであった。また本草物産を究めるうえから、家業とは別に薬園をいとなみ、人々が堂をおとなうのは、一にこれらの眼福を得、知識を獲んがためと見た。その日は主客ともにくつろいで、客問い主答え、のどかな永日をすごした。

Ⓐ 余[1]、幼年ヨリ生質軟弱ニアリ、保育ヲ専トス、家君余ヲ憐テ草木花樹ヲ植ル事ヲ許ス、親族[2]ニ薬舗ノモノアリテ物産ノ学アル事ヲ話シ、稲若水[3] 物産家中興名宣義 ・松岡玄達[4] 字成章号恕菴平安人以物産学継若水而興 アル事ヲ聞ケリ、十二三歳[5]ノ比、京師[6]ニ松岡門人津島恒之進 名久成字桂菴号彭水又如蘭軒受業松岡先生越中高岡人法橋津嶋玄俊ノ弟松岡学頭タリ 物産ニ委事ヲ知リ、コノ頃家君ノ京遊ニ従、始テ津島先生ニ謁シ、草木ノ事ヲ問フ事一会、翌年[7]余十五歳、家君ノ喪ニアイ、十六歳[8]ノ春余家母ニ従テ京ニ入、再津島氏ニ従学シ門人ト成ル事ヲ得タリ、之ヨリ屢書ヲ通シ物産ノ説ヲ聞キ、津島氏モ毎歳浪華ニ下リ本草ノ会アリ、数出会ス、宝暦[9]四年甲戌津島氏客中ニ卒ス、同社[10]戸田斎 号旭山備前人 ・江戸[11]田村元雄 坂上登号藍水 ・平安[12]直海元周 名竜越中人 ナド書ヲ通シ考索ヲ事トス、近キコロ平安蘭山 小野希博字以文 ニ従テ、益名物ノ事ヲ究ム、斎藤彦哲モ親ク交ル事得タリ

〔A〕 あるし謂《イヘ》らく、おのれ此道《ミチ》に耽《フケ》る事、誠《マコト》に釈《シャ》氏の因縁《インエン》なきにしもあらずなん、まだいときひ[1]《幼稚》はなるにも、な《メ》へて木草《キクサ》の花をなつかしみて、あまた植《ウヱ生》おふし、つちかひ《培養》水灌《ミツソヽ》ぎなどするを、いたううれしきものにて、土《ト》城竹馬《セウチクマ》のあそびには疎《ウト》くなむありける、親[2]《シタ》しきそう《族》に百《モヽ種》くさの薬《クスリ》あきなふ翁《オキナ》ありて、おのがあそひわざの世に異《コト》なるをめずるあまり、今や木草《キクサ》の花の似《ニ》てあらぬをわかち、其実《ミ》や根《ネ》やたくひ同じきが、打《ウチ》見て異《コト》なるをろうじ《論》つゝ、な《メ》へての薬《クスリ》のえらみにやく《益》あらむ事を、[4]松岡《マツオカ》何がしてふ人（〔頭注以下同〕松岡玄達字成章号恕菴平安人多識之学継若水而興）ぞくはしくしたまふ也、それは此道《ミチ》のひさしく絶《タエ》にしを起《オコ》せし、[3]稲《イネ》の翁《オキナ》（稲宣義字彰信号若水大阪人首唱名物多識之学）に学びたる人なりなどかたらるゝを、傍《カタハラ》に居

て、をさなき心にも、いかで是があなゝひ《麻柱》聞《キカ》まほしと思ひもぞつきにける、[5]十二三さいなるころ、[6]宮古《ミヤコ》に津島久《ツシマヒサ》成《ナリ》（津島久成字桂菴号彭水又如蘭軒越中人受業松岡氏）と云人ありき、それハ松岡《マツオカ》の門にいとすくれたると云、いかで〳〵この師に参て、かしこきことわりども聞《キカ》まほしく思ふも、国隔《クニヘダヽ》りこれがたづき《便宜》さへあらぬをいかにせん、いたづらに月日《ツキヒ》経《ヘ》にける、其頃《ソノコロ》父に従《シタガ》ひて、始《ハジメ》て都《ミヤコ》に遊ぶ事ありし、かゝるたよりにといざなはれて、師の許《モト》に参る、されどまだ総角《アゲマキ》ゆへるものゝ、何弁《ナニワキマ》ふべくもあらねば、事問《コトト》ひまゐらすべうもなくてなん、[7]十五になりける年、父ははやう世《ヨ》をさり給ひぬ、おのれもとより悩《ナヤミ》がちなるものにて、おもひがけず父にさへ別《ワカ》れ奉りぬれは、いよゝ《愈》病にのみかゝづらふやうにて、家《イヘ》わざの事学《マナ》ばむもはか〳〵しからぬを、母のいたうおぼつかながらせ給ふは、はらから《兄弟》あまたなりしも、みな父よりさきになくなり《没》にて、今は妹《イモウト》のたわやぎたると、たのみなきおのれのみにてあるを、ちゝのいたくあはれみ《憐》給ひ、母もかなし《愛》きものに日たし《養育》給ふて、やう〳〵かくて世に立交はるとはすれど、万の事みなおとなだつものにうしろみさせ給し、今おもひかへさば、御いつくしみのかたじけなきほど、不二《フジ》の嶺《ネ》高からず、竜《タツ》の都《ミヤコ》もふかきにあらざなり、[8]十六さいの春、母の御ともに侍りて、再《フタヽ》び都《ミヤコ》に物見《モノミ》ありきける、此度《コノタビ》の便《タヨリ》にて、津島《ツシマ》氏の門にかずまへられて、此物さだめの道《ミチ》に出たてりき、師《シ》も其後《ソノノチ》はをり〳〵我郷《ワガサト》に来り給ふて、李氏《リシ》が本《ホン》草綱目《サウカウモク》をかうぜち《講説》したまふを、いとよろこばひつゝ、かしこみて教《ヲシヘ》を受《ウケ》ぬるには、いぶかし《不審》かりつる事とも、おろ〳〵心得らるゝになん、[9]宝暦よつの年、師《シ》ハ難波《ナニハ》の旅寐《タビネ》にむなしくならせ給ふ、それより後は、はらからな《如兄弟》す交《マジハリ》して学《マナ》ぶ人に、遠《トホ》きはせうそこ《消息》して問《トヒ》かはし《交》、ちかきは常《ツネ》にいきかひしつゝ、猶立《ナホタテ》たる志《ココロザシ》ぞたゆまざりける、其はらからなす人々は、[10]我《ワガ》さとの戸田斎《トタイツキ》（戸田光字干雲一名斎号旭山備前人）、[12]都《ミヤコ》なる直海《ナホミ》竜《タツ》（直海竜字元周越中人）、[11]あづまなる田村《タムラ》登《ノボリ》（田村登姓坂上名元雄字玄台号藍水京都人）、此道には名をおどろかせける

Ⓑ

[1]余五六歳ノ比ヨリ頗ル画事ヲ解。[2]我郷ノ大岡春卜、狩野流ノ画ニ名アリ、因テ従テ学フ、[3]春卜嘗テ芥子園画本

ニ倣イ、明人ノ画ヲ模写シ明朝紫硯ト云彩色ノ絵本ヲ上木ス、余コレヲ見テ始テ唐画ノ望アリ、頃[4]家君ノ友人ノ家ニ和州郡山柳沢権太夫郡山公族始名下野名柳里恭字公美号淇園畿内ノ雅伯ナリ南郭集ニ郡山柳大夫ト云コレナリ毎々客居ス、因テ友人ニ托シ柳沢ノ画ヲ学フ、然トモ郡山ニ従学スル事ヱス(ママ)、紛本(ママ)ヲ学ヘリ、[5]十二歳ノ比[6]長崎ノ僧鶴亭ト云人アリ、浪華ニ客居ス、長崎神代甚左衛門熊斐字淇胆号繍江沈南蘋ノ門人ナリノ門人ナリ、始テ幾内(ママ)ニ南蘋流ノ弘タルハ此人ニ始レリ名浄博字恵達号鶴亭今改名浄光、字海眼黄檗寺中紫雲院住職ナリ、余従テ花鳥ヲ学ヒ、[7]京ニ入リ池野秋平池戴成字無名号九霞号大雅堂平安人ニ従テ山水ヲ学フ、コノ比交友甚多シ

〔B〕又[1]五六歳のころより頗《スコフルヱ》絵かくわざをも好《コノ》みてありしが、[2]我《ワカ》さとには、大岡春卜翁《オホヲカシユンホクノオキナ》（大岡春卜名愛董号省吃大阪人）ぞ時《トキ》に秀《ヒイデ》たると聞《キコ》えしに、何《ナニ》の弁《ワキマ》へなきほどにも、いとなつかしみて参《マヰ》けるを、翁《オキナ》もいたくあはれみて、筆《フデ》とるしるべを親《シタ》しく教《ヲシ》へたてたまふ、翁絵《オキナヱ》に勤《ツトメ》たる事なほ《凡》ならず、[3]笠翁《リツオウ》が画伝《グワテン》てふかた《図》に倣《ナラ》ひて、明《ミン》の代《ヨ》の人々誰《タレ》かれが跡《アト》をとゞめて写《ウツ》しなし、明朝紫硯と云書《ショ》を編《アミ》て、世におしひろめらる、おのれこれを見て、やゝから人のあとをのみしたはるゝやうにてこゝろさせる、今思《イマオモ》へば何《ナニ》ごころしてかくなどいとあやしうぞおぼゆる、又八九歳《サイ》のころなりける、[4]大和《ヤマト》の郡山《コホリヤマ》に柳大夫《リウタイフ》（柳沢名里恭字公美号淇園和州郡山矦族）なる人おはしける、是は国《クニ》の守《カミ》のぞう《族》にて、つかふる人々の中には、いと面《オモテ》おこせる人になんおはしける、この君《キミ》、書《フミ》をよみ詩を作《ツク》るいとまにハ、絵《ヱ》かく事をしもかしこくませるを、さるよすがして、是が教《ヲシヘ》をもとめまゐらせしに、何《ナニ》くれのかた《図》書《カイ》て、便《タヨリ》につけつゝ手習《テナラ》はせたまひける、[5]十二さいになりけるとし、[6]長崎《ナガサキ》の僧浄博《シヤウハク》（浄博字恵達号鶴亭肥前人画事師熊繍江後改名浄光字海眼住黄檗山紫雲院）といふ人、はる〳〵我郷《ワカサト》に遊《アソ》びて、もろこしの沈南蘋《シンナンヒン》てふ人の法《ノリ》もて、もはらゐがきたまへる、又これにもちかづきまなびけらし、此僧ぞかしこの熊斐《ユウヒ》と云《イフ》が教《ヲシヘ》をうけて、其法《ノリ》をうまく《感》伝《ツタ》へ、我《ワガ》さとに沈氏《シンシ》の名《ナ》をとなへはじめし人なりき、其もはら絵《ヱ》がけるは、蘭《ラン》に菊《キク》の香《カ》ぐはしき、梅《ウメ》のうち薫《カヲ》れる、竹《タケ》の緑《ミドリ》なる、老《オイ》なる、或《アル》は花鳥《ハナトリ》のうるはしみたるを、いとめでたう《応賞》あやなしたまへる、[7]又其比《コロ》しもみやこに池野《イケノ》無名《ムメイ》（池野名戴成字無名号九霞又大雅堂称秋平平安人）なる人あり、是は山《ヤマ》のたゝずまひ《形相》、水《ミツ》のなが

れの見どころあるを、もろこし人の法《ノリ》もて、世《ヨ》にあやしき《奇妙》まで巧《タクミ》なせり、さるわざ《技》をしも此許《モト》にまゐりて問学《トヒマナ》びしさへ年あり

Ⓒ 余[1]十一歳ノ比、親族児玉氏片山中蔵(ママ)（片猷字孝秩号北海越後新潟人宇明霞先生門人）ノ門人タルヲ以テ、余ヲ引テ名字ヲ乞、片山余カ名命シ名鵠字千里トス、其後片山氏京ニ住ス。[2]余十八九歳ノ比、片山氏再ヒ浪華ニ下リ立売堀ニ住ス、余従テ句読ヲ受ク、四書六経史漢文選等ヲ読事ヲヱタリ(ママ)、此後数々京ニ遊ヒ、[3]片山氏同門梅荘禅師（顕常字大典慈雲庵ノ長老ナリ）相国寺ニ謁シ、岡太仲・谷左冲・伊藤惣次・清田文興・江村伝蔵・良野平助・篠三弥・林周助・芥川陽軒・竜彦次郎・山脇・香川・後藤ノ先輩ニ交ル事ヲ得タリ

〔C〕只《タヾ》ふみ《書》よむ事ぞすこしおくらし《後》て、十[1]一さいの比、一ぞう《族》の児玉《コタマ》氏が師に、越後の国人《クニビト》片山猷のぬし（片山猷字孝秩号北海越後人受業宇野氏俗呼中蔵）に参りて、おのが名を求《モトメ》まゐらせしに、鵠《コク》とかいつけ、はやく小字をさへ千里と賜《タマ》はらせける、いまの名はおもふ意《コヽロ》の侍りてみづから改《アラタメ》しなり、十[2]八九さいの比《コロ》になりて、此師《シ》ふたゝび我郷《ワガサト》に笈《オヒ》を卸《オロシ》たまひしかば、やがてしたしく参り仕《ツカ》ふまつりて、経史《ケイシ》詩文《シフン》の学《マナ》びをやゝちからいりてむのこゝろざしをおこせし也、されど物《モノ》をわかちさだむるねがひなんはじめにかはらで、それが便《タヨリ》せんとてこそ、[3]博士《ハカセ》法師《ハフシ》のものよくしらせ給ふには、必《カナラズ》しるべもとめて、都《ミヤコ》なるも田舎《ヰナカ》なるも、事によせつゝまじはるとせしほどに、すめろぎの御墻《ミカキ》の内津国《ウチツクニ》はさらなり、山《ヤマ》の道《ミチ》、海《ウミ》のみち、西東のかぎりの国《クニ》までも、名あるには交《マジ》り、物あるは求得《モトメエ》て、今や志《コヽロザシ》のなかばにいたれるなん、いとうれしき

Ⓓ 余[1]嗜好ノ事専ラ奇書ニアリ、名物多識ノ学其他書画碑帖ノ事、余微力トイヘトモ数年来百費ヲ省キ、収ル所書籍ニ不足ナシ、過分ト云ヘシ、[2]其外収蔵ノモノ

本邦唐山金石碑本　本邦古人書画　近代儒家文人詩文　唐山人真蹟書画　本邦諸国地図　唐山蛮方地図　草木

金石珠玉虫魚介鳥獣　古銭　古器物　唐山器具 奇ヲ愛スルニ非ス専ラ考索ノ用トス　蛮方異産

右ノ類アリトイヘトモ、ミナ考索ノ用トス、他ノ艶飾ノ比ニアラス

〔D〕さてもろこし夷《エミシ》の国なるは、其国々のをさ人《訳士》にあはれまれてとひあきらめ、或《アル》は物をも求《モト》めて蔵《ヲサ》むるなり、家《イヘ》[1]は貧《マツ》しけれども、書《フミ》どもあまた積《ツミ》たくはへて、考索《カウザク》に便《タヨリ》したり、さるは[2]金石の碑《イシブミ》、古人の書画、或《アル》はいにしへ今の人の詩歌文集、くにかた《地図》ふる器《ウツハモノ》にいたるまで、唐《カラ》のもやまとのも、且夷《カツエミシ》の国《クニ》のもつどへ《集》につどへしを、人はやく《益》なき遊《アソ》びになんおぼすらんかし、たゞをさな《幼》きよりかうあながちにすけるわさを、父はゝのゆるさせてぞ、ものぐるほしきまで耽《フケ》るなりけり、いまやこの道《ミチ》にくはしきは、宮古《ミヤコ》なる佐伯職博《サエキトモヒロ》（佐伯職博今称小野希博字以文号蘭山受業松岡氏）・斎藤《サイトウ》憲純《ノリスミ》、この人〳〵ぞ時に秀《ヒデ》たまひける、さるを切磋《セツサ》の友《トモ》として、猶考索《ナホカウサク》のおもひやむ時もあらすなん

(自)余平生茶ヲ好ム、酒ヲ用イス、烹茶ハ京師ノ売茶翁親友タリ、故ニ其烹法ヲ用ユ、老翁ノ茶具余カ家ニアリ、末茶モ好テ喫ス、彼ノ茶礼ノ暇ナシ

余幼年ヨリ絶テ知ラサル事　古楽管絃　猿楽俗謡　碁棋　諸勝負　妓館声色ノ遊、総テ其趣ヲヱス（ママ）、況少年ヨリ好事多端暇ナキ故ナリ、勝ヲ好マサルハ、余頤養ノ意ナレハナリ

Ⓔ余弱冠ヨリ壮歳ノ比マテ詩文ヲ精究ス、応酬ノ多ニ因テ贈答ニ労倦シ、況才拙ニテ敏捷ナル事アタハス、大ニ我カ胸懐ニ快ナラス、交誼ニ親疎アリ、障アルヲ覚フ、幸不才ニ托シ限テ作為セス、偶興ノ到ニアヘハ、佳句ヲ得ハ快楽ノ事トス

〔E〕それがあまり詩つくり文書《フミカキ》などする事は、贈《オク》りことふる事のしき〳〵煩《ワヅラハ》しく、且《カツ》ざえ《材》のつたなきは、口疾《クチトク》もあらぬをや、しかのみならず、交《マジワリ》にさへ疎《ウト》き親《シタ》しきの罪《ツミ》をも得《ウ》るやうにて、いとうたてければ、おのづからさるわざ怠《オコタ》りがちなれど、もとよりこのまざるにはあらざなれは、をりにつけたるはかなこと《詠物》は、まれ〳〵打《ウチ》いづる

こともあなり、さるからよき人のよくつゞけさせたまふは、あなかち《強》に求《モトメ》てもよみて遊《アソ》ぶ、それさへ考《カウ》ざくに便《タヨリ》あらばとて也

(自) 宝暦六年丙子、余廿一歳森氏ヲ娶ル、生質微弱ニシテ余カ多病ヲ給スルニ堪ヘス、況十年ヲ歴トイヘトモ一子ヲ産セス、故ニ家母甚コレヲ愁、明和二年乙酉家人ニ命シ、一妾山中氏ノ女ヲ娶リ給仕セシム、妻森氏ト和好ニテ妒忌ノ事ナシ、山中氏モ侍婢トナリ、敢テ当夕ノ事ニ非ス、三年ヲ歴テ妻森氏、明和五年戊子冬一女子ヲ産ス幼名ヤス安永三年甲午六歳痘夭又明和八年辛卯一女子ヲ産ス幼名スヱ無恙生長ス、妾山中氏ヨク妻ノ微質ヲ助ケ、二女ヲ憐愛ス、故ニ妻妾反更和好ニシテ嫌悪ノ事ナシ、家事ヲ勤倹シ、小女ヲ養育シ、数十年ノ閑居ニテ余ト小女妻妾ノ外一小婢ヲ仕フ、家内五名ノ外ナシ、故ニ来賓多シトイヘトモ、礼節饗応ヲナス事カタシ、世上各本分士農工商アリトイヘトモ、余微質多病ニシテコレニ堪ヘス、故ニ父母ノ遺業ニテ頗ル文字ヲ知ル、実ニ昇平ノ一楽ナルヘシ、然トモ世上游惰放蕩ノ徒、文字ニ托シ一種ノ無頼漢多シ、余カ愧ル所ナリ、因テ閑居ストイヘトモ、名物ノ学ヲ精研シ、不朽ノ微志アルノミ

Ⓕ 余、家君ノ余資ニ因テ、毎歳受用スル所三十金ニ過ス、其他親友ノ相憐ヲ得カ為ニ、少文雅ニ耽ル事ヲ得タリ、百事倹省ニアラスンハ、豈ニ今日ノ業ヲ成ンヤ、世人余カ実ヲ知ラス、豪家ノ徒ニ比ス、余カ本意ニアラス

〔F〕 世の人のなへ《メ》て我《ワレ》をしれりといふは、猶しらえぬ人のこゝちして、をり〳〵本意《ホイ》たがふ事のおほかるにぞ、独《ヒトリ》うちうめか《歎息》るゝ時《トキ》なんあると、あからさまにかたらるゝを聞《キケ》るにも、

〔あ〕 秋成は、うかがいおえたあるじ蒹葭堂の胸中が一々もっともで、すぐにこう応えた。人は誰でも自分本位に他人を批評し、おのれの尺度に合わぬものは悪しざまに言うのが常である。人は何事であれ、一筋に徹してはじめて業も成就するものであるが、大概の人はそれぞれ得手不得手があるのだから、一事に専念し一道に長じた人は

崇うに足ろう。万事は先入主となれば、あるじも幼時より馴染んだ本草名物の学をもっとも得意とし、自他ともに許しておられた。あるじを理解せぬ者は、浪華人でもとかくかれをおとしめ、五車の富をも贅沢な道楽と評するむきもあった。まして遠国での蒹葭評が当を得ぬのも、もっともではある。あるじの蒐集はいたずらに珍奇を追うのでなく、おのれのこととする本草物産学を究めるためのもので、世人の認識がいかに乏しいかを歎くと、あるじはわが意を得たりと、早速暢談の一部始終を書きつけくれよとのこと、ただちに紙筆を乞いしたため、「あしかびのことば」と名付けあたえた。

九

二作品で、誰の目にも単なる類似を越えた対応が、はっきり認められる段落は、A本草名物学　B画事　C儒学詩文　D蒐集　E作詩文　F生活信条・世評の六段である。その間、自伝には趣味嗜好と家庭生活に関する私的側面を説いた条がはさまり、「あしかびのこと葉」には構成のうえで首尾のまとめがあって、これらの部分には、形式上、相互に対応する段落はない。また、二者対応する文段中でも、叙述上人物の列挙順序が前後したり、精粗の別があったり、また修辞上力点を異にするものもあるが、大綱のうえで対応の事実を崩すものではない。小野蘭山(佐伯職博と斎藤彦哲(憲純)とが、自伝ではⒶ、すなわち本草名物の学歴を述べた条のまとめに登場するのに対して、秋成の文では〔D〕蒐集の条に初名で出てくる。もともとDの目的はAと一致するのであり、登場名の相違は両文の成立年次のずれとも関係があろうかと思う。いずれにしても、ここに確認された両者の用語・措辞・構成等の類似の裏には、明らかに非偶然的対応関係が予想されるのである。

こうしていま、両文酷似の事実を通じ、偶然の暗合とは異質の、直接もしくは間接の関連関係が確認された。瓜二つ、それでいて決して他人のそら似ではない。もし、両文に直接の影響関係があるとすれば、さきに触れたその成立年次の前後よりして、当然上田秋成作の「あしかびのこと葉」が蒹葭堂自伝にさしひびいたことになる。しかし、これはいかにも奇妙な話である。たとい、お互いに心許した親友とは言え、聞き手によってまとめられたおのれの伝記的内容をもとに、本人が自伝を執筆するなど、どう考えても正常ではない。自己経歴の忠実な口授を、自伝執筆の参考にしたというのとは、対応や形や密度が異なる。かかる不自然な帰結を導く前提は、したがって誤謬と断ぜざるを得ない。

両文間の直接影響関係が否定的だとすると、今度は、両文相互に間接の類縁関係を想定することが残されている。つまり両文は親子関係、源流対分流の関係でなく、兄弟関係、分流同士のそれということになる。とすると、両文に共通する源泉の存在を予想しなければならない。内容より考えて、自伝のうち、趣味嗜好・私生活や信条に関する条項を除いた部分が、ほぼそれに相当するのではなかろうか。すなわち、両文はともに、このような学芸歴中心の蒹葭堂主履歴書に基づいて成ったもので、一は秋成の手により、それが参看されて、依頼主蒹葭堂向けに、また娘の物学び用に綴りしたためられ、他は後年、蒹葭自身おそらく子孫への遺訓として、それに加筆清書して成ったもの、との想像が成り立つのである。

仮説を再述するのもおもはゆいが——、蒐集癖の権化蒹葭堂は、おのれの書斎に寄せる詩文をも、またあまねく知友誰彼に請うているが、依頼の際は、丁度墓碑銘依頼時提出する故人行状のように、何らかの自己紹介文や作品例を添えたことは、十分考えられる。げんに架蔵の小冊『蒹葭堂題咏』は、同一目的で堂主が松江藩儒桃白鹿に贈った原本と推せられている(所掲誌先引)。いま予想される原自伝も、あるいはこのような寄題詩文制作者の参考に資する目的で、そもそもまとめられたものではなかったか。少なくとも秋成は、こうした内容の一文を参照し、これを下敷きにして「あしかびのこと葉」を綴った、と考えて不自然ではない。ただ、数ある蒹葭堂記で、これほどはっきりと自伝と対応を持つ作品はいまのところ見出せず、したがって、別に存在が予想されるこの原自伝をふまえたと言えるものは、只今まで秋成の一文以外に見当たらない。あるいは原自伝なるものも、他ならぬ秋成のために起筆された自己紹介文だったのかも知れない。そして、当初の希望通り、まずこの「あしかびのこと葉」草案・定稿が草され、ともに依頼主蒹葭堂に贈られた。十何年ものち、ようやく景の桑楡に迫る知命耳順の交、養子に手を焼いた蒹葭堂は、その訓戒の意図から、以前秋成のために起草したこの原自伝を骨子として、それに趣味嗜好や私生活にわたる条項、また生涯勤倹を旨としたその信条などを謹厳に書き加え、もって自家に遺したのではなかったか。もしこの推測がさほど無稽の説でないとすれば、家長坪井屋吉右衛門としての蒹葭堂の面目をも、あらためてうかがうことができるというものである。

葛子琴の長律一首

上

浪華混沌詩社の翹楚、葛子琴橋本蠹庵が晩年木村蒹葭堂に贈った五言排律一首は、上平声十二文韻を厳押のうえ、毎句相互に対をなして、首尾一貫、司馬相如伝を骨骼に据えて想を構えた彫心鏤骨の名吟である。この佳什を贈られた蒹葭堂主人にして、はたして寡婦を挑むに足る琴心の持ち主だったかいなかはともかく、商賈坪井屋吉右衛門としては醸酤の差こそあれともに酒を扱い、雅人木村巽斎としては詩賦の別こそあれともに文を作り、家庭人としては名比耦に恵まれて唱随宜しきを得、ともに利殖蓄財の実を挙げた点で、堂主を擬えるに司馬長卿をもってして、まことに至当の想といえよう。到底、益田鶴楼に擬える比ではない。

蒹葭堂：司馬相如＝妻(森氏)妾(山中氏)：卓文君

と措こうが、

蒹葭堂：妻妾＝司馬相如：卓文君

と組み替えようが、まさに恰好の比例式にちがいない。

葛子琴の拠った司馬相如伝は『史記』百十七、『漢書』五十七にともに見え、史漢の常として、後尾にそれぞれ論賛を添える。評林本に所狭しと収められた諸家の評によれば、この相如伝がはたして司馬相如の自作か否かの議論が、古くからあったらしい。そして、自作否定説の論拠として、かの卓文君とのドラマティックな話柄は、自伝にはいささか不似合いだとの、説得力豊かな見解も見られる。が、いまはこの問題に拘る必要はない。史漢所収の司馬相如伝を本説とする、いわば「本歌取り」の技法をもってする「贈世粛木詞伯」長律は、葛子琴の自筆詩箋が軸装に仕立てられ、当の蒹葭堂主自身の遺愛を思わせる中華趣味豊かな朱漆軸が、一際、心憎い。本紙縦二十一・八糎、横十七・一糎。詩題「贈　世粛木詞伯」と擡頭して二行。その下に引首印、不等楕円白文「楽天」。作は六行、一行十五字（五言三句）、したがって最終の六行目のみ五字（五言一句）。後に、やや左に行を避けて「西成病史蠹庵葛張」と著し、落款印、方形朱文「詩酒」と鈐す。作者晩年の作と推せられ、抄本『葛子琴詩抄』や春風館本『葛子琴詩』などにも未収である。

　葛子琴（一七三九―八四）、名は張、はじめ湛（耽）（『蒹葭堂題咏』『菡萏居印譜』）。字は子琴。蠹庵と号し、楼を御（馭）風楼、室を宝石斎（『甘谷先生遺稿』叙）と名づけた。通称橋本貞元。本姓葛城氏。修して葛子琴として知られる。祖先玄甫は瘍科医として細川三斎に仕えた。祖父真相の代に、主君青山氏が摂津尼崎から丹後宮津に転封したのを機に浪華に出た。父貞淳も名医であったが、父母ともに早く亡くなり、父の門弟碓井逸翁に養われた。若年、上京して医を学び、帰坂、家業をつぎ、堂島川畔玉江橋北詰に御風楼を営んだ。学は荻生徂徠の蘐園の流れを汲む菅甘谷、およびその門人兄楽郊《えのらくこう》に師事した。篠崎三島、岡公翼らと同門で、『左伝』に詳しく、混沌社の才子として一座に不可欠の存在であった。中でも頼春水と親しく、その在坂時代の回想随筆『在津紀事』にはもっとも多く登場し、条々雅交ぶりが活写されている。また笙・篳篥などの音律に精しく、篆刻は高芙蓉の古体派に属し、婉約流麗なその印風はかれの詩風にも通うといえよう。性恬淡謙抑、諧謔を善くし、風流温藉、当代を代表する文人であった。天明四年五月七日、四十六歳で歿した。天満東寺町曹洞宗宝樹山栗東寺に葬られた。墓碑銘は同門の岡公翼撰、篠崎三島書であるが、墓石は近年ことに傷みがひどく、字面はほとんど剝落し、碑表さえも文字は定かでない。

贈り先「世粛木詞伯」はおなじく混沌社に参じ、むしろこの詩社結成の素地を成した蒹葭堂会の首唱者蒹葭堂木村巽斎(一七三六―一八〇二)で、浪華北堀江に代々酒造を営み、通称を坪井屋吉右衛門(多吉郎)と呼ばれた。名は鵠、のち孔恭。字は千里、のち世粛。巽斎と号し、蒹葭を堂号とした。木村氏の頭文字と名や字とを合わせ、木孔恭・木世粛などと修したが、木村蒹葭堂をもって行なわれた。子琴より三歳年長で、子琴も何度か堂を訪れていることが、『蒹葭堂日記』に十数回その匿名「橋本貞元」で記載されているので判る。すでに子琴歿後、寛政二年秋より数年間、過醸の冤罪で長島藩主増山雪斎の所領伊勢川尻村に隠退したが、博学多識、つとにその蒐集品は書画典籍をはじめ、本草、博物の標本や器具万般におよび、好事家蒹葭堂主人の名はとく内外に知られていた。享和二年一月二十五日、六十七歳で歿し、小橋《おばせ》浄土宗棲巌山大応寺に葬られた。子琴の歿した天明四年は蒹葭堂四十九歳で、この作も作者の命終からさほど遡らぬ頃の作かと思われる。以下、句を追って、聯ごとに本説との関わりを述べよう。

中

一　酤酒市中隠　　酒を酤《う》る　市中の隠
　　伝芳天下聞　　芳《ほま》れを伝へて天下に聞こゆ

「酤酒」は酒を売ること。蒹葭堂は代々浪華北堀江五丁目に住む酒造家で、寛政二年伊勢に一時退隠するまでは、町年寄を勤めていたが、性病弱文雅、家業は支配人宮崎屋次右衛門に委ね、もっぱら蒐集と考索に明け暮れた。作者は先ずその辺に着目して、司馬相如伝に、

相如与倶之臨邛、尽売其車騎、買一酒舎、酤酒。而令文君当鑪、相如身自著犢鼻褌、与保庸雑作、滌器於市中。

相如はともにともに臨邛に之《ゆ》き、尽《ことごと》くその車騎を売り、一酒舎を買ひて酒を酤《う》る。文君をして鑪に当らしめ、相如身自ら犢鼻褌を著し、保庸と雑作し、器を市中に滌《あら》ふ。

とある、その前・後文それぞれの最終述部の語を、そのまま蒹葭堂主の概括に併せ用いて、一首の冒頭に据えている。後聯の「伝芳」の語は、相如伝そのものには見当たらない。けれども、『史記』評林本の総評に、

楊慎曰、……又按、南史云、古之名人、相如孟堅子長皆自叙風流、伝芳末世。

楊慎曰、……又按ずるに、南史に云く、古への名人、相如・孟堅・子長皆自ら風流を叙し、芳《ほま》れを末世に伝ふ。

とあり、司馬相如、班孟堅(固)、司馬子長(遷)等がいずれも自伝を叙し、後世にその遺芳を伝えたとの『南史』の記事を、明の楊升庵が相如伝自作説の傍証として引用した中に用いられている。『史記』評林はわが近世儒生一般の必携必読の書とて、作者葛子琴も相如伝の参看には、おそらく評林本を繙いたのであろう。『史記』評林ははやく近世初期、寛永十三年(一六三六)に京の八尾助左衛門尉から、またその三十六年後、寛文十二・十三年(一六七二・七三)にも八尾甚四郎友春より出版され、翌延宝二年(一六七四)には補刻本も出ていて、依拠披閲に事欠かなかった。ちなみに本書は、子琴歿後も天明、寛政、そして明治二年の鶴牧版から以後十年代の諸版にいたるまで枚挙にいとまがない。

二　泰平須売剣　　泰平　須らく剣を売るべく

　　志気欲淩雲　　志気　雲を淩がんと欲す

「売剣」は相如伝の冒頭に、

司馬相如者蜀郡成都人也。字長卿。少時好読書、学撃剣。

司馬相如は蜀郡成都の人なり。字は長卿。少《わか》き時読書を好み、撃剣を学ぶ。

とある条をアレンジしたものと思われる。

「凌雲」は相如伝の終り近くに、

相如既奏大人之頌。天子大説、飄飄有凌雲之気、似游天地之間意。

相如既に大人の頌を奏す。天子大いに説《よろこ》び、飄飄として凌雲の気有り、天地の間に游ぶ意に似ると。

とある、この超俗の風趣を賛えた語を採り用いたものであろう。「凌雲」の語、悠か勅撰三集筆頭の新集に冠せられていること、言うを俟たない。

三　名豈楊生達　名は豈《あ》に楊生の達《すす》むるならんや
　　財非卓氏分　財は卓氏の分《わ》くるに非ず

前聯は、司馬相如の場合は同郷の楊得意の推挙で、「子虚の賦」の作者として漢の武帝より称誉されたが、蒹葭堂はそのような推薦者が居て世に知られたわけではない、というほどの意に解される。これは相如伝に、

蜀人楊得意、為狗監侍上。上読子虚賦而善之曰、朕独不得与此人同時哉。得意曰、臣邑人司馬相如自言、為此賦。上驚、乃召問相如。相如曰、有是。

蜀人楊得意、狗監となりて上に侍す。上、子虚の賦を読みて之を善しとして曰く、朕独り此の人と時を同じうすることを得ざるやと。得意曰く、臣の邑人司馬相如自ら言ふ、此の賦を為《つく》ると。上驚きて、乃ち召して相如に問ふ。相如曰く、是れ有りと。

とある逸話をふまえたもので、賦聖司馬相如もじつは郷人楊得意の進達推輓のおかげで、武帝の知遇を得るにいたっ

たことを指す。

この故事は、葛子琴もたとえば友人本城和光の上洛に贈った五言古詩「人曰、混沌社席上、贈別城子邈、入京同諸詞盟、賦分体五言古」(『葛子琴詩抄』巻之二)で、

豈無楊得意、上林賦新詞。

豈に楊得意無からんや、上林新詞を賦す。


などと引用しており、宝永年間、対馬藩に仕えた雨森芳洲は、内地での就職口を同じ木下順庵門下の友人新井白石に依頼した国字牘中、漢文で、

足下以竜潜之旧膺寵任之栄、不知亦有意於抜諸泥淖、推之清雲、肯為司馬之楊得意耶。

足下、竜潜の旧を以て寵任の栄を膺《う》くる。知らず、亦諸《これ》を泥淖に抜き、之を清雲に推し、肯て司馬の楊得意たるに意有りや。


という表現を用いている。その全文は大田南畝編『一話一言』巻四十八に見え、また山内香雪編『名家手簡』二集上には、抄刻ながら芳洲自ら付した訓点ごと、その筆跡のままが刻されている。

後聯は、相如の愛人卓文君が貧窮時、父の卓王孫より召使い百人、銭百万および嫁入り道具を分け与えられ、のち相如への崇敬の篤さより、また財産をも分け与えられた一事が下敷きになっている。


卓王孫不得已、分予文君僮百人銭百万、及其嫁時衣被財物。文君乃与相如帰成都、買田宅為富人。

卓王孫已むを得ず、文君に僮百人、銭百万、及び其の嫁する時の衣被財物を分予す。文君乃ち相如と成都に帰り、田宅を買ひ、富人と為る。

於是卓王孫、臨邛諸公、皆因門下献牛酒以交驩。卓王孫喟然而歎、自以得使女尚司馬長卿晩。而厚分与其女財、

与男等同。

是に於て卓王孫、臨邛の諸公、皆門下に因り牛酒を献じ、以て交驩す。卓王孫喟然として歎じ、自ら以て女に司馬長卿に尚びしむるを得ること晩しと。しかして厚く其の女に財を分与すること、男と等しく同じ。

蒹葭堂は代々醸造業を営む坪井屋の当主とて、自らその年収を「余、家君ノ余資ニ因テ、毎歳受用スル所三十金ニ過ス」(「蒹葭堂自伝」)とも述べているが、それはあくまでも家長としての定額給与を意味し、妻の実家森氏や妾山中氏、おそらく鴻池一党などからの贈与ではなかったと言いたかったのである。

四　世紛称病客　　世紛　病客と称し

　　家事託文君　　家事　文君に託す

蒹葭堂は生来病弱で、子孫に遺したと覚しき「蒹葭堂自伝」は、

　余、幼年ヨリ生質軟弱ニアリ、保育ヲ専トス、家君余ヲ憐テ草木花樹ヲ植ル事ヲ許ス。

と書き出され、

　宝暦六年丙子、余廿一歳森氏ヲ娶ル、生質微弱ニシテ余カ多病ヲ給スルニ堪ヘス、況十年ヲ歴トイヘトモ一子ヲ産セス、故ニ家母甚コレヲ愁、明和二年乙酉家人ニ命シ、一妾山中氏ノ女ヲ娶リ給仕セシム、妻森氏ト和好ニテ妒忌ノ事ナシ、山中氏モ侍婢トナリ、敢テ当夕ノ事ニ非ス、三年ヲ歴テ妻森氏、明和五年戊子冬一女子ヲ産ス幼名ヤス安永三年甲午六歳痘夭、又明和八年辛卯一女子ヲ産ス幼名スヱ無恙生長ス、妾山中氏ヨク妻ノ微質ヲ助ケ、二女ヲ憐愛ス、故ニ妻妾反更和好ニシテ嫌悪ノ事ナシ、家事ヲ勤倹シ、小女ヲ養育シ、数十年ノ閑居ニテ余ト小女妻妾ノ外一小婢ヲ仕フ、家内五名ノ外ナシ、故ニ来賓多シトイヘトモ、礼節饗応ヲナス事カタシ、世上各本分士農工商アリトイヘト

モ、余微質多病ニシテコレニ堪ヘス、故ニ父母ノ遺業ニテ頗ル文字ヲ知ル。

とも述べて、再三その蒲柳の質なることと家族構成に言及するが、この聯は期せずしてその要約である。

五　四壁自図画　　四壁　自づから図画
　　五車富典墳　　五車　典墳に富む

前聯は、相如伝のうちもっとも人口に膾炙された、左の卓文君との駆落ちの条よりの、鮮やかな逆転的照射である。

是時、卓王孫有女文君。新寡。好音。故相如繆与令相重、而以琴心挑之。相如之臨邛。従車騎、雍容間雅甚都。及飲卓氏弄琴。文君窃従戸窺之。心悦而好之。恐不得当也。既罷。相如乃使人重賜文君侍者通殷勤。文君夜亡奔相如。相如乃与馳帰。家居徒四壁立。卓王孫大怒曰、女至不材。我不忍殺。不分一銭也。

是の時、卓王孫に女文君なるもの有り。新たに寡す。音を好む。故に相如繆《いつわ》りて令と相ひ重ねて、琴心を以て之を挑む。相如臨邛に之《ゆ》く。車騎を従へ、雍容間雅甚だ都《みやび》やかなり。卓氏に飲み琴を弄するに及び、文君窃かに戸より之を窺ふ。心悦びて之を好しとす。当るを得ざるを恐る。既に罷む。相如乃ち人をして文君の侍者に重賜し、殷勤を通ぜしむ。文君夜亡《に》げ相如に奔る。相如乃ち与に馳せ帰る。家居徒《むな》しく四壁立つ。卓王孫大いに怒りて曰く、女《なんじ》至つて不材なるも、我殺すに忍びず。一銭を分たざるなりと。

この、貧窮わずかに空間を囲うのみの「四壁」を、一転、汗牛充棟、二酉五車、三典五墳の富を収儲する蒹葭堂の描写に活かしている。非凡な手際と評すべきであろう。「五車」とは戦国時代の名家恵施が博学で、車五台に満載するほどの蔵書を持っていた故事で、『荘子』天下編に見える。「典墳」とは三典五墳、すなわち太古の伝説時代、三皇五帝の頃の書物のことで、ひろく古典籍を称する。

六　染毫鋏橋柱　毫《ふで》を染む　鋏橋の柱
　　滌器白洲濆　器を滌《あら》ふ　白洲の濆《ほとり》

「鋏橋」は堀江川にかかる橋の一つで、瓶橋と水分橋との中間に当たり、蒹葭堂邸にもっとも近い。大江資衡の「寄題蒹葭堂」七律の起句にも、

　　書堂高倚鉄橋前　書堂は高く倚る　鉄橋の前

と詠まれている。「鋏橋柱」の橋はここでは「はし《ブリッジ》」の意に用いているのであるから平声で、押韻上一般に避けねばならぬ孤平となるが、さりとて「橋鋏柱」などと倒置するわけにもゆかないから、この固有名詞を含む表現にかぎり、あえて詩法の禁を冒している。

後聯の「滌器」は、一に引用の相如貧窮時における酒舗経営の態を、「相如身自ら犢鼻褌を著し、保庸と雑作し、器を市中に滌ふ」と叙べた中にある用語である。いずれ北堀江五丁目付近を念頭に置いての措辞で、鋏《くろがね》橋、すなわち黒金橋に対し、白洲、つまり白い砂洲《すなば》と対偶表現を試みたまでである。現在、木村蒹葭堂邸跡から程遠からぬ大阪市立中央図書館敷地の東南隅には、その旨を刻んだ雄碑の建つこと、ひろく知られている。この碑、じつは二代目の由、古西義麿氏は述べておられるが(「蒹葭堂邸跡の今昔」『大阪古書月報』一六三号、昭和四十八年)、鎌田春雄氏このかた、蒹葭堂跡といえば瓶橋の位置との関わりのみ論じられ来った感がある(鎌田春雄「蒹葭堂遺跡と瓶橋」『古本屋』第八号、昭和四年、古西義麿「瓶橋旧跡」『混沌』第五号、昭和五十三年)。けれども実測距離はともかく、むしろ川下にある一つ西の鋏橋との関係の方が、より当時の人々の認識に忠実な把握のように思われる。

七　堂掲蒹葭字　堂は掲ぐ　蒹葭の字
　　侶追鷗鷺群　侶《とも》は追ふ　鷗鷺の群

蒹葭堂はその書斎に、清人呉果庭筆の扁額を掲げていた。「為　木世粛先生写　呉果庭」と為書のある椽大の筆であった。額は、三代に亙る当地の代表的古書肆だった鹿田松雲堂の後嗣、高槻市の鹿田章太郎氏のもとに伝存していたが、去る昭和四十七年四月二十九日、『蒹葭堂日記』の複刻完成奉告墓前祭と併催の、菩提寺大応寺庫裡における遺墨遺品展に出陳ののち、傷みを補修して同寺へ寄贈されることになった。後聯は蒹葭の縁で、水鳥の鷗鷺を点じ来って清遊のさまを賦し、次第に収斂されてゆく。すでに格に入って格を出で、いつか相如伝を離れて、おもむろに尾聯に向かう。

八　洞庭春不尽　洞庭　春は尽きず
　　数使我曹醺　数《しばしば》我が曹をして醺《よ》はしめたり

瀟湘八景や岳陽楼等の名勝を一望に収める洞庭湖にも比すべき別乾坤、胸中の丘壑蒹葭堂では春興限りなく、混沌社友をはじめ遐邇遠近の雅客は、滋味溢れる坪井屋蔵出しの家醸に、陶然酔郷侯の傲りを、一再ならず擅《ほしいまま》にさせられたにちがいない。それは千客万来簿『蒹葭堂日記』の、何よりの内容説明でもあったはずである。かくて凬を馭するの名にし負う楼主、いま「西成病史蠹庵葛張」は、終始間然するところなく、敬愛措かざる雅友の賛詩を結ぶのである。

下

木村蒹葭堂に贈った葛子琴の五言排律は以上である。作者の手柄は、何としても社盟を彼土の詩賦の名手に擬えた見立ての妙にある。それはたとえば江村北海がある人の見として、蒹葭堂を江戸の文人薬商益田鶴楼に匹《たぐ》えたのと同日の比でない(『日本詩選』巻之四)。もっともそれは本邦同時の人という枠付きながら、ただ単に善く客を待つ文雅の商賈というのみの類似的対比で、商種も異なり、人柄も抽象的比較に終って、家長としての具体的映発にも欠ける。さすがにこの子琴の作は、狭い枠をとっ払った桁違いの射程で、万事きわめてリアル、それゆえ格段に生彩に富む。手法卓抜、措辞絶妙の名什といえよう。しかも、いたずらに司馬相如伝の行文を下敷きにして、順次トレースするのではなく、どこまでも詞友蒹葭堂主人の人柄を把えることを眼目に、相如伝中知悉された条々を完膚なきまでに前後転倒截断し、選び採ったそれらの砕錦を詩眼にまで高め据えている。すでにこの長律一首の賞翫をもってして、いかに子琴がその声誉に背かぬ天成の詩人であったかとの感懐、新たなるものがある。

蒹葭堂と中井竹山

一

そのかみ、蘇峰山人は民友社の三十周年を記念して、邈《はる》か杜甫と弥耳敦《ミルトン》とを番えたが、並世、同郷そして同嗜のわが竹山と蒹葭堂とは四十年になんなんとする、芦が散る浪華の北と南の雅友であった。その年齢にして竹山は六歳年長、そして蒹葭堂の方が二年先に歿したが、歳《ほし》庚戌に次《やど》る享保十五年（一七三〇）五月十三日、竹酔日、関羽と覧揆を同じうして奐陰（淀川の南）船場北浜に生まれた懐徳堂四代堂主竹山と、元文元丙辰歳（一七三六）十一月二十八日、北堀江に出世の富賈蒹葭堂とは、したがって対《むか》い干支《えと》同士で、終生君子の交わりを続けた。

蒹葭堂世粛が六十七歳で世を去った享和二年（一八〇二）一月二十五日より半年後の同年秋、竹山は亡友の遺筆、丘壑・蘭・竹・秋草・冬蔬の五小幅画巻に跋を添える形で、「木世粛画巻跋」を作って故友を追想し、その筆致を「幽致可レ愛焉」と称してのち、

予之識二世粛一、亡慮四十年、其少也耽二物産之学一、因愛二好墳籍一、広購二四庫異編一、旁逮二書画法帖、華夷器物一、極力蒐輯、四方雅尚之士、途出二府下一者、莫レ不二一顧一、声号遠布二海之内外一、可レ謂二一代之奇人一矣、今也則亡、惜夫、

と歎じ、「享和二年壬戌之秋、大阪府懐徳書院教授　中井積善題」と署した。

干支と季節とはたまたま「前赤壁賦」に同じいが、時に竹山七十三歳、東坡居士の制作年齢より二十七歳も長じた下世二年前の作とて、大阪大学懐徳堂文庫蔵竹山手稿本『奠陰集』文部巻十二に見られるその筆跡は、青壮年時からのそれを通覧し来った目には格段の枯筆に映る。知己の筆に成る真率のこの短文こそは、まこと蒹葭鎮魂の賦にふさわしい。

手稿本『奠陰集』には、他にも夙く詩部巻三に「乙丑仲夏、陪二大鎮紀公一遊二於羅洲一、時有二木孔恭者一、携二漢帖蛮画諸宝玩一、以供二清間一」云々五律(明和六年五月)、同巻七に「送二蒹葭堂主人木世粛徙一レ勢」七律(寛政二年九月)、また文部巻六には「明和庚寅春正月中井積善撰」の「蒹葭堂記」(明和七年一月)がそれぞれ収められ、両者交遊の篤きを想わせる。以下、その遡遊従之をこころみる。

二

明和六年(一七六九)の五月、大坂城大番頭堀田出羽守正邦は網島に清遊をこころみ、自らも筆墨藤紙をもたらし、文雅の客を招いたが、蒹葭堂は家蔵の珍玩を携え来り興を添えた。この主客雅交裡の詠詩を主公より請われた竹山は、率爾上平声十一真韻を踏んだ五律を、

鎮台乗レ暇日　文旆出二城闉一　緑樹羅洲口　紅亭奠水濱
華筵列二奇玩一　盛饌割二香鱗一　授レ簡趨二陪次一　慙レ称二佳句新一

と大書し、正邦に呈した。

頸聯後句、手稿本にははじめ「盛饌割芳鱗」と書し、芳を香に改めている。宝塚市中山寺村主《すぐり》恵快師蔵の竹山書幅

（大阪市立博物館寄託）にも初案のままであるが、懐徳堂遺書本『奠陰集』巻二（明治四十四年十月、西村時彦編、木崎孝校）所収の形は、頷聯後句「紅亭奠水潯」、頸聯のそれは「盛饌割香鮮」と小異がある。押韻より見て、潯は下平声十二侵韻、鮮は下平声一先韻ゆえ、ともに校者の誤読失考であろう。時に竹山は四十不惑の齢、正邦は三十六、そして蒹葭堂三十四歳であった。

翌明和七年（一七七〇）春、おそらく以前よりの嘱であった竹山撰「蒹葭堂記」が成った。手稿本文部巻六、懐徳堂遺書本巻五所収の一文で、全文六百七十九字の長編である。遠近の数ある有縁文人にも増して、主人によるわが堂記蒐集の挙に、まっ先に力を協《あわ》すべき郷友であった竹山は、まず当地の名物浪華の芦が古来歌人たちの好題材となっている事実を、楙密（繁茂）・摧折（脆弱）・促節（短節）・幽根（長根）の四特質に整理し、それぞれ例歌二、三首を勅撰集に求めて頭注を施している。

つづいて広漠たる芦原を叙するに、『詩経』秦風蒹葭の詩に拠りつつ、筆を浪華の地理的変遷にすすめ、往時の面目の一新する中で、時に鑿井中芦根が現れることにも触れる。それは主人が、堂を蒹葭と名付けた所以でもある。そして北堀江一帯の蒹葭の茂りを古えの名残と賞美し、ここに書室を営む「木村世粛氏」の家業と為人とを、

従二其先世一、隠二於醸酤一、能鉅二其資一、至二於世粛氏一、始以二業暇一、力二于学一、多貯レ書、凡古籍善本、異典僻編、莫レ不二購致一、以蔵二恵車一、而睨二鄴架一、旁至二字画之品一、泊二外舶所レ輸佳翫之等一、煒燁充牣、躬坐二乎闤闠之内一、翛然自適、与二世之囂塵紛華一、道阻而右、乃命二其堂一曰二蒹葭一、蓋因二其地一、以寓二其好古之一端一云、

と概した。

また、官による浚渫で洲の消滅後も、蒹葭堂の名は汎く知れ渡り、浪華の一名物として堂は四時千客万来のにぎわいを呈し、主人はまたあまねく内外の詞人に堂に寄せる詩文を請うたので、その名はいや高く一世に鳴ったとも記し

てのち、自らが主人の嘱に応じた由縁を述べ、いささか儒臭を漂わせて「庶幾先業不レ墜、雅尚不レ衰」云々と結んでいるが、これより三十余年後の親故追憶の短章「木世粛画巻跋」には、さすが一籌を輸するの感を拭えない。

三

寛政二年(一七九〇)九月、蒹葭堂は浪華をあとに、伊勢長島領川尻村へと出発した。前年暮よりの暖冬で、差配まかせの家醸が異常発酵し、ために過醸密造の罪で差配宮崎屋次右衛門は闕所、三郷所払いの刑に処せられ、責任上堂主も町年寄役召し上げ、謹慎の身となった。かねてより雅交を結んでいた長島侯増山雪斎は、いまこそ自領にこの雅友を迎える好機と、懇篤なる友誼と理解とを示して庇護周旋これ努めた。堂主もまたその厚い情誼に感じ、安んじてこのパトロンのもと、寄寓者として身を託すことにしたのである。

この間の詳しい事情を、蒹葭堂は同じく文雅の交わりを結んだ平戸侯松浦《まつら》静山に書き送った(『甲子夜話』巻四十)ほか、諸家への音信にも序あるごとに触れもしている。それは一つには寄題蒹葭堂詩文を依頼した時と同様、このたびの冤枉による伊勢移徙という不慮の禍を、せめて知友からの送別の作蒐集の好機に転じさせようと冀ったのでもあろう。禍を転じ福となさんとの主人のこのひたむきな姿勢は、はたして交遊諸家の情誼を一層篤からしめた。魚心あれば水心とでも言おうか、篠崎三島はじめ混沌社の盟友たちは、それぞれに好意溢れる惜別の作を贈っている。

とりわけ、盟主であり蒹葭堂の名乗親かつ句読の師でもあった片山北海は、病中にもかかわらず四百二十余字に及ぶ「送三木世粛移二居五瀬一序」を草し、主人の人柄と過醸の冤、そして増山侯の美挙に言及したが、その脱稿浄書した「寛政庚戌秋八月」は、じつに北海が世を去るわずか一か月前に相当する。この成稿の写真は、現在唯一の蒹葭堂伝、高梨光司著『蒹葭堂小伝』(大正十五年十一月)の巻頭に掲載されている(当時、平沢緑山氏蔵)。

四

『蒹葭堂日記』というほとんど「名ばかり」の日記、それは主人の丹念な交遊人名簿であり、実質、その性癖に由来する人名「蒐集」簿でもあった。うち、寛政二年の簿冊は羽間文庫本五冊の第四冊目に合綴されているが、春以来、主人は数回北海を訪れている。おそらく病気見舞かたがた、近々の伊勢退隠と請詩の志を陳べたことであろう。北海は大典禅師撰の墓碑銘によると、「寛政二年庚戌臥ㇾ病弥留、至二九月二十二日一卒」とある。蒹葭堂が道修町五丁目の北海宅を訪問したのは、したがってこのように臆測されるが、北海は病篤い中を、盟友のために押して筆を執り、主人の一途な熱意に酬いたのである。

絶筆にも相当するこの送序を贈られた蒹葭堂は、九月二十五日、八丁目中寺町梅松院での師北海の葬儀に合掌し、翌二十六日、淀船で上洛、伊勢に向かった。日記二十五日の記事の一節に「梅松院片山喪式送」、そして二十六日のそれに「出入ノ人皆来、昼後乗船」とあるのは、ともに注目される。日々の面会者名を、来訪者は黒、こちらよりの訪問者は朱で書き分けていた蒹葭堂は、したがって旅中の記事は原則として朱書しているが、このたびの旅行は墨書のままで記載している。これは伊勢への下向を単なる旅と見なさず、「蒹葭堂」そのものの移徙、本拠自体の転住という主人の自己認識のなせるわざだったからに違いない。

この時期、蒹葭堂の北海訪問記事を日記に徴して気付くことは、うち二回までも主人は片山北海につづいて、中井竹山を訪問している事実である。まず四月には、

四日 淀屋はし伊藤友助殿旅宿ニ行帰リ 片山中蔵 中井善太へ行帰ル （下略）

また九月には、

十一日 早朝ゟカコニテ片山中蔵殿へ行 中井善太（下略）

とあり、北海の葬儀当日も、

廿五日（前略）中井善太 他ニ出隣町暇乞廻リ 梅松院片山喪式送（下略）

などと見えていて、これもまた所用の一半は送別詩の嘱にかかわっていたのではなかったか。

竹山の蒹葭堂伊勢下向送別七律は上平声六魚韻を踏み、手稿本『奠陰集』詩部巻七、懐徳堂遺書本巻二に収められている。

送。二木世粛徙レ勢　○蒹葭堂主人　世粛蓋受レ譴失レ業去托二長島侯一云

蒹葭采と粛霜初　道阻秦声更起レ予　駅南纔携三口橐　洋船已載五車書

畿邦山水情何歇　勢海魚鰕興未レ疎　屏迹従レ茲耽二著述一　史遷発憤在二刑余一

詩題では、「木世粛」の上にあとで「蒹葭堂主人」を冠せたことが手稿本で判る。勢州に移る理由も題注に略記されている。

句意は変らないが、遺書本には尾聯前句に屏跡とあり、また頸聯後句魚鰕が誤植されている。ともあれ蒹葭と言えば、詩の秦風に掲題された、人に擬えると嫡々の名流である。起聯「蒹葭采と」「粛霜」「道阻」「秦声」はいずれも詩の語句のまま、またはそれに拠った表現である。粛霜は「白露為レ霜」に主人の字《あざな》の一字をもひびかせた語であろう。頷聯は伊勢への荷物はわずかの書物袋のみで、秘玩の山なす舶載珍書の多くは携えるに由ないことを憐れみ、頸聯は近畿の山水への愛着と目指す新天地の海産の豊饒への期待とを対比させ、尾聯では隠棲雌伏し只管著述に専念さ

れよ、かの太史公も宮刑の恥をしのんで、不朽の大著を成したではないか、と結んでいる。親知を送るに、これ以上の餞があるであろうか。

五

『蒹葭堂日記』羽間文庫本、花月菴本を通じ、二十四年間二十年分のうちに、中井竹山は二十二回登場する。はじめは「中井善太」、寛政十年(一七九八)からは「中井渫翁」(前年に改む)、ただ一か所寛政十一年五月十二日、竹山覧揆前一日の古希祝賀には「中井竹山ヘ賀ニ行」と、雅号で掲出されている。ほかに「学問所」懐徳書院訪問が同じく二十二回あり、平均年間二回は訪れていることになる。伊勢川尻村から一時帰坂した寛政三年秋冬の交も、十月に二度竹山を訪問している。履軒幽人「中井徳次」はさすがに少なく、七回をかぞえるだけである。いずれ「亡慮四十年」の淡交ではあった。

その間、両者話題の一端を窺うに足る「書二熟紙一説、与二木村世粛一」なる漢牘が、遺書本『奠陰集』巻七に見える。それは、揮毫には「非二墨滲一則筆乾」の生紙は「殆不レ堪レ用也」、断然熟紙を用うべし、との竹山説に蒹葭堂が「正レ襟聴瑩、喜溢二眉宇一、遂見レ請レ書二其説一、故録納二此幅一」というもので、「世粛賢契足下、三月二十日」の日付がある。竹山の用紙へのこだわりは、本翰の次に収録の、弟履軒宛「与二弟処叔一」の一書にもはっきり現れている。

北海送葬の翌九月二十六日午後乗船した蒹葭堂は、二十七日、雨の伏見より竹田を経て昼過ぎ着京、三条の美濃屋弥七方に宿をとった。夜は書肆林伊兵衛を訪うた。滞洛十日、その間師匠筋の大雅堂(堂守青木夙夜)・小野蘭山や、浪華とはまた異なる多くの知友と面晤留別した。荻野左衛門大尉(元凱)・相国寺慈雲庵(大典)・蝶夢・三熊海棠(花顚）・畑立安（柳安・黄山）・鳥羽万七郎（台麓）・岩垣氏（竜渓か謙亭）・春日亀弥太郎（蘭洲）・福井立助（柳介・楓亭）・藤叔蔵（貞幹）・久川靫負（大江玄圃）らがその主な面々で、明経博士の伏原二位（宣条）とも初めて対面した。

冬十月七日、京を後にし、石部泊まり。翌八日はまだ夜深い七ツ時（午前四時頃）発足、それまでに梅木村で、伊勢より迎えの十時梅厓と出会った。長島侯の儒官で文礼館の教授であった梅厓は、この春長崎に遊んだばかりであった。

八日石部 夜七ツ時発足 水口過梅木村十時迎ニ来リ被申候

失意、伊勢下向中の蒹葭堂にとって、地獄に仏ならずとも、けだし空谷に跫音の思いではなかったか。その夜は関泊まり、九日は五ツ時（午前七時頃）関を発ち、「夜初更川尻村着」、つまり日没とともに、以後足掛け四年、丸二年半の仮寓地伊勢長島領川尻村の石榑氏邸内に入ったのである。

伊勢川尻村での蒹葭堂の暮らしは、日記にも人名とみに疎らで窺いがたかったが、さいわい菰野の森正綱の筆録『傾蓋漫録』が伝わっており、詳審な記載とともに、その学芸三昧な日常が判明した。それは世間一般の通念をはるかにかけ離れた、予想外な流寓の実態で、あらためて蒹葭堂主人の底知れぬ数奇心を覗うに足るが、いまはひとまず当該資料存在の事実のみを指摘して筆を擱く。

追記　本稿は去る平成元年三月二十五日、中井家の墓所誓願寺で催された第六回懐徳忌で、「竹山先生と『蒹葭堂日記』」と題し行なった講演を骨子としてまとめた。なお、「『傾蓋漫録』——伊勢の蒹葭堂——」（『金蘭短期大学研究誌』第二十号、平成元年十二月）を参照願いたい。その後、『傾蓋漫録』は三重県菰野町森醇氏および四日市市山路浩一氏の御尽力で、『四日市市史』第十巻 史料編近世Ⅲ（平成八年八月）に、解題と書誌を付し、「四日市市立博物館所蔵 井島文庫文書」として翻刻された。

蒹葭堂と上田秋成

一　その堂名と堂主と『日記』と

よし、それが伝注にどう説かれていようと、『詩経』秦風に載る品物題「蒹葭」をそのまま堂名にかぶせれば、あるじは風雅謙退を志向する姿勢を標榜したものと解される。蒹と葭とは対異《ついい》させて荻と芦、散同で解くとまだ穂が伸びない芦、またひめよしの意で、すでに明人董其昌に『蒹葭堂法帖』あり、陸楫（「杜子春伝」や「魚服記」を収めた『古今説海』の編者）もその書室を蒹葭堂と名付け、おなじく潘之恒は蒹葭館、また民国に入っても黄節（国粋叢書を共編）は蒹葭楼と称するなど、海彼にもそこばくの例が見出せる。されば、古人先哲を慕う「蒹葭秋水の情」も、親故依縁の態を現わす「蒹葭玉樹に倚る」も、ともに蒹葭を媒とする雅句であった。

わが浪華は北堀江に代々醸造を業とした坪井屋吉右衛門（多吉郎・太吉郎）こと木村巽斎（一七三六―一八〇二）も、またこの語を堂名に採り、世に木村蒹葭堂の名で通っているが、かれの場合、たまたま井戸掘りの際出土した古芦根を当地名産のそれと見立てた風雅心と、生来蒲柳の質をもってする親慈への鳴謝の念とがその芯に織り込まれていること、もとよりである。それはまた名を孔恭、字を世粛、号を巽斎（井の易伝より巽、すなわち遜）と称した事実と、見事に整合する。

本草学を修めた蒹葭堂主人が、博物のみならず文物万般にわたる異常な知識欲と飽くなき蒐集癖を、全国ネットでの寧日なき社交裡に癒し続けた記録『蒹葭堂日記』は、毎冊の蠅頭大人名の充溢がそのまま堂主を中心とする一大交遊圏のこよなき記念碑として、永く当代文運の考索に資せられるであろう。

いまから二た昔前、転伝の末納まった大阪福島海老江の羽間文庫本『蒹葭堂日記』が刊行会から復刻された際、その宣伝カタログでこの日記を「不思議な本」と称え、万華鏡になぞらえたさる大先輩は、たまたまそれから十数年後、今度は大阪天王寺の花月菴田中香坡氏宅より発見された、羽間文庫本に欠ける六年分中二年分の原装日記簿二冊の複製記念祝賀会で、従来主として文人交遊の傍証的価値のみが認められていた当日記簿につき、今後はこの日記自体の特質の究明が不可欠の旨、研究方向を指南された。本稿のごとき、その主眼はあくまでも前者にあるとは言え、後者を前提としてそこから堂主の親友上田秋成(一七三四―一八〇九)像の浮き彫りを期する意味では、いかほどか先学の指教に沿うた第一歩との自負が湧かぬではない。

一般に、旧蔵者殿村茂済(一七九五―一八七〇)筆の題簽のまま、「蒹葭堂日記」と呼ばれている本書は、元来一年一冊宛て仮綴じの簿冊に、表紙は各冊例外なく、「元号・干支年日記簿」との直書題簽が認められていて、内容も先方よりの来訪、当方よりの訪問の双方を含め、記載のほとんどは交遊人名に限られている。もっとも、中に用件や品目名、その他見過ごしがたい記事が時に記入されていて、本書を繙く愉しみを格段に深めてはくれるが、概して日常の記載例としては、四周単辺の罫紙用箋に一日一行、目分量で上中下段をそれぞれ朝昼晩に配分し、人数によってしばしば双行細字にわたっている。視覚的に忙閑が一目で判る態の交遊人名簿である。

主人四十四歳の安永八年(一七七九)より、六十七歳で歿するその十五日前の享和二年(一八〇二)一月十日まで二十四年間の記録で、久しく十八年分が五冊に合綴改装され転伝されたが、新出の二年分を補って現在では二十年分の簿冊が繙閲できる。後出二冊は寛政十一・十二の二か年分二冊で、全く手を加えぬうぶいままの発見であった。所蔵者の祖先が主人の遺品として後嗣より譲られたものと思われる。記載はある程度まとめて、名札などを便りになされたらしく、当時の生活が十日単位のサイクルで区切られる慣習と無関係ではあるまい。最終月の享和二年一月欄が十日まで記入されていて、あとは空白のまま残されている事実とも思い合わされる。堂の所在は北堀江から一時勢州川尻村、そして帰坂後は備後町三丁目、呉服町と移徙したが、比較的閑散だった在勢中を除き、千客万来の日常は相変らずであった。ただ日記の記載は来客名のほか、堂主が先方に出向いて面会した相手の名前の場合も多く、ことに外出を朱で書き分ける工夫を、まだ思い付かない時期の記載は注意を要する。

二　秋成と『蒹葭堂日記』と

蒹葭堂主人より二歳年長であった上田秋成は、在津中は「上田東作」、京に移ってよりは「上田余斎」と記されているが、日記にはじめて登場するのは安永八年正月二十七日である。ただこの日の記載は「廿七日出行」と書き出して、以下訪問先十一名を氏号・通称・略称等で双行に列記、「夜ニ入リ帰ル」と結ばれる。その五人目に「上田東作」があり、「細合半斎　北山昌三」と続く。この記述は、一方的に堂主の訪問先を順次連記した形式である。秋成はこちらから訪れた十一名中の一人だったわけで、秋成の方から堂を訪れたものと解してはならない。

このように、多人数を順に訪問する場合は駕籠を用いることもあったらしい。やはり十一軒廻った寛政二年八月二十二日には、「早朝加コニて」と記されている。ところが、次に秋成の名が見える三月五日は「八ッ時　上田東作　暮久徳台八過訪」とあるので、これは明らかに午後の八ッ時分に秋成の方から蒹葭堂にやって来たことが知られる。ただその夕頃に訪ねて来た久徳台八と秋成とが会ったかどうかは、この記載の限りでは判らない。いまこころみに秋成の来訪と、堂主の側よりの訪問との対応関係を中心に、一覧表を掲げよう。秋成の来訪時には、前後の人名も参考に残し、こちらよりの訪問には△印を付した。また留守中の来訪、あるいは訪問先不在の場合は×印を付し、対面の機の無かったことを明示した。なお、随時コメントを添え、前後情況の補足説明もしくは推測をこころみた。出会いの首尾如何を問わず一連番号をうち、年次が改まるたびに堂主と秋成との年齢を注記した。

安永・天明・寛政初年

「上田東作」……北堀江瓶橋畔へ、滞坂在津の客

1△安永八年正月二十七日　蒹四十四歳　秋四十六歳

秋成宅は大坂尼ヶ崎町一丁目。

2　〃　三月五日　八ツ時の来訪。

3△　〃　六月二十二日　早朝より細合(半斎)・曾谷(之唯)らについで四人目に訪問。

4△安永九年五月十三日　蒹四十五歳　秋四十七歳

5△天明二年一月三十日　蒹四十七歳　秋四十九歳

秋成宅は昨天明元年春、大坂淡路町切町に引っ越した。旧居より蒹葭堂に近い。細合半斎らについで五人目に訪問。

6×　〃　二月一日　前日の堂主訪問と関わる来訪か。ただし「不遇」の旨、頭欄外に注記。

7△　〃　七月二日　二人目に訪問。

8△×　〃　十月六日

秋成は十月三日より奈良に遊び、この日は奈良坂を越え、木津より伏見舟で帰途についた。したがって秋成
は自宅には不在（『山裏』）。
9△　〃　十一月十二日　堂主は土州屋敷より油吉（服部永錫）・富八（富田屋八郎右衛門）・銅座などを廻り、最
後に秋成宅で蕎麦を馳走され、夜帰宅。「上田東作蕎麦出ル」。
10　〃　十一月二十四日
11　天明三年四月六日　蒹四十八歳　秋五十歳
「上田東作来ル夕飯出ス」。
12　〃　七月三十日　夕方の来訪。
13　〃　八月六日　夕方の来訪。曾谷と並記。あるいは両者会っているか。
14　天明四年六月十八日　蒹四十九歳　秋五十一歳
「上田東作夕飯出ス」。

15×？　〃　十月三日　頭欄外記載。留守中の来訪か。
16　〃　十月十一日　午後の来訪。
17△　〃　十月二十日　惣会所の鉄炮改めに顔を出した後、細合（半斎）ら三人を訪れ、最後に「上田東作行　八
ツ時帰宅」。留守中、油吉が住吉行の途次来訪。
18　〃　十二月十五日
19△天明五年五月八日　蒹五十歳　秋五十二歳
早朝より油吉・篠田徳庵、そして江田八（世恭）・片山中蔵（ママ）（北海）について「上田東作」ら十名を訪問し、

「夜帰ル」。

20　〃　八月四日　午後の来訪。つぎに「岡吉右衛門、雲林院元仲、同門人船ニて同伴来ル」とあり、あるいは面晤したか。

21△　〃　十二月十七日　江川氏の帰路三人目に訪問し、帰途油吉、そして中食後町内を廻る。夜、油吉が来訪。

22×天明六年二月二日　蒹五十一歳　秋五十三歳

昼前より外出し、夜帰宅。留守中来訪。頭欄外に「上田東作来、不遇」。

23△　〃　五月十一日　昼後外出、訪問先八名中、最後に「上田東作、夜帰ル」。

24△　〃　十二月九日　曇。早朝堀田豊前守邸に伺い、帰路四名中、最後に「上田東作、夜帰、雨降申候」。

25⊗寛政二年八月二十九日　蒹五十五歳　秋五十七歳

三好正慶の餞別宴に赴いた留守に、佐藤耕庵が秋成の伝言をもたらした。頭欄外に「留主ニ佐藤耕庵来、上田東作伝語アリ」とあり、所用が伝えられたものと思われる。なお、堂主は過醸の容疑で謹慎の咎を受け、この一か月後の九月二十六日、長島領伊勢川尻村へと旅立つのである。

寛政五年以降

「上田余斎」……呉服橋へ、耳順上洛後の客

26△寛政六年二月八日　蒹五十九歳　秋六十一歳

早朝森川竹窓宅を訪れ、そこで秋成に会った。「早朝出、森川ニ行、上田余斎遇申候」とある。従来の通称「上田東作」に代り、この日の記載以後は「上田余斎」と号で認められている。秋成は昨寛政五年(一七九三)

六十歳の夏六月、摂津淡路庄から上洛、知恩院門前袋町に移っている。また、堂主はおなじく寛政五年二月十一日、伊勢川尻村より帰坂、一と月足らず備後町三丁目に仮寓したが、三月九日呉服町へ引っ越した。

27 〃 二月十日「上田余斎夕飯出ス」。

28△× 〃 三月十一日　六日より上洛。朱書でまず本草学の師小野蘭山、書肆林伊兵衛についで秋成を訪ねたが留守であった。「早出、小野、林伊、上田余斎不遇帰る」云々とあり、ついで畑柳安・藤叔蔵(貞幹)・細合半斎らをも訪れ、あるいは答礼の来訪を受けるなど、在洛中の多忙な日程の一齣が読める。

29 〃 三月十二日　雨中、橋本経亮の来訪あり、のち秋成と連れ立って東山に遊んだ。「上田余斎同伴東山行」。帰宿後、春日亀(蘭洲)・円山主水(応挙)を訪れた。夜も宿に来訪者数名あり、浪華の「蒹葭堂」が京に出開帳の感が深い。

30 寛政八年三月二十五日　蒹六十一歳　秋六十三歳
「夜上田余斎来訪」。なお、翌二十六日には「三好正慶来宿」、翌々二十七日にも「正慶在宿」とある。

31× 〃 八月二十七日　午後より外出、夜帰宅。留守中に来訪。「留主ニ上田余斎世継八郎兵衛　愛石　篠崎長　竹内円ニ不遇」。

32 〃 八月二十九日　森川竹窓と同伴で秋成と世継寂窓(岐阜屋八郎兵衛)が来訪、昼食を振舞った。「森川同伴上田余斎及ヒ岐阜屋八郎兵衛中食」。頭欄外にも「上田世継来」とある。

寛政十年以降
鰥盲養老の客

33　寛政十年五月二十八日　兼六十三歳　秋六十五歳
昼に養女恵祐(遊)尼に伴われ来訪。「上田余斎 来訪 娘」。前年暮、妻瑚璉尼を亡くした秋成は、この頃明をも失した。この日は門人筋の河内日下の唯心尼のもとより来坂したと思われる。

34×　〃　九月二十五日　午後、鴻池新九郎主催の菊見の宴に赴いた留守に来訪。「昼後鴻池新九郎菊宴ニ行 留主山名一学 小西太 上田余斎 春渓」。

35×　〃　九月二十八日　早朝より外出し、一旦帰宅後再び外出。その留守に来訪。「留主ニ銭五郎 尾州 林圭 上田余斎 桃田三笑不遇」。

36△　〃　九月二十九日　早朝より秋成の宿を訪問。二十五・二十八の両日、留守中来訪の詫び挨拶をかねるか。秋成は久宝寺町布屋吉左衛門に宿っていた。秋成の宿で足立紫蓮に初めて逢った。「早朝　上田余斎へ行、旅宿久宝寺町布ヤ吉左衛門、足立紫蓮ニ初逢申候」。

37　〃　十月二日　昼頃、四人目に来訪。先月末より、秋成は浪華の名眼科医谷川良順兄弟の金毘羅流横針術で加療中であったと思われる。

38×寛政十一年四月四日　兼六十四歳　秋六十六歳
早朝より森川竹窓と同伴で尼崎屋七右衛門方へ牡丹見物に出かけた。その留守に秋成が来訪。「早朝森川同伴 尼七牡丹見物行 —留主ニ銭五郎 上田余斎 不遇」。

39　寛政十二年三月二十日　兼六十五歳　秋六十七歳
来訪者十六名中、筆頭に秋成のみ「上田余斎」と大書、あと十五名は双行に記載。

40　〃　四月九日　来訪者十三名中、午前には細合半斎以下七名が双行で記され、昼すぎからも双行で来訪者六名が載る。うち三人目に「上田余斎」が記され、つづいて「森川来」とあり、「居間迄」と注されている。

また十時半蔵(梅厓)も来ている。

41 〃 四月十六日　来訪者十六名が双行で記入され、海量法師や菊池五山らのあと、「上田余斎」は十四人目に載る。夕頃の来訪か。

42△ 〃 四月十八日　昼すぎより外出、まず秋成の宿を訪れ、そのあと八木(巽処)・北山桃庵・小田主膳訪問を最後に帰宅した。「昼後 他行上田余斎…」。宿は先年泊まった久宝寺町の布屋吉左衛門宅であろうか。

43△ 〃 四月二十日　午前中、十時半蔵につづいて八木兵太ら四名が来訪した。午後外出し、まず秋成を訪れ、あと小田主膳・北山桃庵ら五人を廻って帰った。「此日上田余斎……行帰る」。翌二十一日午後は小田主膳の書画会に赴いている。

44 〃 四月二十二日　小田主膳・八木兵太・菊池五山・市橋侯家来下村松意らが来訪。七人目に「上田余斎」が見える。他に森川(竹窓)らが来訪。下村松意は翌二十三日まで滞在。この日は八木(巽処)同伴、小田主膳の宿に赴いた。

45 〃 四月二十四日　菊池五山を筆頭に、四人目に「上田余斎」が来訪し、八木兵太もこのあと訪れた。午後の来訪者中には細合半斎らや、また前川虚舟と岡熊岳が連れ立ってやって来た旨、見える。

46 〃 八月二十三日　昼に「上田余斎」が大きく記載され、すぐ「雷」とあり、馬田昌調の来訪が見られる。

47△△ 〃 八月二十四日　午前中の他行は朱書双行で記され、六名の筆頭に「上田余斎」とある。前日の秋成来訪と用向きで関係があると考えられる。このあと奥田松斎をも訪れている。午後の来訪者には八木兵太・梁田八左衛門(ママ)(邦敬)・鴻池伊助(草間直方)らがいる。夜、再び外出、森川竹窓方でまた上田余斎と逢った。朱書「夜 森川へ行 上田余斎逢」。この頃も秋成は眼病の治療中であった。

48　〃　九月十二日　この日、雨。十数名の来訪者中、双行左二人目に「上田余斎」。ついで右に土橋兵蔵、また夜には八木兵太らの訪れを記す。

49　〃　十月二十三日　午前中、双行左二人目に「上田余斎」とあり、一人隔てて「中食出ス」。午後は釧文平(雲泉)・森川らが来訪。

50　〃　十一月九日　午前中、十時半蔵についで双行左二人目に「上田余斎」。昼頃、森川ら。

51△　〃　十一月十四日　午前中より外出、朱書双行右三人目に「上田見廻」とあり、左三人目に「奥田松斎へ行」。見廻は見舞の意ともとれる。

享和改元

堂主最晩の客

52×享和元年五月九日　蒹六十六歳　秋六十八歳

午後外出し、大江丸・森川・細(合)半斎・村瀬嘉右衛門(栲亭)・尾崎春蔵(雅嘉)ら十三名を訪問。栲亭は前日初来訪の答礼であろう。その留守に秋成らが来訪した。「上田余斎 常願寺 不遇」。

53　〃　五月十一日　前日の十日、稲毛勘右衛門(屋山)らが来訪。また正慶尼が訪れて宿泊し、この日も在宿した。そこへ秋成が来訪した。おそらく両者は逢っていると想像される。「正慶在宿 上田余斎」。午後には豊後日田の鍋屋雅介が山本定介同伴で、また山口石室が来訪している。

なお、翌月六月二日には江戸の大田直次郎(南畝)が馬田《(ママ)》昌長同伴で初めて来訪、翌々六月四日には岡家中田能村行蔵(竹田)が鍋屋雅介同伴で訪れる。竹田と蒹葭堂とはこの日が一期一会であったこと、『山中人饒舌』に記す通りである。このように堂主歿前半年前も相変らず交遊多忙な日々が続いたが、体調は漸く崩れる兆しが見え、六月二十四・二十五日の両日とも「不快」と書き出されている。

54　〃　九月二十日　午前中の来訪である。翌二十一日は畑金鶏が初めて訪れた。

55　〃　九月二十二日　河村羽積らについで来訪。秋成は木寺正通寺の雪舫とともに昼食の饗応を受けた。「上田余斎 木寺雪舫 中食」。それに先立ち、愛染寺内凉天が『三教放生弁惑』の序を催促に訪れた（頭欄外注）。ただし、本書享和三年刊本には泉涌寺僧鎧漢文序と伴蒿蹊和文序のみで、蒹葭序は歿するまでの四か月間には遂に成らなかったのであろう。午後にも森川や八木ら十数名の来訪者があった。

56△　〃　九月二十三日　朝より秋成らを訪問した。「上田余斎 恵祐尼 泉屋次兵衛 銭五郎 帰る」と朱書。前日の来訪に係わる所用の為であろう。そしてこの記載が秋成父娘の、日記に登場した最後である。

三　三十年の知己

『蒹葭堂日記』二十四年間という幅を、前後二つの名前で登場し続けた上田秋成は、堂主との実際の交遊期間を、少なくとももう五年は早め得る明証を有つ。安永三年（一七七四）二月に成立した和文「あしかびのこと葉」がそれで、万事蒐集して止まぬ堂主の依頼により、秋成が綴った蒹葭堂賛文である。この年、蒹葭三十九歳、作者四十一歳に当たり、両者三十年一日の雅交は動かぬ事実と判る。さらにその冒頭部を一読すれば、同じ芦が散る浪華びと同士の初対面は、さらに宝暦明和の交にまで遡るかとも想像される。その親昵のほどをしのばせる書き出しを引こう。

このころ適《タマ〳〵》いとまある日、木村ぬしがあしの屋を訪《トフラヒ》いきしに、あるじれいのまめ《実》だちて、茶くだ物なゝとすゝめらる、いともきよらなりや、唐《カラ》くたものはもろこし人の伝《ツタ》へ委《クハ》しくて、手つから造《ツク》りなせしなり、茶は竜井《リウセイ》とかや、其名西湖《セイコ》のながめとゝもにたかく聞《キコ》えあげて、騒《サウ》人の思《オモヒ》を焦《コガ》す事、陸氏《リクシ》かともの編《アメ》るふみ《書》らに、をちこち《彼此》見しりたれと、其香《カ》と味《アヂハ》ひは、けふなんこゝろむるなりけり。

又ちかきころ得《エ》て蔵《ヲサ》めたるふみ《書》ども、唐《カラ》のもやまとのも余多《アマタ》とうでゝ見せらる、かつ是は何《ナニ》かしの夷《エミシ》の国の波間《ナミマ》にかづき得《エ》し也、それぞそのくにの雲井《クモ井》なす高嶺《タカネ》に巣《ス》くひてありしなゝど、指《サシ》しめさるゝを見れは、いとめづらしな、磯貝《イソガヒ》といふも、こゝら《許多》見なれたるあだし《頑》物にはあらで、から《唐》国の文字に宝貝《ホウハイ》とたふとみ《貴》、こゝのいにしへ人の、玉拾《タマヒラ》ふともよみてめずる《愛》なん、まことに是ばかりのひかりなるべく、翅《ツバサ》と云も、あやなるいろとり《彩》のくさ〳〵《種々》見へて、世の常《ツ子》にあるべきくさ《種》はひにもおぼえす。

しかも、これらの珍物の名を詳審に知悉し、本草薬物の造詣も深甚なるものあり、客はみな堂主の教導を得ようとして訪れるのである。

けふはまろうど《資客》のひまありて、あるじものどけくやおぼしけん、日めもす何くれの物がたりしてなぐさむにも、只物をあがち定《サダ》むるをのみくりことのやうにてなん有を、いたくめてらるゝあまり、おのれもすゞろ《不慮》なる問《トヒ》ごとして、いと興ある遊《アソ》びなりける、

以下、終始「蒹葭堂自伝」との密接な対応を見せながら叙述が進められていることは、かつて触れた(「蒹葭堂自伝と上田秋成作あしかびのこと葉」『近世浪華学芸史談』)。本文に添えられたルビや漢字は、わが子の学習用に充てんとの堂主の希望を汲んで、作者秋成が施したものという(大阪府立中之島図書館蔵、自筆草稿本後書)。

秋成も蒹葭堂もともに煎茶を好んだこと、周知の通りである。自伝にもおのれの趣味に言及し、

余平生茶ヲ好ム、酒ヲ用イス、烹茶ハ京師ノ売茶翁親友タリ、故ニ其烹法ヲ用ユ、老翁ノ茶具余カ家ニアリ、

と親近の情露わに述べたあと、

末茶モ好テ喫ス、彼ノ茶礼ノ暇ナシ、

と記している。抹茶に対しては、喫むことは好きだが煩わしい点前を習う暇がない、と素気ない。けれども、茶会にはしばしば招かれ、晩年にいたるも明らかに茶の湯の会に出席と判る記事が、日記に頻出する。たとえば享和元年四月十九日「七五三茶会　篠崎長兵衛　長右衛(ママ)門同伴」、翌二十日「加忠茶会」と、いずれも朱書している。

ただ、秋成と連れ立っての抹茶会参加の記事は、現存日記に関する限り見当たらないようである。隔てない両友の茶の交わりは、「あしかびのこと葉」冒頭にも見えるように煎茶を通じてであって、秋成独特の流暢な擬古的行文裡に、文雅交歓のさまが如実に語られている。もっとも、完全主義者秋成から見れば、長いつき合いの間には蒹葭堂の煎茶についてある種の批判があった(『茶瘕酔言』)のは当然ながら、堂主にとって茶飲み友達の秋成は、ただもう無条件の上客だったようである。来訪中の秋成に食事をもてなした注記は、日記中一再ならず見当たる。

四　蒹葭堂宛、秋成筆漢候混淆尺牘——七月十二日付け——

平成四年六月十日、大阪市中央区今橋二丁目の大阪美術倶楽部で催された大阪古典会の創立九十周年入札下見会に出陳された蒹葭堂宛秋成の書翰一通は、よし写しにせよ、滋味津々たる文字が連続する。つぎに、当日のメモと記憶とを頼りに、まず原文を掲げ、その略解を試みる。句読と返り点はいま私に施した。

華書辱拝聴、炎夏中御無恙奉㆓慶賀㆒、

蕘花紙二帖、嘯風亭書記乞来事有

レ之、料紙貴家へ所望、可レ申二指揮一之所
書通不文、錯過二価直一、後便彼亭へ可二
被儘遣一、質疑・瑣語二篇恩借、後便
返納可レ仕、将レ牽搨文奇珍、忝申謝
御穿鑿二条承、今度急便不二申入一、
秋気到二旦夕一、御自愛専一、当年命
革之気運、春来喬木折傷、人傑
頻減、国詩家梨木祐為、過日没故、
今日小沢蘆庵訃音来、愚老輩
叢木風靡耳、却赧面自歎、九月
頃帰坂、寛話可レ申候、不具
初秋中二日　　上田無腸 押花
木世粛尊兄

用紙は十七行藍刷罫紙、本文十三行、行十―十四字、計百六十七字の漢文体候文で綴られている。「初秋中二日」の年代は、梨木祐為(享和元年六月十七日歿)と小沢蘆庵(享和元年七月十一日歿)の物故に言及している点より、直ぐ享和元年の裁書と判る。

返翰の巻頭文言につづき、夏中お障りなくお慶び申し上げるとの時候の挨拶があって、以下、京の好事家雄崎嘯風亭より法帖？の揮毫を依頼された筆者は、料紙を蒹葭堂にあつらえようと思ったらしい。当時、呉服町で堂主は文

房具を商っていた。だが、たとえそれに揮灑してみたところで、字はまずく書き誤りを冒しては、折角の紙がもったいない。そこで依頼者嘯風亭より預かった法帖？は臨書せず、そのまま返却に及んだ。さて、五井蘭洲は秋成の師匠筋に当たるが（『胆大小心録』）、その著述『質疑篇』と『瑣語』（ともに明和四年刊）をお借りしたが、後便でご返却致そうと思う。秋成が探していた拓本を送り寄せられ、ありがたくお礼を申し述べる。お調べ中の二か条は承ったが、今回は速達便でのご返事はさしあげない。朝夕秋らしくなったが、どうかお体をおいとい下さるよう。今年はどうも天命が革まる気配あり、春より樹木が折れ傷みが目立ち、人も傑物がこの世を去って行くように思われる。歌人梨木祐為（一七四〇―一八〇一）が先日物故し、今日は小沢蘆庵（一七二三―一八〇一）の訃報が届いた、自分のような老いぼれだけがいたずらに役立たずに生き残っているだけで、長生きがかえって恥しくまた歎かわしい。九月に浪華へ戻るついでに、ゆるゆる暢談の機を得たい、というほどの大意であろう。

誤読曲解も数あろうが、判読の限りでも文具の所望、典籍の貸借、質疑応答など、宛先蒹葭堂主「木世粛」と裁主「上田無腸」との間における所用のあらましが汲み取れる。三十年に垂《なんな》んとする雅交の実態も、おおむねこの一紙の内容に尽きる感さえある。もし難を言えば、むしろ話柄があまりに平仄に適いすぎる点にあろう。蘭洲の二著を今更借覧というのも、おかしいと言えばおかしい。不審は不信を生み、疑心暗鬼に陥ってしまう。でも、ここまでコンパクトに盛り沢山な中身を詰め込み、近々下世の二人に言及するなど、やはり真物《ほんもの》かその写しか、さもなければ余程事情に通じかつ贋作の玄人でなければ困難な業である。この上は秋成特有の用語・用字・文癖等の角度から、層一層の検証が必須であろうが、いまは第一印象の筆勢の確かさを信じ、倉卒に紹介を試みた。本翰の出品は九州別府とかの書店、また三桁を上廻っての落札は東都のさる古書肆の由仄聞するが、その行方いかんを問わず、一日も早く再び世に現れることを祈念鶴首する。

付記　初出時の誤読十二か所は『郷友集』でも踏襲していたところ、長島弘明氏の指教に接し、ここに訂正して収めた。なお、『蒹葭堂法帖』にまつわる蒹葭堂と中井董堂とのエピソードが、揖斐高氏著『江戸の詩壇ジャーナリズム――『五山堂詩話』の世界』(角川叢書19、平成十三年十二月)に見える。また、はやく高梨光司氏は『蒹葭堂小伝』十四蒹葭堂逸事の一一章で、この董帖にまつわる逸話に触れる。

蒹葭堂と釈義端

一

明の李王古文辞の影響のもと、荻生徂徠(一六六六―一七二八)の唱えた蘐園の風が、主として菅甘谷(一六九一―一七六四)により浪華の地に伝えられたとき、その傘下に馳せ参じた一人に摂津国住吉郡粉浜霊松寺第十二世の義端上人(一七三二―一八〇三)がいる。上人の事跡は、住所がその近隣という誼もあって、住吉区墨江にお住まいだった石濱大壺博士がつとに注目され、資料を入手目睹されるたびに、その都度簡にして要を得た紹介文をものされた。そのほとんどは博士の著述『浪華儒林伝』(1)に収められていて、後学を益するところ、大きい。わたくしも驥尾に付し、伝記に関する調査報告の小文を草した(2)。

この石濱博士と文字通り知己の間柄であられた神田鬯盦先生は、談たまたま博士の資料蒐集の労苦に及ばれるや、徐に立って書斎より一部の書をもたらし示された。それは、わが近世の華厳教学復興に八面六臂の大活躍を演じた傑僧鳳潭(一六五七―一七三八)が、本文と注とを読み易く対照させて出版した元禄十二年刊本の『大乗起信論義記』であった。鳳潭の工夫で、この会本が世に送られてより、賢首大師法蔵の名著が再び弘通するにいたった事実を、先生は漢籍の事例と対比されて、滋味溢るる随想(3)にまとめられたが、その日わざわざこの坐右の書を示された理由は、別にあった。先生の御架蔵本には、上・中冊の見返しに、次のような霊松寺義端の講説活動に関する記事が、旧蔵者の手で墨書されていて、それは、もし大壺博士在世ならば、必ずやこの零細な記事にも興味を示されたにちがいないとの、故友追慕の至情に出でられたものと拝察する。

先生御垂示の『大乗起信論義記』五巻三冊には、上冊一丁表に「出雲国安来徳応寺印」の朱文方印が捺され、また三冊を合わせた背に、幅広く「共三　誓鎧」と墨書されている。よって、その旧蔵寺院名と旧蔵者名が判る。さて、上冊の表紙見返しには、

安永三年甲午三月十八日、摂州住吉霊松寺義端師仏光寺末派講演、会所江州草津養専寺、四月十一日玄談分竟、同年七月廿日、続講、廿八日竟、会所同真教寺、

とあり、裏見返しには、

安永七年戊戌五月十日、開㆓筵ヲ於石州浄泉寺㆒、七月三日講㆓此巻㆒竟、通計四十四席休講十日、誓鎧廿六歳、

天明三年癸卯十二月十日、開㆓筵於聖林山㆒、卅一歳、

また、中冊の裏見返しにも、

天明四年甲辰正月廿三日、講中本竟、

との識語が認められている。

上・中冊見返しに記されたこれら識語によって、本書は僧誓鎧の旧蔵、かつ捺押の蔵書印から、雲州能義郡安来の徳応寺蔵本であったことが知られる。蔵書印はいまも同寺に伝来するという。徳応寺は真宗本願寺派に属し、山号を聖林山と称する。往古、歌聖柿本人麻呂が当山で死去したとの伝説に由来する。そして誓鎧(一七五三―一八二九)はこの徳応寺第七世住職で、法名を栖浄院と賜わり、かの『妙好人伝』初編の著者仰誓門の学僧として、三業惑乱事件では正統派の立場から解決に尽した。排仏論を駁した護法の書を、多く執筆している。安永七年(一七七八)五月十日、

当時二十六歳の誓鎧は、いわゆる石州学派の鼻祖、師仰誓の住する石見国邑智郡市木村の同派高城山浄泉寺で本書を開講、四十四回の講席を重ねて、秋七月三日に上冊を講じ了えた。五年後の天明三年(一七八三)十二月十日、東隣出雲国安来の聖林山徳応寺で中冊を講じ始めた誓鎧は、翌四年正月二十三日、この巻の講義を終了した。おそらく、本書はそのまま当寺の什物となったのではなかろうか。ちなみに、誓鎧は先師の遺著『妙好人伝』版本に序文を捧げている。(4)

それはともかく、いま注目されるのは本上冊表紙見返しの、義端講説に関わる識語である。義端は安永三年(一七七四)三月十八日から四月十一日まで、晩春初夏の好季二十日余りを、数年前の明和八年(一七七一)再建されたばかりの江州栗太郡草津の鈴風山宝車院養専寺で、『起信論義記』の玄談分すなわち総論の講義に充て、雨期暑中の三か月を避けて、同年秋七月、おなじ草津の広普山大宣院真教寺で、八日間の続講を終えている。(5)養専寺も真教寺も、義端と同宗派の真宗仏光寺派寺院で、ともに現草津三丁目に在り、しかも他宗の一寺を隔てた先隣同士である。義端は、会本『起信論義記』につづいて『起信論義記幻虎録』を世に問うた鳳潭和上を平素景仰しており、明和八年作「登二華厳寺(6)一」五律を、「偉矣濬公業、巍然自至レ今」と結んでいる。華厳寺は鳳潭の開いた洛西松尾の寺であり、濬公とは鳳潭の名である。義端は安永年間、本山仏光寺より最高の学階、講師を仰せ付けられ、(7)以後夏安居の本講を、記録に残るだけでも六回担当し、(8)またこれまで汎く各地を巡錫して、しきりに布教活動を行なっている。(9)そしてまた、義端と威奈真人大村の墓誌銘が刻された銅器との出会いも、この巡錫教化中のことであった。

(1) 昭和十七年八月十五日、全国書房刊。その最終章「義端上人と旭千里」にとりまとめられているが、初出年月と誌名は、それぞれ付記してある。

（2）「釈義端雑考」『近世文芸』四十一号、昭和五十九年十一月。

（3）「鳳潭・闇斎・徂徠」『図書』昭和四十四年六月、『墨林閒話』（『神田喜一郎全集』第九巻所収）。

（4）徳応寺については、住職橘正悟師の、また浄泉寺については同じく朝枝善照師の、それぞれ懇篤な垂教を忝うした。誓鎧についても両師に負うところ大きい。合掌

（5）『墨浦詩集』巻之三、『庭賜詩稿』巻之十八所収の甲午年作に、「次韻留別真教寺主」と題する左の七絶が見える。

非㆔唯下㆑榻倣㆓南州㆒、惜㆑別一時共倚㆑楼、為道前期殊不㆑遠、清風明月五湖秋、

湖東には他にも義端が掛錫した善性寺などがあり、またこの草津には、古文辞派の先輩藤川東園が居て、義端ともしばしば唱酬している。

（6）『墨浦詩集』巻之三、『庭賜詩稿』巻之十五。

（7）『脇坂氏系図』霊松寺脇阪義幸師蔵。

（8）佐々木篤祐編『渋谷学匠伝記と教学史料』（昭和四十一年三月、真宗仏光寺派宗務所刊）によれば、宝暦十三年より天明七年までの二十四年間は、記録焼失のため、安居の詳細は不明の由で、それ以降、義端の担当した年度と題目は次の通りである。

天明九年　法事讃
寛政二年　序分義
〃　三年　定善義
〃　四年　散善義
〃　五年　正信偈
〃十三年　浄土和讃

（9）『墨浦詩集』『庭賜詩稿』。

二

少納言正五位下威奈真人大村の墓誌銘は、金鍍金を施された銅器の半円形蓋に刻まれている。現品はいま京都国立博物館の新館に常設展示されていて、ケース越しながら、たやすく観ることができる。この銅器ははじめ大きな甕の中にあり、器の中にはさらに大村の遺骨を納めた漆器が入っていたという。明和年間、大和国葛下郡馬場村(現、北葛城郡香芝町)の西なる穴虫山で、開墾中の農夫がこれを見出し、遺骨は京都の大谷に納め、銅器は同村安遊寺に施入した。安遊寺は山号を古城山と言い、真宗大谷派に属しているが、たまたま布教の為、同寺を訪れた義端は、これを住僧より示され、愕きかつ欣ぶこと一方ならず、浪華に帰るや、直ちに同好の木村蒹葭堂にこの耳寄りのニュースを伝えた。同嗜同臭の蒹葭堂は、例の好古癖をにわかにかき立てられ、義端に懇望して、現物を浪華に取り寄せ手拓するとともに、これを石に摹刻して知友に頒った。かれはまた「威奈大村墓誌銅器来由私記」を草し、その来由と考証を述べている。時に明和七年(一七七〇)八月であった。この銅器は四天王寺塔頭明静院(俗に二舎利と称す)の僧諦順の手許に帰し、ついに四天王寺蔵として国宝に指定され、今日に至っている。諦順は安永四年版『浪華郷友録』緇流部にも見える好事の風流僧で、蒹葭堂とも雅交あり、その交遊録『蒹葭堂日記』の安永八年から九年春にかけて、十回ばかり登場、間もなく下世したのか、現れなくなる。

ここで、義端と蒹葭堂との親交ぶりを述べなければならぬ。両者、年齢の隔たりは義端が四歳の兄で、『蒹葭堂日記』には羽間文庫十八年間(安永八年より歿する享和二年までの二十四年間、うち六年を欠く)に四十二回、花月菴本二年間(寛政十一、十二年)に六回、その名が見える。年に平均二、三回は訪れている計算になる。義端の自坊は住の江に近い粉浜、一方、蒹葭堂は浪華の北堀江、伊勢退隠より帰坂した寛政五年以降は、堺筋備後町三丁目から呉服町へと移るが、多くは義端独りで、時に一子義纘を伴ってやって来ている。新春の四日か五日によく訪れているのは、年賀を兼ねているのであろうが、それだけ交誼も篤かったと思われる。すでに宝暦十一年（一七六一）、義端三十歳の冬、蒹葭堂の嘱に応じ、その蔵する木猪《もくちょ》の記を撰している。これは、蒹葭堂の父が堂を営むに際し、庭より掘り出した朽木で、大きさ二尺余り、形状は耳目鼻口ことごとく具わっていて猪そっくりで、それを植木の間に据えると、見る者は異口同音に、「どこから猪が来たのだろう」と驚かぬものはない有様であった。延享四年（一七四七）の夏には、大坂城代阿部伊勢守正就の展覧にも供された珍品である。

義端は宝暦十一年この一文を撰ぶと、当地で名筆の誉れ高い泉必東(10)に揮毫を依頼した。義端と泉必東とは、これまた文雅の交わりを結んでいたこと、義端の『墨浦詩集』巻之一、『庭賜詩稿』巻之一癸酉年の作中所見、「六月晦待二必東先生一不レ至」五律、「中秋前一夕望月明夜有二必東先生枉レ駕之約一」五律、「又待二必東先生一不レ至」七絶などで跡付けられる(11)。癸酉は宝暦三年（一七五三）義端二十二歳、必東を「先生」と称しているところより、敬意のほどがうかがえる。生年が定かでない必東の年齢は算出できないが、明和元年（一七六四）十二月十日に歿した必東は、歿前三年の宝暦十一年に成った義端撰の「蒹葭堂蔵木猪記」に筆を揮ったのである。蒹葭堂はこの記を大切に収蔵していたが、歿後、後裔の依頼で暁鐘成がその旧蔵品を整理分類し、『蒹葭堂雑録』を編んだ際、巻三に図とともに収載された。いま、注記とその全文を掲げる。

本草綱目云、石蟹ハ南海に生ず、是尋常の蟹年久しく水中に有て、終に石と成物なり、尚石蛇石蚕石鼈或石燕の類ありて、多く物の化する処なり、楠の石となり、或栗柿の老樹石に化するもの往々見及びて珍からず、又渓澗の激湍水涛々と相激て終に形を成す、其似る処の物准じて以之を名るもの、数ありて奇とするに足ず、こゝに蒹葭堂所蔵の木猪といへるあり、是ハ往昔地を掘こと有て得ところにして、朽木の化せしものにて其大さ凡二尺余あり、則耳目鼻口ことぐく具り、且蠹痕全体に有て、恰も毛のごとく其自然の妙言語に絶す、故に公侯貴族の献覧にそなへ、賞美にあづかる処なり、今尚家に秘蔵す、幷に僧義端の記あり、倶に模写して次に出す、

木猪之図　蒹葭堂蔵

高サ　広キ所ニテ一尺許　曲尺

横　同　一尺九寸余

（図）

木《き》ハ薄平《うすひら》めにして片面《かためん》なり

蒹葭堂蔵木猪記　愛山　翁省

浪華蒹葭堂蔵木猪一頭、蓋古朽木之所㆓化成㆒、其大二尺有余、而耳目鼻口宛乎悉具、且蠹痕歴ゝ、遍体若㆑毛、其自然之妙、偃師之倡、魯般之鳶不㆑啻也、其主人木世粛謂㆑予曰、初吾先人将営㆓吾堂㆒也、適掘㆑地得㆑之、乃戯居㆓諸庭樹之間㆒、視者瞁然未㆓嘗不㆑曰㆓猪子何来㆒、加㆑之風雨暴至、竹樹飄揺、則身毛毵氀、勢是走、因奇㆑之而卒蔵㆑之、又以㆓延享丁卯之夏㆒、嘗辱㆓吾浪華留台兼勢州太守阿部公之覧㆒、愈益深蔵、以至㆓于今㆒矣、而未㆑得㆓其説㆒、敢請㆓道人㆒為詳㆑之、予曰唯ゝ、夫猪也、在㆑禽応㆓室星㆒、室星為㆘営㆓制宅室㆒之応㆖、故夏時傚曰、営室之中、土功其始、則知、当㆔乃先人始㆓乃土功㆒、而得㆑之者、是乃先人営㆓乃堂㆒、得㆓其時㆒而成㆓其功㆒之祥哉、烏虖乃先人之功果既成、而乃子孫永受㆓厥賜㆒焉、則宜蔵㆑之、以俾㆜乃子孫知㆛乃先人営㆓乃堂㆒、得㆓其時㆒成㆚其功㆙、其祥如㆑是也、世粛曰、善、因記㆑焉、以併蔵㆑之、

宝暦辛巳冬十月

墨浦霊松寺沙門義端記　空門子　義端

浪華　必東銭貞書　必東　銭貞之印

(10)　延享五年版『改正増補難波丸綱目』下之二、筆道者の部に新興文治、新興周平等とともに、「平野町二丁メ泉必東」と見える。ところが、水木直箭氏旧蔵『柳沢信復聞書』(奈良市　植谷元氏示教)には、

摂州大阪所は本天満町
　菓子商売　画
　　飯田和泉大掾
　　　扇子屋次郎右ヱ門ト
　　　申候
　　　後号　泉必東
　　　字云経貞ト　後云
　　　銭貞ト
　　　号　女蘿

とあり、菓子商飯田和泉大掾と同一人のように記されている。ただし『難波丸綱目』には、菓子屋の部に虎屋伊織等とともに「元天満町 飯田和泉大掾」とあり、住所も泉必東とは別で、猶考うべきであろう。

(11)　『墨浦詩集』巻之一、『庭賜詩稿』巻之四には、また、

必東先生画㆓牡丹㆒併書㆓李滄溟詩㆒以賜㆑焉、卒次㆓其韻㆒謝㆑之兼述㆓所感㆒

不レ暇三家園賞二牡丹一、客遊徒聞二雨声寒一、何図今日秋風晩、忽向二仙郎筆下一看、

の七絶が見え、さらに同巻之七には

曩予客二于大阪一時、必東先生適帰レ自二東都一、手画二不尽峰一併題二一絶一以見レ恵、既而予為二仏法一飛二錫乎四方一、未三嘗遑二稅駕一也、属者始帰二于敝廬一、稍間則輒挂二之壁上一以成二臥遊一、試誦二其詩一琅々乎名山倶響、因不レ能レ無レ感、卒次二其韻一以奉レ謝レ之、

画得海東万仞峰、四時白雪玉芙蓉、挂来丈室臥遊足、長感先　不尽供、

の作もある。

三

蒹葭堂が、自営の書斎に寄せる諸家の詩文を、つてを頼って手広く誂えたことは有名である。蒹葭堂の手許に送られた寄題蒹葭堂詩文の一部は、家刻もせられたが、義端もまた当然その嘱を受け、「為二木世粛一題二蒹葭堂一二首并序」を贈っている。

浪華木生者命二其堂一曰二蒹葭一、廼請二遠近諸作者之詩一、予亦与レ之、焉為レ人作二詩文一有二三戒一、挟レ貴而請、挟レ富而請、未レ面而請、皆所レ不レ作也、木生世々有二素封之称一、是以亦有二其所レ挟、是慁辞以二不敏一矣、既省二其私一、則不二啻無レ所レ挟、謙譲而嗜レ学、所レ謂富而好レ礼者也、於レ是爽然自失曰、昔者仲尼以レ貌失二子羽一、今也予亦以レ富失二斯人一矣、因遂飛レ錫踵二其門一、生廼躧レ履相迎、其喜可レ知矣、坐定示以二諸作者之詩一、堆畳如レ山、予私謂、是所謂腹背毳毛耳、雖レ多奚以為、廼把而読レ之、豈徒鴻鵠之六翮乎、白鶴之高潔、錦雉之文彩、郁々翩々、殆堪レ慙二形穢一也、雖レ然生既無レ所レ挟、而請二之予一、又何以辞レ之、遂裁二近体二篇一、以塞二

共責一

為レ愛二蒹葭境一卜レ居浪速津、月憐二霜露夕一、烟想二渺茫春一、好レ学偏専レ古、誦レ詩且擬レ秦、遡遊多少客、誰不レ憶二伊人一、

又

堀水斜通レ海、木華賦欲レ成、已聞二潮汐響一、更得二蒹葭名一、経史五車富、詠吟千古情、風流況愛レ客、終日事二逢迎一、

かの「木猪記」の成った宝暦十一年の春の作と思われる。この頃、蒹葭堂はわが書斎で月並詩会を催すなど、作詩活動も盛んで、この気運がやがて混沌詩社の結成へと連なる。義端とも唱酬を重ね、明和二年（一七六五）には、さきに新築[12]の堂に対し、義端はあらためて賀詩を賦し、その落成を祝している。

雨後訪二浪華木世粛一、適蒹葭堂新成、因賦レ之賀レ之、

高堂重就浪華津、十里蒹葭雨後新、禹鑿江流当レ砌響、尭都烟靄映レ窓頻、牀頭酒熟偏□レ酔、席上詩成自有レ神、雑佩珊と声不レ絶、薫風依レ旧遡遊人、

前後の作、いずれも詩、秦風、蒹葭をふまえること、言うまでもない。ともに『墨浦詩集』巻之一に、また前者は『庭賜詩稿』巻之四、後者は巻之八に見える。が、やがて蒹葭堂は、作詩への往年の意欲を失ってしまうのである。

蒹葭堂が本草博物に精しく、諸国の物産に並々ならぬ関心を懐いていたことは、これ亦ひろく知られている。浪華をよぎる諸方の人士ともつとめて交歓し、堂の什物供覧の申し出は快諾する一方、互いに情報の交換や方物の贈答を行なって、蒐集考索の便宜を得ていた。その自筆稿本『諸国庶物志』（仮題、芦屋市　中尾堅一郎氏蔵）は、本邦の物産を産地別に分類登載したもので、全一冊六十丁の冊子であるが、その「越後」の条に、

一、壬辰ノ夏、新潟海中ノ産トテ、京仏光寺御堂ヘ持来タルヨシ、住吉義端師ノ話也、

とし、「ミスヒキカニ」の図の下には、「蟹小ク足長サ一尺余、紅斑点アリ」、また海松に似た海藻の図には「一尺余、白色」、頭巾形のそれの図には、「ヒハ茶色、海綿ノ類ナラン、頭巾ノ如シ、大サモ頭巾ホドアリ」と注している。壬辰は明和九年(一七七二)で、義端四十一歳、蒹葭三十七歳であった。霊松寺の本山、下京新開町の渋谷山仏光寺に、はるか越後新潟よりもたらされた異形特産の水引き蟹他二種の情報は、義端という有力「情報網」によって、早速蒹葭堂の耳に達し、その編集分類書にリストアップされたのである。義端と蒹葭堂とは、おおむねこのような間柄であった。

(12) 新築蒹葭堂の落成年代を野間般庵先生は明和元年中と推定されている(「蒹葭堂会始末」『近世大阪芸文叢談』所収)。

四

話を戻そう。和州巡錫中、葛下郡馬場村真宗大谷派古城山安遊寺で、威奈大村墓誌銘に出会った義端は、同郷同臭の方外の友木村蒹葭堂にこの事を伝えるとともに、自らその経緯、図説および考証に筆を執った。「威奈卿墓誌銘記」「威奈卿墓誌銘銅器図」「威奈卿墓誌銘私考」(威奈卿墓誌銘略考)の三編がそれである。一方、蒹葭堂もまた、このビッグニュースを聞かされて矢も楯もたまらず、百方手を尽し、現物を取り寄せるなり手拓を試み、それをまた石刷りにして配るとともに、先述のように、ことの来由と内容の考証とを「威奈大村墓誌銅器来由私記」(13)にまとめた。蒹葭堂撰の来由私記は、宮内庁書陵部蔵椿亭叢書三に所収の転写本で一見したが、片仮名交り文で発掘の由来、形状を記し

たのち、

農夫、同里ノ安養(遊)寺ニ施与セリ、蓋上ノ誌銘等寺主村長ヨム事アタハス、其比住吉霊松寺義瑞(端)師、幸ニ其地ニ在テ講経ス、寺主銅器ヲ義瑞(端)師ニ示ス、義師是ヲ読テ上古名公ノ墓誌タルヲ知テ、其文ヲ臨写シテ自ラ其来由ヲ記シ余ニ示サル、義師又余カ好古ノ深キヲ察シ、再其器ヲ借シテ余カ草堂ニ過訪セラル、余歓喜ニタヘス、其器ヲ親見シ、其銘ヲ手搨シテ家塾ニ刻シ、是ヲ不朽ニ伝ヘシメント希望セリ、

と述べ、つづいて『新撰姓氏録』や『日本書紀』、また清、徐乾学の『読礼通考』などという清朝考証学の著述も引用して、内容の検討を行なっている。成稿の日付は「明和庚寅秋八月」である。この蒹葭堂の来由私記は、尾崎雅嘉(一七五五—一八二七)の手で若干の節略がなされ、かつ平仮名交り文で『群書一覧』法帖類に引用されて、たまたま蒹葭堂の歿した享和二年(一八〇二)五月刊行を見たが、義端との関係を述べた個所は省かれている。

さて、この木孔恭、すなわち木村蒹葭堂の「威奈大村墓誌銅器来由私記」は、

近年年月可考和州葛下郡穴虫山馬場村ノ農夫、地ヲ掘テ大甕ヲ得タリ、甕破砕シテ中ニ一銅器アリ、

云々で始まる。威奈大村の墓誌銘が刻された金鍍金銅器の発掘年月を、蒹葭堂はただ「近年」と称し、割注して「年月可レ考」と明言を保留している。この出土年代について、はじめ情報を提供し、現物齎来の斡旋者でもある義端は、「明和七年庚寅秋八月」にものした「威奈卿墓誌銘記」冒頭では、

和州葛下郡馬場村農夫、嘗闢二村西穴虫山一而獲二大甕一焉、以為二伏蔵物一也、

と、その発掘年月には一言も触れていない。ただ、本文が明和七年(一七七〇)八月に成っており、文中でも「今茲秋七月、予涖レ転二輪乎彼一、寺主偶示レ之」の句がある。また、おなじくこの銅器を実見した浪華の岡元鳳(公翼、慈庵)も、「明和庚寅七月」の日付で、

大和州葛下郡穴虫山掘レ地得二古物一、吾党端公偶之二其地一見レ之、乃小納言威奈卿寿函也、端公致二諸木世肅一、所二因審一、

(14)云々の一文を草しており、馬場村の農夫が村の西にある穴虫山で銅器の収められた大甕を発掘したのは、どうしても明和庚寅、すなわち明和七年の秋七月以前でなければならない。

ところが、義端の「威奈卿墓誌銘記」には、二、三字句の異同を伴う別本が存し、この方は成稿の日付が無く、かつ冒頭に、発掘年代を明示する「天明中」の三字が冠せられている。管見では、神宮文庫蔵村井古巌奉納写本は前者、すなわち明和七年八月に成った旨の日付があって、発掘年代の記載がなく、慶応義塾図書館幸田成友旧蔵写本は、成稿の年記なく、発掘年代が天明中と記されている。これは看過しがたい重大事である。一体、同一著者の手に成った文章で、字句に相違がある場合、誤写等の外的原因のほかに、著者自らの推敲による初案と再案、草稿と改稿の関係にある場合がしばしばある。いま、義端撰「威奈卿墓誌銘記」もまた、次章で述べる理由から、義端自身による加筆の可能性が濃く、かつ加筆内容の必然性も、心理的に説明がつく。それは義端自身、明確に意識し自覚した訂正加筆ではなく、推測が許されるならば、この「天明中」三字の加筆は、明和七年より少なくとも十数年経った天明年間に本文を再書する際、発掘年代を記入するなら、当然「明和中」と書くべきを、ついうっかりその時現在の年号に引かれ、それをそのまま誤り書き加えてしまったのではなかろうか。明和も天明も「明」の字は共通する。しかし、義端自らが犯したであろうこの誤記は、間に安永の十年間が挟まっているので、筆者の粗相のおかげで銅器発見の年時にかなりの誤差を生じ、説が分れることになる。

従来、威奈真人大村墓誌銘に関し、その出土時期を藤貞幹は『好古小録』で「明和中」と記し、松崎慊堂も『慊堂日暦』文政十二年八月九日の条に「明和中」と、貞幹の記載をそのまま襲用しているが、本邦金石学の金字塔とも言

うべき狩谷棭斎の『古京遺文』では「天明中」と記し、現在なお権威ある辞典類[15]にも、この棭斎の記事に拠ったと思われる記載が見当たり、京都国立博物館常設展観や四天王寺宝物館の複製展観の説明書にも、また「天明年中（一七八一―八九）」とはっきり記されている。いうまでもなく、右の誤記誘因の臆測は別としても、銅器の発掘年代は、義端の「銘記」その他が成った明和七年秋を基準に、「明和中」とするのが妥当で、さらに「明和七年秋以前」と言えば、より正確であろう。明和七年秋に大和より摂州浪華に齎された銅器が、それより十数年も後の天明年間に発掘されたものであるはずはない。その点、大正三年刊の木崎好尚著『摂河泉金石史』に、「今を距ること百四十四年前、明和七年」云々と年次が明記されているのは、若干の舌足らずを伴いつつ、もっとも事実に近い。もとより近刊でも、『日本古代の墓誌』（奈良国立文化財研究所飛鳥資料館図録第三冊、昭和五十二年九月）のごとき、「明和年間（但し明和七年、一七七〇年以前）」と明記する専門書もあるが、ともあれ、現在威奈大村墓誌銘の発掘年次に二説が並び行なわれているのは、はやく義端の銘記そのものに、異なる二種類が存することに胚胎すると断じて、差支えないであろう。

（13）「天保七丙申年三月十日　越智直澄」の識語がある。また私記の後に「慶雲四年ハ李唐中宗景竜元年、為奈卿斉明天皇七年ニ生、唐ノ高宗竜朔元年ニ当、カヽルモノウツシテヲケハイニシエノフミカンカフルタヨリトソナル　安永八年己亥六月十三日　伊勢平蔵貞元（丈）写」との、粉本識語を転写してある。この椿亭叢書本は誤字が多く、安養（遊）寺、義瑞（端）はもとより、除（徐）乾学、末（木）孔恭、伊勢平蔵貞元（丈）などと、固有名詞だけでも魯魚焉馬の誤りが甚しい。

（14）関西大学図書館蔵。

（15）『国史大辞典』1、昭和五十四年三月、吉川弘文館。

五

わたくしはさきに、義端の「威奈卿墓誌銘記」に二種類の異文が伝わっている原因を、義端自身の加筆によるものと推し、その誤記の心理にまで立ち入って、臆測を逞しうした。いま、少なくとも同一著者による加筆と推測する根拠を述べる順序になった。義端は、さきに触れたように、和州巡錫中馬場村安遊寺ではじめて目睹し、かつ執心の蒹葭堂のために、浪華にその将来の労をとった威奈大村墓誌銘銅器について、総論的な「威奈卿墓誌銘記」のほか、銅器の形状を図説した「威奈卿墓誌銘銅器図」、そしてその蓋に刻された墓誌銘を考証した「威奈卿墓誌銘私考」（威奈卿墓誌銘略考）の三編を述作した。これらはいわば一具の著述で、しかも先述「銘記」の場合と同じく、「私考」（略考）にもそれぞれ内容的に異同のある二種類の写本が伝わっている。従って、もし「私考」（略考）の著者加筆がある程度確実であれば、「銘記」のそれも類推的に予想できるのではなかろうか。

さて、同一主題の文章が長短同じからざるとき、初稿を削除省略した場合と、初稿を増補加訂したそれとに分かれるが、「銘記」や「私考」はその後者と思われ、ことに「私考」は初稿成立の明和七年秋以後、出典や原拠がおいおい見出され、かなりの増補がなされている。わたくしの見た神宮文庫本は初稿の形を伝え、慶応義塾図書館本は再案の形を伝えていると思う。そして関西大学図書館本は初稿形本文に加え、増訂部が頭欄に補記されている。関大本の頭書は、ほぼ再案形から初案形を引き去った部分に該当する。一例を挙げると、銘文の一句「遥荒㕣レ足」の注は、神宮文庫本、慶応本、関大本のそれぞれで次のように異なる。

○神宮文庫本

荒即荒服也、周礼、荒服謂二九州之外一、荒裔之地与二戎狄一同レ俗、故謂二之荒一、言荒忽不レ常也、書、五百里荒服、
註服名レ荒者、政教荒忽、因二其故一俗而治レ之也、

○慶応本

荒即荒服也、周礼、荒服謂二九州之外一、荒裔之地与二戎狄一同レ俗、故謂二之荒一、言荒忽不レ常也、尚書、五百里荒服、註政教荒忽也、企㕣字不レ同、企、去冀切、音器、挙レ踵而望也、㕣、虚延切、音軒、軽挙皃、今企作レ㕣者、蓋倣二諸義之東方朔画讃一、且其筆意、亦惟肖、

○関大本

荒即荒服也、周礼、荒服謂二九州之外一、荒裔之地与二戎狄一同レ俗、故謂二之荒一、言荒忽不レ常也、書、五百里荒服、
注政教荒忽也、

(頭書)企㕣字不レ同、企、去冀切、音器、挙レ踵而望也、㕣、虚延切、音軒、軽挙皃、倣二諸義之東方朔画賛一、
且真《ママ》筆意、亦惟肖、

当時、威奈大村墓誌銘の解釈中、この銘文の一句「遥荒㕣レ足」のそれは、研究者の間で問題になっていたらしく、金石学に関心のある者では、たとえば国学者系統の摂津池田の山川正宣(一七九〇―一八六三)なども、その著『金石秀彙』(自筆稿本、架蔵)の稿を脱してのち、その威奈大村墓誌銘の項の要約とともに、次のような一紙を知人に贈っている。

㕣、先年貴説企ノ一変カト、或謂、干禄字書、㕣、高挙皃、許遠反、若此義ニヤト、記シテ異聞ニ備フ、

本書の自筆稿本は成稿の日付を欠くが、文中「統」字に欠画が見られるから、その成立はひとまず弘化四年(一八四七)以後と考えられる。「統」は弘化四年九月二十三日即位の孝明天皇の諱字である。この年正宣五十八歳であるが、

いずれ、義端歿後ほぼ半世紀を経て、なお義端想到の解に遠い。

義端は、明和七年秋「銘記」を草した頃、前後して「私考」(略考)の著述をも試みたと想像される。しかし四十に満たぬ義端は、その頃まだ王羲之筆「東方朔画賛」に「仚二佇原隰一」と書かれていることは存知していなかったと思われる。ところが、当時続々と舶載された文人珍重[16]の『余清斎帖』『快雪堂帖』『宝晋斎帖』『停雲館帖』などには、『文選』巻四十七所載、晋、夏侯湛撰「東方朔画賛」の王羲之筆細楷模本の一部が収められていて、具に原文「企」を「仚」としたためた当該個所に接する機会を得た。「仚佇」すなわち「企佇」は「つま立ちとどまる」意で、これは『文選』のほかの巻にも用例[17]がある。王羲之は「仚」を「企」と同字と解し同義と釈して通用させ、これを書したのであること、明らかである。義端が威奈大村墓誌銘の注釈に際し、この王羲之筆「東方朔画賛」の「仚」の用法に想いを致して初稿を増補したのは、当を得た加筆と言えよう。なお義端は、次の一句「輔レ仁無レ験」についても、これはおそらく自明とて無注であった初稿に、のち「論語、以レ友輔レ仁」と加注している。したがってこの注は、慶応本では本文中双行に記され、関大本では頭書されている。

はじめ明和七年秋以降、威奈大村墓誌銘の注釈に着手し、その内容や出典の考証を開始した義端は、意に満たぬ点を逐次補訂し、安永年間が過ぎて十余年の歳月が経過した。そして年号が天明と改元される頃には、考証も初案より一段と充実して来たと思われる。「私考」の訂正増補稿を記した義端は、その際一具の「銘記」をも、同じように再筆の機会を持ったであろう。しかし、写し了えて、いまさら一と昔前の成稿年代「明和庚寅秋八月」という日付までも踏襲再書するには、歳月の隔りから、ややためらいを感じたにちがいない。そこで、文末のこの成稿年月の記載は省き、文頭にこの銅器発掘の年代を書き添えたのではなかろうか。さきの臆測が起こり得たのは、まさにこの時である。義端は「明和中」と記すつもりで、うっかりこの再執筆時の年号を書いてしまったのではないか。もとより確証はない。しかしその可能性は、心理的にかなりの自然さをもって肯えると思う。現在、二説行なわれている威奈大村墓碑銘銅器出土年代は、明らかに右の事情に起因するものであり、かつその誘因をも、右のように推することが、一つの試みとして許されるのではなかろうか。その発掘年代が、義端、蒹葭堂、岡元鳳諸家の撰文年代より考えて、明和七年秋以前であることは縷説を要しまい。

(16) たとえば文政十一年十一月廿七日、同十二月十二日付金森匏庵宛梁川星巌書翰（大正十四年五月刊、伊藤信著『梁川星巌翁附紅蘭女史』所引）。

(17) 『文選』巻二十三、王粲「贈蔡子篤詩」の一句、「瞻望遐路、允企伊佇」。

付記　天理図書館蔵、蒹葭堂宛「六月望前二日」付け神宮一如尺牘で、筆者はその年二月、蒹葭堂から家刻の『沈氏画塵』『威奈卿墓碣』を贈られたことを喜んでいる由（野間光辰「寄題蒹葭堂詩文」『大阪府立図書館紀要』第九号初出、『近世芸苑譜』所収）。『沈氏画塵』には「明和六年己丑清明日」の細合半斎跋があるので、『威奈卿墓碣』もさほど相隔たらぬ頃の摺刷ではなかろうか。該器出土年代推定の一参考になろう。

なお、大田南畝の随筆『一話一言』のうち、自筆本になく、国立国会図書館蔵三十冊本に見える部分の最後、「跡覚譚」には、

安永年中、大和の国くらがり峠にて堀《（ママ）》出したる伊奈郷《（マ　マ）》の銅棺と云物に彫附たる銘文あり。天平勝宝の年号也。大坂の壺《（坪）》井屋吉左《（右）》衛門といふもの好事の者にて、此銅棺をもとめて石摺にいたし、其棺を天王寺地中明静院といふ寺へ納め候

（『大田南畝全集』第十六巻　随筆Ⅶ　一話一言　補遺参考篇3　系統C）

と見え、明和と天明との中間の元号「安永年中」となっている。南畝来坂時の知見の一つでもあろうか。

蒹葭堂と俳人たち

博物家の木村蒹葭堂(一七三六―一八〇二)にとって、俳人たちもまた等閑視できぬ存在であった。それは、両者ともに自然と向き合い、その中に融け込み、おのがじしそれぞれの視点から真実を観取るという、共通性云々との一般論とは別に、ひろく四方を旅して見聞豊かな俳人は、同じく博捜多識を本願必須とする博物家の蒹葭堂から見ると、諸国各地の情報や物産の標本蒐集という実際面で、まことに好都合な、生きた提供者の役を立派に果してくれるからである。蒹葭堂主人が俳人との交遊を望むのも、思えば当然とも言えよう。

『蒹葭堂日記』に登場する浪華の俳人に、大江丸(一七二二―一八〇五)、二柳庵(一七二三―一八〇三)あり、京の俳人には闌更(一七二六―九八)、蝶夢(一七三二―九五)等がいる。大江丸旧国とは寛政八、十、十一、十二、享和元、二年(一七九六―一八〇二)という晩年の交際ながら、四十回以上相互に訪れている。天明五年(一七八五)夏の旅を画いた大江丸筆『北陸道名勝画図』(天理図書館綿屋文庫蔵)には、天明八年不二庵二柳跋の次に、蒹葭堂が漢文の跋を添えている(大谷篤蔵「大江丸の『北陸道名勝画図』」『俳林閒歩』所収、『混沌』二号初出)。寛政十二年十二月一日には「江戸登話、大江丸夕飯出ス」とある。これは高齢の長旅を恙無く、六日前の十一月二十五日帰坂した東下行の土産話を、早速興深く語って聞かせ、主人から夕飯を振舞われたものと思われる。この折の俳紀行が『あがたの三月よつき』であるが、本日記の「江戸登」とは江戸より上る意で、琉球使節の江戸行きではない。大江丸は年末年始など義理堅く挨拶に顔を出し、主人の歿する享和二年の一月四日にも年賀に訪れている。じつに歿前二十一日のことで、両者はこの日が永訣となる。幸田成友は大正十五年十一月、大阪高島屋呉服店で催された蒹葭堂百二十五年忌辰遺墨遺品展覧会に、大江丸筆の追悼短冊「孔恭先生の事ありしに申、惜む人からにもあらむとほ霞　大江丸」一葉を出品している。

二柳は天明二年より寛政十二年（一七八二―一八〇〇）まで、日記によると三十回近く来訪、あるいはこちらから訪問している。蒹葭堂歿後二百年忌を記念して複製した自筆未定稿『諸国庶物志』（仮題、中尾堅一郎氏蔵）能登の部には、「天ノヒラカ一枚ヲ二柳庵、呉俊明ニ贈タルヨシ、二柳庵ノ話ナリ」と、具体的なかれらの活動実態の一端が語られている。呉俊明とは越後新潟の文人五十嵐俊明（一七〇〇―八一）のことで、その歿した天明元年以前の話であった。

京岡崎の五升庵蝶夢のもとには、いま繙ける日記の限りでは、上洛の際二度ばかり訪れている。安永八年（一七七九）九月二十日と寛政二年（一七九〇）十月三日の記事がそれで、前者は九月三日より二十六日までの京遊期間中とて、ことの外多忙、一日に十数名の訪問をこなし、「蝶夢坊庵」もその一人であった。なお、翌二十一日は「在宿」で、その滞在先に来訪した客二十数名中に「蕪村」の名がある。日記中、蕪村（一七一六―八三）は唯一ここのみである。二人は二十歳、年齢の開きがあった。おそらく以前からの旧知であったと思われる。蕪村はこの四年後に、六十八歳で世を去った。まだこの時点では、旅行や外出先を朱で記すという、本日記の記載慣習は定まっていない。

後者は、主人の生涯中最大の災難とも言える、過醸の咎めを受けて庇護者増山雪斎領の伊勢川尻村へ下る途中で、これ亦蒹葭堂自体の移徙のつもりか、墨書のままである。この日は「早朝、岡崎蝶夢行」と最初に記され、のち「伏原二位始謁」などと続き、三熊海棠や畑立安、鳥羽万七郎等に会っている。長島侯増山雪斎（一七五四―一八一九）は蒹葭堂歿後、その墓碑銘を撰んでいる。

半化坊高桑闌更との出会いは、回数こそ多くないが、闌更伝を叙する上で、いくらか参考になる記事を日記に見出す。天明五年（一七八五）七月二十四日、「黄檗ノ聞中知ル人、蘭皐師来ル」と、はじめてその名が記される。本日記の例として、初対面その他但し書などは、頭欄外にも重ねて注記されることが多いが、ここはその注こそ無けれ、大典禅師の弟子で売茶翁に煎茶を学んだと言われる黄檗の聞中浄復（一七三九―一八二九）の知人として、「蘭皐師」が訪れている。あるいは、その紹介だったのかも知れない。蒹葭堂は三年前の天明二年（一七八二）四月、上洛の帰途、十八日に黄檗山万福寺に詣で、「七ツ時招隠(ママ)堂方丈ニ行、聞中逢」、翌十九日も「知客寮聞中ニ行、招隠堂暇乞、発足」、夜四ツ時帰宅している。聞中はその後も蒹葭堂を訪れ、旅中立ち寄ったり、時に止宿し、また夕飯を出されたり、知人を同道紹介したりしている。煎茶では売茶翁の相弟子ということになる。

さて、闌更は翌天明六年（一七八六）四月十二日にも、「七ツ時帰、蘭皐師来」と、堂を訪れているが、その翌々八年（一七八八）十月十一日の記事は、闌更の受戒と僧籍入りに関する注目すべき内容である。すなわち、本欄に「戒先、高桑蘭皐事」、頭欄外に「蘭皐、高井田比丘ノ弟子トナリ、戒律ヲシ鼠衣ニて来」と注記してある。これは僧衣姿の戒先こと高桑闌更の訪問を受けた蒹葭堂が、その思いがけない墨染めの装いに目を見張ったさまが想像される。とともに、従来の闌更伝で、かれの出家がどの程度判っていたかという問題にも、一石を投じることになろう。時に闌更六十三歳、主人は十歳年少の五十三歳であった。その後十年、闌更歿後七か月目の寛政十年（一七九八）十二月五日にも、「蘭皐弟子覚禅」なる人物が訪ねて来るが、その名から僧侶と推測される。

ここでわたくしは、闌更の宗派に連想を馳せる。当初、天明五年七月二十四日来訪の「蘭皐師」には、「黄檗ノ聞中知ル人」という但し書が付いていた。しかし、それはもとより「蘭皐師」が檗派であることを意味するものではなく、「黄檗ノ」は「聞中」だけにかかり、その知人「蘭皐師」とは先輩、年長俳諧師闌更への敬称である。ところが、天明八年十月十一日の記載では、明らかにこれまでの単なる俳諧師スタイルとは異なる、それとは似て非なる出家抖《とう》擻《そう》姿の「戒先」こと、俗名高桑闌更がまかり出たのである。そして、その宗派は「高井田比丘ノ弟子」、すなわち真言系の河南高井田長栄律寺での受戒を意味する。当寺は正法律を唱えた慈雲尊者(一七一八—一八〇四)が中興の名刹で、その弟子明堂諦濡(号拙庵、一七五一—一八三〇)が闌更受戒の師と思われる。

闌更は天明三年(一七八三)十月、洛東双林寺より南無庵草創の地を永代借用している(乾憲雄「東山芭蕉堂と闌更」、同編『天明俳人 闌更句集』所収、昭和四十年、正念寺刊・大谷大学国文学会取扱)。そして、同六年(一七八六)秋には南無庵の西南に念願の芭蕉堂を建立した(同書)。双林寺は現在天台宗であるが、当時は時宗であった。闌更は芭蕉復興を目指した中興俳人の一人として、つとに知られているが、その作に、

月下に梵網経をひらく

名月や眠り上戸の罪ふかし

との一句がある(丸山一彦「白雄・闌更及び丈左書簡の紹介」『国語・国文』十六巻六号所収、昭和二十三年一月、京大文学部国語学国文学研究室刊)。飲酒戒を破って睡魔に魅せられ、真如の月を仰がぬ罪業の深さを、名月を賞でぬ無風流に重ねて詠んだ句であるが、その詞書に引かれた梵網経、すなわち一名菩薩戒経(具名《フルネーム》、梵網経盧舎那仏説菩薩心地戒品第十)は、大乗の菩薩円戒を説く天台宗で大変重んじられる経典であるが、真言律宗でも梵網戒の受持を必須とした。

ところで、法号が歿後に贈られる場合は、故人の人柄や所業を斟酌しつつも、精霊を追善供養する導師の宗儀に沿ってなされるのが一般である。寛政十年七十三歳で亡くなった闌更は、芭蕉堂のすぐ南、臨済宗建仁寺派高台寺塔頭叢林山月真院に葬られたが、高台寺墓地に在る六角柱形の墓石正面には、「実際菴唯一居士」と楷書で彫られ、右側(向かって左)に「半化房闌更」と俗名が、左側(向かって右)には「寛政十年戊午五月三日」とその忌日が刻まれている。そしてその戒名は、いかにも禅家の引導の匂いが濃く、真実際極の悟境に到る意と響く。

一方、闌更はその郷貫、加賀金沢の生家釣瓶屋の菩提寺、浄土宗金池山心蓮社にも分骨された。山の上町の心蓮社

は京都清浄華院の末で、俳人北枝の墓が在り、釣瓶屋の家墓も無縁ながら保存されている。そして闌更の法名は、こちらでは浄土宗風に、「峨山軒孤月闌更禅門」と過去帳にある由である(角川書店『俳文学大辞典』、田中善信氏稿)。

心機一転、丸坊主になった旧友との邂逅よろしく、蒹葭堂主人の目を訝らせた戒先こと高桑闌更だったが、所詮その法縁は、生前歿後を通じ、顕密、聖浄二門に亙る幅広い兼学的色彩が拭えないように思う。小稿の標題から外れかけた。ここでわたくしは、好きな闌更の一句を、歿後二百年忌を迎えた「蒹葭堂巽斎孔恭世粛居士」に手向けよう。

合　掌

かれ芦の日に〳〵折れて流れけり　　半化坊闌更

老堂主と俳人たち

蒹葭堂を訪れた俳人たちは、たまたま花月菴本の寛政十一・十二年(一七九九・一八〇〇)日記簿と羽間文庫本の翌寛政十三年(享和元年、一八〇一)日記簿に集中して、さらに数名をかぞえる。主人(一七三六―一八〇二)にとっては最晩年に相当する。以下、来訪者の出身地、年齢や時期にかかわらず、順不同で述べてみる。

先ず、前稿で触れた不二庵二柳の門人で、芭蕉堂三世を継いだ地元浪華の黄華庵升六(?―一八一三)である。寛政十二年一月十二日の日記本欄(記入はこちらが先で、のち頭書したと思われる。以下同じ)に、

泉元　黄花菴升六　炭九同伴来

と見え、

泉元案内
黄華庵升六
炭屋九兵衛　始来

と頭書する。

この日、泉屋元五郎が初顔の升六と炭屋九兵衛とを伴ってやって来た。記入の位置から推して、午後遅くの来訪と思われる。当日は朝から淡路屋弥五郎方の売物に赴き、荒井半蔵、出雲大社千家清主旅宿、細合半斎を廻った留守中、石崎融思、斎藤元常が来訪、かれらには逢えなかった。その後、森春渓、高岡素介、十時梅厓、森川竹窓、加賀屋忠

兵衛、来正修介、河村宗順使、武村千蔵と、例によって来訪者が打ち続いた後、泉屋元五郎がこの日最後に初対面の二人を連れて来たのである。

升六はこの数年前、俳諧寺一茶に会い、『冬の日』の注解を思い立ち、かたがた袋物職ならではの器用さで、名所別の桜花片を貼付した雅俳書『花見次郎』をも、ほぼ出来上がっていた頃であるが、来訪の紹介者は蒹葭堂とも昵懇だった師の二柳ではなく、町人筋の引き合わせであった。

次は、江戸の建部巣兆(一七六一―一八一四)である。享和元年九月六日の日記本欄に、

建部巣兆 土佐派画人

と記し、

建部巣兆 名英親 字族夫江戸人

と頭書している。本欄では右傍の守山章介と(線で繋いでいるから、あるいは一緒に来訪したのかも知れない。

巣兆はその三日後の九日にも、

……雑華庵　巣兆　守山玄谷……

とあり、さらに同二十四日には、本欄に朱で、

馬田昌調同伴　夜帰

大田直次郎　山形要助　柿壺会行

と認め、同じく頭欄に、

柿壺会主人

阿波ヤ自楽
堺糸ヤ六三郎
喜斎　金鶏　巣兆
堺書林長斎
以上七人

と朱書している。いうまでもなく、朱書はこちらよりの訪問を意味する。いま、この日の来訪者、すなわち他の墨書人物名のことは省略する。そして本欄と頭欄との両朱書を対比するに、堂主は馬田昌調と同伴で来坂中の大田直次郎を訪れたのち山形要助方に赴き、最後に七五三長斎の柿壺会に廻ったものと思われる。

巣兆編の『せき屋でう』には、奥に

在于時享和二年壬戌正月吉辰秋香菴主
大坂柿壺客中就需飛校畢

と、編者識語が見られるが、すでに巣兆はこの三か月前、前年の九月二十四日に長斎宅の柿壺会に出席、当地の俳人自楽や蒹葭堂とも同座していたのである。

もとより蒹葭堂は、七五三長斎(一七五七—一八二四)とは以前から交遊があり、日記に十遍近く見える「七五三」または「七五三作兵衛」は、おそらくそれであろう。長斎には作左衛門・作右衛門・庄助等の通称が伝えられ(『俳文学大辞典』、桜井武次郎氏稿。大谷篤蔵氏「寛政十二年大坂俳諧師一件」『近世大阪芸文叢談』・『俳林閒歩』所収)、なお検討がのぞまれる。享和元年四月十九日には、堂主は篠崎三島・小竹父子と連れ立って、長斎主催の茶会に赴いている。日記には、

七五三茶会　篠崎長兵衛
同伴　長右衛門

と朱書されている。

奥州三春の俳人今泉恒丸(一七五一―一八一〇)は、この七五三長斎方に宿し、蒹葭堂に来訪した。寛政十一年二月三日の日記には、本欄に

奥州
三春　誹人今泉恒麿　七五三宿
始来

とあり、頭書に

奥州
今泉壱《ハシメ》始来

と注記する。

恒丸伝には、寛政四年から五年間、江戸から肥前国長崎まで遊歴、のち江戸に定住したとあるが『俳文学大辞典』矢羽勝幸氏稿)、恒丸の諸国遊歴はさらに数年長引いていたかも知れない。

東の恒丸とは対照的に、菊舎尼(一七五三―一八二六)は西国長州より来訪した。享和元年十月二十八日の日記には、来訪者九名の中程に

長
門　菊舎

とあり、頭欄に

菊舎川井立斎
案内ニて来

と注されている。

『手折菊』の著者としてつとに高名で、この多芸多趣味な閨秀俳人のことは、いかなるコメントもはや贅言に類しよう。ただ一つ、女性の年齢をあげつらうのは非礼だが、尼はいわば中性、当年菊舎四十九歳であった。堂主との年齢差は十七歳、そして老堂主はこの三か月後に下世する。すでに日記には四大不調の兆しが現れ、「不快」「平臥」の文字がちらつく。名声に引かれての一期一会の出会いとなった両者だが、互いの心証はいささか気になるところである。

遠来の客

一

日々客を待って、秘蔵する珍什の誇示を無上の愉楽とする一方、それら遠近の客を最大限活かしての、諸国物産の蒐集と整理、かつ交遊簿冊に逐一細書する訪客名、はた訪問先名の数までも、多々益々弁ずるのを生涯の快事としたのは蒹葭堂主人、木村巽斎こと坪井屋多吉郎(太吉郎・吉右衛門、一七三六―一八〇二)であったが、その面会者名簿『蒹葭堂日記』は日記とは名ばかりで、肝心の用件その他具体的な記述はほとんどなく、主客対面前後の情況などは、たまたま傍証の存在する場合に限り、何とか推測されるに留まる。勢い、『蒹葭堂日記』はそれ自体の内容検討よりも、人物の往来動向や相互交遊等、人的交流の傍証として利用されることの方が多かったのも、当然であろう。それはそれで正しい本書活用の方途であり、そこに十分資料的価値も認められはするが、でき得れば別に同時的《シンクロナス》な傍証を見出し、両者対照して、何とか主客対面の場面とか、交わした話題とか、また所用処理の実情とか、少しでも蒹葭堂主人の日常生活の具体的読み取りが可能となることが望ましい。たとえば上田秋成の「あしかびのこと葉」には、相許した親友同士の対坐暢談のさまが優雅な和文で描かれているが、他にもこれに類する内容の、蒹葭堂訪問を具体的に記した文献資料が見出せないものであろうか。

ここに白河藩士駒井乗邨(一七六六―一八四六)自筆の「鶯宿雑記」と題する厖大な記録がある。文化十二年(一八一五）の自序がある。全五六八巻・目録一巻、別録四十巻・目録一巻、うち三十四巻分を欠き、現存計五七六巻。明治三十六年十一月四日帝国図書館に寄贈され、二巻ずつ合綴されて、現国立国会図書館本は二八九冊をかぞえるが、いずれ裒然たる叢書である。編著者、名は乗邨、字は君聚、鶯宿陳人と号した。駒井氏。本姓田中。通称忠兵衛。白河藩の奉行や郡代、鉄砲組頭、大目付などを歴仕。和歌を主君松平定信の近習水野為長に、俳諧は竹庵に学び、『白河風土記』を編集し、定信の撰修事業にも加わっている（岩波『日本古典文学大辞典』朝倉治彦氏稿）。現在、国立国会図書館古典籍課でこの叢書を調査研究中という（五十嵐金三郎主査談）。

この駒井乗邨（忠兵衛）が君命により、同僚数名と京洛より畿内を訪れ、寛政十二年（一八〇〇）十月十四日にはじめて浪華伏見町（呉服町）の蒹葭堂を訪れた。その時の記事が、幸い『鶯宿雑記』巻之二にかなり詳しく記されているが、たまたま昭和五十七年春、大阪天王寺の煎茶花月菴流家元田中香坡氏宅で発見された『蒹葭堂日記』残巻二冊のうちの一冊が、寛政十二年日記簿であったことから、この簿冊の十月十四日の欄との、待望の記事対照の試みが可能になった。そこには、あたかも楽翁松平定信（一七五八―一八二九）の『集古十種』編集に関わる人脈の影とともに、検校塙保己一（一七四六―一八二一）の史書律令書出版計画に関わるそれが交錯していて、そぞろ当時の文運を垣間見る思いがする。以下は、『鶯宿雑記』と『蒹葭堂日記』との、同日記事対照のあらましである。まず、両書の該当記事の全文を併せ掲げる。

○『鶯宿雑記』巻之二

一、寛政十二申年ハ　鎮国神君の百五十回の御忌に当せられ、桑名照源寺にて御法会執行せられけるによて、大夫大関氏　君命を蒙り勢州に趣かれけるに、立見氏作十郎・樋口氏助右衛門・岡安氏十右衛門・生沼氏才右衛門・小子随て桑名に旅立ける。小子江州に駒井の旧地有、洛陽に先祖の墓所も有、曾ハ紀州に叔母もいましけれハ、彼是を以て彼方こなたへも打廻りたき旨ねき奉りけれハ、又　君上よりも、大和・和泉・河内・摂津・播磨など、道すから古き文その外ふるきうつはもの抔あらハ尋見よ、又名所にまれ旧跡にまれ、草木の実なとあるハとりかへり奉れとうち〳〵命を下し給ひしかハ、かなたこなたは好事の人なと尋ね問ける中に、名にしあふなにハに住る蒹葭堂（俗姓木村多吉郎、此号ハ明和安永の頃にや井を堀し時、地中より芦根を得たりと、是難波の芦の根なるへしとて、則秘蔵して号を蒹葭と付しといふ事、壺山公の集に見えたり）を尋しに、折ふし白雲和尚も在坂にて参られき。又稲山平蔵とて国学に長せし人也。是ハ江戸人にて塙検校保己一に随ひて居たる人也。此人も在坂にて、共に蒹葭に居り合せて雅談時を移しけるに、蒹葭いへるハ、是吾家の七珍なりとて、瑪瑙の硯屏に隋の李蜜《（ママ）》か細楷を彫たる、是第一也。舜挙か画ける百花の一軸、大江匡房所持有しと云竹帙一、伝教大師真蹟の観音経、神功皇后三韓退治の時用ひしと云鐙一足（是ハ奈良若宮に有宝物百足ノ鐙と同物也）、西行の歌の詠草一冊、尤真蹟と云、不残仮字なれともよミかたき物なり。此外世にめつらしき物、幾品といふ事数しらす。

又方七寸程に仕立たる書画帖有。是ハ当現在の諸国名家の書画詩歌連誹あり。小子にも発句して与へよといふ。辞すれとも聞す。吾室に入て雅談におよふもの、是をゆるさすといふ。又白雲もかたハらに居て辞すへからすといふ。小子思ふに、我君　旭峯公の御歌もあり。いかてか同し帖に拙き句して載すへし。ことに筆とることのあしきを恥す。ふたゝひ三たひ辞すれとも聞す。打かへしミれハ白雲・文泉か画も有。小子又思ふに、かゝる善美を尽せる書画の中へ拙きことのはも加へんも、又風雅に遊ふの徳なめりと筆をとりて、

十月十四日の月
さえわたりて
庭上の梢に
かゝりけれハ

冬の月梢をけつる光かな

と、眼前躰をかきて送りぬ。風雅ハ貴賤を不論とハいへとも、高位高官の御かたも多く、又其事に名誉有人〳〵のかきし中へ、予の如き拙き筆して、しかも数ならぬ発句をかきしハ、後に人の誇り笑はんもはつかしけれと、又風流一時の面目ともいふへきにや。扨も夜戌のさがりにもなりなん頃、くすし浜田希庵、画工森川曹吾なと来りて雅趣時を移し、丑の過る頃、宿道頓堀大坂や八三郎か家にかへる。蒹葭堂ハ伏見町といへるにて、道頓堀よりハ廿丁の余も有へし。森川曹吾ハ竹を画に名誉を得たる也。浜田希庵の妻ハ博学にして三字話（ママ）の解せし人也。其頃江戸に出たりとてあハさりし。今に遺恨也。

扨、次の日十五日にも、又蒹葭堂にいたりて雅談に及ひしに、蒹葭いへるハ、先頃、邦君より土産なりとて、白川の関の紅葉もて模したる急火焼にコンロ添て賜り、秘蔵第一なり。余にかへりし後、必す関の紅葉のは送れといふ。余聞て、安き事也。奇なり妙也。余白川の関越る日、もみちのいとうるハしかりけれハ、都かたにハめつらしく望める人も有もやせんと、紅葉せる葉十葉はかりちきりて懐にして今まてわすれ置たり。御ちに参らすへしとて出して送りけれハ、一坐横手を打て、雅情ハ千里をへたつともへちなき物也とて、各手にとりて見ぬ。平蔵いへるハ、いにしへ節信とやらんいへる人の古曾部入道能因を尋ねし時、能因かんなから一筋を出して、こハなからの橋の鉋屑なり、参らするとて出しけれハ、節信歓ひて、乾からひたるかへるを出して、こハ井出の蛙を干たる也とて謝しけるとそ。今千隙主の、白川の関の紅葉のはを遥〳〵懐にし持来られ、そこに送られしハ風流のせちなる処なれハ、先生も何そ送られよといひけれハ、立ける日、難波の芦もてゆへる筆なりとて余に送りぬ。こハ節信・能因かいにしへに似たりとて、一坐かたりあひき。

（二条省略）

一、前に云浪華の蒹葭堂の主人木村多吉郎ハ、余か尋し翌年、酉の秋か死せしと聞えたり。則享和元年也。依て貯置ける多くの古物奇品得かたきものなれハ、散失せんことをおしませ給ひて、公儀へ預らせ給ひしとそ。其後ハ木村か跡如何なりしや聞す。此多吉郎か妾ハ百人にも二百人にもなき醜婦也。しかれとも心ばへよく貞実にて、其妻ありし時もむつましかりしとそ。此妾、蒹葭か心をよくしりて、蒹葭か思へる事詞を発せさる先に、ことく〳〵く悟り弁せしとそ。世に類ひなき事なりと聞へける。多吉郎ハ勢州白子の産、若かりしより浪華に移住せしよし。行年七十八歳とか聞えし。

○『蒹葭堂日記』寛政十二年十月十四・十五日
白川人 駒井忠兵衛始来　十四日 ＊（朱書） 早朝鴻伊加ゝ忠亀弥 森川行 帰る 土橋平蔵 白川家中駒井忠兵衛始来 白雲上人来 旭江 竹内円次 夜 加ゝ忠淡弥 森川獅子恵来
十五日雨 利法 大高元恭 細合斎 長州 田村雲沢 始来 寺島六蔵 淡弥 般若寺 九州ヨリ帰来 夜 釧文平 八木兵太
源正寺敷花会

＊十月十四日早朝記事の朱書は、堂主より出向いたことを示す。

二

白河藩士駒井乗邨は、一体どのような経緯で蒹葭堂を知ったのであろうか。その人柄を支える趣味が同好同臭であり、主公定信との間の話柄にも、おそらく蒹葭の名は上ったことであろうが、乗邨自ら語るところによれば、かれは蒹葭堂の名とその堂号の由来が、「壺山公の集」に載っているのを知っているという。壺山公とは磐城泉藩主本多忠《ただ》如《ゆき》(一七一四―七三)で、少なくとも乗邨は、蒹葭堂の存在を忠如の集『壺山集』記載の雅人として、強く認識していたことになる。けれども、乗邨の蒹葭認識と深い関わりを持つはずの『壺山集』安永四年(一七七五)刊上下二冊本には、かれの指摘するような蒹葭堂に言及の記事は見当たらない。

もともと、刊本『壺山集』は本多忠如の子忠籌《ただかず》(一七三九―一八一二)が父の歿後編んだもので、巻頭に宝暦九年(一七五九)八月、壺山忠如の友人高島侯鵝湖諏訪忠林《ただとき》(一七〇三―七〇、服部南郭門)の、また巻末に安永四年十月、藩儒宮田金峰(一七一八―八三、太宰春台門)の、それぞれ序跋があり、これらによると、壺山にはすでに『千秋館稿』と『葆真居稿』の二集があり、諸体数千百首の詩が収められていた。うち、数千首を『千秋館集』として上梓する予定で、鵝湖より序文まで贈られながら、しかも未刊のままになっていた。一方壺山は、みずから手もとの詩稿中より心に叶わぬ初心作を火中し整理して、二千余首を残したまま死去した。この遺稿の中から、嗣子忠籌があらためて四百五首を選び、さきに上梓予定稿に贈られていた鵝湖序、およびこのたびの経緯をしたためた金峰跋を添えて、安永四年上梓した。従って当初の二編の詩稿、また先に刊行予定の詩集中には、あるいは蒹葭堂に触れた題詞などもあったかも知れず、そのような壺山詩稿の抄本を、乗邨は主君の定信を通じて見ていたということも、十分想像できるのである。

壺山は蒹葭堂より二た周りも年長であったが、その歿した安永二年には蒹葭堂もすでに三十八歳に達しており、その雅名は壺山にも知られていたはずである。壺山は寛保二年(一七四二)と延享四年(一七四七)の二度にわたって、大坂城加番として来坂しているが、まだこの時は蒹葭堂は七歳と十二歳の、いずれも少年時代で、木村家は父の吉右衛門重周の代であった。しかし壺山の息忠籌も同じく宝暦五年(一七五五)、同十年(一七六〇)、同十三年(一七六三)と、三たび大坂城加番を勤め、浪華に蒹葭堂在りとの評判は漸く拡がっていたこととて、このようなルートから、父壺山の耳にも達していたであろう。一万五千石ほどの小藩主であれば、加番の役高一万石の合力米も、大いに藩の経済を潤したはずである(松尾美恵子氏「大坂加番制について」『徳川林政史研究所紀要』昭和四十九年度財団法人徳川黎明会)。ちなみに、蒹葭堂版の嚆矢、大典禅師詩集『昨非集』が刊行されたのは宝暦十一年であった。

三

駒井乗邨が伏見町四丁目(淀屋橋筋呉服町南)の蒹葭堂を訪れた日、堂主は早朝より鴻池伊助(草間直方)、加賀屋忠兵衛、亀屋弥兵衛、そして堂から程近い高麗橋井池筋住の森川竹窓を尋ねて帰宅すると、これまですでに十数回も訪れている「土橋平蔵」が顔を見せた。かれが最初に堂を訪れたのは、昨寛政十一年三月二十日である。堂主は初対面の来客名を、日記簿の頭欄にも標出する習慣があるので、当日の日記記事は、

塙ノ内土橋兵蔵 始来　廿日 江戸塙門人 土橋兵蔵 始来

のように、その名が重出している。兵蔵と平蔵は単純な混用にすぎない。十二年になってからも、かれは当日までに十回蒹葭堂を訪れていて、日記の初出記事により、かれは和学講談所塙保己一検校の門人であることが判る。保己一はすでに『群書類従』出版につづき、本邦の未刊史書や律令書の刊行を企画中で、門人土橋兵蔵もおそらくそれに関わる用務を帯びて、蒹葭堂蔵書閲覧の便を求めに訪れたのでもあろう。寛政十二年十月十四日の記事には、ついで白河内寺《ないじ》住職白雲上人(一七六四―一八二五)の訪問が記され、当然、駒井乗邨の初来訪には、日記記事「白川家中駒井忠兵衛始来」とともに、頭欄外にも「白川人駒井忠兵衛始来」と標記がなされている。

ここで、塙保己一の史書刊行の話に移る。本邦の正史、六国史の第三書『日本後紀』は保己一の校刊によって、はじめて世に出たのであるが、それは分量にして全四十巻中、とびとびに十巻分が存するにすぎない。この現存刊行の底本となったのは、塙門人「稲山行教」がいずれも京都で見出した写本であった。かれは巻五・八・十三・十四・十

七・二十・二十二・二十四の八巻をまず発見し、のち十二・二十一の二巻を見つけ、前者は寛政十一年十月、後者はその二年後の享和元年十一月に、それぞれ師保己一の手で校訂出版された。保己一は識語中、特にこれらの発見者である門人稲山行教の名を識し、その功績を嘉している。

日本後紀巻第廿一

右日本後紀残冊第十二第廿一門人稲山行教於京都写之以類聚国史日本紀略等諸書校合畢

享和元年十一月日　　検校保己一

日本後紀巻第廿四

右日本後紀残欠第五第八第十三第十四第十七第二十第廿二第廿四合八巻門人稲山行教於京都写之以類聚国史日本紀略等諸書校合畢

寛政十一年十月日　検校保己一

この稲山行教発見の『日本後紀』原本は伏見宮家所伝と言われるが、現在所在が知れない。天理図書館に蔵する重要文化財、三条西家本『日本後紀』の祖本とも同系統の由で、稲山はまず酒好きだった宮家の家司に近付き、同嗜の誼で相伴などにこれ努めて上手に取り入り、苦心の末、とうとうその借覧抄写に成功したという話も伝わっている(「物語　塙保己一」『森銑三著作集』第七巻人物篇七)。一体、稲山行教とはいかなる人物であったか。京都の人で塙門下ということのみで、生卒等は一切知られない。内閣文庫に稲山行教稿本と表紙に直書のある『公卿補任年月部類』十二冊が蔵されて居り、はじめその内容が「文永九至弘化三年」と目録に記載されているのに目を留めたわたくしは、もし一筆ならば、或は筆者は弘化年間まで生存していた可能性があり、さすれば寛政年間はまだ壮年期かも知れぬ、などと心ときめかせて訪書したが、「弘化」は「弘治」の誤りと判り、がっかりした。たった一字の、しかも焉馬の誤りが、人を迷わす一例である。稲山行教に関するこれ以外のディテールは、まだ管見に入らない。

ところが、この駒井乗邨筆『鶯宿雑記』巻之二には、

又稲山平蔵とて国学に長せし人也。是ハ江戸人にて塙検校保己一に随ひて居たる人也。此人も在坂にて、共に蒹葭に居り合せて雅談時を移しけるに……

とあって、文中の塙門人で江戸人の「稲山平蔵」がこの「稲山行教」であることは、ほぼ事実と思われる。さらにその通称に着目し、同日同所で初対面のおなじ呼称から類推して、『鶯宿雑記』の塙門人稲山平蔵と『蒹葭堂日記』の塙門人土橋平蔵とは同一人物かと推測される。つまり、『日本後紀』塙保己一識語の「稲山行教」と『蒹葭堂日記』の「土橋兵(平)蔵」とでは相即性《アイデンティティ》が見出しにくいところを、『鶯宿雑記』を媒として、

稲山行教＝稲山平蔵＝土橋平蔵

という等式が成立するのである。おそらく、この好学の塙門人は通称土橋平蔵、国学徒として別に稲山行教を名乗ったのではなかろうか。塙保己一の校訂本は精確で、「めったに人を許さぬ」黒板虚心博士も、「これらの校刊本の価値を認めて」、新訂増補国史大系本の底本にこのテクストを採用された旨、坂本太郎博士は述べておられるが(「和学講談所における編集出版事業」『塙保己一研究』温故学会編所収)、この塙の努力も、門人稲山行教おそらく稲山平蔵即ち土橋平蔵の功績に負うところが大きいと言えよう。

四

話を元の場面に戻そう。『蒹葭堂日記』の「白雲上人来」と『鶯宿雑記』の「折ふし白雲和尚も在坂にて参られき」

とは、ぴたり符節が合う。白雲は画僧である。別に閑松堂・松堂・竹堂・墨痴などのほか、蝸牛庵・蝸牛叟・無心等の雅号を有する。明和元年に生まれ、志学の頃浄土宗須賀川十念寺十八世良進上人に入門。寛政元年、第十九世住職を嗣ぎ良善教順和尚と称した。寛政十一年頃松平定信に見出され、白河の松平家御内寺東林寺に移ったが、同十二年西遊中炎上し、同じく白河御内寺常宣寺に晋《すす》み、二十二世逸誉上人含阿白雲和尚と称した。のち、文化三年下野那須黒羽常念寺、さらに文化九年羽州秋田六郷本覚寺に移り、文政八年二月八日六十二歳で遷化した(『須賀川市史』『福島県史』)。定信の『集古十種』編集事業には、谷文晁や大野文泉等と全国を巡って資料の蒐集に協力した。寛政十一、十二年の交、白雲は三十五回も蒹葭堂を訪れているが、そのうち十八回は文泉と行を共にしている。東林寺が放火で焼失したのは、丁度寛政十二年、白雲上方来遊中であった。

駒井乗邨はこの十月十四日、蒹葭堂で主人から堂の什宝七種を誇示された。文中には、

一、瑪瑙の硯屏。隋の李密の細楷を彫刻。
二、銭舜挙画の百花図一軸。
三、伝大江匡房遺愛の竹帙。
四、伝教大師真蹟観音経。
五、神功皇后三韓出兵時使用の鎧一足。
六、西行真蹟詠草一冊。

の六点しか、品目が挙がっていないが、いずれその場の雰囲気は想像に難くない。他にも珍品は多数あったという。ついで乗邨は画帖に発句の揮毫を所望され、「白雲もかたハらに居て辞すへからすと」慫《すす》めた。その「方七寸程に仕立たる書画帖」には、「我君　旭峯公」松平定信の歌とともに、当の「白雲・文泉か画も有」った。おそらく前年来、

十数度も同座する機会を持った両名の揮洒が、書画帖繙披裡に見咎められたのはむしろ当然で、乗邨もまた、「かゝる善美を尽せる書画の中へ拙きことのはも加へんも、又風雅に遊ふの徳なめりと筆をとりて」、

十月十四日の月さえわたりて
庭上の梢にかゝりけれハ
冬の月梢をけつる光かな

と、「眼前躰をかきて」返したのである。乗邨は俳諧を竹庵に師事した由で、一座の人々も俳もて勧め、かれもまた俳もておのが責をふさいだのである。時に蒹葭六十五、白雲三十七、そして乗邨三十五歳であった。

五

『蒹葭堂日記』寛政十二年十月十四日午後に相当する条には、その後、淵上旭江と竹内円次の来訪が記されている。また欄内下方、夜には今朝方こちらから訪ねた加賀屋忠兵衛、淡路屋弥五郎、そしてこれも今朝ほど訪ねた森川竹窓が顔を出し、さらに「獅子恵」なる人物もやって来た。けれども、『鶯宿雑記』との対照で判る医家浜田希庵の同時来訪、および翌十五日の乗邨再訪は、日記簿には脱けている。蒹葭堂は日記簿への記載を、名札やメモなどをもとに、おおよそ十日分くらいまとめて行なっているらしいので、時に欄を隣と間違えて塗り消したり、誤記誤脱のたぐいもあり、一方、乗邨も帰郷後の回想筆記であるから、なおのこと記憶違いもあることも止むを得ない。以下、この「浜田希庵の妻」に関する、これはむしろ駒井乗邨の錯覚か誤記とおぼしき話に移ろう。

『鶯宿雑記』の一文によると、当夜「戌のさがりにもなりなん頃、くすし浜田希庵、画工森川曹吾なと来りて雅趣

時を移し」云々とあり、明らかに浜田希庵と森川竹窓等が堂を訪れていることが判る。しかるに『蒹葭堂日記』には、浜田希庵の来訪は無記入である。ここはやはり正確度において、雑記の記載を優先させるのが妥当と思われる。日記は平均十日単位で後刻まとめて記入され、日ごと早朝より深夜までの来訪者一切を登録するわけであるから、いきおい記憶の範囲も広く、時に無意識裡の脱落も起こり易い。その点で雑記の方は、已れ一人の訪問記事とて、正確度は高いはずである。けれども、この医師浜田希庵の妻が「博学にして三字話の解せし人也」との記載内容は、その場には直接居合わせぬ人のこととて、おそらく乗邨の記憶違いに由来しよう。

「三字話の解」、正しくは『三字経訓詁解』の訳著者は、同じ医者でも阿波の人で浪華寓の山名一学の妻、そしてこの地の医人井後正因の女、井後鳴鶴である。つまり訳著者の夫は浜田希庵ではなく、山名一学である。この山名一学はやく天明七年九月二十三日に蒹葭堂を訪れ、これまでに現存日記分のみでも十数回来堂し、一年前の寛政十一年十月二十三日にも訪れている。しかも現存日記中では初出の天明七年九月二十三日の頭欄に「始来」の標記がないところから、この日が初対面ではなく、もっと以前からの交遊かと思われるが、この日の記載ぶりが「鳴ノ内木挽南ノ丁　山名一学来医綱本紀ノ事」とあるところより、山名一学もおそらく医者、医学者だったであろう。かつ、鳴鶴女史の父井後正因も同様医者であったというような関係も、併せて乗邨の誤記の一因となったかと想像される。最も大きく乗邨の誤記の可能性を臆測すれば、当夜、森川竹窓とともに堂を訪れたのは浜田希庵でなく、鳴鶴の夫山名一学だったとも考えられるが、それはやや不自然にすぎよう。結局、乗邨の記載通り、「森川曹吾ハ竹を画に名誉を得たる也」との正しい認識と、同座の人物のみまさしく浜田希庵で、あと「妻ハ博学にして三字話の解せし人也。其頃江戸に出たりとてあハさりし。今に遺恨也」との誤れる認識と、それに基づく対面不能への未練とが、併せ登載されたことになる。

山名一学の妻、井後鳴鶴訳の『三字経訓詁解』(一冊、寛政十三年辛酉正月吉旦、平安書肆京極通五条橋詰町葛西市郎兵

衛・同額田正三郎相合版）には、まず「寛政戊午三月、白川　広瀬典」、すなわち白河藩儒広瀬蒙斎の序が冠せられている。乗邨が本書を識るにいたった理由も、なるほどと肯えよう。蒙斎序には、「山名子……出其妻某氏所著国字解三字経訓詁、以見之余」云々と記されている。また、寛政八年二月二十一日の訳者自序には、寛政三年夏、夫婦して長崎に遊んだ時、ある僧より唐船持渡り書とて、清王晋升（相）撰「三字経訓詁」を渡された旨、記している。

　過つる寛政亥のとし夏の末、筑紫見にまかりけるに、長崎にてある僧の此ころ来ぬるもろこし船より求けるとて、三字経の訓詁をたまハりけるを、帰るさの舟の中にて見侍し後、等閑にうち過しけるを、ふと思ひ出てとうてつゝ、彼王晋升先生の注をみるに……寛政八の年如月末の一日、漫に書つく。

国立国会図書館蔵『商船載来書目』には、

　　寛政二庚戌年

　一、三字経訓詁　　一部一本

とあり、本書が一年前に舶載されたものと判って、まことに興味深い。『三字経』は一般に宋の王応麟（伯厚）撰（一説、区適子撰、黎貞続成）と伝え、毎句三字、韻を踏み、四字句の『千字文』同様、童蒙の課本向きに編まれている。清の王相が加注し、康熙五年（わが寛文六年）序、歙西徐士業校刊の版本がある。井後鳴鶴が長崎で僧より贈られたというのも、あるいはこの版であろうか。鳴鶴の解は京の二書肆から相合版で出されたほか、江戸でも須原屋伊八が発行を届け出た。『江戸出版書目』（未刊国文資料翻刻本）には、

　三字経訓話《（ママ）》解　全一冊

　　墨付五十二丁

寛政十二《（ママ）》年酉正月

井後鳴鶴訳
板元　京額田正三郎
売出　須原屋伊八

と記されている。訓詁の「詁」字が「話」字と似ているところから、この書目にも「話」と翻字されているが、乗邨が「三字話の解」と呼んでいる事実をも連想され、乗邨自身も或はその程度の認識だったのかも知れない。本書巻末の寛政十年八月、畑鶴山後序には、

余旧識阿波山名一学、今在二浪華一、其内井後氏鳴鶴、自レ幼読レ書、有二騒思一、辞藻組織、手目開利、駆二去拙塞一、不レ滞二於心一、博二通伎芸一、殊善二国什一、遊二日埜前亜相之門一、客歳与二良人一西遊二崎嶴一、会二異人一授二三字経一、……今茲戊午秋、鳴鶴氏奉二某公之内命一東行、臨レ発、迺告二其郎人一、北上屏二居洛南蘆丸屋一膳二写三字経一、蓋其志将三梓行以恵二之郷里児女子一、……曾記井氏家翁正因醫伯、有レ起二余沈痾一、距レ今三十八年、再造之恩、思レ之弗レ忘、令嬢鳴鶴氏、風気日進鳴二浪華一、是行也、其栄也哉、

云々とある。

六

前夜、丑の刻を過ぎて道頓堀の旅宿大坂屋八三郎方に戻った乗邨は、翌十五日もまた、昨晩南下した同じ市中二十余丁を北に進んで、重ねて伏見町の蒹葭堂を訪ねた。堂主はかつて白河楽翁より白河の関の紅葉を模した急火焼（急須）にコンロを添え、贈られたことがあった。この秘蔵の茶具に因んで、堂主は乗邨に、帰郷後白河の関の紅葉を送

ってくれるよう、所望した。ところが乗邨は、このたび西遊の途次、あまりに見事な関の紅葉を、上方への土産にと数葉ちぎりもたらしていたことを、すっかり忘れて居り、堂主よりの依頼ではじめてそのことを想い起こして、早速とり出し贈った。まことに奇しき交情と言うべく、かの『袋草紙』に見える、長柄の橋の鉋屑と井出の蛙の干物とを交換した能因と節信の逸話を引き合いに、その雅情のほどを叙べている。

初冬の両日にわたり、浪華伏見町の蒹葭堂を訪ねて雅交を擅《ほしいまま》にした駒井乗邨は、その後故郷で堂主木村多吉郎下世の報を聞いた。そしてその厖大な遺品の公儀買上げと後裔への気遣い、そして主人の気心を知り抜いた妾女のことに言及し、稀に見る大風流への追憶に筆を馳せている。ただ蒹葭訃報の内容はいささか事実と誤り伝えられ、またその一時退隠の地が故郷と誤認され、さらに享年までも十一歳誤差があるにいたっては、この種伝聞の限界をあらためて考えさせられる。蒹葭堂巽斎木村多吉郎の忌辰は享和二年一月二十五日、六十七歳であった。しかるに乗邨は、「余か尋し翌年、酉の秋か死せしと聞えたり。則享和元年也」と記している。その記述にも「酉の秋か」と、その不正確さを自らも自覚した措辞が見られるが、実際よりも三、四か月早い時期として誤り伝わっている。たとい、それは芦が散るにふさわしい季節であったとしても——。その出自も、過醸の冤罪で一時身を寄せたパトロン増山河内守雪斎の所領、伊勢長島藩川尻村とほど近い白子のごとく誤り伝えられ、若年浪華に移り住んだように記憶されている。後藤又兵衛基次の血を引く、幕初以来の浪華の名流のためには、いささか惜しまれることである。かくて、この白河藩士駒井乗邨の認めた興趣横溢する蒹葭堂訪問記事の後日譚の末尾は、「行年七十八歳とか聞えし」と結ばれている。こうして、浪華の風説のみちのくでの伝聞では、十一歳生き延びはしたものの、数か月早められた命終、一時流寓の地伊勢の本貫扱いと、三拍子揃った浪華の枯芦の、にせの浜荻のさやぎではあった。

（戊辰寒露）

付記　森銑三翁「稲山行教」(『森銑三著作集』続編第二巻所収)は、短章ながら先行文献として、併せご一読願いたい。

鈐印本と原鈐本

第一印象が大切なことはいうまでもないが、ものは較べて見ないと分らないことが、よくある。別々の図書館に蔵されている書物どうしは、一般にそれが出来ないので、何ともはがゆい思いをさせられる。その点、架蔵本はどこにでも携行自由なので、かけがえのない書物なら、分不相応な価額でも、つい購ってしまうことになる。骨の髄までしゃぶるためには、やはりわが物でなければ駄目である。

印譜といえば、何としても原印をそのまま捺押した鈐印譜が味わい深いこと、いうまでもない。おなじ鈐印影にも、たとえば手控えの印稿のように、原鈐ながら無雑作なものから、原印に添えて嘱者に届ける印箋のそれのような精鈐もあって、一様でない。近頃、わたくしは妙なことに気がついた。知らぬはわたくしばかりだったのかも知れないが、世に珍重される印譜でも、じつは原印そのものを鈐《お》したのでなく、明らかに印譜作成用として、別に刻《ほ》り整えた副印・模印を用いて編んだものがあることである。わが古体派の代表的印譜として名高い『江霞印影』もまた、この例にもれない。

『江霞印影』は高芙蓉門の篆刻家稲毛屋山が、寛政九年(一七九七)秋、東下に際し催された送別印会の記念の譜で、上下二冊に分れ、先師の芙蓉刻木村蒹葭堂珍蔵の文房四友印影八面を巻首に、屋山ら三十五名の刻印影計百七面を収める。巻頭には篠崎三島および浜田杏堂の序を冠し、末には当の屋山自跋と十時梅厓の跋詩を添える。会は秋閏七月既望、浪華北江の播干楼で催されたが、自跋によると、会後屋山は郊西の逍遥園金波楼に一と月余り滞在し、一百部

江霞印影

文房四友印記

を鈐したという。譜名は、かつて洛東山での印会譜「東山雲篆」につぐものとして、他日浪華印会の譜にはかく名付けよと、芙蓉が門弟曾之唯に言い遺した、その名称をいただいたもの、と三島の序にはいう。なるほど、巻首の芙蓉遺印影の後には「右文房四朋印八顆蒹葭堂所蔵也今仮之以置巻首者此譜本因先生之遺言故以寓其意云」と記されている。

『江霞印影』の巻首を飾ったこの芙蓉刻蒹葭堂旧蔵の文房四友印四顆八面は、その後この地の雅人白山古雪の手に渡り、古雪は嘉永二年(一八四九)、これを小振りな帖に実鈐して譜に仕立て、平素文雅の交わりのあった篠崎小竹に序を乞うた。『江霞印影』に序を贈った三島の義子である。それはともかく、わたくしがおやおやと思ったのは、半世紀余を経て捺されたはずの文房四友印影八面ずつを、つぶさに突き合わせて較べ鑑た時からである。

筆硯紙墨の文房四友をおのおの人物に見立て、擬人名を二面ずつ侯印風に戯刻したこの芙蓉刻印は、鈐印時の時差その他諸条件をあわせ考えて、なおかつ両書別々の印顆に依って成ったこと、ほぼ確かである。いま、一例として、紙の異名「楮知白」印二面を並べて見よう。

これは、どう見ても同一印顆の印影ではない。字配りや字体こそ変らぬが、面々の刻は長短・肥痩・大小・曲直、たがいにあい異なることは、誰の目にも明らかであろう。

時代こそ降れ、伝来の正しさから見て、古雪の編んだ印譜『文房四友印記』は、芙蓉刻の原印を直接に鈐したと考えられ、捺押面の朱肉の量感や油の滲み方なども、その裏付けとなる。一方、一百部印行の『江霞印影』は、どのような模刻過程が介在するか詳らかにしないが、較べてみると、印面の形状や線質等に、やはり刀韻の滋味が薄れていることは、いなめない。形状のちがいなど、いともたやすく見分けられることが、かえって悪意の偽刻でない証左とさえなっていて、むしろ安堵する。かの筑前志賀島出土の金印を誰もが模刻し、前川虚舟が官印を戯刻して『稽古印史』を編んだことも、思い合わされる。印譜ならではの楽しさが、ここにも潜んでいる。

胸中にきざしたこの訝りは、その後『東華名公印譜』について、これと全く同じ思いをくり返した時、一層深まった。言うまでもなく、この印譜は宝暦十四年(一七六四)十代将軍家治の襲職奉賀に来朝した朝鮮李朝通信使一行中の十五名に対し、その姓名字号等を、浪華の福原承明(尚脩)、木村蒹葭堂の両名が、おのおの七顆十五面、十八顆二十九面ずつ刻して手土産に贈った時、これに添えられた印箋に相当する冊である。細合半斎の序、両刻者の跋がそなわり、蒹葭堂蔵版、半紙縦長二十五・七×十五糎、全二十七丁の片々たる小冊子ながら、善隣友好のあかしとして、つとに珍重される。

福原承明刻の印影のみは、はやく森上修氏がその論考「混沌社の福原承明」(『大阪府立図書館紀要』館報特集号第一号、昭和三十九年十二月)に縮写して示されたが、近頃、李元植氏が大作「明和度(一七六四)の朝鮮国信使――成大中との筆談・唱酬詩巻を中心に――」(『朝鮮学報』第八十四輯、昭和五十二年七月)のなかに、ご自身入手された成大中(字士執、号竜淵)書記宛の印六顆の原鈐面九、側款五の各縮影を掲げられたのを知り、思わずわたくしは目を見張った。

それは、この中に『東華名公印譜』所収印と共通する福原承明刻の両面印(朱文「成大中印」、白文「成士執氏」、側款「日本浪華処士福尚脩　為東華竜淵成君刻」)、および木村蒹葭堂刻両面印(朱文「允執其中」、白文「昌山成大中士執印」、側款「浪華木孔恭刻」)の印影四種が見出されたからである。うち、福原承明刻は四周の磨滅がひどいものの、あるいは同一印かとも思われるが、後の蒹葭堂刻は、さきの芙蓉刻文房四友印の場合と同様、一見して別物と分かる。

ところが大阪府立中之島図書館に蔵する蒹葭堂旧蔵『東華名公印譜』(浜村蔵六刻「蒹葭堂」印を捺す)には、李氏所蔵

東華名公印譜

原印鈐影

の原印鈐影と全く同じ朱白両文が鈐されているではないか。まさしく韓客に贈られた冊と同時の原鈐本であり、印顆に添えられた印箋そのものである。それにひきかえ、架蔵本、これは呉北渚旧蔵本であるが、上に掲出したように、原印影とははっきり異なる白文印が鈐され、しかも、成書記の氏字にちなんだ論語尭曰編の一句、朱文「允執其中」印は鈐されていない。両面刻の原印が手許に有れば、こんなちぐはぐは起きぬはずである。おそらくこれは、後刻、印譜の増刷にあたり、原印はすでに成書記本人が携え帰国したあとで、刻者蒹葭堂のもとに無く、手控えの印稿類をたよりに刻り直したのでは、と想像される。おなじ実押とはいえ、かたや原鈐本、こなた模刻鈐印本である。さすれば『江霞印影』巻首文房四友印影の場合も、屋山が所蔵者蒹葭堂から借り受けたのは、はたして芙蓉刻の原印そのものであったかどうか、一層疑わしくなってくる。蒹葭堂にしても屋山にしても、名だたる印人であれば、模刻はむしろお手のものであった。元来それは、技芸習得ないし斯道修練の基本であり、さらに先師前輩への敬慕に出ずること、臨池における双鉤、後素における模写と同じである。模刻の技が板に付いていたことは、怪しむに足りない。

李元植氏の獲られた成大中遺愛、本邦人刻印六顆は、もと恩師李丙燾博士の所蔵であった由。思えばいまを去る二百十七年以前、わが浪華の文人より鶏林の使者に贈られた印章は、時移ってその後裔より流出し、転伝、老大家の手を経て、玄海の波濤を復び里帰りし、刻者産土の近くに寓る日朝交渉史専門家の手に納まったのである。まことに、奇しき因縁といわねばならぬ。昨臘、辛基秀氏の東道で、佐瀬良幸君らと大阪府枚方市の李氏宅を訪れたわたくしは、氏の格別のご配慮で全顆鈐押を許され、渾身の力をふりしぼって、九面と側款すべてを鈐拓しおえたことであった。

六一居士ではないが、物は常に好むところに聚まるのである。

付記　この成竜淵に贈られた六顆は平成六年三月十八日、兵庫県尼崎市教育委員会所蔵(歴史博物館準備室保管)となった。印影九面は李元植氏著『朝鮮通信使』(一九九一年十月、大韓民国民音社)二四七頁・『朝鮮通信使の研究』(一九九七年八月、思文閣出版)三六五頁にも、側款ともども縮影が紹介されている。なお、李氏は現在大阪市北区に徙られた。

蒹葭堂版『毛詩指説』

書痴極まるところ、刻書に指を染めるのは、今も昔も変りないが、蒹葭堂木村巽斎の家刻本、いわゆる蒹葭堂版のごとき、その尤なるものと言えよう。蒹葭堂版とは十八世紀後半、宝暦・明和・安永・天明・寛政の五期にわたり、当時典籍の蒐集をもって内外に聞こえた浪華の木村巽斎が上木した私家版のことで、みずからの編著以外にも、あるいは友人先輩の著述を刊行し、また唐本の意に適ったものを校注翻刻している。既刊は二十部内外で、ほかに開雕予定のまま未刊と思われるものが、数部ある。

はやく、蒹葭堂研究の先達高梨光司氏は、その百二十五年忌に当たる大正十五年十一月、『蒹葭堂小伝』を著わし、かれの出版活動をも概せられたが、つづいて「蒹葭堂版に就て」と題する一文を、荒木伊兵衛書店発刊の雑誌『古本屋』創刊号(昭和二年二月)に寄せ、その人がらに基づく趣味性と文化性を顕彰されるところがあった。氏は蒹葭上梓の挙を「佳癖」と評されている。高梨氏の一文は、すぐに反響があった。神田喜一郎先生は「「蒹葭堂版に就て」を読むで」と題し、高梨氏の遺漏を補われるとともに、該書翻刻の底本や巻末に付載された蒹葭堂校訂開雕書目についての示唆に富む御指摘を、『古本屋』第二号(昭和二年七月)に投ぜられたのである。同誌所掲の両文は、高梨氏の『読書雑記』(昭和六年四月)に併せ収録されている。

神田先生が補われたのは、明和七年(一七七〇)十月刊の『匡謬正俗』八巻四冊であった。それにつき、先生は発行者荒木氏宛書翰文体で、蒹葭堂版には高梨氏の列挙せられた以外に、「匡謬正俗」八巻があつて、現に私の挿架にも所蔵して居ります。この書は云ふまでもなく唐の顔師古の撰したもので、支那の文字の学問の上には一の名著として有名です。蒹葭堂版はこれを支那の雅雨堂叢書本によつて翻刻したのです。高梨氏の挙げられてゐる尚書大伝も、矢張り此の雅雨堂叢書本を翻刻したものです。雅雨堂叢書は清の乾隆年間に盧見曾といふ人の刻したもので、其の校訂や版刻の善美を尽してゐることは、支那の数多い叢書中でも白眉と云はねばなりませんが、そこらが例の凝り性の蒹葭堂に気に入つたものに相違ありません。

と仰せられている。これから述べる明和五年(一七六八)六月刊、唐成伯瑜(璵)撰『毛詩指説』も、これまでの蒹葭堂版リストから漏れていただけでなく、その依拠した底本との対比により、『匡謬正俗』の場合同様、蒹葭堂の翻刻姿勢や漢籍和刻の問題にも触れることができそうである。まず、書誌を説こう。

蒹葭堂版『毛詩指説』、美濃版一冊、縦二十七・〇×横十七・九糎。表紙、薄茶色、左肩に単辺題簽「毛詩指説全」、縦十九・五×横三・二糎、郭十九・〇×二・八糎。見返し封面、「唐成伯瑜著　浪速春誦堂/書坊発兌 自記 (双辺長方朱文印)/毛詩指説(隷書大字)/浪華蒹葭堂蔵板 蒹葭堂印 (正方白文、自刻印)」、単辺十九・八×十四・〇糎。序、三丁。単辺十九・二×十三・二糎、字高十三・五糎。毎半丁七行、行十五字。年記、「明和丁亥冬復月、筱山文学浪華関世美撰 士済父 (白) 南瀬 (白)」。柱、「毛詩指説(黒魚尾)序　(丁数)」。本文、十七丁。単辺十九・六×十三・二糎、字高十九・三糎。毎半丁九行、行十八字。双行嵌注あり。返り点を付し、適宜送り仮名を施す。十二箇所十六字分、墨格。匡郭外上欄に校語。柱、「毛詩指説(黒魚尾)(丁数)蒹葭堂(表)」。十七丁裏末行、「浪華木孔恭校訂」。十八丁表、宋版の跋を翻刻。「乾道壬辰三月十九日建安熊克記」。跋、二丁。単辺十九・五×十三・一糎、字高十九・二糎。毎半丁六行、行十四―十五行、行書。年記、「明和戊子之春　浪華岡元鳳撰 元鳳之印 (朱) 公翼 (白)」。柱、「毛詩指説(黒魚尾)跋　(丁数)」。

裏見返し、明和五年戊子六月穀旦　大坂書林江島屋庄六開彫と刊記を刻す。

蒹葭堂版『毛詩指説』本文十八丁表に翻刻された宋版の跋は、南宋の乾道八年（一一七二）に成ったものである。

唐成伯瑜、有毛詩指説一巻断章二巻、載於本志崇文総目、謂、指説略叙作詩大旨及師承次第、断章大抵取春秋賦詩断章之義、擷詩語彙而出之、克先世蔵書偶存指説、会分教京口、一日同官毘陵沈必予子順見之、欲更訪断章合為一帙、蓋久而未獲乃先刊指説於泮林、庶与四方好古之士共焉、乾道壬辰三月十九日建安熊克記、

ただ、本書刊行に際し、蒹葭堂が依拠したのは、この南宋版もしくはその影写本ではなく、清の納蘭成徳が徐乾学伝是楼の書に基づき、編輯刊行した通志堂経解本であったと思われる。

通志堂経解、一に伝是楼経解、九経解ともいう。通志堂は編者納蘭成徳の室名、伝是楼はその師で蔵書家徐乾学のそれである。徐氏は善本を多く蔵し、「吾何以伝汝曹哉、因指書而欣然笑曰、所伝者惟是矣」（汪琬・伝是楼記）と、遂にその楼に名づけたという。編者、師の意を奉じて、この書楼中より主として宋元諸儒の経解百四十四種を彙め、易以下書・詩・春秋・三礼・孝経・論語・孟子・四書の九経と総経の十部に分かち編んだ。すべて一千七百九十二巻をかぞえる。納蘭成徳（一六五五―八五）、字は容若、康熙帝の側近で、詩書また詞を善くし、小説紅楼夢のモデルに擬せられたこともある。帝はその才を愛したが、わずか三十一歳で病歿した。経解に序した康熙十二年（一六七三、本邦延宝元年）は未冠十九歳で、いかにかれが満洲正黄旗の名家で、かつ徐乾学当時四十三歳の教導があったにせよ、やはり夙慧の才人であったことが知られる。

この叢書は、漢唐学術の集成十三経注疏を承け、清朝学術の淵叢、阮元の皇清経解へ続く、宋元学術の薈萃であるが、まま溯って唐人の、また降って明人の著をも収める。編者も、序文で「自子夏易伝外、唐人之書僅二三種、其余皆宋元諸儒所撰述、而明人所著間存一二」と、そのことに触れている。『毛詩指説』は、すなわち唐人成伯瑜（璵）の

著で、経解中の異色篇に属し、詩類の筆頭に収められている。内容は詩経の概説書で、興述・解説・伝受・文体の四部に分かれる。本書の稀覯性は、編者も康熙十五年の跋文で力説している。たしかに、『毛詩正義』を除けば、編著であれ著述であれ、唐代詩経研究書のいまに伝わるものは稀で、その所説に格別見るべきものが乏しくとも、当代詩学の水準をうかがうに足る一書である。以下、通志堂経解本『毛詩指説』の書誌を略説し、蒹葭堂版との対照に資する。

通志堂経解本『毛詩指説』、縦二十六・二×横十七・一糎。本文、十五丁。左右双辺十九・五×十五・〇糎、字高十八・三糎。毎半丁十行、行十八字。双行嵌注あり。十二箇所十六字分、空格。柱、「(字数)(裏)(黒魚尾)毛詩指説(丁数)通志堂(表)・(刻工名)(裏)」。十五丁裏末行、「後学　成徳　校訂」。十六丁表、一字下げ、行十七字に宋版の跋を翻刻(先掲)。十六丁裏、一字下げ、行十七字に納蘭成徳跋。

右毛詩指説四篇、一興述、二解説、三伝受、四文体、合為一巻、唐成伯瑜撰、後有建安熊子復跋尾、蓋乾道中、嘗刊于京口者、唐以詩取士、而三百篇者、詩之源也、宜一代論説之多、乃見於芸文志者、自毛詩正義、而外惟成氏二書及許叔牙纂義而已、成氏断章二巻、許氏纂義十巻、今倶無存、惟是編在耳、不可不広其伝也、康熙丙辰三月納蘭成徳容若跋、

時に康熙十五年(一六七六)、成徳二十二歳であった。

蒹葭堂がこの通志堂経解を入手し、それは恐らく不完本であったと思われるが、所収書中に『毛詩指説』を見出して、その翻刻を企てたのは、いかにもかれらしい着眼であった。それは、数少ない現存の唐代詩経研究書であるだけでなく、分量もさほど大部でなく、蒹葭堂版として恰好の書と言えよう。上梓に際しては、和刻特有の訓点を添えるため、毎半丁の行数を一行減らして罫内の幅にゆとりを設け、また双行注の箇所も、同じ理由で、文字の間隔を前後

に拡げはしたが、そのほかはおおむね経解本に準じ、空白部も、すべて空格対墨格の対応を示している。従って、経解本より二丁増加してはいるが、本文一行の字数をはじめ、版式・字配り等も、一丁表内題・著者名・編目名の排列以下、終始両者相似ている。

ただ蒹葭堂は、本書の刊行に当たって、底本小口の「通志堂」の代りに「蒹葭堂」の名を入れ、経解本に添えられた宋版の熊氏跋のみを残して、本文末「後学成徳校訂」の六字と康熙十五年納蘭成徳の跋とを省き、代りに「浪華木孔恭校訂」の七字を本文末に刷り込み、形を整えた。ために、本書が経解本からの重刻であることは、一見分かりにくく、あたかも熊・沈両氏刊本の南宋版が底本であるかのように見えるが、熊氏の跋は、経解本に付載されたものを、そのまま踏襲しているにすぎない。また底本の編校者の跋を削り、その名を表わさないのは、三か月前に刊行された『尚書大伝』や寛政七年刊の『鄭氏周易』に、底本の雅雨堂蔵書十種盧見曾の序をのこし、明和七年、『匡謬正俗』翻刻の際には、盧見曾序を原字体のままそっくり刻しているのと、対照的である。

この『匡謬正俗』の巻末に付された「浪華木氏蒹葭堂校訂開彫書目」十一部の中に、既刊の『毛詩指説』の名が見えないのは、おそらく発刊書肆を異にしているからであろう。本書は「大坂書林江島屋庄六開彫」であるが、『匡謬正俗』は「平安書林　河南四郎衛門・林伊兵衛」の相合板である。蒹葭堂版の嚆矢、宝暦十一年(一七六一)刊の大典著『昨非集』なども、これは「京師書舗」植村藤右衛門・藤次郎・藤三郎の三肆相合板ゆえか、やはりそれに含まれていない。ところがこの書目と、同じく『匡謬正俗』付載の「平安書林文錦堂蔵板目録」とは、収録の書名が重複している。つまりこのリストは、平安書林林伊兵衛刊のみの「蒹葭堂校訂開彫書目」だったのである。

『毛詩指説』の刊行書肆江島屋庄六は、明和五年六月に開板を願い出、同七月十三日、南組惣会所より許可が下りている(大阪府立中之島図書館蔵『新板願出印形帳』第一・『開板御願書扣』第十六、『享保以後大阪出版書籍目録』に摘要翻刻)。奥の年記は、すなわち出願時に相当する。時に蒹葭堂三十三歳、満年齢で算えると三十一歳と七か月であった。長友千代治氏の編まれた『享保以後大阪出版書籍目録』書肆索引(『大阪府立図書館紀要』館報特集号第二号所収)によって一覧するに、同書肆よりの出願九部のうち、本書がもっとも早い。ほかに、やはり蒹葭堂版の明和六年跋、明沈顥撰『沈氏画麈』や、同七年刊、明王元美撰『弇山園記』も、同じ江島屋庄六より出願されており、ともに細合半斎が跋や序を贈っている。

多治比郁夫氏の調査によると、出版関係記録や戸籍関係文書(道修町三丁目人別帳)などにより、「江島屋庄六」は、かりに形の上で半斎の息子を擬定するにせよ、実際は名目上の隠居である半斎自身と見なして差し支えない、とのことである(同氏「道修町三丁目時代の半斎資料」『大阪府立図書館紀要』館報特集号第三号所収)。細合半斎(一七二七―一八〇三)は勢州河曲郡江島の出身で、蒹葭堂に長ずること九歳であったが、はやく宝暦六年(一七五六)には蒹葭堂夫妻の媒酌をつとめ、蒹葭堂会・混沌社を通じての詞友でもあり(野間光辰「蒹葭堂会始末」、大谷篤蔵編『近世大阪芸文叢談』所収)、交情ことに密であった。そしていま、「江島屋庄六」という本屋の誕生により、蒹葭堂はこれまでの西京書林のようなプロ相手でなく、ここ浪華の地で、心置きなく出版を愉しめることになった。蒹葭堂の気心を知悉している半斎は、もともとこのような気楽なアマチュア書肆を開設して、蒹葭堂の出版活動にも協力し、わが刻書にも役立てようと、これはおそらく、両者談合の上のことでもあったろう。こうして、蒹葭堂版の『毛詩指説』は、書肆江島屋庄六の処女出版となった。そう言えば、裏見返し刊記は、いかにも素人の出版臭いたどたどしさが残っている。見返し封面の八分体隷書題名のごとき、あるいは夙慧の誉れ高かった半斎の息、「庄六」こと当時六歳の張庵筆ではなかったか。

蒹葭堂版『毛詩指説』に序を寄せた関世美(一七一八―八三)は、字は士済また考才、南瀕と号し、古義堂伊藤仁斎の末子蘭嵎《らんぐう》の門人であった。通称文平。もと浪華の回漕業者中休軒の子で、蒹葭堂に長ずること十八歳、堂の什物にも関心があった。はじめ京に帷を下していたが、寛延四年(一七五一)三十四歳の時、丹波篠山藩主初代青山忠朝に聘せられ、明和三年(一七六六)四十九歳で藩校振徳堂の創設に参画、その後裔も明治に至るまで、代々教授を勤めた(笠井助治氏『近世藩校に於ける学統学派の研究』下)。跋の撰者岡元鳳(一七三七—八六)は、字は公翼、通称尚達また慈庵、魯庵・澹斎などと号し、浪華の医家で本草多識の学に精しく、蒹葭堂と同好同嗜で、ともに蒹葭堂会以来の混沌社盟友でもあった。北堀江五丁目の蒹葭堂とほど遠からぬ北堀江宮川町に住み(安永四年版『浪華郷友録』・安永六年版『難波丸綱目』)、交遊頻りで、天明五年(一七八五)『毛詩品物図攷』を上梓したが、これには蒹葭堂が跋を贈っている。蒹葭堂は、新獲の通志堂経解本『毛詩指説』を翻刻するに当たり、改めてこの両者に序跋を請うたのである。

通志堂経解は、すでに編集後半世紀を経た享保期には舶載されており、「享保十年乙巳四番船大意書草稿」(長崎市立博物館蔵聖堂文書、大庭脩『江戸時代における唐船持渡書の研究』所収)には、

一、経解　　一部六十套六百本

右ノ書ハ先年ヨリ渡来リ候、清ノ納蘭成徳輯ル所ニテ、即享保二年、御用ニ上リ候、(同?)版ノ書ニテ御座候(但シ書古文訓春秋集解ノ内書□多シ)、

と見え、享保二年(一七一七)官庫に納められた旨記されているが、民間でも蒹葭堂のごとき蒐集家の手には、宋元の理学を網羅したこの浩瀚な叢書が、海彼新纂の巨編として珍重されていたのである。「浪華木世粛氏、近購得其書、将上木」(関世美序)と言い、「友人木世粛、近穫其書、刊之」(岡元鳳跋)と言うのは、いずれもこの経解本のことを指している。

さて、通志堂経解が、二酉の富をもって鳴る徐乾学伝是楼の架蔵本に拠ったことは、さきに述べたが、『毛詩指説』も、たしかにその蔵するところであった。徐氏の蔵書目録である『伝是楼書目』経部詩経の項に、

　唐成伯瑜詩経指説一巻　一本

と見えている。本書に宋刊本があったことは、巻末付載の熊氏跋で判明するが、徐氏の蔵本は、おそらくこのエディションではなく、その影写本、またはさらにその転写本であったと思われる。げんに、徐氏蔵の宋元版目録『伝是楼宋元本書目』には、この書名は見出せない。宋版の熊氏跋は、南宋孝宗の乾道八年（一一七二、本邦高倉天皇承安二年）三月十九日に成っている。熊氏、名は克、字は子復、建安の人。紹興の進士である。たまたま伝家の蔵書中に本書写本を見出し、京口で講義のテキストに使用していた。一日、同役の沈子順は、本書と同じ著者に成る『断章』をも探し求めて一帙にまとめようとしたが、なかなか見付からぬままに、ひとまずこの『毛詩指説』のみを、先に官版として摺刷に付した、と言うのが、南宋版刊行の来由である。ただし、経解本の本文および割注、わずか十五丁のうちに、あわせて十二箇所十六字分の空白が見られるのは、もともと唐人の著で、マニュスクリプトとして永年転伝書写されて来たことが、主因であろう。したがって、経解本の拠った影写本の祖本、南宋版本に、すでにこれらの空白部のほとんどは存していたと考えられる。念の為、蒹葭堂版までの諸本をたどると、次のようになろう。

第一次写本（著者原本……建安熊氏蔵写本）―南宋乾道八年跋沈・熊両氏刊本―第二次写本（影写本（……転写本）―徐乾学伝是楼蔵写本）―

通志堂経解本…蒹葭堂版本

『毛詩指説』は、経解本によれば唐成伯瑜の著と言う。しかるに、この著者については分からぬことが多い。岡元鳳は蒹葭堂版の跋で、

　伯瑜唐人、或曰六朝人、顧雖其履歴未詳、然其為書、称述古賢、闡明大旨、要亦伝承之言也、

と述べているが、その時代も不分明であれば、第一、成伯瑜なのか璵なのかも定かでない。欧陽修の『唐書芸文志』

には、

　成伯璵毛詩指説一巻、又断章二巻

とあるが、もともと徐乾学蔵本には瑜とあったのか、『伝是楼書目』をはじめ、徐本を翻刻した通志堂経解本、ならびにこれに拠った蒹葭堂版と、等しく瑜を襲い承けている。同じ蒹葭堂版でも、明和六年跋『沈氏画塵』の場合、諸書に見える著者沈顥の小伝を付載し、字の異同を問題にして、「右諸書所載、可見藉藉、但皆曰字朗倩、而此書独曰朗矐、或是前後改易、因引列于此、以備考検」と慎重であるのと、対照的である。

同治十二年（一八七三、明治六年）、原刊本通志堂経解納蘭氏序の康熙十二年（一六七三）からまる二百年経って、鍾謙鈞重刊本の白瑞麟序は成った。もとより蒹葭堂歿後のことである。その中でかれは、この唐人の名を、

　其中唐代之書、有陸徳明経典釈文・成伯璵毛詩指説

と、再び璵に復している。撰者は、多分『唐書芸文志』に依って訂したのであろう。もっとも、本文は依然瑜のままになっているが、いずれにせよ、璵・瑜ともに玉偏の文字で、おそらく「前後改易」ならぬ魯魚焉烏、はた帝虎亥豕の誤りであろう。些細なことながら、何とか解決して置きたい事がらである。

付記　発表直後、頼惟勤氏より、「最後に御指摘の「瑜」「璵」は、確言はできませんが、どうも宋室の諱がかゝわっているように考えられます」云々との御示唆を頂いた。なお、蒹葭堂版を書誌学的に概観した左記好論が近年発表された。

多治比郁夫「蒹葭堂版」『杏雨』創刊号　平成十年四月　武田科学振興財団

『諸国庶物志』解題

木村蒹葭堂(一七三六―一八〇二)の本領は物産家にある。そのマルチな人柄は、当時の人物誌『浪華郷友録』に「聞人」として先ずその名を見出すが、同書安永四年(一七七五)版ではそれについで「画家」と「作印家」に、寛政二年(一七九〇)版では「物産家」と「画家」に、それぞれ「木村吉右衛門」は三出する。また、両書の中間に位する『難波丸綱目』安永六年(一七七七)版では、「木村蒹葭堂」は「奇物者」「儒学者詩学者」「本草者」に名を列ね、さらに「石印彫」に「木村吉右衛門」が四出している。その文物万般にわたる並外れた蒐集も、半ば天性ではあったが、実は博物多識の徒として、考索に必須の営為でもあったのである。書画篆刻や作詩文のごとき、この表看板の前には、いわば高尚な趣味の域を出ない。

蒹葭堂は寛延二年(一七四九)、十四歳で父に従って京遊、松岡恕庵門人津島彭水(一七〇一―五四)に草木の事を質し、翌々宝暦元年(一七五一)、十六歳で母と上洛を機にその門に入った。間もなく師歿するや、汎く遠近の同学と切磋すること多年、天明四年(一七八四)四十九歳の春、京の小野蘭山(一七二九―一八一〇)に入門、誓盟状を差し出している(「蒹葭堂自伝」)。

交友網という人脈をフルに活かして、資料や標本蒐集にこれ努めた蒹葭堂は、自ら筆を執って、その知見やコレクションを分類し図譜に仕立てているが、これらの複製はすでに七十余年以前、大正十五年(一九二六)十一月に「蒹葭堂遺物」と題し、その百二十五年忌を記念して、府立図書館長や大阪市長その他操觚界の名士の発起に成る蒹葭堂会より四百部限定出版されている。『禽譜』(鷹司信輔序、富岡鉄斎蔵)・『奇貝図譜』(岩川友太郎序、辰馬悦叟蔵)・『植物図譜』(白井光太郎序)の三冊一帙がそれで、帙題簽は富岡鉄斎筆である。

その後半世紀、昭和四十六年(一九七一)三月、大阪府立図書館蔵の大田南畝問・蒹葭堂答の本草問答録、各自筆の『遡遊従之』が大阪資料叢刊第一輯として、多治比郁夫氏の肝煎りで府立図書館より複刊されたのを皮切りに、名のみことごとしかった交遊名簿『蒹葭堂日記』も、翌昭和四十七年(一九七二)四月には羽間文庫本十八年分(現、大阪歴史博物館蔵)が、また同五十九年(一九八四)十月には花月菴本二年分が、それぞれ関係者の理解と努力で複刻された。これらを機に、日進月歩の蒹葭堂研究も高速軌道に乗り、本草博物の分野でも高梨光司氏等々先人の先駆的業績を数歩進めるにいたった。滝川義一氏の労編『木村蒹葭堂の蘭学志向㈠ 語学・本草学を中心に』(昭和六十年三月、科学書院)、『木村蒹葭堂資料集 校訂と解説㈠』(佐藤卓弥氏と共著、昭和六十三年八月、蒼土舎)のごとき、その成果であろう。

これより先、昭和四十九年(一九七四)春、京都益富寿之助博士の主宰される日本地学研究会館珍蔵の蒹葭堂蒐集貝石標本が、博士や梶山彦太郎氏等の尽力で大阪市立自然史博物館に収まり、昭和五十七年(一九八二)三月には大阪市立自然史博物館収蔵資料目録第十四集として、『木村蒹葭堂貝石標本 江戸時代中期の博物コレクション』の発刊を見た。漆塗螺鈿装の豪華な重箱に整然と分類された見事な奇貝珍石標本は、平成八年(一九九六)大阪府文化財保護審議会で有形文化財・歴史資料として答申され、翌九年二月三日、府文化財の指定を受けた。大阪府教育委員会蔵の名高い谷文晁筆絹本著色「木村蒹葭堂像」(府立大阪博物場旧蔵、市立美術館保管)は、近世の代表的肖像画として昭和三十九年(一九六四)一月、国の重要文化財に指定されているが、このたびはその蒐集に成る貴重標本が本府の文化財と認定されたのである。

思えば明治、大正期の当地蒹葭堂景仰の気運を承け継ぎ、さらに昭和・平成にわたる二世紀四代顕彰の実を一層盛んならしめることは、蒹葭堂二百年忌辰を迎えるに当たり、一入切なるものがある。このたび複製する『諸国庶物志』(仮題)は、蒹葭堂自筆の地域別本邦物産分類書で、実見、伝聞の別なく汎く物産の話題と各種関連記事を、産地別に記載した稿本で、適宜、形状を図で示し、「出羽」の部「寒水石」の項には、「恭按」云々の著者(名は孔恭)按語も見える。袋綴じ一冊、六十丁(二十三・〇×十六・五糎)、表紙無題簽、地域の分類は左の通りである。

山城　大和　河内　△和泉　摂津
伊賀　伊勢　志摩　尾張　参河
遠江　駿河　甲斐　伊豆　相模
△武蔵　江戸　△安房　△上総　下総
常陸　江州　美濃　飛驒　信濃
上野　下野　陸奥　仙台　南部
津軽　松前　出羽　秋田　若狭
越前　加賀　能登　越中　越後
佐渡

三十五国、三都邑、三地方、計四十一部で、うち△印の四か国は未記入である。

四周単辺、半丁十行の用箋は、先掲『奇貝図譜』の末四丁と同じで、随所に欄外書込みや二十数個所の大小付箋がある。但し、本文と重ならずそれを隠さないように、適宜付箋を整え、一枚に影印し、わざわざ外れやすい原本通りの貼付形式をとらなかった。「河内」の部に、稲生若水(一六五五—一七一五)の『庶物類纂』よりの引用付箋がある。若水のことは、蒹葭堂自らおのれの学系を述べた「蒹葭堂自伝」第一段にも、先ず「物産家中興」として挙げている。

『庶物類纂』はその仕えた加賀侯前田綱紀(松雲公)の命により編纂に着手、歿後門弟や子息等が完成させた一千余巻の大著である。書名の判らない本書は、この引用書名を参考に、仮に「諸国庶物志」と題した。蒹葭堂はおのれの著述を、若水の著と伝えられる『採薬独断』に擬えて、「名物独断」と命名する予定であった(『日本山海名産図会』序)。

記述中、干支は早くて己巳(寛延二年、一七四九、十四歳)、甲申(明和元年、一七六四、二十九歳)の頃の話も採られているが、それらは間接の伝聞で、多くは天明期の紀年、晩くて乙卯(寛政七年、一七九五、六十歳)の文字が見当たり、主として編者中年以降の情報に基づくことが判る。惜しむらくは、中国、四国、九州地方の部立が見えず、西国の部は別に該当の冊が整えられていたかとも思われるが、存冊のみをもっても、物産家蒹葭堂の面目をうかがうに足る。まことに所変われば品変わるで、記事内容の一々が物産・金石・習俗に関する情報にせよ、また諸国の同好同臭者名にせよ、興味津々たる記述に充ちている。当時評判だったのか、「津軽」では建部綾足出奔の事情にも触れる。原本は兵庫県芦屋市中尾堅一郎氏蔵で、伝来の詳細は聞くを得なかった。

『蒹葭堂日記』との証定とは別に、わたくしは十数年以前、本書を一度引用している。「越後」の部に、壬辰(明和九年、一七七二)の夏、新潟の海産物、水引き蟹ほか二種の海藻が京都仏光寺へもたらされた旨、住吉霊松寺義端師の話として見えるのを、小論「釈義端と蒹葭堂」に引いたのである(『神田喜一郎博士追悼中国学論集』昭和六十一年所収、拙著『近世日本漢文学史論考』昭和六十二年に再録)。明和九年はまだ蒹葭堂三十七歳であったが、「山城」の部にはこれより二十年以上も後の内容と覚しき記事が見当たる。

一、同(泉涌寺)方丈善明院役僧智清ト云アリ、此ノ僧宇治ノ橋寺ヲ持ツヨシ小林亮適此人ノ縁ニて行タルヨシ

がそれである。尾張の人小林亮適(名文和、号香雪、好事家、京住、文化十年版『平安人物志』好事)等が宇治放生院常光寺、いわゆる橋寺の宇治橋造橋碑(断碑)を補修復原したのは寛政癸丑(五年、一七九三)秋九月であったから、この一項はや

はり本書の成立年代の一考拠として、援用が許されよう。

本書は去る昭和五十九年(一九八四)十月十八日、大阪美術倶楽部に於ける花月菴本『蒹葭堂日記』複製出版記念会に出陳され、また平成九年(一九九七)十一月、雑誌『混沌』第二十一号に畿内の部が解題とともに縮写紹介されたが、このたび、たとえ不完本にせよ、その全文を原寸大に影印してひろく江湖有識の士に供することは、編者の素志にも適い、泉下の霊へのこよなき供養とも相成るものと確信する。

谷文晁筆「蒹葭堂図」私見

今年の夏、さる懇意の方から雑誌『国華』九七三号（昭和四十九年九月）を送っていただいたおかげで、わたくしは大変勉強になった。それは、同誌に載っている吉沢忠氏の解説文に、教えられるところがあったこともさりながら、その図版である東京山内佑晃氏蔵『文晁筆花鳥図藁』中の木村蒹葭堂住居図稿原色版が、わたくしの年来の疑問を氷解させ、少なくともこの図に関する限り、解説者吉沢氏と全く異なる解釈をいだくにいたったからである。『文晁筆花鳥図藁』には、この蒹葭堂住居図稿や有名な肖像画の草稿なども含まれているが、まだこの書冊が山内氏に帰する以前、去る四十六年三月、東京柏林社書店の『古書目録』五十八号に、これらの写真が載ったことがある。わたくしはそれを故羽間平三郎翁より借覧し、『蒹葭堂日記』の解説にも、わずかながら触れておいた。もっとも、その時の肖像画稿識語の方は、写真判読の眼が届きかね、いま原寸に近い『国華』所収写真、ならびに吉沢氏解説文により、若干誤読のあることがわかった。その個所を訂しておこう。

顔之壁間→貼之壁間　遠其人則失→遂其人則失

亦不渝言也→亦不諭言也　東其家人→示其家人

さて、この蒹葭堂住居図稿は、大正十五年刊高梨光司氏の『蒹葭堂小伝』巻頭に、「谷文晁筆蒹葭堂之図、中井百太郎氏蔵」として掲げられた写真原画の下絵に当たる。そして、本絵の方は現在所在不明であること、文晁の他に三名の題賛があること、その三名はいずれも清人らしいこと、また文晁賛は、下絵のそれとくらべて若干の異同があること、すべて吉沢氏の解説どおりである。清人の名は「銭唐劉雲台」「仁和陸秋宝」「呉趨程赤城」のように読める。

当初わたくしは、高梨氏の著書に収められた写真を見て、そのひろびろとした遠近の眺めや邸内のたたずまいから、郊外の別墅図かと思ったほどである。ところが、文晁の題賛を読むと、浪華の蒹葭堂を訪れた文晁が、主人の請うにまかせて描いたものらしい。だがそうだとすると、広狭のほども記事と合わぬし、それに何より、家屋櫛比する浪華の市中とも思えぬ図柄である。吉沢氏は出光美術館蔵の『如意道人蒐集書画帖』住所書により、堂の所在地を「文晁が訪問したときの仮住居は、備後町二丁目としてほぼあやまりないのではなかろうか」と推せられたうえで、住居図下絵の文晁書入れを示して、

この画を寛政八年(一七九六)八月、西遊中に大坂の蒹葭堂の家で描いたこと、この住居は蒹葭堂の所罰《ママ》されたのちに新しくつくった仮住居で、せまいものであったことが知られる。蒹葭堂は新しい家を建てようと何年も考えてきたが、ついに果すことができなかった、と述べている。しかし、この画をみると、蒹葭堂の住居はそれほどせまいものであったとはみえず、堂々たる大邸宅よう《ママ》である。(中略)本絵も下絵と同様に、蒹葭堂の住居は堂々たる大邸宅のようにみえるが、画そのものとしては、下絵の方が本絵よりはるかに生彩を放っているようである。草々と写生を行ったばあいの文晁の筆は、柔軟でのびのびとして含蓄があり、当時にあっては群をぬいている。下絵とはいえ、本絵所在不明の今日、文晁によって蒹葭堂のような異色ある人物の住居図が写生され、しかも註記のともなっていることは、まことによろこばしい。


と結んでおられる。

蒹葭堂が、過醸の冤罪による伊勢退隠より帰坂したのが寛政五年二月十一日、そして翌月九日には、備後町より呉服町に移っている。一方、文晁が松平定信の命により西上、はじめて蒹葭堂を訪れたのは寛政八年七月二十五日であ

った。従って、その後の訪問を含めて、すべて呉服町の住居であったと思われるが、いずれにしても、殷賑をきわめた街なかであることに変わりはない。一度かすめた素朴な疑問は、依然として脳裏に伏在したままであった。

ところが、『国華』を手にして、貼り込まれた原色図版に見入るうち、わたくしはふと、これは写生図ではなく理想図なのではないか、という気がして来た。今の今までわたくしは、ほかならぬ写生の名手文晁の作とて、不知不識のうちに、つい真景図と思い込んでしまっていた。この点、紹介者吉沢氏もご同様とお見受けする。だが、これはどうもおかしい。そこで、この下絵の欄外記事やいわれ書き(本絵の題賛と六か所異同あるほか、殆ど同文)など、文晁自身による書入れをもう一度よく読んでみると、果してわたくしの不審は晴れ、はじめてこの図の意味がわかった。と同時に、はやく高梨氏著書所掲写真の文晁題賛を、不分明を理由に精読しなかった懈怠を恥じた。

文晁の書入れは、右欄外に画の概要を述べ、画面左隅に執筆のいきさつを識したものである。

蒹葭堂案冪　蒹葭堂図、門前臨流水、入門行?竹樹為径、数歩為書堂、堂前後雑植異花名卉、間以諸国怪石、軒砌梧柳垂陰、書房一区、上設小閣、房後有二庫、分収本邦外城(ママ)之書典、有薬欄、有蔬圃、有果園、有魚沼、隣村接檣(ママ)、皆可経行、遠山入窓、日可眺望云、

予荷画癖、捜四遠山水、西遊[1]之日偶訪蒹葭堂、世粛乃廼(ママ)[2]余其堂、堂則災後所仮構、延袤僅不過数武焉、従容許曰、私心嘗窃欲新吾草堂、于兹有年矣、於今終也果(ママ)[3]、請、子幸採択予本意、盤礴以賜之、旦夕親以慰宿想焉、於是乎、予起推其旨於指掌間、聊爾塞請[4]耳、丙辰八[5]月、写於[6]浪華蒹葭堂中、文晁

(本絵題賛との異同、1 游、2 延、3 不、4 需、5 仲秋、6 于)

まず、欄外の書入れを見よう。この図稿を、文晁は「蒹葭堂案冪」と題している。これが絵画の専門用語かいなかは、しばらく措く。さしあたり、案は草稿、下書き、もしくはプラン、アイディア、冪《べき》は重ね合わせ《モンタージュ》というほどの意

であろうか。つまりこの画は、主人のいだく蒹葭堂の構想を思量忖度して、それを造形的に重ね合わせ組み立てた、一種の理想図なのであった。従って、そこに描かれ、且つ注記された門前の流れも竹林中の小径も、庭の植込みも石組みも、そして書堂、書房も和漢書用二棟の書庫も、薬欄、蔬圃、果園、魚沼も、牆越えの隣村も、遠山の眺めも、すべてはあるじの望ましく願わしかるべき自適の住まい構築を目指す、筆者文晁の周到な営為のあとであり、いつしか二者の心魂相触れ合って、紙上に現成された架空の邸宅図だったのである。実際の写生図であれば、よもや「案冪」などと呼ぶことはあるまい。文晁は、この図稿の特色を、一言もって蔽ったのである。

文晁はまた、この図を描くにいたった経緯をも、要領よく述べている。来坂のかれが招じ入れられた蒹葭堂は、堂主の伊勢より帰坂後の仮寓とて、何と「延袤僅かに数武に過ぎ」ざる、まことに手狭な住まいであった。延袤とは東西と南北、横と縦、つまり広さ、武は半歩、三尺のいいである。文雅なあるじの語るには、「実を申しますと、数年前から、手前どもの陋屋を何とか建て直そうとは存じながら、今日までついぞ果さずじまいでございます。文晁さん、どうかやつがれの、このせつない胸のうちをお察し下さり、縦横自在のお筆で、念願の家屋敷図を、お心おきなくご揮毫頂けますならば、幸いこれに過ぎるものはございません。心底その妙筆を本《ほん》のわが家と思い、朝に夕に眺め入って、今に見果てぬ夢を医《いや》そうと存じます」と。あるじのこの依頼を快く聴き届け、たやすくその願うところを推しはかり汲み取りつつ、「それでは……」と早々に揮灑したのが、すなわちこの画稿なのであった。筆意暢達、生彩に富むのももっともである。時に蒹葭堂六十一歳、文晁三十四歳であった。

これを下絵として、やがて本絵が入念に描かれた。主人は、丹精込めた迫真の本絵に、筆者文晁の題賛のほか、程赤城ら三人の清人にも賛を請うた。いまや堂主として、かれは幾たびこの図に見入り、且つまぶたを閉じて、図中建立の小天地に住するの感をほしいままにしたことであろうか。こうして、文晁筆「蒹葭堂図」は、堂主の理想境を隈なく描き尽さんとの制作動機から、図柄は藹気に充ちている。画家は胸中の丘壑を写《えが》くといわれるが、これはまさしく、蒹葭堂主人の胸中に徐に醞醸された世界に、筆者文晁みずから参じて、解衣槃礴、自由に構図彩色したのである。「浪華蒹葭堂中に写く」とはいっても、それが現実の堂の実景写生《スケッチ》ではないことは明らかであろう。かの蒹葭堂肖像画の場合と異なり、おなじ筆者でも、真景ならぬ心景図をもって、実際の蒹葭堂の規模を云々することは、いささか見当はずれというものである。

　これにつき、思い合わされるのは、頼春水の『在津紀事』が伝える蒹葭堂の逸話である。

　世粛数修其居宅、益狭隘、世粛常言、文徴明停雲館名著、客来問何在、徴明云、吾館自図書上来、是可傚也、因嘗作蒹葭堂図、規模宏闊、皆属仮設。

文徴明のエピソードは、頼惟勤教授の注によると、明、陳宏緒『寒夜録』が出典とのことであるが、この徴明の故事に倣い、「吾が館は図書上より来る」とて、「規模宏闊」な堂図を「仮設」し、忙裡閑を偸んで俗を去るの工夫を致した蒹葭堂主人も、やはり大風流の名に背かぬうつわの人であったといえよう。この仮設蒹葭堂図が、文晁筆のそれを指すのかいなかは、いま問うところでない。

付記　「蒹葭堂図」文晁題賛の礎稿は、奥田尚斎『拙古堂文集』に収められており、尚斎の代作に成る事実を、多治比郁夫氏より知らされた。同氏「『拙古堂文集』と奥田松斎」(『混沌』第四号、昭和五十二年五月)参照。なお、吉沢氏もその後御自身で誤解に気付かれ、『在津紀事』の一文も想起された旨、御本人より来信があった。

長久保赤水宛書翰

一

先年わたくしは、蒹葭堂の生涯を賛えた一連の腰折れの中に、『蒹葭堂日記』のつけ方と朱墨の書き分けに触れた一首を、

訪れしまれびとの名は旬日にまとめ記せり旅立ちは朱に

と詠み込んだが、堂主景慕の余、その二十五首全作を新出花月菴本紹介の学会発表用レジュメに引用し、さらに複本の解説に付録したうえ、厚顔にも三たび周甲記念の小著に収載した。たしかに筆者蒹葭堂は、現在大阪市福島区海老江の羽間文庫と天王寺区上本町の田中花月菴とに分蔵されている両自筆日記を通じ、朱墨二色の使い分けを行なっているが、そもそも筆者がこの日記をつけはじめた当初から、言い換えると蒹葭堂主人という稀代の蒐集マニヤが、簿冊の形で交遊人名を「蒐集」しようと発起した当座から、ほぼ十日ごとの整理はともかく、こちらより訪問した場合は朱でしたためる、という習慣が確立していたわけではない。この習わしが定着するまでには、やはりある程度の歳月が必要だったようである。

たとえば、現存日記の初冊に相当する羽間文庫本安永八年分を繙くと、四十四歳の堂主はまず四月二十三日より二十六日まで上洛し、本草学の師小野蘭山に会っているが、朱書の執筆ではない。同年九月三日より二十六日まで、こ

れも主として本草関係の所用で今度は一と月足らず上洛、小野蘭山はもとより洛中の文人誰彼と寧日なく交遊を重ね、高尾にも遊んだが、これらの記事もすべて在宅時と同じく墨書されている。また三年後の天明二年、四月九日より上洛して蘭山はじめ高芙蓉や藤貞幹等に会い、宇治に聞中禅師を訪ねて同十九日帰坂するまでの十日間の記録も、全く同様である。さらに天明五年三月五・六・七・八・九の上洛五日間の記事も、まだ色替りではない。現存の『蒹葭堂日記』で他出や旅立ちに朱書が現れるのは、天明七年二月二十六日より三月二十四日にわたる、月余の伊勢、京都遊歴記事が最初である。時に蒹葭五十二歳であった。

もっとも部分的には、直接面会しなかった場合、すなわち自分の留守中の来訪者名の頭に「留主」と朱で注したり(天明二年十月二十六日に四名)、その人名自体を朱書したもの(天明三年九月十四日、来正・ツ、ラ八)、また「午後社参」に他出を注するかのように、朱線三本で左右下と髭書している(天明三年九月十六日)など、すでに朱書習慣化の芽生えとも取れなくはない。わずかながらこのような墨を朱に替えた意識が、やがて他出、旅立ち記事の整理には、期間の長短となく、すべて朱筆に執り換える習慣にまでおいおい発展し、固定して行って、ついに最晩年の寛政十二年、同十三年(享和元年、歿前一年)には一寸した他用外出にも朱を用いるまでにフィーブルになったのでもあろう。なお、このついでに、一体『蒹葭堂日記』は何年頃から付けられていたのか、という疑問に触れて置きたい。

『蒹葭堂日記』ははやく二十四年間十八か年分の簿冊が、現羽間文庫本五冊に合綴され、その欠冊六年分のうち二か年分二冊が、生《うぶ》い形のまま昭和五十七年春花月菴より発見されて、現在二十年分の繙閲が可能である。したがって、蒹葭四十四歳の安永八年から六十七歳で歿する享和二年の命終十五日前、一月十日の記事まで、その間四年分の欠冊のまま現存することになるが、堂主が日々応接した来訪者、またこちらから出向いた訪問相手の名を、このような形の人名簿に記し留める習慣を、何時より身につけていたのか、正確にはもとより判らない。ただ、現存簿冊の最早年度『安永八己亥年日記簿』の記入振りを子細に見ると、あるいはこの年よりあまり隔たらぬころか、ひょっとするとこの簿冊こそが最初の日記簿だったのではないか、という気がする。

そのわけは、本簿冊の記載全体が後年のそれらのように細密化して居らず、日常の多忙さ、客との応対数の点ではすでに似たり寄ったりであったに違いないにも拘らず、比較的字間が疎闊かつ運筆が入念だからである。記載ぶりがこのように謹直で事務化の度合が低いことは、この冊をしたためた時が、筆者のまだ日記をつける習慣の確立当座であったことを思わせる。それはどこまでも推測である。しかしもしこの「推測」が当っていれば、現存日記以前には簿冊が実際に存在していなかったことになる。少なくとも堂主の日記生活の習慣化は、安永八年(一七七九)以前には、あまり遡り得ないのではなかろうか。さきに他出朱書の慣行確立過程に言及したので、一言、日記簿自体の成立に関する私見も併せ述べたまでである。

二

ここに紹介する水戸の地理学者長久保赤水(一七一七—一八〇一)宛蒹葭堂(一七三六—一八〇二)書翰も、じつは日記朱書の条項と相関わる。すなわち本翰を裁した寛政三年(一七九一)十一月二十二日は、当年五十六歳の堂主が一年前、暖冬の異常発酵ゆえに過醸の罪に問われ、浪華北堀江の邸を退去し、知己増山雪斎の伊勢長島領川尻村に仮寓中、二か月余り上坂して再び川尻の寓居に帰着した、まさにその翌日だったからである。事実、翰中「小子も九月下旬ゟ上坂仕居候処、旧宅辺存外之火災」云々に該当する、寛政三年九月二十日より十一月二十一日までの浪華滞在の日記記事は、すべて朱書されている。

それにくらべ、翰中の「小子義去年は当国川尻村へ引移り申候」に対応する、寛政二年九月二十六日大坂発足、十月九日川尻村着の日記当該個所がかえって墨書のままで、朱書に替っていないのは一体どうしたことであろう。出発前日の二十五日、年来経営の堂をあとにしなければならぬあるじは、懐徳堂の中井竹山その他へ暇乞いに廻り、昼には梅松院における混沌詩社の盟主、そしてわが句読と詩文の師片山北海の葬儀に参列し、永の訣れを告げた。いよいよ出立当日の二十六日は、見送りに来合わせた人たちに送られて午後乗船、翌二十七日、雨の伏見に着き、竹田を過ぎ、昼すぎ入京、三条の美濃屋弥七方に宿をとっている。匆々の間浪華を発ち、これまで上洛のたびに使った淀船に搭《の》る堂主の心情は、察するにあまりあるが、この間の記録をあえて墨書で行なっているのは何故であろうか。すでに、旅中記事は朱をもってするとの記載習慣は定まっていたはずである。

忖度するに、これはただ身辺座右の文具とか便宜の問題ではなく、このたびの旅立ちに限って、本貫浪華を単に一時離れる態のものでなく、故郷を喪失し、あるいは終生住み直し住み遂《おお》せるべき新たな郷貫への移徙、と割り切ったがゆえにではなかろうか。つまり庇護者増山雪斎の誘いを甘受し、〝今日よりは川尻村こそがわが本居〟と、思い立った当初より強いてわが心に言い聴かせ、自らを納得させた悲痛な胸中の反映のように思えてならない。もっとも、長島領へのこのような期待は、翰を読みつけば、徐々に薄らいで行ったことが判るのであるが。

本翰、東京国立博物館蔵貼交帖『尺璧帖』所収。翰の表(貼裏)には受取人長久保赤水の筆かと思われる筆跡で、「蒹葭堂書 亥十二月十三日来」と認《したた》められている。赤水、すでに齢い七十五歳であった。伊勢長島領川尻村での蒹葭裁書が十一月二十二日であるから、その日より二十一日目に宛先に届いたことになる。先ず無沙汰の詫びをかねての時候の挨拶からはじまり、昨年川尻村へ退隠はしたものの、どうも地勢を見込んではじめの思わくと異なり、永住の地とも思えぬので、大坂の本家相続問題が終り次第、再びかの地に戻りたい、そういつまでも公務繁多の長島侯増山雪斎のお世話になっているのは心苦しい、と述べている。

さて、この二か月前の九月二十日より、堂主は大坂へ出向いていたところ、十月九日夜八ツ前、四郎兵衛町より出火し、身を寓《よ》せていた尼崎屋五兵衛宅も類焼して、百間町の油屋吉右衛門宅へ避難する騒ぎであった。「旧宅辺存外之火災御坐候、南北堀江嶋内不残類焼仕候、拙寓も類焼仕候」とは、このことである。この間の事情は、『蒹葭堂日記』寛政三年十月十日、十一日の朱筆記事と、『摂陽奇観』巻之四十一、寛政三年の条（「浪速叢書」第五）とを対比すれば、委細が判明する。

○『蒹葭堂日記』寛政三年十月

九日　晩雷アリ、尼五へ行、平賀子息ニ逢申候

十日　九日八ツ時出火　尼五宿類焼　百間町油吉宅逃行　四郎兵衛町ゟ夜八ツ前出火東堀迄　十一日朝マテ消ス　篠崎来

十一日　早朝出テ火事場見廻り　堂島山家屋行キ油吉ニ行　マチ同伴　山家屋ニ帰リ宿　又　夜　大高元恭来訪三宅新兵衛　坪長来ル

○『摂陽奇観』巻之四十一　寛政三年

一、十月十日、伏見屋四郎兵衛町出火

九日の夜宵より西北の隅ニ稲光り常ニ異也、雷次第ニ強く鳴り、折節大風吹出て雨はなし、八ツ時分南堀江伏見屋四郎兵衛町三井次郎右衛門借屋、松屋清七といふ紺染屋より出火、初メ西北風強く段々東北へ焼行、東は幸橋より橘通不残西横堀まで、北は瓶橋迄やけ、夫より北堀江へ火移り、御池通四丁目へやけ、夫よりあミだ池南門前筋東へ焼行、同三丁目を長堀迄やけ、其火四ツ橋辺まで一面ニ焼抜ル、四ツ橋の火うなぎ谷堺筋へ飛

火、在々所々之火ロ一所ニ相成り東堀西浜側まで焼ぬけ、同十一日朝卯之下刻ニ火鎮ル、和光寺別条なし、越後町茨木屋へ飛火、早速打消ス、十日夜は時々小雨降て風強シ

一　町数八十七丁　一　家数二千十軒

一　竈数壱万三千三百八十軒余

一　土蔵二百七十七箇所　一　穴蔵廿四箇所

一　三津八幡宮　一　三津寺大木之楠焼ル

一　道場九箇寺　一　京極壱岐守殿蔵屋敷

一　納家百九十四箇所　一　北堀江此太夫芝居

一　橋四ツ　日吉はし 堀江はし　隆平はし 木綿はし

東西長サ千四百弐間但し町ニ直し廿三丁廿二間

南北長サ三百七間但し丁ニ直し五丁七間

三

本翰所用の第一は、長久保赤水著『唐土歴代州郡沿革地図』の無彩色摺卸しを送り届けてほしい、彩色と仕立てはこちらでしたいから、お手数ながら須原屋より摺卸しのまま取り寄せて送っていただきたい、という依頼である。第二は、同じく赤水の著述で、さきに知らされていた『大日本史地理志稿』の完成具合を伺い、蒹葭堂蔵本中に、その参考になるはずの『越後名寄』(丸山元純撰・秦檍丸補、宝暦六年自序か)が見つかったので、もし閲覧をご希望ならばお

送りしましょう、また『尾州国志』も借りる手筈になっているが、まだ届いていない、来たらご連絡しましょう、そのほか、まだ申したいこともありますが、後便に譲りたい云々、というのが本文である。いずれ、地図学の専家による周到な吟味が待たれる内容である。

追而書は、本翰の最大要件である『歴代沿革図』摺卸しの送り付けを、近々願いたい旨の念書に加え、今秋大坂に上る途次、上洛して相国寺の大典に会ったこと、その節、水府には人材が居る由聞かされ、その人の名を知らせてほしい、筆跡も入手したい、もし出来れば蒹葭堂に題する詩を頼んでほしい、ほかにもお願いがあるが、昨日の今日とて取り紛れ、乱筆失礼する、自分は近年、いろいろ俗念多く、詩作からも遠ざかった、もっぱら今は本草学に打ち込み楽しんでいる、何とか大坂の本家を再興できれば、巷間の隠者になろうと思う、体力も衰え、遠出はもはやむつかしいから、いよいよ懐かしく思えてならない、お暇にはお便りをお待ちする、ご返事を下さるなら、四日市黒川彦左衛門という飛脚宿気付け、川尻村木村吉右衛門宛にお出し下されば、直ぐに届けられます、と結んでいる。筆者は文通を冀う知友の誰彼――松浦静山や頼春水等に「勢州三重郡川尻村往来地図」一舗を送っているが、それには左脇に「川尻村書状荷物等受取所四日市南町黒川彦左衛門」と刷り込まれていて、この記事と符合する。

当年五十六歳といえば、頽齢というほどではないものの、不遇裡の気の弱りと人懐かしさが昂じ、追申の内容は多く本文のそれと重複する。しかしながら、依然行間に脈々たるものは、装丁、彩色を含めての刷版への情熱と、蔵書の提供という研究者へのサービス精神、さらには蒹葭堂寄題詩蒐集への飽く無き貪欲であったことは、改めてわが蒹葭堂はいまだ健在なりとの感を深うする。

蒹葭堂書 亥十二月十三日来

二白御労煩ニ奉存候へ共沿革図摺り
卸し近々御登セ被下候へは可忝奉存候
当秋上坂之節ニ上京仕候京師
相国寺常長老ニ拝眉申候其節は
貴国才子ノ有之候由承及申候何と云人
一簡啓呈仕候尓後御疎闊ニ
御坐候哉御知らセ可被下候手筆詩文ニても
御坐候寒威日甚敷候処
御恵被下候へは可忝奉存候若可相成候得は
函丈益御安健被成御坐候由
蒹葭堂詩なと御乞被下候は可忝奉存候
欣喜不尽ニ奉存候拙家無异罷在候
其外乞度義とも多々御坐候得とも昨日帰宅
乍憚御放慮可被下候小子義去年は
仕候而甚々紛雑々罷在候粗筆ニて
当国川尻村へ引移り申候地勢は相考申候
御免可被下候小子ハ近年種々俗思とも
永久之地とも不存候へハ大坂表本家

有之候而文雅とも中絶仕候然る上にては
相続も出来候へは小子当国随分
本艸計専門ニ仕候相楽ミ申候何とそ早々
仕候間大坂へ退隠可仕候哉と奉存候
大坂本家を再興仕候へハ小子も市隠
長嶋侯ニは近比御公暇迥ニ御坐候故
々相成可申候と奉存候寂早身分甚々弱り申候
長と御世話ニ相成候義も気毒ニ奉存候
遠遊シ出ハ成不申候甚々御懐敷奉
種々相考へ罷在申候小子も九月下旬ゟ上坂
存候御閑暇ニ御便も被下候へは可忝
仕居候処旧宅辺存外之火災
奉存候此書御返事も被下候は四日市
御坐候南北堀江嶋内不残類焼仕候
黒川彦左衛門と申候飛脚御宿御坐候川尻
拙寓も類焼仕候散々迷惑仕申候何分
村小子名前御書付被下候而飛脚ニ御出し
来春なとは帰坂も可仕候哉と内々相念し申候

被下候へは早速相達し申候以上
彼是不幸之事御憐察可被下候
一先達而御頼被置候御上木被成候
歴代沿革図無彩色摺ヲロシ
御世話被下候は可忝奉存候小子方ニて彩
色仕候而仕立も仕度奉存候千万
御労煩と奉存候得とも須原屋へ被仰付而
摺卸しノ儘御取寄被下而御登セ奉頼上候
小子方ニて彩色仕候而蔵本ニ仕度候間態々
御頼上申候宜敷御方便奉希上候
一先達而御噂被下候日本史地
理志之義も弥々御成就被成候哉近比
越後名寄と申地理書取出し申候故
御知らセ申上候随分委敷相見え申候若
御用も候得は相下シ可申上哉尾州国志
借寄之筈ニ候得ともいまた入手不仕候又と
相調候へは可申上候其外申度義も御坐候へとも
折節取紛申候故早々申残し候尚期後

音可申謝候頓首謹白

木村吉右衛門

十一月廿二日

長久保源五兵衛様

玉案下

三矼亭集書画帖所載蒹葭堂来翰二通

すっかり忘れていた十年以上も昔のことを、その折同行の日野さんがよく覚えていて、それではと、あらためてご都合を伺ったうえ、伏見の中野氏友山文庫を訪れたのは、昨年の五月九日だった。お目当ては書画帖に貼り込まれた大窪詩仏の画賛だったが、当日撮影を許されたその画帖には、ほかにいろいろおもしろい小品の貼り交ぜがあり、中に蒹葭堂宛、片山北海と那波魯堂の漢牘各一通が目についたので、紹介する。

画帖は、かりにその蒐集者名をとって『三矼亭集書画帖』と呼ぶ。布表紙、縦三十六・八〇、横三十・五五、厚七・二〇糎一帖で、表裏四十面ずつに、序、詩稿(古人作や対句を含む)一〇四点、画(画賛ともに)一〇二点、短冊十八点(俳句十・漢詩七・他一)、句稿四点、歌稿二点、書翰六点(漢牘四・和文二)、名乗書一点、唐本随筆目次一点が集められている。詩稿と画賛が圧倒的に多いのは、亭主の趣味を反映しているのであろう。巻首に文化二年(一八〇五)五月、皆川淇園(一七三四—一八〇七)の序がある。

三矼亭集書画帖題首　淇園　(朱)

今世人士、率無下不三求集二当世名書画一者上、迹為レ帖而以蓄レ之、其所レ集者、多或数百、少或止二二三十一、其帖或大盈レ尺、或小不レ過二二三寸一、而必又請レ人作二之題首一、余所レ為レ題者、已及二四五帖一矣、又有下以二一箋一請二之衆蹟其上一者上、余為レ之題レ額者、亦近二以レ百計一、如下以二一扇一集レ之者上、則殆比屋可レ封也、然以二一扇一箋一集レ之者、其作相重雑遝失レ致、要レ之不レ如下帖之各専二其迹一无中相碍累上也、河内三矼亭主人、作レ帖、其多寡大小並得二其

宜㆒矣、頃介㆓森川生㆒、以需㆓其首題㆒、余適方㆑有㆓是説㆒也、因書以塞㆑責云、

文化二年乙丑仲夏三日

平安皆川愿書　皆川愿印（白）　伯恭甫（白）

本帖の蒐集者三砿亭は、文政六年版『続浪華郷友録』に、

栗　園　画竹　名周春　一号三砿　山田　田中伊右ェ門

と載る人物であろう。善く竹を画いたと見えて、文化三年春二月十二日、北野大融寺で催された新作展に、やはり墨竹図を出陳していることが、当日の目録『新書画展観款録初編』(浪華宮君山輯、文化二年冬篠崎三島序)に、

墨竹図　同(河州)山田　田中三砿

とあることで知られる。河内国には山田郷が、南河内郡と交野郡の両方にあったが、ここは交野郡のそれであろう。現在枚方市甲斐田町の田中氏一族かと思われる。庭に山田池あたりからの遺水が引かれ、石橋が三つほどもかかっていたのかも知れない。

皆川淇園に請題を取りついだ森川生は、あるいは森川竹窗(一七六三―一八三〇)ではなかろうか。竹窗が皆川淇園門下であったことは、淇園の門人録『有斐斎受業門人帖』寛政五年癸丑(一七九三)欄に、

九月廿二日　摂津大阪　森川曹吾世黄

と、その名を列ねていることで判る。文政十三年十一月二日(十二月十日改元、天保元年)六十八で歿しているから、淇園入門時は三十一歳、文化二年は四十三歳であった。竹窗も墨竹の妙手であり、あるいは三砿亭の師友筋にあたるの

かも知れない。なお、文化二年は淇園七十二歳、歿前二年の撰書で、文意もおのずから老成円熟の風がうかがえる。

書翰の筆者と宛先人の生卒は、次の通りである。

片山北海　一七二三―一七九〇
那波魯堂　一七二七―一七八九
木村蒹葭堂　一七三六―一八〇二

○片山北海書翰

縦二十・一〇、横十六・五〇糎
舟上独酌模様入料紙

桃花佳辰、清風和暢、実獲二蘭亭疑景一、恨　雅候違和、不レ得レ終二修禊古事一、敬具二一封一、恵損盛荷、殊多謝々、日知録二套許レ貸、向所二恵借一池北偶談一帙、完璧附上、間有二掲帖一、未レ遑二抄録一、他日再借、幸甚、座上有レ客、草次不乙

上巳復

蒹葭木君足下　片猷頓首拝

本翰の年代は不明であるが、某年三月三日、蒹葭堂主催の蘭亭会に参じての帰後、裁したものと推せられる。王逸少蘭亭序の「歳在癸丑」年を求めると、寛政五年（一七九三）になるが、『蒹葭堂日記』には一向にそれらしい記載も無く、がっかりさせられた。だいいち、北海はすでに寛政二年九月二十二日、六十八歳で他界していて、もはやこの世にない。したがって、下限がこの年というだけで、依然年代は不明である。ともあれ、当日は折角の天候が崩れ、会稽山陰の会に擬えた修禊の故事も、中途で散会したらしい。

帰宅後、北海は心尽しの引出物を謝し、顧炎武の『日知録』貸出を許されたことを、とりわけよろこんでいる。さきに借り出していた王漁洋の『池北偶談』は、一旦お返しするが、卒読、ところどころに栞を挿んだだけで、まだ写し採っていない。後日、もう一度あらためてお貸し下さればありがたい。来客があるので、とりあえずお礼のみ、とある。北海が借覧したこれら蒹葭堂蔵本の行方やいかに。内閣文庫漢籍目録のこれら二書には蒹葭旧蔵を示す「蒹」の略号は付されていない。

○那波魯堂書翰

縦十九・四〇、横二十一・二〇糎

蕉下美人模様入料紙

錦札従二林生一達、已審二起居安然、筆研無レ恙、兼有二高堂記山水跋之托一、此已約在二前日一、況皆韓人互相賞褒、以為二長相憶之地一者、僕与二足下一倶受二韓人交誼一不レ少、則何必辞、以二文之陋筆之拙一哉、嚮従二舟次一贈致者、亦因二蕉仲禅一達鄙案、亦皆足下能保二浮沈一耳、韓人最後握レ別、特荷二足下恵賜一、于レ今不レ忘、々々弁而言レ之、日前唱酬、終始蒙二盛贈一特厚、唯恨、沙岸一別之後、下下再走二貴亭一与二大真諸輩一会上、終闕二舟次一書一、却使三万里永別帰人、更添二相思一念一、真所レ謂情溢辞呑者耳、林生致レ書者帰急、因報二前後両回緘封無レ恙、心中欲レ言者、待二近便一別発、万是焰亮、五月廿三日、奉復　師曾頓首

蒹葭君清稟

話題が、十代将軍家治の襲職を賀して宝暦末年来朝した朝鮮李朝二十一世英祖の通信使にかかわるから、日付は宝暦十四年五月二十三日と考えられる。宝暦十四年（一七六四、六月二日改元、明和元年）、魯堂三十八歳、蒹葭堂はその九歳年少であった。文使いの林生は、おそらく京の書肆文錦堂林伊兵衛であろう。その頃の文人連中ととりわけ昵懇

で、関係書を多く出版している。文意はやや鮮明さを欠くが、こころみに次のように解してみた。

魯堂はかねて蒹葭堂主人から、その堂記と山水図の跋とを属されていた。風流好事家蒹葭堂の名は、つとに鶏林の客人の間でも有名で（『韓人筆談』後掲那波利貞博士論文引・『両好余話』等）、堂主の描く堂雅集図は、それを贈られた成竜淵書記らも、「披覧忻然」（『萍遇録』）たるものがあった。したがって、同様韓使一行と親しく交わった魯堂とて、その堂記を撰ぶにやぶさかではなかった。ただし、魯堂撰蒹葭堂記はまだ管見に入らない。実弟奥田尚斎が谷文晁のために、「蒹葭堂図題賛」を代作したことを想起するのみである。

魯堂が舟で信使に贈り届けたいつぞやのばあいも、また大典禅師（時齢四十六歳）が、先方よりことづかり持ち帰ってくれた魯堂筆草案も、いずれも蒹葭堂の善処斡旋あってのことだった。信使の一行は、五月初め浪華出発に際し、蒹葭堂から贈られた堂雅集図や一行の名字号を刻《ほ》った印などを、一入珍重していた（『東華名公印譜』）。かれらの喜びようは、いまでもありありと想い浮かべることができるので、あわせ申し添えよう。

かつて魯堂は、浪華より江戸まで、往来ともに終始一行に随伴して唱酬を重ね（『東游篇』）、ことに先日は、浪華の客館津村別院（北御堂）で懇ろな応酬が交わされた。けれども、四月七日早暁起こった、通詞鈴木伝蔵の都訓導崔天淙殺害事件より、本邦人士と韓使との交歓もままならず、魯堂は一足早く帰洛に及んだ。もはや再び蒹葭堂を訪れ、また韓客たちと筆談唱和も相成らず、ついに一行の浪華出帆に、送別吟を餞けることも出来ずじまいで、かえって万里永訣の帰客の尽きぬ名残を、一層かき立てることになった。洵《まこと》に、心余りて詞足らずである。

使いの林文錦堂は帰りを急ぐゆえ、いまはあなた（浪華蒹葭堂）よりの来翰は二度とも無事落掌したことだけを、とりあえず報告いたし、他の所懐は、改めて近々お便りいたしましょう。それをご覧下さい、云々とある。「大真」とは元の太祖十年（一二一五）冬十月、蒲鮮万奴が遼東に拠り号した国名で、朝鮮国ではない。これを朝鮮の異名に使うことがあるかどうか、わたくしは通信使研究の第一人者李元植氏にお質ねした。氏よりは早速、恩師李丙燾博士の説などを示され、朝鮮の別称ではない旨の垂教に接した。ただ、ここで魯堂は、どうも来日通信使一行を「大真諸輩」と称しているように思う。

なお、本翰にとりわけ関係深い文献に、次のごときものがある。

○『四国正学 魯堂先生』 猪口繁太郎(新里) 大正五年六月

○「萍遇録より見たる蒹葭堂」 丸山季夫 『上方』百四十六号 昭和十八年三月

○「明和元年の朝鮮国修好通信使団の渡来と我国の学者文人との翰墨上に於ける応酬唱和の一例に就きて」 那波利貞 『朝鮮学報』四十二輯 昭和四十二年一月

○「魯堂と朝鮮聘使との筆談」 那波利貞(内容、右と同) 『雅友』七十六号 昭和四十五年十二月

○「明和度(一七六四)の朝鮮国信使——成大中との筆談・唱酬詩巻を中心に——」 李 元植 『朝鮮学報』八十四輯 昭和五十二年七月

付記 通信使については、辛基秀氏を代表とする映像文化協会編『江戸時代の朝鮮通信使』(毎日新聞社発行、昭和五十四年)が刊行されているほか、辛氏等の精力的な奔走で、絵巻の研究書発刊や国際的な展覧会の企画もあるやに仄聞する。近年発行の数多い通信使関係文献や、開催された種々の催し等を見ても、とみに日朝文化交流への関心の高まりを感じるが、研究書では左記、李元植氏の著述がもっとも包括的である。

『朝鮮通信使』 一九九一年十月 大韓民国民音社

『朝鮮通信使の研究』 一九九七年八月 思文閣出版

借状と又借状

寛政十三年(一八〇一)正月、幕府の下級官吏、支配勘定だった南畝大田直次郎は五十三歳で大坂銅座詰を拝命した。この年は天和、寛保またのちの文久同様辛酉歳による改元があり、二月五日享和と改まった。月末の二十七日江戸を出発した南畝は、三月十一日早朝淀船で大坂八軒屋に着き、出迎えの案内で東横堀川を本町橋から上陸して、南本町(米屋町)五丁目の旅宿に入った。ここから銅座までは心斎橋筋を真北に「此間十二三丁」と、南畝自ら長男定吉宛と思われる八月五日付け書翰の図中に記入しており、また在坂中終始行動を共にした、すぐ隣の医家で文事に通じた馬田昌調(国瑞・柳浪、広津柳浪の祖父)のことも、「此地馬田氏常元寺日々出会、親類同前に心易く用事相達し調宝に御座候。馬田氏妻もよき人物にて衣類等之事迄心附申候」と、申し送っている。昌調とはしばしば詩を応酬し、聯句をつらねた。

南畝が南本町の旅宿と銅座との中途を西に迂回する形で、この馬田昌調に連れられて呉服町に六十六歳の蒹葭堂を始めて訪れたのは、享和元年六月二日であった。『蒹葭堂日記』の本欄には、

二日　山中弥三郎　八木玄説　出ス　中食　江戸　太田直次郎　馬田昌長　同伴始来　加ゝ忠

とあり、二人は午後の来訪と知られる。すでに本欄にも初来訪の旨記されているが、通例により改めて頭欄に「太田直次郎」と注記を加えてある。なお、この年三月から数回、備中の太田直七郎なる人物の来訪があり、一寸紛らわしい。

また、翌三日には豊後日田の鍋屋雅介が、翌々四日にはその雅介が豊後竹田の「岡家中田能村行蔵」、すなわち田能村竹田二十五歳を初めて同伴して訪れた。後年、竹田自ら『山中人饒舌』で、この日は人がしきりに勧める天王寺五重塔登参より蒹葭堂訪問を優先させたが、翌二年夏、江戸より西帰の途次浪華に到れば、堂主は既に亡く、天王寺の堂塔も焼失していたという述懐談を伝えている。

南畝にとって銅座出役は、博識双びない当地の蒹葭堂に物を尋ねる絶好の機会となった。問答録『遡遊従之』の編集はその大きな成果であり、こよなき記念ともなった。南畝はあらかじめ用意した冊子毎に、一丁一問数問ずつの質問内容を認め、必ず余白を残しつつ交互に呈して、堂主の解答記入を待ったらしい。一冊に編成後浪華で冠した自序に「吏事有閒、問以数条、随問随答、幾為巻矣」とあり、また在坂中、堂主宛書翰に見える「遡游従之又々上申候」とか、「尚〳〵遡游従之又〳〵上可申候。此間之分奉頼上申候」(霜月十二日付け)等の文意が、その推測を裏付ける。両者出会いの日記記事は計十三回を算え、例によって南畝の来訪は墨で、こちらよりの訪問は朱で書き別けられている。いま、当該記事のみを抄出する。

太田直次郎始来　六月二日　江戸 太田直次郎 馬田昌長同伴始来

四日　早出 太田直次郎行……帰宅(朱)

七月十八日　大田直次郎……帰宅(朱)

廿五日　暮 大田直次郎旅宿行(朱)

八月廿七日　常元寺大田直次郎行(朱)

九月廿四日　馬田昌調同伴 大田直次郎……夜帰(朱)

十月八日　馬田昌調 大田直二郎

十二日　　（大田直次郎 同伴二人）
廿一日　馬田昌調　他出……………大田直二郎へ行帰る（朱）
十一月四日　　大田直次郎 暮帰（朱）
廿一日　　大田直次郎（朱） 夜帰
十二月廿一日　　大田直二郎行（朱） 夜帰る
廿三日　　夜 大田直次郎常元寺 馬田昌調 招請

これら両者の出会いで交された具体的な話題が、いくつか南畝の手で書き留められている。八月二十七日、南畝宿を訪れた蒹葭堂は、南畝から『毛詩』の唐棣《とうてい》のことを問われ、「ザイフリといふもの也。山にある木也。葉は楡《ニレ》の葉に似て、白き花開くといふ。種樹家にはなきもの也」と教えた（『蜀山余録』巻上）。十月八日の夜、南畝は馬田昌調とともに堂を訪れ、奇石や奇貝の数々を見、『奇貝図譜』出版の進捗情況や、以前、堂近くの堀江で掘り出した木猪と霊松寺義端撰の「木猪記」を示された（同）。『蒹葭堂雑録』巻三所収のそれらである。また同じ日、庭に植えてある福州産の蒹を見た。「葉細くちいさくして、しの竹のごとし。げにひめよしといふもことはり也」（同）と、堂に名付けた植物を目の当りにして感じ入った。十二月二十三日の夜、常元寺住職や馬田昌調と招かれた時には、二十年がかりで写したという明徐応秋輯『玉芝堂談薈』を見せてもらった。これには「翌年正月廿五日に蒹葭堂うせぬ。今其家にあるべし」と注記している（『杏園間筆』巻一）。この夜は、あるいは堂主年忘れの招待だったかも知れない。

『蒹葭堂日記』には見えないが、実は翌二年正月上旬のある日、二人は顔を合わせている。これは蒹葭堂の方から応答の冊を携えて、質疑者南畝の旅宿を訪れたのである。普段であれば当然日記に朱書される筈であるが、既に体調を崩していたせいか、年が改まってからは記入が粗く、六、七、八日と全くの無記が続く。南畝を問うたのもこの辺りかも知れない。南畝は丁度酒を飲んでいたが、話がはずみ、この方は嗜まぬ堂主もつりこまれて薄暗くなるまで話し込んだ。そしてこれが両者の永訣となる。さきにも引いた『遡遊従之』の序に語を継いで、「壬戌穀日携所答草本来。予時飲酒劇談数刻。翁雖不嗜飲、亦自調暢薄暮而去。越十一日臥疾、至廿五日不起。穀日之宴遂為千古矣」と慨嘆し、「噫彼蒼々者白露為霜。未待一苗死生路阻。遡遊従之、宛在水中央。豈啻水中央哉」と結んでいる。限りない追慕の情は、四十五条に及ぶこの自筆問答書に纏綿している。

蒹葭堂が歿して間も無い頃、まだ南畝が在坂中に詠んだ追悼の作、

哭蒹葭堂木世粛

三十余年識姓名　一朝相見説交情　蒹葭未出春江水　欲往従之隔死生

其二

芳春穀日恵然来　顧我猶銜栢酒杯　仙客一帰尋不得　桃花空傍小橋開（墓在小橋村大応寺）

（南畝集十二『石楠堂集』）

の七絶二首と、恐らくこれらと相前後して成ったと思われる、「享和壬戌春日江戸大田覃題于浪華客舎」の年記のある『遡遊従之』自序とを読み較べると、その文首、

吾聞蒹葭堂之名、蓋三十年所矣。想其人亦一好事家耳。享和辛酉祗役浪華、始見翁。々謙虚退然、博学無方、最精地理、能弁物産。其風韵蕭灑、不啻一好事家。

および、それに続く先引文中、文尾の叙辞は、さながら追悼七絶の自注となっている。これもひとえに離坂間近の留別の至情に出でた、同根の滋什なればこそであろう。

○

南畝はこの銅座出張中から、銅の異名に因む戯号を用いることになる。享和元年六月七日付け山内尚助宛書翰に、「銅の異名を蜀山居士と申候間、客中唱和等に暫相用ひ申候。不知者以為真号。呵々」と認め、『蜀山余録』引(享和二年六月成)には書名の由来を、「蜀山居士は銅の異名なり。もろこしにわたさるべき銅の事につきてのおほやけ事なれば、かくは名づけしなり」と、出役先の職務にかかわる由縁を述べ、最晩年の『蜀山集』序(文政六年一月成)にも、「銅の名を蜀山居士とはいへれば、蜀山人〳〵と書すさみしを、まことの名と思ひとりて、蜀山〳〵とよぶ事になりぬ」と、号の由来を記述している。

『遡遊従之』にも第八問に中国古今の銅山の事が見えるが、南畝はほかならぬ銅に関する中華諸文献に当たる必要が生じ、浩瀚な類書『淵鑑類函』巻三百六十二、銅の部の検索を思いついた。ところが、生憎手許にはその備えが無い。蔵書家の南畝は、もとよりこの渡来書を架蔵していた。『南畝文庫蔵書目』には「不《ふ》函」の部にちゃんと「淵鑑類函　二百本　廿套」と記載がある。けれども、いまは大坂出張中とて急場の間に合わない。南畝は面晤十度に垂《なんな》んとする蒹葭堂主人への返書に便乗して、本書当該部の借用を申し込んだ。丁度、冬至にあたる霜月十七日のことである。すでに出役在坂の期間も三分の二は経過し、両者の交情も一層濃やかになっていた。

陰晴不定候。弥御清懐被成御坐、奉忝喜候。然者御蔵板ニ日本小図有之候由、承及申候。もし有之候ハヽ、相求メ申度と崎陽ゟ申来候間、一寸申上候。此間御たのミ申置候品々も御願申上候。

一、何とも申兼候へとも、淵鑑類函之内、銅之処一寸見合申度、一両日拝借仕度奉存候。御頼申候。以上

霜月十七日　　蜀山

蒹葭堂主人　貴報

(『先人旧交書牘』上所貼、芦屋市　中尾堅一郎氏蔵)

けれども、この蜀山書翰を受け取った堂主は、売却して本書を持っていなかったのか、それとも本当に貸出し中だったのか、直ぐには用立てることが叶わなかった。そこで咄嗟に思い付いたのは、父子二代にわたって昵懇の梅花社篠崎小竹への又借り依頼であった。堂主は早速、翌十一月十八日付けで一書を裁し、蜀山より来書のことは伏せて、「蔵本外ニ遣し候故、急之入用ニ付」と、暫くの拝借を申し入れたのである。

寸楮啓呈仕候。寒威日甚候処、弥御清安被成御坐候由、珍重奉存候。小子も当冬度々不快故、御無沙汰ニ而已仕候。御海容可被下候。

尊大人最早御帰館入ニ御坐候哉。御見舞仕度候へ共、右之仕合故、失敬相成り申候。

然者無拠義ニ付而、淵鑑類函ノ内、銅ノ所々相考申度義御坐候。右ノ一本を暫く拝借仕度候。御労煩候得とも、此者ニ御附属被下候者、可忝奉存候。蔵本外ニ遣し候故、急之入用ニ付、御無心申上候。御許容被成下候様ニ奉頼上候。尚期拝面、可申述候。頓首

十一月十八日　　木村多吉郎

篠崎長右衛門様 文几

（大阪市　中尾良男氏蔵）

文中、「無拠義ニ付而、淵鑑類函ノ内、銅ノ所々相考申度義御坐候」とは、その実、蜀山よりの借用依頼に応じる為の肩代り、転嫁の文案であること、ほぼ疑いなかろう。ほかならぬ遠来の雅友の頼みであれば、縁故にすがり方便を用いてでも、あらゆる手立てを講じて已まない堂主の面目がうかがえる。

このように、見たい書物が自宅には在っても手許に無く、わざわざ江戸から取り寄せるまでもなく、貸借できる出張先の親知に借りて用を弁じようとした蜀山こと南畝自身、今度は同じ蒹葭堂主人への蔵書貸与の約を是非とも守る

べく、ちゃんと江戸の留守宅宛、大坂への郵送を命じていた。南畝集十二『石楠堂集』に収める次の七絶は、その証である。

予為蒹葭堂木村翁許借鼈北瑣語、其書在東、郵致未達、

会其書至則其人已亡、春分日齎謁翁墓、情見乎辞

延陵季子許徐君　掛剣千秋事已聞　鼈北幽人伝瑣語　齎持今日謁孤墳（鼈北瑣語巻尾張恩田仲任所著）

自編叢書『三十幅』にも収めた珍蔵の恩田仲任著『鼈北瑣語』写本八巻が、江戸から在坂の南畝のもとに届いた時には、既に蒹葭堂主人は下世していた。享和二年正月二十五日がその命終の日である。よって春分の二月二十日、せめては菩提寺城南小橋《おばせ》大応寺の墓前に供え、自ら季札挂剣の故事になぞらえて、碑主との生前の約を幽明異境の間に果したのである。さきの『淵鑑類函』銅部貸借と対をなす、文苑の一佳話である。

その一か月後、三月二十一日、銅座出役を終えた南畝は大坂をあとに東帰した。このたびは来坂時の東海道に替えて中山道をとり、木曾路の春、初夏の浅間を眺めつつ四月七日江戸着、一年二か月振りに住み馴れた牛込中御徒町のわが家の敷居を跨いだのである。

付録

墓碑銘

増山雪斎撰

大阪市天王寺区餌差町三ノ一五
浄土宗棲巌山天性院　大応寺

蒹葭翁之墓（正面）

蒹葭翁墓表

蒹葭翁名孔恭。字世粛。姓木村氏。浪速堀江人也。浪速以レ有二蒹葭之古跡一因堂号二蒹葭一。於レ是世人呼レ翁曰二蒹葭翁一。翁質直而忠信。博学而多通。其志寛優而莫下与二世人一不レ交者上。就中博窮二山海所産之物一以為二其楽一。傍玩二書画一。殊妙三於画二山水一矣。嘗有二他邦之客一訪レ之。則晤言談論。終日不レ倦。或問二文学一者。或問二武術一者。或問レ書者。或問レ画者。於二産物一。於二故事一。於レ雅。於レ俗。各莫二不レ答者一。日以継レ夜。夜以継レ日。書翰往来無レ有二暇日一。四方之旅客到二浪速之地一者。無二雅俗一必先訪二蒹葭堂一。如レ此者凡四五十年。而莫下有二疲倦之色一者上。京師浪速自レ古名二芸園一者多出。雖三名聞二海内一。然通二達万事一者少矣。近読二畸人伝一。大都各達二一二事一耳。如下翁之考レ古計レ今而通中達万事上」（右面）
者古今最少矣。翁向遊二崎嶴一。試二唐山之風俗一。帰後毎随二黄檗山大成禅師一遊。若人有下問二唐山之風俗於禅師一者上。即答云翁能知レ之。不レ須レ費二吾談一云。蓋雖下禅師者唐山之産。来二　本邦一而住中于黄檗上。然不レ及三翁之不レ見不レ到而玩考陰察仔二細於唐山之風俗一。是亦可二一笑一也。於レ此世人以為二唐山様風流之祖一。余夙有二忘年之交一。後有レ故客二居於弊邑長洲一。常同レ床而臥。同レ机而語。於レ此乎得二能知一レ翁。翁又能通二　本邦之学一。其他地理街区名山奇勝尽為レ図以蔵レ之。又能記二憶之一。所レ不レ到二其地一者亦如レ到。所レ不レ見者亦如レ見。東武叡麓有二井貫流者一。面貌甚奇。雖レ然世人不レ知者多矣。翁窃介二其隣家人一而求レ図。貫流聞レ之大喜。傭二画家一作レ図以贈云其多通好レ事。以二此一事一可レ知也。蓋於レ翁若不レ知レ之者。為二多端迂癡一以笑レ之。若知レ之」(裏面)者為二丁寧款密一以貴レ之。有二一妻一有二一妾一有二女子一人一。和睦善事レ之。可レ謂レ不レ失二雍熙之軌一也。翁祖為二後藤隠岐守基次一。基次戦二死河州道明寺一。子吉右衛門基房。学二医術一号二玄哲一。玄哲遊二于京師一。而仕二近衛殿下一為二医官一。其子玄篤紹二箕裘一焉。玄篤之弟五助芳雅。芳雅子七郎兵衛芳矩。芳矩子延助芳昌。芳昌子吉右衛門重周。重周継二浪華木村重直之家一。翁者乃重周子也。元文元年丙辰十一月二十八日生。享和二年壬戌正月二十五日終。享年六十有七。銘曰。

蒹葭蒹葭。不レ知即為レ荻。知即為レ葭。
彼此難波与二伊勢一。邦言二一州。本是同花。

享和二年歳次壬戌夏四月十八日　　巣丘小隠雪斎曾君選撰幷書
」(左面)

蒹葭堂自伝（巽斎翁遺筆）

余、幼年ヨリ生質軟弱ニアリ。保育ヲ専トス。家君余ヲ憐テ草木花樹ヲ植ル事ヲ許ス。親族ニ薬舗ノモノアリテ、物産ノ学アル事ヲ話シ、稲若水物産家中興 名宣義・松岡玄達字成章、号二恕菴一、平安人 以二物産学一継二若水一而興アル事ヲ聞ケリ。十二三歳ノ比、京師ニ松岡門人津島恒之進名久成、字桂菴、号二彭水一、又如蘭軒一、受二業松岡先生一 越中高岡人、法橋津嶋玄俊ノ弟松岡学頭タリ物産ニ委事ヲ知リ、コノ頃家君ノ京遊ニ従、始テ津島先生ニ謁シ、草木ノ事ヲ問フ事一会、翌年余十五歳、家君ノ喪ニアイ、十六歳ノ春余家母ニ従テ京ニ入、再津島氏ニ従学シ門人ト成ル事ヲ得タリ。之ヨリ屢書ヲ通シ物産ノ説ヲ聞キ、津島氏モ毎歳浪華ニ下リ本草ノ会アリ、数出会ス。宝暦四年甲戌津島氏客中ニ卒ス。同社戸田斎号二旭山一 備前人・江戸田村元雄坂上登、号 藍水・平安直海元周名竜、越中 人ナド、書ヲ通シ考索ヲ事トス。近キコロ平安蘭山小野希博、字 以文ニ従テ、益名物ノ事ヲ究ム。斎藤彦哲モ親ク交ル事得タリ。

余五六歳ノ比ヨリ頗ル画事ヲ解。我郷ノ大岡春卜狩野流ノ画ニ名アリ。因テ従テ学フ。春卜嘗テ芥子園画本ニ倣イ明人ノ画ヲ模写シ、明朝紫硯ト云彩色ノ絵本ヲ上木ス。余コレヲ見テ始テ唐画ノ望アリ。頃家君ノ友人ノ家ニ和州郡山柳沢権太夫郡山公族、始名下野、名柳里恭、字公美、号淇園 畿内ノ雅伯ナリ。南郭集ニ郡山柳大夫ト云コレナリ毎々客居ス。因テ友人ニ托シ柳沢ノ画ヲ学フ。然トモ郡山ニ従学スル事ヱ（ママ）ス。紛（ママ）本ヲ学ヘリ。十二歳ノ比、長崎ノ僧鶴亭ト云人アリ。浪華ニ客居ス。長崎神代甚左衛門熊斐、字淇胆、号二繡江一、沈南蘋 ノ門人ナリノ門人ナリ。始テ幾（ママ）内ニ南蘋流ノ弘タルハ此人ニ始レリ名浄博、字恵達、号鶴亭。今改名浄光。 字海眼、黄檗寺中紫雲院住職ナリ

余従テ花鳥ヲ学ヒ京ニ入リ、池野秋平池戴成、字無名、号九霞 号大雅堂、平安人ニ従テ山水ヲ学フ。コノ比交友甚多シ。

余十一歳ノ比、親族児玉氏、片山中蔵（ママ）片猷、字孝秩、号北海、越後新潟人 宇明霞先生門人ノ門人タルヲ以テ、余ヲ引テ名字ヲ乞。片山余カ

名命シ、名鵠、字千里トス。其後片山氏京ニ住ス。余十八九歳ノ比、片山氏再ヒ浪華ニ下リ立売堀ニ住ス。余従テ句読ヲ受ク。四書六経史漢文選等ヲ読事ヲヱ《（ママ）》タリ。此後数々京ニ遊ヒ、片山氏同門梅荘禅師顕常、字大典、慈雲庵ノ長老ナリ相国寺ニ謁シ、岡太仲・谷左沖・伊藤惣次・清田文興・江村伝蔵・良野平助・篠三弥・林周助・芥川陽軒・竜彦次郎・山脇・香川・後藤ノ先輩ニ交ル事ヲ得タリ。

余嗜好ノ事専ラ奇書ニアリ。名物多識ノ学、其他書画碑帖ノ事、余微力トイヘトモ、数年来百費ヲ省キ、収ル所書籍ニ不足ナシ。過分ト云ヘシ。其外収蔵ノモノ、

　本邦唐山金石碑本　本邦古人書画　近代儒家文人詩文　唐山人真蹟書画　本邦諸国地図　唐山蛮方地図　草木金石珠玉虫魚介鳥獣　古銭　古器物　唐山器具奇ヲ愛スルニ非ス専ラ考索ノ用トス　蛮方異産

右ノ類アリトイヘトモ、ミナ考索ノ用トス。他ノ艶飾ノ比ニアラス。

余平生茶ヲ好ム。酒ヲ用イス。烹茶ハ京師ノ売茶翁親友タリ。故ニ其烹法ヲ用ユ。老翁ノ茶具、余カ家ニアリ。末茶モ好テ喫ス。彼ノ茶礼ノ暇ナシ。

余幼年ヨリ絶テ知ラサル事、古楽管絃　猿楽俗謡　碁棋　諸勝負　妓館声色ノ遊、総テ其趣ヲヱ《（ママ）》ス。況少年ヨリ好事多端暇ナキ故ナリ。勝ヲ好マサルハ余頤養ノ意ナレハナリ。

余弱冠ヨリ壮歳ノ比マテ、詩文ヲ精究ス。応酬ノ多ニ因テ贈答ニ労倦シ、況才拙ニテ敏捷ナル事アタハス。大ニ我カ胸懐ニ快ナラス。交誼ニ親疎アリ。障アルヲ覚フ。幸不才ニ托シ、限テ作為セス。偶興ノ到ニアヘハ、佳句ヲ得ハ快楽ノ事トス。

宝暦六年丙子余廿一歳、森氏ヲ娶ル。生質微弱ニシテ、余カ多病ヲ給スルニ堪ヘス。況十年ヲ歴トイヘトモ、一子ヲ産セス。故ニ家母甚コレヲ愁、明和二年乙酉家人ニ命シ、一妾山中氏ノ女ヲ娶リ給仕セシム。妻森氏ト和好ニテ

妒忌ノ事ナシ。山中氏モ侍婢トナリ、敢テ当タノ事ニ非ス。三年ヲ歴テ、妻森氏、明和五年戊子冬一女子ヲ産ス幼名ヤス、安永三年甲午六歳夭。又明和八年辛卯一女子ヲ産ス幼名スヱ、生長ス 無恙。妾山中氏ヨク妻ノ微質ヲ助ケ、二女ヲ憐愛ス。故ニ妻妾反更和好ニシテ嫌悪ノ事ナシ。家事ヲ勤倹シ、小女ヲ養育シ、数十年ノ閑居ニテ、余ト小女妻妾ノ外一小婢ヲ仕フ。家内五名ノ外ナシ。故ニ来賓多シトイヘトモ、礼節饗応ヲナス事カタシ。

世上各本分士農工商アリトイヘトモ、余微質多病ニシテコレニ堪ヘス。故ニ父母ノ遺業ニテ、頗ル文字ヲ知ル。実ニ昇平ノ一楽ナルヘシ。然トモ世上游惰放蕩ノ徒、文字ニ托シ一種ノ無頼漢多シ、余カ愧ル所ナリ。因テ閑居ストイヘトモ、名物ノ学ヲ精研シ、不朽ノ微志アルノミ。

余、家君ノ余資ニ因テ、毎歳受用スル所三十金ニ過ス。其他親友ノ相憐ヲ得カ為ニ、少文雅ニ耽ル事ヲ得タリ。百事倹省ニアラスンハ、豈ニ今日ノ業ヲ成ンヤ。世人余カ実ヲ知ラス。豪家ノ徒ニ比ス。余カ本意ニアラス。

木村蒹葭堂年譜略

西暦　元号　干支　年齢

一七三六　元文元年　丙辰　1
享保二一年四月二八日改元
○一一月二八日(太陽暦一二月二九日)、大坂北堀江瓶橋北詰(現、西区北堀江四丁目)の家で誕生。遠祖は後藤又兵衛基次。六世の父吉右衛門重周が木村重直家を継ぐ。堀江開削以来の旧家と思われ、酒造を業とし屋号は坪井屋、壺形に井字を商標とし、蜜柑酒は有名。七世吉右衛門孔恭が蒹葭堂世粛である。家紋は子持丸に三つ柏か。

一七四〇　元文五年　庚申　5
○幼少より病弱。父より植物栽培を勧められ、親族の薬屋で物産家稲生若水・松岡玄達(73)の名を知る。
○この頃、狩野派大岡春卜(61)に画を学ぶ。

一七四六　延享三年　丙寅　11
○大岡春卜刊『明朝紫硯』(明朝生動画園)を見、唐画に志す。
○この頃、父の友人宅に滞留する大和郡山柳沢淇園(43)の画を粉本として学ぶ。
○この頃、親族児玉氏の紹介でその師片山北海(24)に入門、名を鵠、字を千里と命名。

一七四七　延享四年　丁卯　12
○この頃、京の松岡門人津島桂庵(彭水・如蘭軒)(47)の名を知る。
○沈南蘋の画風を伝えた大坂客居の僧鶴亭(浄光、長崎神代《くましろ》熊斐門人)に花鳥画を学ぶ。

一七四八　寛延元年　戊辰　13
延享五年七月一二日改元
○柳沢淇園の紹介で、池大雅(26)に山水画を学ぶ。

一七四九　寛延二年　己巳　14
○父に従い上京し、津島桂庵に草木のことを質問する。

一七五〇　寛延三年　庚午　**15**
○父が歿する。

一七五一　宝暦元年　辛未　**16**
寛延四年一〇月二七日改元
○春、母に従い上京し、津島桂庵に入門する。この頃、桂庵は毎年大坂で本草会を催す。

一七五三　宝暦三年　癸酉　**18**
○この頃、片山北海が再び大坂に下り立売堀に開塾。就いて経史詩文を学ぶ。

一七五四　宝暦四年　甲戌　**19**
○一二月一二日、津島桂庵(54)が来坂中歿する。

一七五六　宝暦六年　丙子　**21**
○細合半斎(30)の媒酌で森示女《しめ》(16)と結婚する。示女は幼少より木津屋雪女(三好正慶尼、奴の小万)と親しく、正慶尼は後年までしばしば来訪止宿する。
○この頃、邸内に掘った井戸より古芦根が現れ、浪華の名物と『詩経』秦風の詩題に因み、書室を蒹葭堂と名付ける。

一七五八　宝暦八年　戊寅　**23**
○この頃より、詩文結社蒹葭堂会を結び、毎月一六日を定例とし宝暦末、明和初年頃まで催す。

一七六〇　宝暦一〇年　庚辰　**25**
○四月一五日、戸田旭山(65)が大坂鍛冶屋町浄安寺で催した物産会に紅麹《アカコウジ》・代赭石を出品。出品者一〇〇名、物品二四一種。出品者に田村元雄・平賀源内・直海元周・渡辺主税・宮城玄忠・都賀六蔵・行松春庵等の名が見える(『文会録』)。
○六月、篠山藩儒関世美(43)が堂所蔵の明仇英画「桃源図」に跋す(芦屋市、中尾堅一郎氏蔵『寄題蒹葭堂詩巻』)。

一七六一　宝暦一一年　辛巳　**26**
○九月、顕常大典撰『昨非集』二冊を刻刊(植村藤右衛門等三肆発行)。
○一〇月、霊松寺義端が「蒹葭堂蔵木猪記」を撰し、泉必東が書す。

一七六三　宝暦一三年　癸未　**28**
○春、蒹葭堂における生活、詩文会に関し、「草堂規条」「草堂課条」「草堂会約」を定める(野間光辰「蒹葭堂会始末」『近世芸苑譜』所収)。

○一二月一一日、京摂の文人が蒹葭堂に集り、鳥山崧岳も病癒えて参加する(『垂葭詩稿』二)。
○この年以後、明甘暘撰『印正附説』一冊を刻刊(林伊兵衛発行、のち蔵版者・発行者移る)。

一七六四　明和元年　甲申　29

宝暦一四年六月二日改元

○二月、清葉雋撰『煎茶訣』に跋し、後年刻刊。
○三月、福原承明と、朝鮮通信使製述官南玉・書記成大中はじめ、写字官・画官・医官等一五名の氏名字号を刻し、『東華名公印譜』一冊を編刊、跋を付して贈る(序は細合半斎)。
○一〇月、平賀源内が大坂天満宮渡辺主税より借り写していた『浄貞五百介図』に序す。蒹葭堂も別に本書写本を所持、総計六二三品中、二四品に注記する(精写本、岩瀬文庫)。
○本年中に新築蒹葭堂が落成か。

一七六五　明和二年　乙酉　30

○九月、片山北海を盟主に詩文結社混沌社が結成され、定例の会日等は蒹葭堂会のそれが受け継がれる。
○結婚一〇年目でも子供が無く、母の意向で妻示《しめ》女の了解のもと、山中房《ふさ》女を妾侍させる。

一七六六　明和三年　丙戌　31

○五月一八日、伏見の伊良子光顕が京都円山也阿弥で催した物産会で、三浦迂斎・木内石亭と品評執事を務める(上田穣「宝暦・明和物産会考」有坂隆道・浅井允晶編『論集日本の洋学Ⅳ』所収)。一九日、片山北海・田中鳴門・細合半斎・佐々木魯庵・葛子琴・藤幹卿・西村古愚・北山橘庵等と鳥山崧岳の垂葭館に招かれる(『垂葭詩稿』二)。

一七六八　明和五年　戊子　33

○三月、漢鄭玄注『尚書大伝』四巻補遺一巻五冊を校刊(藤屋弥兵衛・和泉屋文助・河南四郎衛門・林伊兵衛発行)。
○六月、唐成伯瑜(璵)撰『毛詩指説』一冊を校刊(江島屋庄六発行)。
○一一月、『三都学士評林』に頭取連名として「大坂蒹葭堂・京都風月堂・江戸平賀源内」と見える。
○一二月、澄心斎(蒹葭堂の画室か)で「水墨画帖」を画く。
○長女ヤスが生れる。

一七六九　明和六年　己丑　34

○三月一五日、趙陶斎(57)が「蒹葭堂記」を撰し、のち墨帖として刊行。
○五月、大坂城大番頭堀田正邦の網島遊覧に、架蔵の中国法帖・蘭画・玩器具を供覧、中井竹山(40)も同席する。高芙蓉が「木孔恭」「木世粛」両面印を刻る。
○夏以後、明沈顥撰『沈氏画麈』一冊を校刊(江島屋庄六発行)。

○冬、澄心斎で「蘭に鳥図」を画く。
○町内年寄役に就く。

一七七〇　明和七年　庚寅　35
○二月、天王寺竜泉寺で書画会。
○春、中井竹山が「蒹葭堂記」を撰す。
○夏、明王元美撰『弇山園記』一冊を註刊。
○八月、威奈大村卿骨壺墓誌銘につき、「銅器来由私記」を撰す。
○一〇月、唐顔師古撰『匡謬正俗』八巻四冊を校刊(河南四郎衛門・林伊兵衛発行)。

一七七一　明和八年　辛卯　36
○一月七日、「倣文衡山著色松下人物図」を画く。
○二月、蒹葭堂蔵、明崇禎刊本宋応星撰『天工開物』三巻に、備前の江田益英(南塘)が校訂付訓。三月一五日以後都賀庭鐘が序し、九冊として刊行(山崎金兵衛・柏原屋佐兵衛・河内屋茂八発行)。
○次女スヱが生れる。

一七七二　安永元年　壬辰　37
明和九年一一月一六日改元
○四月、池大雅五十賀の寿宴が祇園相馬屋で開かれ、「掌痕帖」に「煉丹の徳はのとけし富山高　蒹葭堂孔龔」の句を書す。
○五月二二日、関宿藩士池田正樹が初めて来訪(『難波噺』)。
○六月一三日、池田正樹が来訪。
○七月、加藤宇万伎が「押照浪速なる蒹葭堂のこと葉」を撰す。
○九月一、一八日、池田正樹が来訪(一八日は叔父喜多山氏を同行)。二九日、篠崎三島(36)の主催で混沌社中一五名と、京より播磨に赴く江村北海(60)の歓迎会を中之島東端玉川の酒楼で開き、分韻作詩。濃字韻七律を作る(大阪府立中之島図書館蔵『玉川楼詩集』)。
○一〇月一日、池田正樹が来訪。一一日、『魚譜』を写す(国会図書館蔵、滝川義一・佐藤卓弥著『木村蒹葭堂資料集校訂と解説(一)』)。二三日、池田正樹を訪問。

一七七三　安永二年　癸巳　38
○三月、安倍真直等奉勅撰『大同類聚方』一冊を校刊(浅野弥兵衛発行)。
○三月、木内石亭著『雲根志』の仮名序を撰す。
○閏三月二七日、池田正樹が来訪。
○一〇月四日、池田正樹が来訪。

一七七四　安永三年　甲午　39
○二月、上田秋成が「あしかびのこと葉」を撰す。「蒹葭堂自伝」の骨子とよく対応している。
○二月、清鄭亦鄒撰『白麓蔵書鄭成功伝』二巻二冊を校刊（渋川清右衛門・伊和摠兵衛発行）。
○五月、清何鍾台撰『達生編』二巻一冊を校刊（柳原喜兵衛蔵版）。
○長女ヤス（7）が痘を患い、死去。

一七七五　安永四年　乙未　**40**

○三月、加藤宇万伎が『奇貝図譜』（貝よせの記）に序す。蒹葭堂歿後、養子木村石居刊。
○三月、曾之唯編『浪華郷友録』聞人・画家・作印家の部に「木村吉右衛門」が三出する。
○五月、佐竹噲々編『米汁沽唫』に跋す。同月、細合半斎が蒹葭堂画「披麻法山水図」に賛す。
○八月、木内石亭（52）が来訪。大坂で物産会。
○三、四の両年にわたり、長崎に赴任中の平沢旭山（42）に、数十品の薬草の異名を清人に質問かた依頼する（『瓊浦偶筆』二、三）。

一七七六　安永五年　丙申　**41**

○四月一三日、池大雅（54）が歿する。
○九月一七日、墨江三文字屋で催された和泉府中医家竹田柯亭八十賀宴に列し、賀集『仙物介寿』に七律「白鶴」一首入集。

一七七七　安永六年　丁酉　**42**

○四月、『浪花名物富貴地座位』に「蒹葭堂の唐好」と見え、「坪井屋のみかん酒」が載る。
○秋、『難波丸綱目』奇物者・儒学者詩学者・本草者に「木村蒹葭堂」が、石印彫に「木村吉右衛門」が載る。
○冬、竹灯架のことを人を介し、長崎唐人屋敷の商人に質す（京都市伏見区、中野友山文庫旧蔵竹灯架箱書）。

一七七八　安永七年　戊戌　**43**

○春、長崎唐人屋敷の竹灯架を唐商より贈られる。
○夏、長崎に遊びオランダ稽古通詞松村君紀（安之允元綱）と交る（『寄題蒹葭堂詩巻』）。西下には妻妾を同伴か（『在津紀事』下）。
○一一月六日、母が歿する。法名釈尼妙祐。菩提寺、城南小《お》橋《ばせ》（大阪市天王寺区餌差町）の浄土宗大応寺に葬る。

一七七九　安永八年　己亥　**44**

○一月二七日、上田秋成（46）・細合半斎（53）を訪問。以後も頻繁に往来する。
○二月一日、駝鳥見物。九日、河野恕斎（37）が歿し、一一日、葬儀。一八日、堺に行き趙陶斎を訪問。
○四月二五日、上京し小野蘭山（51）を訪問。

○九月三日より二六日まで上京し、小野蘭山はじめ大典(61)・江村北海(67)・福井楓亭(55)・伊藤東所(50)・芥川陽軒(70)・高芙蓉(58)・大江玄圃(51)・藤貞幹(48)・竜草廬(66)・荻野元凱(43)・皆川淇園(46)・谷口蕪村(64)・円山応挙(47)等々ひろく京の文人と交遊。また『本草綱目』『大和本草』の会読に参加か。一九、二一の両日、池田作之進(正樹)と会う。

○一〇月一一日、薬圃を改築する。

一七八〇　安永九年　庚子　45

○四月三日、オランダ人に会い、料亭浮瀬に行く。

○六月二五日、山岡浚明(55)が来訪。

○八月(序)、北山橘庵五十賀集『有莢集』に七律一首入集。

一七八一　天明元年　辛丑　46

安永一〇年四月二日改元

○蒹葭堂蔵の舶来顕微鏡を模し、服部永錫(油屋吉右衛門)製作の顕微鏡を中井履軒(50)が前川虚舟と試見して「顕微鏡記」を撰す。

一七八二　天明二年　壬寅　47

○二月一〇日、土佐藩邸に『知不足斎叢書』『淳煕帖』『聚奎帖』『蒹葭帖』「オランダ文書」「嘉靖世祖璽書」を持参。一二日、鳳羽一匣・文貝七重箱・卵子餅・善知鳥を持参。それぞれ山内豊雍侯に供覧。

○四月九日より一九日まで上京し、ひろく京の文人と交遊。二九日、頼春水(37)が来訪。

○五月、江戸躋寿館薬品会に銅録等九種出品(杏雨書屋蔵『薬品会記』、多治比郁夫「名家書簡抄(一)」『杏雨』二所収)。

○五月二三日、頼春水を訪問、翌日、春水を招き餞別。

○六月二〇日、岡本尚慶(卿)が馬の脳髄を持参。

○一一月一二日、上田秋成を訪れ、蕎麦を振舞われる。

一七八三　天明三年　癸卯　48

○三月二一日、高山彦九郎(37)が来訪したが病中で会わず。

○四月七日、趙陶斎の七十賀会に行く。

○五月、江戸躋寿館薬品会に石梅等七種出品(杏雨書屋蔵『薬品会記』)。

○八月、「玄徳訪司馬徽山荘之図」を画く。

○八月二九日、連歌会を催す。

○一一月一一日、高山彦九郎が来訪。

一七八四　天明四年　甲辰　49

○二月二〇日、十時梅厓と増山雪斎の画会に出席。

○三月、小野蘭山に入門の誓盟状を提出。

○三月二九日、松浦静山が来訪、四月一日、静山を訪問する。

○五月七日、葛子琴(46)が歿する。
○八月五日、増山雪斎に陪し江戸へ出発、九月一三日、江戸長島藩邸で送別宴、一〇月一日、帰宅(相見香雨「蒹葭堂と立原翠軒」『相見香雨集』一)。
○一〇月三、一一日、上田秋成が来訪、二〇日、秋成を訪問。
○一〇月一三日、紀州田辺吉野屋惣兵衛が貝見物に来訪。
○一〇月、岡公翼撰『毛詩品物図攷』の跋を撰す。
○一一月五日、亡母妙祐七回忌法要を営む。

一七八五　天明五年　乙巳　50

○二月四日、九鬼元秀がシャチクジラの牙を持参。一八日、木屋次介・滝良輔が八代石玉、鶏冠石、和ハンミョウを持参。
○三月五日より一〇日まで上京し、林伊兵衛・藤貞幹・荻野元凱・大典・小野蘭山等に会う。
○四月九日、稲葉通竜(万屋新右衛門)(50)を訪問。一五日、和光寺で盆絵師奥野幽柱に会い、翌日、家族で盆絵を見物。
○五月二日、稲葉通竜を訪問。二六日、小西六兵衛の巴旦杏と天神社での麝香の見せ物を見物。
○一〇月一二日、伊丹・池田へ行き、木部の植木屋惣七郎を訪問。
○一〇月二四日、大槻玄沢(29)が来訪。二五日、玄沢を訪問。二六日、来訪した玄沢に中食を出す。『六物新志』出版の相談か。
○一一月二三日、角の芝居見物。
○一二月六日、芝居見物。一七日、上田秋成を訪問。

一七八六　天明六年　丙午　51

○一月、曾之唯跋刊の『野史詠』に安永三、四年作の七律「土佐坊昌俊」一首が入集。
○二月一二日、趙陶斎を見舞う。二二日、唐鳥見物に行く。
○春、東渓の為に米法山水(小米筆意)を画く。天明七年細合半斎五律賛、寛政九年九月奥田元継七絶賛(関西大学図書館蔵)。
○四月五、六日、松浦静山が来訪。一五日、大槻玄沢が来訪。中食を出し銅座に同伴、オランダ人に会う。一六日、玄沢が来訪、止宿。翌一七日、共に芝居見物。二一日、玄沢を見送る。
○一〇月二〇日、奈良屋九郎兵衛が古銭を持参。
○閏一〇月二六日、河内屋次兵衛がウニコールを持参。
○一二月一八日、岡公翼(慈庵・魯庵)(50)が歿し、一九日、喪送。二四日、奈良屋九郎兵衛が古銭を持参取引。
○『一角纂考』二巻、大槻玄沢著『六物新志』二巻が成り、寛政七年に前者一冊、後者二冊の蒹葭堂版として刊行。

一七八七　天明七年　丁未　52

○二月二六日より三月二四日まで伊勢旅行。往路、木内石亭宅に泊り、長島、増山雪斎の雅会、伊勢両宮、宮崎文庫、山中甚作の奇石を見物、古市寂照寺、松坂継松寺、本居宣長(58)を訪問。帰途、入京し小野蘭山等を訪問。
○八月二八日、小石元俊(45)宅で岡本尚慶(卿)に会う。
○一〇月一二日、松浦静山を訪問。

一七八八　天明八年　戊申　53

○一月一五日、杉田伯元(26)が来訪、止宿。この日、銅座でオランダ人に会う。
○四月二九日、頼春水が来訪。
○六月五日、松平定信の川口巡見行列を見物。
○八月一七日、留守中、司馬江漢(42)が来訪。翌一八日、江漢に中食を出す。二二、二三、二七日も江漢が来訪。二一、二八日、江漢の旅宿を訪問。
○九月四日より七日まで、春木南湖(30)が滞留。長崎へ下り、帰途一一月二〇、二一、二四日再来。画会や冬至会に同道。二六日出立(『西遊日簿』・岩瀬文庫蔵『夢境応酬』)。
○九月二九日、蓬萊雅楽(荒木田尚賢)(50)が七月二日死去の報を受ける。
○一〇月二一、二九日、伊藤若冲(73)が来訪。
○一一月二〇日、小石元俊が来訪。

一七八九　寛政元年　己酉　54

天明九年一月二五日改元

○二月一八、二一、二六日、司馬江漢が来訪。二〇、二四日、江漢の旅宿を訪問。
○三月一六日、海保青陵(35)が来訪。一七日、三上孝軒(安井群兵衛)が来訪。孝軒は以後も訪れる。
○四月二一日、曾之唯が題字を揮毫し持参。二三日、京の土岐又兵衛が古銭の事で来訪。
○五月一二日、三熊花顚(60)が来訪。一九日、野崎山へ採薬に行く。
○閏六月八日、間長涯(34)と佐伯侯邸を訪問。九日、長涯が来訪。
○八月一、二、三日、増山雪斎を訪問。
○一一月、酒造石高改めに北組惣年寄江川勝次郎より過醸を訴えられ、吟味の間町預けとなる。

一七九〇　寛政二年　庚戌　55

○一月一八日、清酒改めに同心が酒造倉を調査。
○三月、支配人宮崎屋次右衛門が三郷所払い、醸造権・酒造具召上げとなる。当主も町内年寄役は召上げ、家屋敷はお構いなし。
○四月六日より一四日まで福知山に行く。
○六月一一日、春木南湖が石樽久右衛門と来訪。以後も七、八月中、度々訪れる。
○六月二一日、某に虫眼鏡を貸す。
○七月五日、妙祐十三回忌。八日、駝鳥(火喰鳥)見物。

○九月五日、天満天神祠官渡辺信濃を訪れ、地神遷祭事を頼む。中旬以後、在坂知名人との往来が頻り。
○九月一八日、篠崎三島が「送木世粛移家伊勢」を撰す。
○九月二五日、中井竹山や隣町に暇乞い、梅松院の片山北海(68)葬儀に参列。二六日、乗船。伊勢下向のため京に向かう。一〇月七日まで在京。小野蘭山はじめ知人に会う。
○九月、曾之唯編『浪華郷友録』聞人・物産家・画家の部に「木村吉右衛門」が三出する。
○一〇月九日、川尻村に着く。留守中、火事で屋敷・親族・別家も類焼。
○一一月一〇日、伊予松山藩の鷹匠柿並雲平が『鷹経』に関する依頼に来訪。
○一一月一一日、桑名長円寺露紅が半紙二〇〇枚を持参。

一七九一　寛政三年　辛亥　**56**

○一月二日、川尻村民が年賀に来訪。五日、石榑久右衛門と長島に行き、六日、十時梅厓と登城。九日、妻しめ、妾フサが長島に行き、一〇日、登城。
○二月三日、野呂見竜が来泊。九日、十時梅厓・南川蔣山(21)・菰野の竜崎源鼎が来訪。一五日、蔣山が曝書の手伝いに来訪。一六日より一八日まで曝書。
○三月五日、十時梅厓と長島で火術見物。一四日、山田の山口豹山・蒔田必器が来訪。一九日、月僊が来泊。二二日、釧雲泉(33)が梅厓の紹介で来訪。
○四月一日、増山雪斎の供で船で鳴海千代倉家へ行く。八日、石榑久右衛門・まちと伊勢参宮。
○六月五日、新宅に移る。二四日、村民を招待。南川蔣山が来泊。
○八月一一日、長崎の伊東友助が松前よりの帰途来訪し、一四日まで滞留。一八日、海保青陵が江戸より山田へ赴く途中来訪。
○九月二〇日より一一月二一日まで大坂行。途中、木内石亭宅に宿泊。京で小野蘭山等に会う。
○一二月一三日、聞中が来泊。二〇日、長島で梅厓・見竜に会う。一六日、南川蔣山が来訪。二五日、餅搗き。

一七九二　寛政四年　壬子　**57**

○一月下旬、菰野の森正綱が竜崎源鼎の紹介で来訪、蒹葭堂扁額・寄題詩文巻・万国地図・売茶翁茶具・大雅山水・国姓爺真蹟その他多数の所蔵品を観、『一角纂考』の原稿を示される。以後も物品を贈答し、交歓を重ねる(『傾蓋漫録』)。
○三月一二日、森正綱を訪問、『煎茶訣』を贈る。一八日、正綱が「送木世粛帰浪華序」を撰す。
○一一月頃は帰坂し、備後町三丁目(出光美術館蔵『如意道人蒐集書画帖』によれば二丁目。現、中央区)に住す。

一七九三　寛政五年　癸丑　**58**

○一月一二日、大坂を発ち、一八日、伊勢川尻村着。二九日より二月二日まで名古屋に行き、大館信卿を訪問。三日、長島発。一一日、大坂着。途中、京で小野蘭山・円山応

挙・細合半斎・藤貞幹・荻野元凱・鳥羽台麓等を訪問。
○二月二六日、淡州慈眼寺一千が蘇東坡真蹟を持参。二八日、下河辺宗純が蚕字の事で来訪。
○三月九日、水戸の高野昌碩(陸沈亭)(34)が金毘羅参詣の途次来訪。この日、呉服町(現、中央区伏見町四丁目)に移る。一〇日より一二日まで毎日平戸藩邸に松浦静山を訪問。一三日、石川大浪が来訪。二三日、驢馬見物。
○四月二日、高野昌碩に淳熙秘閣続帖・輿地全図・耕織図・万国介品等を見せる(『西游雑志』)。
○五月一一日、魚仁の古銭会に行く。
○六月二日、浦上春琴が来訪。一二日、河内屋清左衛門(河村羽積)が新銭押形を持参。二九日、浜田希庵とウツボ見物。三〇日、尼崎屋五兵衛が時計を持参。
○七月一二日より二六日まで病臥。
○八月二日、江戸の杉田伯元が若狭に下る途中来訪。
○九月二、三、四日、古川古松軒(68)が来訪。一五日、三井眉山が飛鴻集の事を連絡して来る。
○一〇月四日、岩橋善兵衛が天体望遠鏡(日眼鏡)を持参。翌日、備後町平野屋作兵衛宅で観測。一六日、九条の薬草園に行く。二〇日、亀屋弥兵衛と象見物。
○一一月二〇日、夜、売茶翁の煎茶具を使用。

一七九四　寛政六年　甲寅　**59**

○二月八日、早朝森川竹窓宅で上田秋成に会う。一〇日、秋成が来訪、夕食を出す。
○三月六日、上京。一〇日、欣子内親王入内の儀を拝観。藤貞幹・蒔田必器・高野昌碩に会う。大典・橋本経亮を、一一日、小野蘭山・上田秋成を訪問。一二日、妻と秋成を、また春日亀坦斎・円山応挙等を訪問。二八日、帰坂。
○四月六日、浦上玉堂・春琴・秋琴が来訪。八日、池田の鍵屋(荒木)続三郎・家人と芝居見物。九日、丹州人が蒲菊酒を所望来訪。二一日、馬田昌調が文具を持参。
○五月一〇日より二〇日まで、薩摩藩邸に来坂中の曾昌啓と交遊。二四日より二八日まで、オランダの外科医ケルレル等が来訪。二九日、尼崎屋弥兵衛が唐茶を持参。
○六月一日、釧雲泉が来訪。三日、妙意五十回忌。二四日、京の清水六兵衛(57)が来訪。
○七月一一日、越前の島野民部が庚寅の春画を持参。
○八月二六日、備前の淵上旭江が来訪。冬にも相互に往来。
○九月一五日から二六日まで、和歌山旅行。野呂介石・桑山玉洲を訪問。吹上御殿で貝見物。留守中、一六日、備後の菅茶山が来訪。
○九月、二幅蔵していた伊藤若冲画、大典賛、売茶翁肖像の一幅を沢田氏に贈る。
○一〇月、森川竹窓の為に「金箋山水図」を画く。五日、古銭屋甚右衛門が来訪。妙祐十七回忌。
○閏一一月一〇日、尾張の小林亮適が来訪。一三日、亮適・森川竹窓と北山桃庵宅で張瑞図の作品を見る。二九日より一二月八日まで和歌山旅行。野呂介石・桑山玉洲等を訪問。

一七九五　寛政七年　乙卯　60

○一月、『一角纂考』二巻一冊を刻刊(林伊兵衛・須原伊八・蔦屋重三郎発行)。大槻玄沢著『六物新志』二巻二冊も同時に刻刊。

○四月、薬種商小西太右衛門の編著『華蛮交易明細記』(内題、華蛮交易明細書)に「華蛮交市洽聞記」の題号を与える(七冊、無窮会神習文庫蔵)。

○六月一三日より二三日まで、水戸立原翠軒(52)・小宮山楓軒(32)・藤田幽谷(22)等が来訪(相見香雨「蒹葭堂と立原翠軒」『相見香雨集』二)。

○八月、漢鄭玄注、宋王応麟編『鄭氏周易』二巻三冊を校刊(林伊兵衛発行)。

一七九六　寛政八年　丙辰　61

○一月一一日、青木木米(30)が中村鳳冲の紹介で来訪。蒹葭堂所蔵竜威秘書戌集、清朱琰撰『陶説』を閲覧し陶芸に志す。この日、真島恭庵と異鳥見物。

○三月七日、北野の奇草木会に行く。一一日、佐藤一斎(24)が来訪。一九日、駿河の大須賀陶山(53)が来訪。

○三月、観月堂の為に山水図を画く(関西大学図書館蔵)。

○四月二日、伊勢山田の小俣蠖庵(32)が来訪。一六日、土佐の井上儀四郎が土州蘭を持参。

○五月三日、武元登々庵(30)が来訪。四日、皆川淇園(63)が来訪。一四日、中江松窠(49)が来訪。二九日、土州の桑原勘蔵が海釜を持参。

○七月二、五日、広瀬台山(46)が来訪。一六日、遠州掛川の大庭蘭畹が来訪。二五日、江戸の谷文晁(34)が喜多武清等と来訪。以後、一か月間交遊。

○八月六日、安積求馬が鄭逾の山水巻を持参。三井眉山の雅会で文晁・玉堂に会う。一四日、稲村三伯弟子江戸の芝正作がト、ニース(ドドネウス著『草木誌』)を持参。一八日、円山応瑞(31)が西下の途次来訪。升屋山片重芳に招かれる。二九日、上田秋成・森川竹窓に中食を出す。

○九月二二日、小川屋加藤竹里よりしめじ茸を贈られる。

○秋に伝柳沢淇園著『雲萍雑志』(天保一四年五月刊)の漢文序を草した旨、擬せられる(森銑三「雲萍雑志についての疑」『著作集』一一)。

○一〇月三日、谷文晁が紀州から帰り来訪。六、七、八日、小林亮適が来訪。九、一〇、一二日、清水六兵衛が来訪。

○一一月一日、琉球人見物に薩摩藩邸に行く。二〇日、近衛公の臣東衛守が定家色紙・懐紙・元の盛子昭桃源図を持参。

○一二月二六、二七、二八、三〇日、下野宇都宮の蒲生君平(29)が来訪。

一七九七　寛政九年　丁巳　62

○一〇月七、八日、京の源光忠(寺井菊居)が近江石山秋月館で催した奇石会に、大和唐院村古玉器・同葛城山古石器・越後石戈等五点を出品。出品者二一名、一三五点(草津市西遊寺蔵出品目録、上田穣「宝暦・明和物産会考」)。

一七九八　寛政一〇年　戊午　63

○一月、稲毛屋山(44)が四度、武元登々庵が七度来訪。武元の会にも参加。八日、大江丸旧国(77)が来訪。二〇、二三、二四日、釧雲泉が来訪。二六日、布屋佐兵衛・銭屋五郎兵衛・亀屋弥兵衛と雅物会に行く。
○二月一四日、了祐五十回忌。一五日、伏屋素狄(52)が来訪。
○三月三日、草間直方(46)が来訪。
○三月二八日、安治川の食氏《めし》別荘を訪問。
○四月一四、二三日、草間直方が来訪。二四日、頼杏坪(43)・頼山陽(19)が江戸より帰国の途次来訪。
○五月二〇日、朽木家中直村友悦より桜の実を贈られる。二八日、上田秋成が来訪。大仙寺の雅物会に行く。
○七月七日、森川竹窓と尾崎雅嘉(44)を訪問。
○八月一日、石川大浪(37)を訪問。四、七日、大浪が来訪。一六日、楽水居士追善には体調すぐれず欠席。一八日、橋本宗吉(36)が来訪。二四日、松浦静山に謁見。二六日、皆川淇園(65)が来訪。
○九月三日、上田耕夫(39)が来訪。二五、二八日、留守中上田秋成が来訪。二九日、秋成を訪問。
○秋、楽水居沢田実成著『煎茶略説』一冊を刻刊(文栄堂前川善五郎蔵版)。
○一〇月一日、紀州小原桃洞(53)が来訪。三日、海量(66)が来訪。一二日、中井竹山が来訪。一六日、寒山寺の茶会に行く。
○一一月一日、古梅園松井氏が来訪。一六日、曇華・奥田尚斎(70)が来訪。二六日、大槻玄沢が新元会で配布した蘭学者相撲番附の西前頭二十六枚目に「大坂木村多吉郎」が載る(早稲田大学図書館蔵)。
○一二月上旬、平瀬徹斎編・蔀関月画『日本山海名産図会』に序す。文中、稲生若水著『採薬独断』に擬え、ほぼ完成の自著を「名物独断」と名付けた旨の記載がある。一五日、華音を能くする対州三山敬庵が来訪。一八日、稲毛屋山が来訪。一九日、奥田尚斎・尾崎雅嘉が来訪。二七日、石川大浪が来訪。

一七九九　寛政一一年　己未　64

○一月五日、大江丸旧国が来訪。八日、石川大浪が来訪。一〇日、蠟燭掛始。二二日、市橋下総守西小屋に行く。二六日、森川竹窓・武元登々庵が来訪。二七日、斎藤方策(29)が木骼(広島、星野良悦製木製骨格模型、身幹儀)の事を連絡。
○二月六日、小森桃塢(元良)(18)が来訪。この月、奥州三春の今泉恒丸(49)が三度、武元登々庵が三度、浦上玉堂が六度来訪。
○三月五日、松浦静山に謁見。八日より一二日まで上京。小野蘭山・大典等を訪れ、御室・嵯峨・嵐山に遊ぶ。一六日、霊松寺義端(68)が来訪。二〇日、江戸塙保己一門人土橋兵蔵が来訪。二七日、紀州田辺の多屋道幹が来訪。
○四月四日、森川竹窓と牡丹見物。九日、梁田天柱が来訪。一三日、司馬江漢が来訪。五月二日出立まで交遊。一八日、河村羽積・多屋道幹・備中の小野泉蔵・白河の白雲・大野文泉が来訪。二五日、邦福寺の普茶会に行く。
○五月九日、石川大浪が来訪。一二日、中井竹山七十の賀(一三日誕生)に行く。一六日、森川竹窓と懐徳堂の寿宴に行く。この月、桑山玉洲遺著『絵事鄙言』一冊に序し刻刊。
○六月、石川大浪、白雲、大野文泉、大江丸、草間直方、淵上旭江、伏屋素狄・尾崎雅嘉・武元登々庵が来訪。
○七月、伏屋素狄、淵上旭江・石川大浪、大江丸、南川蒋山が来訪。一九日、白雲・森川竹窓・痴仙・八木巽処・十時梅厓・中田粲堂等と画会。
○八月一三日、亀屋弥兵衛と書画印会に行く。一六日、ふさ・まちと唐芝居見物。二八日、尾崎雅嘉が来訪。
○九月二日、菊池五山(31)が来訪。一九日、大仙寺の雅物会に行く。二二日、草間直方が来訪。二四日、ゑい・まち・亀屋弥兵衛と堺の大寺にヲロシャ装束を見物に行く。二九日、報恩講。
○秋、吉村弁蔵？の為に「岩に牡丹図」を画く。
○一〇月、草間直方、菊池五山、大野文泉、二柳庵、白雲が来訪。白雲・文泉は止宿も。二六日、白雲・亀屋弥兵衛と大仙寺で張瑞図の作品を見る。
○一一月二五日、寒山寺の茶会に行く。二七日、加賀屋忠兵衛・十時梅厓と阿部竺翁の茶会に行く。
○一一月、澄心斎で「墨蘭図」を画く。

一八〇〇　寛政一二年　庚申　**65**

○一月六日、心斎橋筋山本平右衛門が古筆を持参。一二日、黄華庵升六が来訪。
○二月一日、草間直方が来訪。八日、石川大浪を訪問。二四日、大蓮寺の普賢院六十賀会に行く。二七日、大江丸旧国が来訪。
○三月一二日、加賀屋忠兵衛の茶会に行く。一九日、頼春水・懐徳堂を訪問。二〇日、上田秋成が来訪。
○四月九日、上田秋成が来訪。一二日、菊池五山が来訪。一三日、寒山寺の大雅追善会に行く。一六日、秋成が来訪。一八、二〇日、秋成を訪問。二一日、近江屋久兵衛座敷の小田主膳書画会に行く。二二、二四日、五山・秋成が来訪。二八日、天王寺一心寺の茶会に行く。
○閏四月一〇、一二日、白雲が来訪。二二、二七日、佐藤一斎が来訪。
○五月六日から二二日まで和歌山旅行。一五日、登城。一六日、和歌浦へ行く。
○六月一一日、二柳庵を訪問。一九日、石川大浪を訪問。二七日、京の丁雄二郎が『西河集』を借りに来る。二八日、釧雲泉・白雲・大野文泉が来訪。
○七月一日、釧雲泉が来訪。二日、白雲・文泉・竹窓・雲泉が来訪。三日、菊池五山・文泉・白雲が来訪。一二日、五山・大江丸が来訪。一七日、雲泉が来訪。石川大浪を訪問。二二、二六、二七日、佐藤一斎が来訪。二六日は中食を出す。三〇日、石川大浪を訪問。
○八月一日、釧雲泉・最上徳内(46)が来訪。二日、暇乞いに一斎を訪問。のち一斎が来訪。七日、文泉・白雲が来訪。一〇日、白雲が、一七日、白雲・文泉が来訪。一八日、明石の梁田天柱が来訪。二〇日、伏見屋六兵衛がアンラ果の事で来訪。浅野屋与兵衛の息子が徂徠書二行物を持参。二一日、草間直方が来訪。銭屋五郎兵衛の茶会に行く。二三日、上田秋成が来訪。二四日、上田秋成を訪問。夜、森川竹窓宅で再び秋成に逢う。

○九月三日、中井竹山を訪問。八、一〇、一二、一三、一四日、土橋平(兵)蔵が来訪。一二日、上田秋成が来訪。一七日、銀山寺の茶会に行く。二一日、梁田天柱が来訪。二六日、橋本経亮が来訪。三〇日、武元登々庵が江戸より帰り来訪。土橋平蔵・中井竹山が来訪。

○一〇月一日、土橋平蔵・釧雲泉・吉雄桂斎が来訪。二、三日、登々庵が来訪。四日、雲泉が来訪。七日、雲泉・白雲が来訪。一二日、白雲が来訪。一四日、土橋平蔵・白雲・白河家中駒井乗邨が来訪。一八、一九、二〇日、白雲・文泉が来訪。二三日、上田秋成が来訪、中食を出す。二六、二七、二八、二九日、一一月一、二、四、五、六、七日、寺島六蔵が写物に来訪。六日は宿泊。

○一一月九日、上田秋成が来訪。一四日、秋成を訪問。一八日、夜、亀屋弥兵衛の茶会に行く。

○一二月一日、大江丸が江戸より帰坂し来訪、夕飯を出す。

○一二月三、四日、茶会を催す。一五、一八日、中江松窠(53)が来訪。

○冬、「墨梅図」を画き、賛をする。

一八〇一　享和元年　辛酉　66

寛政一三年二月五日改元

○一月、釧雲泉が一〇度来訪。二九日、土橋兵蔵が江戸へ下る暇乞い。備前西大寺の松崎良輔がチンタの事で来訪。

○二月二〇日、最上徳内が日向より上坂、来訪。二三日、小森桃塢が来訪。二九日、森川竹窓が写物に来訪。

○三月二日、吉田伊右衛門が大雅の作品を持参。数日病臥。二五日、寒山寺の茶会に行く。

○四月四日、灘屋の舟遊に淵上旭江・野呂見竜と参加。安治川口食《めし》氏別荘に行く。五日、堀江の白猪見物。一四日、中江松窠が来訪。一六日、薩摩藩邸で紫水晶を見る。一九日、七五三氏の茶会に篠崎三島・小竹と出席。二〇日、加賀屋忠兵衛の茶会に行く。二八日、尾崎雅嘉が来訪。

○五月九日、大江丸・尾崎雅嘉を訪問。一一日、上田秋成が来訪。一九日、大江丸が来訪。二三日、伴蒿蹊(69)が来訪。

○六月二日、大田南畝(53)が馬田昌調と来訪。四日、南畝を訪問。田能村竹田(25)が鍋屋雅介と来訪。八日、中江松窠が来訪。一四日、大江丸を訪問。一六日、病臥。一七日、大江丸が来訪。二四日、稲毛屋山が来訪。

○七月一八日、大田南畝を訪問。二四日、尾崎雅嘉が来訪。二五日、大田南畝を訪問。二六、二九日、花火見物。

○八月一日、橋本宗吉が来訪。二日、寒山寺の松本奉時追善会に行く。四日、森狙仙が来訪。一〇、一三日、古梅園が来訪。一九日、稲毛屋山を訪問。二〇日、馬田昌調・篠崎三島・森川竹窓・陸柳窓が来訪。二二日、梁田天柱が来訪。二六日、尾崎雅嘉・森川竹窓を訪問。二七日、大田南畝を訪問。二八日、尾崎雅嘉が来訪。

○九月六、九日、建部巣兆(41)が来訪。一二日、稲毛屋山が

来訪。一六日、安藤貞吾が金盒を持参。二〇日、上田秋成が来訪。二一日、細合半斎・森川竹窓・畑金鶏・江戸の大槻民治が来訪。二二日、愛染寺凉天が『三教放生弁惑』の序を催促に来訪。上田秋成に中食を出す。二三日、上田秋成・恵祐尼を訪問。二四日、馬田昌調と大田南畝を訪問。二五日、七五三長斎の柿壺会に行き、金鶏・巣兆等と同席。二五日、馬田昌調・中井藍江・陸柳窓が来訪。二九日、寺島六蔵・金鶏・柳窓・細合斎宮・大槻民治・竹窓・雅嘉が来訪。

○一〇月五日、堀江の市兵衛が章魚頭骨を持参。八日、馬田昌調・大田南畝が来訪。九日、尾崎雅嘉が来訪。一二日、大田南畝が同伴二名で来訪。一四日、仏光寺御堂の玉芝雅品会に行く。一五日、大江丸が来訪。一九日、稲垣氏の午時茶会に竹窓等と出席。二一日、大田南畝を訪問。二二日、陸柳窓が編著の校正を終える。二三日、京の唐本屋新右衛門が板木の事で来訪。二八日、長門の菊舎尼(49)が川井立斎と来訪。二九日、尾崎雅嘉が来訪。

○一一月四日、大田南畝を訪問。五日、間長涯が来訪。一三日、仏光寺御堂の会に行く。二一日、大田南畝を訪問。

○一二月三日、病臥。四日、夜、天王寺に落雷。九、一〇日、藤林普山(淳道)(21)が来訪。一一日、懐徳堂・尾崎雅嘉・篠崎三島を訪問。二〇日、間長涯・服部永錫を訪問。二一日、草間直方・大田南畝を訪問。二二日、兼康百済・中井藍江が来訪。二三日、浜田希庵・竹内円次が来訪。夜、大田南畝・常元寺・馬田昌調を招待。尾崎雅嘉・森川竹窓が来訪。二五日、浜田希庵が来訪。奥田尚斎・兼康百済・希庵・八木巽処・森川竹窓・河村羽積を訪問。夜、竹窓・柳窓が来訪。二七日、海量が来訪。

一八〇二　享和二年　壬戌　67

○一月一日、賀客多数。清河次郎四郎・淵上旭江が来訪。二日、十時梅厓・竹内円次が来訪。三日、野村省斎・壺屋喜右衛門・陸柳窓・吉村弁蔵が来訪。四日、細合半斎が来訪。大江丸が来賀。五日、中野七左衛門が来訪。九日、常元寺・海量・堺の北村佐兵衛・壺屋喜右衛門が来訪。江戸の西尾正玄が中根覚大夫の届物を持参。一〇日、西尾正玄が南に遊び立ち寄る。森恒次郎が写本に来訪。上旬、大田南畝旅宿を訪問。二五日(太陽暦二月二七日)、病歿。菩提寺大応寺に土葬。戒名、蒹葭堂遜斎孔恭世粛居士。

○三月二五日、谷文晁筆肖像画が完成。但し、実際は秋以後に成り、日付を遡って記入か(吉沢忠「谷文晁筆 木村蒹葭堂住居図稾 木村蒹葭堂肖像画稾」『国華』九七三号。岡戸敏幸「「眼」の肖像 —— 谷文晁筆「木村蒹葭堂像」小解 ——」『サントリー美術館 論集』四号所収)。

○春、大田南畝が『遡遊従之』の序を撰す。

○四月一八日、伊勢長島侯増山雪斎が蒹葭堂の墓碑銘を撰す。

○四月、甥吉兵衛が養子となり、坪井屋吉右衛門を名乗る。名は孔陽、字は世輝、石居と号す。

○五月、大田南畝が森川竹窓より贈られた蒹葭堂の印譜を『遡遊従之』の巻末に付す。

一八〇四　文化元年　甲子

○五月一九日、蔵書・物産標本類を幕府が五百両で収納。養嗣子坪井屋吉右衛門が請状を提出。

一八〇六　文化三年　丙寅
○三月、蒹葭堂の遺志を継ぎ、その蒐集資料を活かして、岡田玉山編、同・岡熊岳・大原東野画、荒井鳴門等校並書『唐土名勝図会』六巻六冊が四都一三肆より刊行。

一八一二　文化九年　壬申
○九月二二日、立原翠軒が木村石居の持参した呉果庭等来舶清人一四名の寄題蒹葭堂詩巻(詩箋に宝暦一一年や明和元年の年記あり。増山雪斎題)に跋す。同年秋夜、饗庭松塢跋もあり(大阪市李元植氏蔵)。

一八一三　文化一〇年　癸酉
○九月二五日、十三回忌が大応寺で営まれる。主催木村石居。『癸酉展観目録』あり。

一八二三　文政六年　癸未
○一〇月、木村石居が巽斎旧蔵、模造および後人の模写品を集め、『売茶翁茶器図』一帖を刊行。

一八二五　文政八年　乙酉
○九月二十五日、二十五回忌が大応寺で営まれる。主催木村石居、会助、八木巽処・森川竹窓等一〇名。

一八二八　文政一一年　戊子
○一月、頼春水著『春水遺稿』別録巻一・二『在津紀事』、巻三『師友志』刊。

一八五〇　嘉永三年　庚戌
○秋、京四条東洞院東入、金玉満堂中村只好が蒹葭堂五十回忌・石居十三回忌辰追薦書画展玩会を、翌年三月二十三日、円山正阿弥で開催する予告案内状を刷り、諸家に出品を依頼。

一八五九　安政六年　己未
○五月、四世蒹葭堂伝来の巽斎・石居旧蔵品を集録し、暁晴翁編・松川半山画『蒹葭堂雑録』五巻五冊が三都九肆より刊行。

一八七七　明治一〇年　丁丑
○九月以後、『春水遺稿』のうち『在津紀事』二冊、『師友志』一冊を頼又二郎が単行、前者に篠崎小竹欄外標記を「増補在津紀事附録」として付載。

一八八三　明治一六年　癸未
○一〇月一五日より一一月二〇日まで、蒹葭堂遺物会が東区内本町(現、中央区本町橋二番)公立(府立)大阪博物場で催される。子孫に伝わる「巽斎翁遺筆」(自伝)が出品され、「蒹葭堂先生遺書」として石版刷り複製が参会者に配られる。

一九〇一　明治三四年　辛丑

○春、百年忌が東区(中央区)安土町書籍商事務所で営まれる。主催松雲堂鹿田古丼。

○七月二〇日、追薦展観録『蒹葭堂誌』刊。

一九二一　大正一〇年　辛酉

○一月三〇日、百二十回忌が東区豊後町懐徳堂で営まれる。「木村蒹葭堂遺著遺墨並翁関係書展観目録」(一枚刷)あり。

一九二四　大正一三年　甲子

○二月一一日、従五位贈位。

○九月五日、谷文晁筆絹本著色「木村蒹葭堂像」が重要美術品に認定。

一九二六　大正一五年　丙寅

○一一月二三日より二九日まで、百二十五年忌が南区長堀橋高島屋呉服店で営まれる。主催蒹葭堂会。谷上隆介編『蒹葭堂遺墨遺品展覧会出品図録』、同『蒹葭堂遺物』(禽譜・奇貝図譜・ウエインマン植物図)、高梨光司著『蒹葭堂小伝』刊行。

一九四三　昭和一八年　癸未

○一月二四日、百四十三回忌が大応寺で営まれる。主催蒹葭堂研究会、後援大阪史談会・上方郷土研究会・橋本曇斎会。世話人、後藤捷一・鹿田静七・高梨光司・浪岡具雄・南木芳太郎。高梨氏講演。展観目録は『上方』一四六号、『大阪史談』復刊二号に掲載。

○三月二五日、郷土研究『上方』蒹葭堂号、一四六号刊。

一九五〇　昭和二五年　庚寅

○一〇月二五日、百五十回忌が東区北浜大阪美術倶楽部で営まれる。主催坂田脩軒、協力梁江堂杉本要・松泉堂中尾熊太郎。展観目録は『日本美術工芸』一四六号、『大阪史談』復刊二号に掲載。

一九六四　昭和三九年　甲辰

○一月二八日、谷文晁筆絹本著色「木村蒹葭堂像」が重要文化財に指定。

一九六九　昭和四四年　己酉

○一一月七日、野間光辰鑑修近世文芸叢刊第八巻『浪華混沌詩社集』(編輯解題、多治比郁夫・日野龍夫・水田紀久)に新編「蒹葭堂私印譜」を収め、刊行(般庵野間光辰先生華甲記念会)。

一九七一　昭和四六年　辛亥
○三月二〇日、大阪資料叢刊第一として『遡遊従之』(大阪府立図書館、解題〔多治比郁夫〕)復刊。

一九七二　昭和四七年　壬子
○四月二九日、蒹葭堂日記複刻完成奉告墓前祭が大応寺で営まれる。主催蒹葭堂日記刊行会、代表羽間平三郎。松尾一夫・後藤捷一・中野操講演。展観目録は『混沌』創刊号に掲載。

一九八二　昭和五七年　壬戌
○三月三一日、大阪市立自然史博物館収蔵資料目録第一四集『木村蒹葭堂貝石標本 江戸時代中期の博物コレクション』刊。執筆、益富寿之助・梶山彦太郎・金子寿衛男・柴田保彦ほか。

一九八四　昭和五九年　甲子
○一〇月一八日、花月菴蔵蒹葭堂日記複製出版記念会が大阪美術倶楽部で催される。主催蒹葭堂日記刊行会。協賛大阪古典会・汎究会。

一九八五　昭和六〇年　乙丑
○三月一〇日、滝川義一著『木村蒹葭堂の蘭学志向――語学・本草学を中心に』(科学書院)刊行。

一九八八　昭和六三年　戊辰
○八月二八日、滝川義一・佐藤卓弥著『木村蒹葭堂資料集校訂と解説㈠』(蒼土舎)刊行。

一九九七　平成九年　丁丑
○二月三日、大阪市立自然史博物館蔵木村蒹葭堂貝石標本が大阪府文化財に指定。

二〇〇〇　平成一二年　庚辰
○三月三〇日、中村真一郎著『木村蒹葭堂のサロン』(新潮社)刊行。前半、『新潮』一九九五年一月特大号より一九九八年三月号(第二部第二章その四)まで連載。

二〇〇一　平成一三年　辛巳
○一月二五日、歿後二百年忌が大応寺で営まれる。主催蒹葭堂日記刊行会・混沌会・中尾松泉堂書店。水田紀久講演。自筆稿本『諸国庶物志』複製刊。展観目録は『混沌』二五号に掲載。木村蒹葭堂顕彰会発起を議す。
○三月二六日、ハーバード大学ジョン・M・ローゼンフィールド博士が第一九回山片蟠桃賞受賞記念講演(大阪国際会議場に於て)で、「日本美術史における木村蒹葭堂の存在

――一八世紀の大阪の文化との関係――」と題し、日本語で講演。

○九月一七日、物・人・情報の動きから見たアジア諸地域の交流史、第一回研究会「『皮革手鑑』から見た日本とアジア」が天理大学付属天理図書館で開かれ、同館蔵、伝蒹葭堂編、清野謙次旧蔵皮革手鑑を検討。代表藤田明良。報告者森下雅代。コメンテーター、水田紀久・真栄平房昭・重松伸司。

○一二月一四日、歿後二百年記念シンポジウム「蒹葭堂時代の日本文化――旅とサロンと開かれた知性――」が京都大学人間・環境学研究科で開かれ、松浦静山旧蔵未公開資料を展示。主催京都大学人間・環境学研究科歴史文化地域論講座、共催文部科学省科学研究費補助金特定領域研究(A)「江戸のモノづくり」総括班。代表松田清。報告者有坂道子・水田紀久・ハーバート プルチョウ・勝盛典子・松田清。司会笠谷和比古。報告書、臨川書店より刊行。

二〇〇二　平成一四年　壬午

○一月二六日、パネル・ディスカッション「わたしと木村蒹葭堂」が大阪美術倶楽部で開かれる。主催木村蒹葭堂顕彰会。代表大庭脩。パネラー、笠谷和比古・石井久夫・橋爪節也・水田紀久。司会中尾堅一郎。

初出一覧

水に寄せて――洗い浚いのこころ、また浪華文運論　『文学』二〇〇〇年九・十月号
木村蒹葭堂　『毎日放送文化双書』9　一九七三年（『近世浪華学芸史談』所収）
忙裡偸閑の人　『季刊 歴史と文学』19　一九七七年九月（『近世浪華学芸史談』所収）
聞人蒹葭堂　『別冊歴史読本』一九七九年一月（『近世浪華学芸史談』所収）

＊

羽間文庫蔵『蒹葭堂日記』攷　『蒹葭堂日記』解説　蒹葭堂刊行会　一九七二年（『近世日本漢文学史論考』所収）
花月菴蔵『蒹葭堂日記』攷　『花月菴蔵 蒹葭堂日記』解説　蒹葭堂日記刊行会　一九八四年（『近世日本漢文学史論考』所収）
千客万来　『森銑三著作集』第四巻 月報9　一九七一年（『近世浪華学芸史談』所収）
朱墨套印　『混沌』第二十号　一九九六年

＊

蒹葭堂自伝　『日本随筆大成』第14巻付録　一九七五年（『近世浪華学芸史談』所収）
蒹葭堂自伝と上田秋成作「あしかびのこと葉」『国文学』関西大学国文学会　第五十四号　一九七七年（『近世浪華学芸史談』所収）

＊

葛子琴の長律一首　『大阪の歴史』第三十二号　一九九一年（『郷友集 近世浪華学芸談』所収）
蒹葭堂と中井竹山　『懐徳』第六十三号　一九九五年（『郷友集 近世浪華学芸談』所収）
蒹葭堂と上田秋成　論集近世文学5『共同研究 上田秋成とその時代』勉誠社　一九九四年（『郷友集 近世浪華学芸談』所収）
蒹葭堂と釈義端　『神田喜一郎博士追悼中国学論集』一九八六年（『近世日本漢文学史論考』所収）
蒹葭堂と俳人たち　『混沌』第二十五号　二〇〇一年

老堂主と俳人たち　『混沌』第二十六号　二〇〇二年
遠来の客　『金蘭短期大学研究誌』第19号　一九八八年（『郷友集　近世浪華学芸談』所収）

＊

鈐印本と原鈐本　『書誌学月報』八　一九八一年（『日本篆刻史論考』〈青裳堂書店　一九八五年〉所収）
蒹葭堂版『毛詩指説』『文芸論叢』第六号　一九七六年（『近世浪華学芸史談』所収）
『諸国庶物志』解題　『諸国庶物志』中尾松泉堂書店　二〇〇〇年

＊

谷文晁筆「蒹葭堂図」私見　『国華』第九九一号　一九七六年（『近世浪華学芸史談』所収）
長久保赤水宛書翰　『混沌』第十三号　一九八九年
三矼亭集書画帖所載蒹葭堂来翰二通　『混沌』第七号　一九八一年（『近世浪華学芸史談』所収）
借状と又借状　書きおろし

初出論文は多く本書において書き改められ、再構成される。

木村蒹葭堂に関連する著者の著作
『近世浪華学芸史談』中尾松泉堂書店　一九八六年
『近世日本漢文学史論考』汲古書院　一九八七年
『郷友集　近世浪華学芸談』近代文芸社　一九九六年

跋

蒹葭堂こと坪井屋吉右衛門は、家業の商標に酒壺と井の字を取り合わせたが、酒造りが災いして業を廃し、みずからは茶をこよなく嗜んだ。わたくしは羽間文庫主からいつも愛飲の原酒を振舞われ、このたび二人三脚の岩波書店吉田裕氏も、毎度銘柄に心を砕かれ、さだめしお肩が凝られたことと申訳ない。いま、なま酔いのたわれ歌を巻尾に連ね、恥の上塗りをする。

蒹葭堂賛

祖は後藤又兵衛なるが世を経つゝ北の堀江に酒を沽ふ
ひ弱児を気遣ふ父のはからひに草木培ふわざに親しむ
本草のまなびはきびし三世の師弟の誓ひ文にのこれり（小野蘭山入門誓紙）
本草のまなびはたのしたゆまざる切磋琢磨の友も多かり
うぶすなのくに〳〵の物産《さち》たづさへてかたみに贈るまどゐうれしき
もろびとに誇れる珍宝《たから》陳《の》ばへつゝ春の日永のかたりつきせじ
玩ぶ肌目の石もうづ貝も異国の地図も整へてあり
井戸掘るや古き浪華の芦の根の現れしかば蒹葭と名付く
いにしへの詩の秦風に謡はれしみづのまなかのひめよしぞこれ

月並のからうたの会いざなひて浪華のみやびいよゝしるしも
鶏林の信使のよび名石に彫り譜にも仕立てつ別れを惜しむ　東華名公印譜
営みし堂に題せるうたを文を許多あつらへ巻に仕立てぬ
導きも多きがなかにきはだてる大雅譲りのふでのたのしさ
揮ひたる彩管《ゑふで》の潤み暖かにそがゐがきぶりその人のごと
めづらしきからのやまとのふるふみはそがふみぐらにいやうづたかし
稀に獲し美しき善き精しきを底本にして家刻重ぬる　蒹葭堂版
一行をひと日に割きてひもすがら蝿頭の文字冊に溢るゝ　日記
訪れしまれびとの名は旬日にまとめ記せり旅立ちは朱に
売茶翁の遺物伝へてこゝに在り無腸翁ともへだてなき友
暖冬の異醸「過醸」の冤罪《つみ》に三とせ伊勢に下りて浜荻を見き
紳も庶も雅交結びし仲なれば友とし庇ふ雪斎のきみ
口かずの減らざる妻とつゝましき妾とあひ居て睦まじかりき
あしの屋の世嗣のために筆とれるいましめごとはまことなるかな　遺筆
南畝問ひ蒹葭答へし物の名の自筆記録ぞいまに遺れる　遡遊従之
十五行の日記の余白残しつゝ享和壬戌二年正月《むつき》二十五日に散りぬ　六十七歳
百とせをふたかさぬれど文晁の写せし肖像画《にがほ》生けるがごとし

ハーバード大学名誉教授J・M・ローゼンフィールド博士
二〇〇一年度第十九回山片蟠桃賞受賞記念講演に
木村蒹葭堂を論じ給ひければ

久方のアメリカびとも称ふなるあるじのゐふでとはになつかし

おわりに、索引作りに寄せられた有坂道子氏の特段の御厚情、本書題簽の集字に賜わった令嗣神田信夫氏の御芳誼、ならびに既刊拙著題簽よりの再使用を許諾された中尾堅一郎氏、廣橋研三氏の御理解に篤く御礼申し上げる。

木村……昭和三十六年度文化勲章受章を祝し奉呈の古詩、「呈鈴木豹軒先生」の詩題と、第一句「梅村之柔漁洋藻」より。

蒹葭堂…昭和四十七年に下賜の『蒹葭堂日記』題簽より。

研究……昭和五十九年に下賜の『富永仲基研究』題簽より。

と、いずれも先師の筆跡を頂いた。

また、カバーに隠微なバッソ・コンティヌオを奏でて下さった意匠製作の松村恒省氏、入念な校正をお重ね下さった都築和栄氏にも、深甚な謝意を捧げる。

人名索引

あ行

か行

さ 行

た 行

な 行

は 行

ま 行

や 行

ら 行

書名索引

あ行

か行

さ行

た行

な行

は行

ま行

や行

ら 行

わ 行

■岩波オンデマンドブックス■

水の中央に在り　木村蒹葭堂研究

2002年5月23日　第1刷発行
2015年10月9日　オンデマンド版発行

著　者　水田紀久《みずたのりひさ》

発行者　岡本　厚

発行所　株式会社　岩波書店
〒101-8002 東京都千代田区一ツ橋2-5-5
電話案内 03-5210-4000
http://www.iwanami.co.jp/

印刷／製本・法令印刷

© Norihisa Mizuta 2015
ISBN 978-4-00-730298-5　　Printed in Japan